ハヤカワ文庫SF
〈SF2342〉

町かどの穴

ラファティ・ベスト・コレクション1

R・A・ラファティ
牧 眞司・編／伊藤典夫・浅倉久志・他訳

早川書房
8722

BEST SHORT STORIES COLLECTION OF
R. A. LAFFERTY

by

R. A. Lafferty

Edited by
Shinji Maki
Translated by
Norio Ito, Hisashi Asakura and others
First published 2021 in Japan by
HAYAKAWA PUBLISHING, INC.
This book is published in Japan by
arrangement with
LOCUS SCIENCE FICTION FOUNDATION
c/o JABBERWOCKY LITERARY AGENCY, INC.
through THE ENGLISH AGENCY (JAPAN) LTD.

目次

町かどの穴

ラファティ・ベスト・コレクション1

町かどの穴

The Hole on the Corner

浅倉久志訳

初出：デーモン・ナイト編 *Orbit 2*（1967）
邦訳：《SFマガジン》一九七二年八月号→短篇集『九百人のお祖母さん』（早川書房／海外SFノヴェルズ、のちにハヤカワ文庫SF）→デーモン・ナイト編『ザ・ベスト・フロム・オービット（上）』（NW・SF社）→中村融&山岸真編『20世紀SF3　1960年代　砂の檻』（河出文庫）

初出媒体《オービット》は、一九六〇年代から七〇年代にかけて意欲的作品の受け皿となったオリジナル・アンソロジー・シリーズ。ラファティは看板作家で、全二十一巻のうち十七冊に登場をしている。おなじ巻に二作寄稿している巻がふたつあるので、作品数では十九作だ。そのすべてを集めた *Lafferty in Orbit*（1991）という短篇集も刊行されている。

「町かどの穴」は、まず《SFマガジン》の「特集：マッドSFの作家ラファティ」に訳出された。「町かどの穴」「山上の蛙」「長い火曜の夜だった」（「スロー・チューズデー・ナイト」の別邦題）が居並ぶ最強ラインナップだ。本作品でなかなか味のある立ちまわりを見せるディオゲネス・ポンティフェックスは、「われらかくシャルルマーニュを悩ませり」など他作品にもゲスト出演している。

その夕方、ホーマー・フースは家路をたどり、金色の常套句へと帰りついた——無二の親友である駄犬、幸せなてんやわんやの毎日の舞台である完全無欠な家、いとしい意外性満点の妻、そして五人の子供たち——この数までが完全無欠だ（もう四人ふえては多すぎるし、四人減ってはすくなすぎる）。

犬は恐怖の唸りを上げ、ヤマアラシのように毛を逆立てた。それから、ようやく匂いでホーマーだと気づいたらしく、靴の踵をなめるやら、指をかむやら、急にあいそがよくなった。バカだけど、かわいいやつ！　利口な犬などだれがほしいか！

ホーマーはドアの取手にいささかてこずった。こういったことは、どの校訂版にもあるというものではない。それに今夜の彼は、あのどこか道に迷った感覚を味わってもいた。

しかし、そのうちに見当がつき（ひっぱるんじゃない、まわすんだ）、首尾よくドアをあけることができた。

「けさ、あたしがなにを買ってきてとたのんだかおぼえてる、ホーマー？」いとしい妻、レジナがきいた。

「けさ、きみはなにを買ってきてとたのんだっけな、わが胸のホカホカのブルーベリー・ビスケットの君よ？」ホーマーはそうききかえした。

「あたしがそれをおぼえてたら、もっとべつなきき方をするわよ。でも、わが心の懐しのケチャップさん、あなたになにか買ってきてとたのんだのはたしか。ホーマー！　こっちを向いてよ、ホーマー！　今夜のあなた、人がちがうみたい！　**ちがう!!**　これはあたしのホーマーじゃない！　たすけて！　たすけて！　うちに怪物がいまーす！　たすけて！　たすけて！　ゼッキョーー！」

「亭主を理解しない女房をもつのはたのしいね」ホーマーはいとおしげにレジナを抱きしめ、組み伏せ、大きなやさしいひづめで踏みつけて、彼女を（どうやら）むさぼり食いはじめた。

「その怪物どこからきたの、ママ？」部屋にはいってきたロバート坊やがきいた。「どうしてママの頭をお口にくわえてるの？　ぼく、お勝手のリンゴをひとつ食べてもいい？　その怪物、なにをしてるの？　ママを殺す気なの、ママ？」

「ゼッキョー、ゼッキョー」ママのレジナがいった。「リンゴはひとつだけよ、ロバート。もうすぐごはんですからね。ええそう、この怪物はママを殺す気らしいわ。ゼッキョー！」

ロバート坊やはリンゴをひとつもらうと、おもてへ出ていった。

「パパおかえり。ママになにしてんの？」娘のフレゴナがはいってきた。フレゴナは十四歳だが、すこし知恵おくれだった。「なんだかママを殺そうとしてるみたい。でも、人間を食べるときは、先に着物をむしるんじゃない？　あれえ！　おまえ、パパじゃないな。なんかの怪物だな。あたし、てっきりパパと思っちゃった。だって、パパそっくりなんだもん。そっくりじゃないけどさ」

「ゼッキョー、ゼッキョー」ママのレジナがいったが、その声はもうくぐもっていた。

この家では、毎日がすごくおもしろいのだ。

その夕方、ホーマー・フースは家路をたどり、金色の常套句へと帰りついた——無駄犬、幸毎完家、意外妻、以下同文。

犬はうれしがって、もうめちゃくちゃにじゃれついてきた。ロバート坊やは、おもての芝生でリンゴの芯をかじっていた。

「よう、ロバート」とホーマーは声をかけた。「きょうはどうだった？　おもしろいことがあったか？」

「ううん、なんにも。ここじゃおもしろいことなんてありっこないさ。あ、そうだ、おうちんなかに怪物がいたっけ。パパそっくり。そいでね、ママを殺して食べようとしてんの」

「ママを食べる？　おい、坊主。そりゃどういう意味だ？」

「ママをね、頭からまるかじりにしてんだよ」

「こいつめ。だめだぞ、おとなをからかっちゃ」いうと、ホーマーは家の中へはいっていった。

　ホーマー家の子供たちのために一言しておかなければならないが、たいていの場合、彼らは身もふたもない真実を話すのだ。そこにはまさしく怪物がいた。怪物は彼の愛妻レジナをとって食おうとしていた。これは毎晩の道化とわけがちがう。ことははるかに重大だった。

　人間のホーマーは、力持ちの上にすばしこくもあった。彼はジュードー・チョップと強烈なパンチを怪物に見舞った。すると、怪物はレジナを放して彼にむきなおったのである。

「やいやい、なにしやがるんだ、この唐変木《とうへんぼく》め」怪物はどなった。「ご用聞きなら、裏へまわれ。いきなりはいってきてひとさまをぶんなぐるたあ、どういう了見だ。レジナ、きみはこのとんま野郎を知ってるか？」

「ふーっ、とってもよかったわ、ホーマー！」ほんのり上気した顔のレジナはごくんと唾をのみこみ、息あえがせて床から起きあがった。「ああ、このひとのこと？　あらホーマー、どうしましょう。このひと、うちの主人《ひと》らしいわよ。でも、そんなはずないわよね、あなたがいるのに。あなたがふたりもいるもんだから、あたしこんぐらがっちゃったじゃない。どっちがあたしのホーマーなのよ！」

「奇妙きてれつのゲシュタルテン！　おれがやつに似てるだと？」怪物ホーマーが、いまにも破裂しそうな勢いでさけんだ。

「ああ脳みそがきりきりまいする」人間ホーマーがいった。「現実がとろけていく。レジナ！　もしもきみがこの魔物をよびだしたんなら、たったいま退散させろ！　だからいわんこっちゃない。あんな本に凝ったりするからだ」

「なによ、脳みそきりきりまいさん」レジナは人間ホーマーに食ってかかった。「退散させろなんてセリフは、彼みたいなキスができてからいってちょうだい。あたしのほしいのは、ささやかな愛情。それはあの本でも見つからなかったわ」

「どっちがパパだかわかんないよう。どっちもおんなじなんだもん」娘のクラベルとアンナベルとモードベルがはいってきて、三つのチャイムのように声を合わせた。

「よぼよぼ夜這いの妖怪変化！」人間ホーマーがどなった。「どっちがパパだかわかんないだと？ やつの皮膚はみどり色じゃないか」

「みどり色の皮膚だってべつにわるかないわ。清潔にして、油もちゃんと塗ってあるなら」レジナが弁護した。

「やつの手は触手だぞ！」と人間ホーマー。

「あらすてき、しびれちゃう！」レジナがさけんだ。

「どっちがパパだかわかんないよう。どっちもおんなじなんだもん」ホーマー家の子供五人が声をそろえていった。

「おい、だんな。これはきっとなにか簡単に説明がつくはずだ」怪物ホーマーがいった。「もしもおれがきみならだな、ホーマー——もっとも、おれがきみかどうかについちゃちょいと疑問はあるが——なにはおいても医者へいくぜ。といって、ふたり雁首《がんくび》ならべていくこともない。結局、おれたちのかかえてる問題はそっくりおんなじなんだものな。よし、いい医者を紹介してやるよ」怪物ホーマーは医者の名を書いてみせた。

「なんだ、これなら知ってる」人間ホーマーはそれを見ていった。「だが、なんだってきさまがあの先生を知ってるんだ？　獣医じゃないのに？　レジナ、おれはこれから医者へいって、おれの、それともきみの、どこがわるいかを聞いてくる。それまでにこの化け物を、こいつがもといた、きみの潜在イドの隅っこへ閉じこめてしまえ」

「いくんなら、先生にきいてよ。あのピンクの錠剤をまだつづけてもいいかどうかって」

「あの先生じゃない。オツムの医者だ」

「じゃ、きいてきてよ。このごろ見てるたのしい夢を、いつまで見なくちゃいけないのかって。もう、うんざりだわ。また前みたいな夢にもどってみたいのよ。それからホーマー、いくんだったらコリアンダーの実（薬味・消化剤に使う）をおいてってちょうだい」いいながら、レジナはホーマーのポケットから紙袋をとりだした。「やっぱり買ってきてくれたのね。あっちのホーマーは忘れたわ」

「いや、忘れやせんよ」と怪物ホーマー。「なにを買ってこいといったか、きみのほうが、忘れたくせに。ほら、ここにあるぞ、レジナ」

「じきに帰る」人間ホーマーがいった。「医者のうちはすぐその角だ。いっとくがな、だんな、もしきさまが実在するんなら、おれが留守のあいだ、プランクトンあさりのポリプみたいなその手を、ぜったいにおれの女房へ近づけるなよ」

ホーマー・フースは通りへ出ると、町かどのコート医師の家まであるいた。玄関をノックし、返事を待たずにドアをあけ、中へはいった。医師はそこにすわっていたが、放心したような顔つきだった。

「ちょいとややこしい問題が起きたんだがねえ、先生」人間ホーマーはいった。「さっきうちへ帰ったら、怪物がうちの女房を食ってるとこにでくわした——いや、そんなふうに見えたんだが」

「ああ、知ってるとも」コート医師はいった。「ホーマー、われわれの手でなんとか早くあの町かどの穴を直さなくちゃだめだ」

「あんなとこに穴があったっけ？　ところで先生、いまの話だけど、そいつはほんとに女房を丸のみにしてたんじゃなくて、それがどうも一種の愛情表現らしいんだ。うちのやつらは、その怪物がおれそっくりだというんだよ。みどりの皮膚で、触手をもったお化けをね。ところがそのうちに、おれにまでそいつがおれそっくりに見えてきた。だから、おれがどこか病気なのか、それともほかのみんなが病気なのか、そのへんを先生に教えてもらおうと思って」

「わたしではお役に立てないね、フース。わたしは心理学者であって、偶然性物理学者じゃない。ただ、ひとつだけわれわれにできることはある。あの町かどの穴を早く修理することだ」

「先生、このへんの通りには穴なんかあいてないがね」

「道路の穴じゃないよ、ホーマー。告白すると、このわたしもさっき診察を受けにいって、非常なショックを受けたばかりだ。そう、精神分析医を分析する分析医のところへいってきたんだよ。「十二人もの患者が、まったくおなじ病状を訴えてきましてね」とわたしは彼に訴えた。「夜、うちへ帰ってくる。するとあたりのすべてがちがっていたり、彼ら自身がちがっていたりする。また、すでにそこにいるもう一人の自分に、でくわすこともある。十二人もの人間が、こんなデタラメな話をもちこんできたら、あなたはどうなさいます、ディーベル博士？」とわたしはきいた。

「さあ、わからんね、コート」と彼は答えたよ。「ひとりの男が、一時間に十二回もおなじデタラメな話を持ちこんできて、しかもその男が医者だとしたら、わたしはどうしたらいいのかな？」とディーベル博士はわたしにきくんだ。

「なんですって、ディーベル博士？」とこっちはききかえした。「どこの医者がそんなことをいってきたんです？」

「きみさ」と彼はいった。「きみはこの一時間に十二回も、おなじたわごとをここへ持ちこんできた。十二回とも、きみの姿はすこしずつちがって見えた。そして十二回とも、きみはまるでひと月ぶりにわたしに会うような態度をとった。それだけじゃないぞ、きみ」と彼はいった。「いま、ここへはいってきたとき、きみはここを出ていくきみとすれちがったろう？」

「なるほど、するとあれはわたしでしたか」とわたしは答えた。「どこか見おぼえのある顔だと思いました。いや、これは大問題ですな、ディーベル博士。で、あなたはこれからどうなさいます？」

「これから？ 分析医を分析する分析医を分析する分析医のところへいってみるよ。彼は斯《し》道《どう》の権威なんだ」そういうと、ディーベル博士はおもてへ駆けだしていった。わたしはここへ帰った。すると、追いかけるようにして、きみがやってきた、というわけさ。だから、わたしではとても歯が立たない。しかし、ホーマー、あの町かどの穴だけは早くなんとかしようよ！」

「その穴のことはさっぱり知らないんだよ、先生」とホーマーはいった。「しかし——ほかの連中も、おなじような話を持ってきたって？」

「そう。このブロックの全住人が、この一時間のうちに、きみとおなじたわごとを訴えてきたんだよ、ホーマー。ただし——そうだ、こなかった人間がひとりいるぞ！ この町内の大学者、ディオゲネス老人だ！ ホーマー、あの知らざることなき物知りは、きっとこの事件に上腕骨まで関係しているはずだよ。こないだの晩も、わたしはやっこさんが電柱によじのぼっているのを見たが、そんなことに目くじら立てる気はない。きっと、メーターの手前で電気をとりこみたかったんだろう。そうしてごっそり電気代をうかし、実験室でごっそり電気を使うんだろう。しかし、町かどの穴となると話がちがう。あれをこしらえたのは、あの男にちがいない。さあ、これからやっこさんをつかまえてきみの家へ連れていき、万事をもとどおりにさせようじゃないか」

「ああ、知らざることなき物知りなら、町かどの穴のことも知ってるだろうからね、先生。しかし、この町かどに、おれは穴なんて見かけなかったがなあ」

知らざることなき物知りは、その名をディオゲネス・ポンティフェックスといった。ホーマー・フースのすぐ隣家に住んでいる彼は、ふたりが訪ねていくと、ちょうど裏庭で大《アナ》蛇《コンダ》とレスリングの最中だった。

「ディオゲネス、すまんがホーマーの家までいっしょにきてくれないか」コート医師は説きつけた。「きみでも頭をひねるような難問が、二つ三つあるんだが」

「ほほう、わしのプライドをうまくついてきよったな」とディオゲネスはさけんだ。「心理学者に心理学で攻めてこられては、降参せんわけにゃいかんて。じゃ、こいつをフォールするまで、そこで待ってておくれ」

ディオゲネスはわきの下へ大蛇の頭をかかえこんで、二度三度とその顔へパンチを入れてから、ダブル・アーム・ロックとボディ・ロックで相手をフォールした。のたうちまわる大蛇をそこへ残して、彼はふたりといっしょにホーマーの家へでかけた。

「やあ、ホーマー」ディオゲネスは家にはいると、怪物ホーマーにそうあいさつした。

「なるほど、きみがふたり同時に出現したのか。それで頭を痛めとるんだな」

「コート先生、うちのホーマーがおききしたでしょうか？　あたしがこのごろ見ているあのたのしい夢を、なんとかやめられないものかって？」レジナがきいた。「もう、つくづくうんざりなんです。せんによく見た、あの鳥肌立つような夢にもどれません？」

「今夜からでもそうできると思うよ、レジナ」とコート医師がいった。「さて、わたしはいまからこのディオゲネスをおだてて、この現象を説明させたいんだ。彼ならきっと知っている。ところで、ディオゲネス、その説明だがね。スピード・アップのために、いつもの第一部、世界中の科学者をたばにしても、きみと比べれば鼻たれ小僧同然だという、あのくだりは省略してもらえないかな。わたしの考えるところでは、この現象もきみの実験の一つ——いや、よそう！　きみのこのまえの実験など、二度と思いだしたくもない！　なあ、ディオゲネス、われわれに町かどの穴のことを、そしてその穴へ落っこちるもののことを、ひとつ説明してくれんかね。どうして、人によっては二、三分のうちに二、三べんもうちへ帰り、そしてすでにそこにいる自分たちにでくわすのか、それを説明してくれんかね。どうして、空想力もうろたえるばかりの化け物がしばらくするうち旧知のように思えてきて、どっちがどっちか見分けもつかなくなるのか、そのへんを説明してくれんかね。いまのわたしには、このふたりのホーマーのどっちがうちへやってきたのか、どっちといっしょにここまでやってきたのか、それすら自信がなくなった。ふたりとも、見かたによってはそっくりだし、見かたによってはちがって見える」

「うちのホーマーは、もともとおかしな顔なんです」とレジナ。

「視覚的指標からだと、ふたりはまるきり違って見えるのさ」とディオゲネスが説明した。「しかし、だれでもそうだが、視覚的指標で判断するのは一瞬だけのことだ。人や物に対するわれわれの印象はもっと複雑だし、その評価における視覚的要素の割合はちいさい。さて、このふたりのうち、片方は第二形態《ゲシュタルト・ツー》のホーマーで、もう一方は第九形態《ゲシュタルト・ナイン》のホーマーだ。だが、ふたりとも独自のものだ。かりそめにも、このふたりがおなじ人物だとは考えんことだね。そんなバカな話はない」

「そうとも、それだけはカンベンしてほしい！」と人間ホーマーがいった。「いいぞ。あとをつづけてくれ、ディオゲネス」

「まず、諸君、わしをよくよく見てくれたまえ」とディオゲネス。「男前だろうが、ええ？　まあとにかく、着ているものから顔色、表情などをとくとごらんあれ。

では説明にとりかかろう。ことの起こりは、フィーランの重力論に対するわしの推論だ。わしは彼と正反対の見かたをとった。フィーランは、重力が、ただ一つの世界を除くすべての世界であまりにも弱すぎることに、疑問を持った。そして、その遠い一つの世界の重力が典型的なものであって、ほかのすべての世界の重力は変則的であり、数学的誤謬だと考えた。だが、わしはおなじデータにもとづいて、われわれ自身の世界の重力は弱すぎるのでなく、強すぎるのだと推論した。それは、本来そうあるべき値より百倍も強いのだ」

「いったいなんと比べて強すぎると判断したんだね？」コート医師がたずねた。

「くらべられるものはなにもないのさ、ドクター。わしの調べえたかぎりにおいて、どの天体の重力も八十倍ないし百倍は強すぎる。これには二つの説明が考えられる。わしの計算と仮説のどこかが——そんなことはありえんが——まちがっているのか、それとも、どの場合も、重さと実体をもつ約百個の天体が、同時におなじ空間を占めていたかだ。アイスクリーム屋の古ぼけた椅子！　十月のテニス靴！　スベリニレの匂い！　鼻にイボのあるサーカスの呼びこみ！　六月のツノトカゲ！」

「アイスクリーム屋の椅子が出てくるまでは、よくわかったんだがな」怪物ホーマーがいった。

「そうか、おれはそのへんもわかったぜ。それにテニス靴のところも」と人間ホーマーがいった。「むかしから、宇宙はわりとすんなりわかるたちなんだ。ただ、ついていけなかったのはスベリニレ。あれと重力の偶然性理論がどこでどうつながるのか、そこがどうもよくわからんな」

「なに、おしまいのほうはただの呪文さ」とディオゲネス。「いまのわしに関して、なにかちがいに気づいたかい？」

「そうね、さっきとちがう服を着てるわ」とレジナ。「でも、それは別にどうってことないでしょ。一晩のうちに何回か服を着かえるひとは、いくらもいるもの」

「前より色が黒いし、痩せぎすになったよ」とコート医師。「しかし、あらかじめ注意をされていなければ、なんの変化にも気がつかなかったろうね。そのくせ、きみがディオゲネスだと知らなければ、いまのきみにはディオゲネスらしいところがすこしもない。きみはちっともきみに似てないが、それでもやはりきみだということがわかるんだよ」

「最初のわしは第二形態だった。ここしばらくのわしは第三形態なんだ」ディオゲネスはいった。「さて、まずわれわれは、約百個の実体と重さをもつ天体が、わが地球の占めているのとおなじ空間を同時に占めている、という推論を手にした。これ自体すでに因襲的物理学を破壊する観念だ。しかし、そのまえにこうしたさまざまな共棲天体の特性を考えてみよう。いったい、それらは占有され、居住されているのか？　つまり、約百人の人間がおたがいの占めている空間を同時に占めているのか？　この観念は因襲的物理学を破壊するものではあるまいか？　というわけで、すくなくともあと八人の人間が、われわれ各人の占めている空間を同時に占めていることを、わしは証明することに成功した。しかも、この証明はまだ序の口だ。まっしろなスズカケの枝！　新しく耕された大地！　足の指のあいだにはさまった牛糞！　マイナー・リーグのピッチャーズ・マウンドの粘土！　八月のハイタカ！」

「大地のところでずっこけたわ」とレジナ。「スズカケの枝まではついていけたけど」

「おれは最後のハイタカまでわかったよ」と怪物ホーマーがいった。

「こんどのわしについて、なにか変化に気づいたかね？」ディオゲネスがきいた。

「手の甲の毛の生えていたところに、小さな羽根が生えてきた」と人間ホーマーがいった。「それから足の指にもだ。あんたはいつのまにかはだしになっている。だけど、こっちがそう思って探さなければ、おれはなんの変化にも気がつかなかっただろうな」

「わしはいま第四形態なんだよ」とディオゲネス。「だから、少々行動がとっぴになるかもしれん」

「それはいまにかぎったことじゃなかろう」とコート医師。

「だが、第五形態になれば、こんなもんじゃないぞ」とディオゲネス。「第五になると、わしはこのかわいいフレゴナの肩へパンの神のようにとび乗ったり、そこにいる美しいレジナの髪の中を、文字どおりはだしで歩きまわったりするかもしれん。ノーマルな第二形態が、夢の中で第四や第五形態に変わるのはよくあることだ。どうやら、レジナもそうらしいな。

わしはこうした状況ぜんたいの、本質とまではいわんがその影を、ユング心理学の中に見いだした。この問題で、ユングは第二要素として役立ってくれた。というのは、二つの縁もゆかりもなさそうな分野におけるフィーランとユングの誤謬が、わしを真実の小径へと導いてくれたからだ。ユングの説をつきつめると、われわれはみんな深層においていくつかの人格だということになる。これはバカな話だとわしは思う。そういう突拍子もない仮説をきかされると、むらむらと反発したくなる。ほんとうはそうじゃなく、われわれの片割れどもが、たいていの場合われわれの占めているのとおなじ空間に存在するために、たまたまわれわれの夢や無意識の中へはいりこんでくるにすぎない。だが、それらはぜんぶ分離独立した人格だ。だから、二、三人の余分なわれわれが同時におなじ枠の中に存在することも、また、近接してはいるが同一ではない空間に存在することもありうる。そのいい例が、ここにいる第二形態と第九形態のホーマーたちだ。

わしはそれがどこまでいくかを実験してきたが、これまでの最高は第九形態だった。ただし、それらの形態につけた番号は、われわれ自身の基準からはずれた奇妙さの順序ではなく、わしの発見の順序なんだ。同心円的、同重力的な世界と人間の複合体の数は、しかし、おそらく百に近いだろうとわしは確信しとるがね」

「ははあ、するとやはり町かどの穴はあるんだな？」とコート医師。

「ある。わしはこのブロックの住人たちの進入点として、バス停のそばに穴をこさえた」とディオゲネス。「そして、この二日間、その結果をじっくり観察させてもらったよ」

「ふうん、それできみはどんなふうに町かどの穴をこしらえたんだね？」コート医師は食いさがった。

「正直な話、それにはたいへんな想像力がいったよ、コート」とディオゲネスはいった。「文字どおりにだ。それを構築するために、自分の心的資源のありったけをひきだしたので、すっかりへとへとになった。なにしろわしは、わしの知っているだれよりも、多種多様な心像のストックを持っとるからなあ。そうして、通りの両側に磁気増幅機を置いたんだが、それらが増幅するものはわしのオリジナルな心像なんだ。その中に、わしは果てしない研究の分野を見いだした」

「あんたを一つの形態《ゲシュタルト》からほかの形態に変えるあの呪文は、どういうものなんだい？」

と怪物ホーマーがきいた。

「あれは何十種類もある進入方法の一つでしかないが、ときによってはあれがいちばんらくな方法なんだ」ディオゲネスはいった。「あれは〈直接性記憶喚起〉つまり〈語句的逍《しょう》遙《よう》〉だ。あれは〈招魂の呪文〉——直観的ないしはカリスマ的進入路だ。その中でもわしがよく使うのは〈ブラッドモントの主題〉——これは二十世紀のふたりのエス・エフ作家にちなんで（ブラッドベリとボーモントでしょうか）わしが名づけたものだがね」

「あなたの話を聞いてると、まるで——あのう——いまは二十世紀でしょ？」とレジナ。

「いまは二十世紀？　いや、まさにそのとおり！　そうだったな」ディオゲネスはうなずいた。「じつは、ほかの分野の実験もやるもんだからな、ときどきこんぐらかるんだよ。諸君だって、ときどきは、奇妙になまなましくあざやかな瞬間を経験することがあるだろう？　まるでその瞬間、世界がなにか新しくなったような？　新しい世界にきたような？その理由はだね、諸君にとって、事実それが新しい世界だからだ。その瞬間、諸君は別の形態へと移動したのさ。そして、偶然発生的な進入の穴や方法はたくさんあるが、わしの知るかぎり、計画的なそれは、わしのこしらえたそれだけなんだよ」

「どうも矛盾しているね」とコート医師がいった。「もしもそれらの人格がべつべつのものなら、どうしてその一つから一つへと移り変われるんだね？」

「わしは一つの人格からほかの人格へと移り変わったんじゃない」とディオゲネス。「いまここできみたちが聞いていたのは、三人のちがったディオゲネスのリレー講演だったのさ。さいわい、わしもあとの二人もよく似た科学的思考の持ち主なので、イキがぴったり合っていた。いや、今夜は諸君のおかげで、置換の受けいれの実験を大成功裡《り》にやれたわけだ。それにしても、おお、この現象の多岐多彩さよ！　研究を要する種々相よ！　それでは、諸君をいまのせまくるしい第二形態世界から連れだして、新しい世界へつぎつぎに案内するとしようか」

「あなたは、あたしたちがふつう属してる第二形態複合体のことを話してくれたわ」とレジナがいった。「それから第九、いいえ、第百まであるかもしれない、ほかの形態のことも話してくれたわ。でも、第一形態というのはないわけ？　ふつう、数は一からかぞえはじめるものだけど」

「むろん、第一形態は存在するよ、レジナ」とディオゲネスはいった。「わしは最初にそれを発見し、そう名づけた。大部分の諸君のふつうの世界が、これとおなじカテゴリーであることに気づくまえにだ。だが、いまのわしは二度ともう第一形態の世界を訪れようとは思わん。なにしろ、大げさで退屈で、とても鼻持ちならんのだ。その平凡さは、一例をあげただけで察しがつく。第一形態の連中は、自分らの世界を〈実世間《エヴリデイ・ワールド》〉と呼んでいるのだ。さあ、静かにへどを吐いてくれたまえ。いくら落ちぶれても、そこまでは落ちぶれたくないもんだ！　初霜のあとの柿の実！　古ぼけた床屋の椅子！　十一月第三週のハナミズキのピンクの蕾！　ミュラッドたばこの広告！」

ディオゲネスはいささか狼狽《ろうばい》の面持ちで最後の一句を唱えた。不安そうだった。そして、前とはすこしちがった男に変身したが、この新しいディオゲネスも、自分がそこに見いだしたものが気にくわないらしかった。

「濡れたクローバーの甘い匂い！」と彼はさけんだ。「サン・アントニオの聖メリー通り！　模型飛行機用のセメント！　三月のマンジュウガニ！　だめだ、効かん！　ネズミどもがわしを見捨てて逃げよった！　おい、ホーマーとホーマー、そこにいるもひとりのホーマーをつかまえろ！　やつはたぶん第六形態で、ひどくタチがわるいんだ！」

ホーマー・フースは、そういわれるほどにはタチがわるくなかった。いつもより二、三分遅れて帰宅したところ、彼によく似たふたりの男が愛妻レジナといちゃついている光景にでくわしたのだ。そしてもうふたりの気取り屋、コート医師とディオゲネス・ポンティフェックスも、留守のあいだに彼の家へやってくる用はないはずだった。

彼はやにわに鉄拳をふるいはじめた。あんただって、こんな場合にはそうしたろう。三人のホーマーはみんな力持ちですばしこく、そして血の気も多かった。まもなくその血が、ぶつかりぶっこわれる家具と人間のさなかで、気前よく流れはじめた——黄土色の血、真珠色の血、ひとりのホーマーなどは赤い色の血を流したりした。まったく三人の乱闘のすさまじかったこと！

「コリアンダーの実をあずかっとくわ、ホーマー」細君のレジナは、いちばんあとで帰ってきたホーマーのポケットから、包みを抜きだした。「三つあっても困るもんじゃないから。ホーマー！　ホーマー！　ホーマー！　敷物の上へ血をこぼさないでちょうだい！」

ホーマーはもともと喧嘩好きだった。ホーマーもそうだったし、ホーマーもそうだった。

「三月末の——ええと、なんだっけ——聴診器と月光と思い出」コート医師は詠誦した。「効かないか、だめか？　もうわたしはふつうのやりかたでここから出ていくよ。おーい、ホーマーたち、きみたち喧嘩がすんだら、ひとりずつわたしの家へやってきたまえ。傷の手当てをしてあげる。近ごろは、内科や外科のアルバイトもしなくちゃならなくってな」

コート医師は、鍛練不足の人間のぎくしゃくしたフォームで駆けだしていった。

「〈ハリー危機一髪〉のコミックス！　ヒューストンのコングレス通り！　ボルティモアのライト通り！　シドニーのエリザベス通り！　古酒場のピアノの椅子！　ベティという名の安女給！　隣までなら、こりゃ走ったほうが早そうだぞ」ディオゲネスはしゃべりやめた。それから、鍛練充分の人間の軽快なフォームで駆けだしていった。

「もうたくさんだ！」乱闘の中からふりとばされて壁にぶつかったひとりのホーマー——どのホーマーかはわからない——がそうさけんだ。「夜、仕事から帰ってきた男がほしいのは、平和と休息だ。こんなんじゃない。おい、おまえたち、おれはもう一度あの町かどまでいってくるぜ。家に帰ってくるところを、はじめからやりなおすんだ。いまのことは、きれいさっぱり忘れてしまう。あの町かどを曲がるときには口笛で《ディキシー》を吹いて、世界でいちばん平和な人間になりきるんだ。だが、こんど帰ってきたときに、おまえらがまだひとりでもここにいたら、それこそただじゃおかんぞ」

いうと、ホーマーは町かどめざして駆けだした。

その夕方、ホーマー・フースは家路をたどり、金色の常套句へと帰りついた——以下同文。すべてはあるべき姿であった。彼は家の中がきちんと片づいているのを見いだし、愛妻レジナがひとりなのを見いだした。

「コリアンダーの実、忘れずに買ってきてくれたわね、ホーマー？　あたしの紡錘《つむ》のかわいいクモの巣さん」レジナがきいた。

「ああ、忘れずに買ってきたよ、レジナ。だが、このポケットにはどうもはいってないらしい。どこでなくしたかなんて、きかないでくれ。忘れたいことがあるんだよ。ところでレジナ、さっきもおれは帰ってこなかったかい？」

「いいえ、帰ってこなかったわよ、あたしのかわいい六つ星はしりぐも《ドロミデス・セックスパンクタトス》さん」

「すると、おれにそっくりだがそっくりじゃない、ふたりの男も見なかったな？」

「ええ、見なかったわよ、かわいい六つ星ちゃん。あなたみたいなご面相が、ほかに二つとあるはずないもの。ここには、あたししかいなかったわ。子供たち！　ごはんですよ！　パパのおかえりよ！」

「じゃ、いいんだ」ホーマーはいった。「おおかた帰り道で夢でも見たんだろう。あんなことは、現実にはなかったんだ。おれはいま、いとしいレジナといっしょに完全無欠の家にいて、あと一秒とたたないうちに、子供たちが足へまとわりついてくるんだ。これがこんなにすばらしいとは、いままで思ってても見なかったぞ。**や、ややややややや‼　おまえはレジナじゃない！**」

「あら、もちろんあたしよ、ホーマー。女王どくぐも《リコサ・レジナ》があたしの学名。あら、どうしたの、急にモジモジしちゃって。あたしがあなたのお帰りをどんなに待ちわびてたか、ご存じのくせに」

レジナは彼をつまみあげると、いとおしげにその手足を折って扱いよくしたのち、床の上に彼をおいて、むさぼりくいはじめた。

「いやいや、おまえはレジナじゃない」ホーマーはすすり泣いた。「おまえはレジナそっくりにも見えるし、ばかでかいクモのお化けにも見える。コート先生のいったとおりだ。町かどの穴を早くなんとかしなきゃ」

「あら、コート先生なんて、なにも知りゃあしないのよ」レジナはもぐもぐやりながらいった。「あたしのことをイカモノ食いですって」

「どうしてまたパパを食べたりするの、ママ?」はいってきたフレゴナがいった。「お医者さまにとめられてるじゃない」

「きっと、あたしの中のクモのせいね」ママのレジナがいった。「ホーマー、コリアンダーの実を買ってきてくれればよかったのに。あれはあなたとてもよく合うのよ」

「だって、お医者さまにしんぼうしなさいっていわれたでしょ、ママ」娘のフレゴナがさえぎった。「お医者さまがいったじゃない。パパぐらいのとしになると、なんども新しい手足を生やすのが、だんだんむずかしくなるって。そいで、しまいにはパパが神経質になっちゃうって」

「たすけてくれえ!　たすけてくれえ!」ホーマーは叫んだ。「おれの女房は大グモだ。おれをガツガツ食べてるよう。もう手足がなくなっちまった。こんなことなら、はじめの悪夢のほうがましだよう!　田舎のお祖父さんの家のベッドの下のしびん!　万聖節のブンブンに使う、松脂を塗ったひも！　二月の豚のかいば！　地下室の果物のびん詰にかかったクモの巣！　ああ、ああ、だめだ！　かんじんのときにかぎって、うまくいかない！　あのディオゲネスがやたらにいじくりまわしやがったおかげだ」

「あたしのほしいのは、ささやかな愛情だけ」レジナが口いっぱいに頬ばりながらいった。

「たすけてくれえ、たすけてくれえ」もう首まで食べられたホーマーはさけんだ。「ゼッキョー、ゼッキョー」

どろぼう熊の惑星
Thieving Bear Planet

浅倉久志訳

初出：テリー・カー編 Universe 12 (1982)

邦訳：短篇集『どろぼう熊の惑星』（ハヤカワ文庫SF）

初出媒体《ユニヴァース》はオリジナル・アンソロジー・シリーズ。一九七一年から八七年までに全十七巻を数えるが、ラファティはそのうち七冊に寄稿している。もっとも八〇年代に入ってラファティの執筆ペースは落ち、八四年には休筆してしまうので（もっともそれ以降も過去の原稿の改稿はしていた）、このアンソロジーへの登場も第十二巻が最後となった。その作品が「どろぼう熊の惑星」である。

とある惑星に降りたった調査隊が驚くべき現象に見舞われる。SFでは古くから繰り返されてきたシチュエーションで、ラファティもこの作品のほか「九百人のお祖母さん」「豊穣世界」などで用いている。この惑星に住む生物はあまり熊に似ておらず、むしろ大型のモモンガのようだった。それをあえて「熊」と呼称するあたり、絶妙な語りのセンスである。調査団が持ってきた食糧や物品が、この熊につぎつぎと掠《かす》められていく。いたずらものの小動物に人間が振りまわされる……という軽い展開かと思いきや、判断力や記憶まで盗まれるあたりから物語は思わぬ局面へと入りこむ。宇宙を舞台にしたラファティ流のゴーストストーリーだ。

1

「われらを悩みと煩いより救いたまえ、
　われらをどろぼう熊より救いたまえ」

――ジョン・チャンセル『第24セクターの日誌と跋』

〈どろぼう熊の惑星〉の状況には簡単な説明が必要である。なぜ必要なのか。偉大なレジナルド・ホットの言葉をかりれば、「変則的なものはややこしい」からだ。

ほぼ十年おきに、整理整頓に情熱を燃やしただれかが、〈惑星図鑑〉というあの厖大な目録製作作業の監修をひきうけ、変則的なものの調査に新しくとりかかる。そうした調査が〈どろぼう熊の惑星〉を見逃すわけはない。

「この惑星には、人間の生命や活動に対する脅威はなにもない。肉体の健康にはなんの危険もなく、精神の健康にごくわずかな危険があるだけだ」偉大なジョン・チャンセルは、その惑星について、一世紀前にそう書いた。「この惑星はとつぜんの富を生みだすたぐいの世界ではないが、気候はほぼ均一に理想的である。環境は平穏で生態学的バランスがとれ、自然はうっとり見とれるほど美しい。しかし、この惑星は、一部の訪問者に奇妙な影響をおよぼす。真実でないことを書くようにしむける。ちょうどいまこの瞬間、わたしがそうしむけられているように」たしかに航宙日誌の記事として、これは奇妙だ。また、その後のあるベテラン探険家にいわせると――「ここには征服するものがなにもない。ここは資源の貧しい反生産的世界である。しかも、ここではあらゆるものの調子が狂う。しかし、これだけはいおう。ここでの調子の狂いかたは、およそありえないほど愉快だ。しかし、調子が狂うことはまちがいない」

いま、六人の探険家から成る新しい調査隊が〈どろぼう熊の惑星〉に着陸した。ジョージ・マフーン（レスラーのような大男で、まさぐり、つかみ、てこの支点をさがす、レスラー的思考の持ち主）。エルトン・ファッド（情報に強く、個性的輝きは弱い）。ベネディクト・クリックス＝クラノン（凝り屋で魅力的で、この探険隊のすべての仕事に精通している）。ルーク・フロンサ（部内の評判では〝有望株〟だが、ちょっと老けすぎた〝有望株〟では？）。セルマ・ラースト＝ローズ（世の中にはすべてに恵まれた人間もいる、というしかない）。グラディス・マークレア（彼女は人当たりがよく有能だが、天才ではなく、探険家に本当に求められるものは天才なのだ）。そして、ディキシー・レイト＝ラーク（純然たるスピリット、それが彼女だ！）。この一行は、調査局で最も老練な隊員とはいえないが、最も新進気鋭の隊員ではあった。そして、変則的なものの解明にかけては腕ききであることを、すでに実証もしていた。

「ここは住みよさそうな土地だが、たいした可能性はないな」現地に到着してものの十分とたたないうちに、ジョージ・マフーンはいった。「なぜこれまでの調査隊は、あっさりこういわなかったんだろう――「生産力は収益限界か、またはそれ以下。高速走査によれば、放射性金属、卑金属、希土類、化石燃料とも、埋蔵量は乏しい。ほかにもっと適当な惑星がある以上、今世紀中の開発には悲観的」と。なぜ彼らは、あんなわけのわからないたわごとを報告書に記入したんだろうな。しかし、この星は好きになれそうだ。短い休暇には向いてる」

「ええ、わたしもここが好きになれそう」セルマ・ラースト＝ローズが速射砲のような奇妙な口調でいった。「ここには大きな謎があるにちがいないし、わたしは謎が好き。それに、ここの〈古代宇宙船平原〉にはべつの小さい謎があるわ。その謎も解きたい」

調査隊が着陸したのは、〈古代宇宙船平原〉のひろびろとした場所だった。あたりの地上には、古代宇宙船の驚くほど細密な実物大の絵、または図面が描かれていた。ぜんぶで十二隻のそれが、時計まわりに円周の三分の二を占めて、古いものから新しいものへと順々に並んでいるのだ。その図面がどんな方法で描かれたのかはよくわからないが、いちめんのゆたかな緑の草も線の上をよけて生えているので、図面がくっきりとよく見える。その〝地上絵〟には宇宙船のほうぼうについた球体や、船首と船尾のふくらみが示されていた。内部隔壁までもが正確に図解されていた。早くいえば、それは実質と、高さという次元が欠けてはいるが、実物大の宇宙船の博物館だった。

「〈ソーサラー号〉の航宙日誌で、この平原というか、草地のことを描写したふたつのくだりを思いだしたよ」とエルトン・ファッドがいった。「最初のくだりはこうだ――「一部の隊員は、この宇宙船の平原を、どろぼう熊が一種の歴史的記念として作ったものだと信じているが、あの小動物にそんな知能があるとは思えない」。べつの筆跡で書かれたもうすこしあとの日誌にはこうある――「どろぼう熊は、この世界を訪れたすべての宇宙船のために、草地に設計図の記念碑を作ったが、その方法はわれわれの想像とはまったくかけ離れていた」。ところで、あとのほうの記述は、ほかの隊員の後期の記述と同様、インクでないなにかで書かれていた」

「よろしい、あの小動物がどうしてそれをやってのけたか、その方法をいくつか想像して、ためしてみよう。どうやって作ったのか、直接たずねてもいいな。あのくすくす笑いの化物たちにもし知能があるとしたら、質問する方法は見つかるだろう」

〝くすくす笑いの化物〟とも呼ばれるどろぼう熊は、あまり熊に似ていなかった。むしろ、大型のモモンガに似ていて、スポーツでもやっているつもりか、風に乗って滑空するのだった。彼らの外見と盗癖は、むしろモリネズミ（地球産のネオトーマ・キネレア）に似ているが、体形はもっと大きい。この動物を〝どろぼう熊、学名ウルソス・フルティフィクス〟と名づけたのは、かのジョン・チャンセルである。

そう、調査隊員たちは、惑星着陸後五分とたたないうちに、この小動物による盗みを体験した。この小動物たちは宇宙船内へはいりこんだだけでなく、はいりこめるはずのない場所へもはいりこんだ。彼らはセルマのキャンデーと、ディキシーのかぎタバコを盗んだ。ジョージ・マフーンの〈男性的香水――シナモン〉を実に十三本も（その場で飲んでしまうという手口で）盗んだが、ほかの香水にはいっさい手をつけなかった。彼らはマスタードの味に酔いしれて、容器をすっかりなめつくし、有頂天の苦しみにハアハアもだえつづけた。エルトン・ファッドが重い棒をふりまわして、この小動物たちを追いだそうとした。

むこうは棒の端にしがみつき、エルトンが握った手もとまでその棒をかじりつくした。この小動物たちは滑稽だが、ときにはみんなを怒らせることもあった。ディキシー・レイト＝ラークが持ってきたフランス語のホラー小説も六冊盗まれてしまった。もっとも、これは致命的損害ではない。まだ何冊も残っている。

「きっとあれを味見するつもりなのよ」とディキシーはいった（彼女自身、どろぼう熊の一ぴきにいくらか似ていなくもなかった）。「これはテストだわ。もしあれを読んでおもしろがるようなら、彼らは知的生物で、読書に関しては調査隊の仲間より趣味がいいことが証明される。それが分析のスタートになり、電子ノートに記入できるデータになるわ」

どろぼう熊は会話ができるのか？　最初の十分か二十分ほど、その問題には答が出なかった。

「〝おはよう〟といってごらん、ふわふわちゃん」とセルマが小動物の一ぴきにいった。

「〝おはよう〟といってごらん、ふわふわちゃん」と相手は熊のような声でほえた。それでも、シラブルの数は合っていたし、リズムと抑揚も合っていた。そのほえかたは、たしかにセルマの早口のしゃべりかたに似ていた。しかも、熊たちが隊員のだれかに返事するときには、かならずその人間の声色で答えるのだった。あっというまに熊たちは各隊員の口調をおぼえ、どの隊員の物まねであるかには疑問の余地がなくなった。

だが、その物まねにくすくす笑いがくっつくのだ！　まったく、もう！　やがて、だれもがうんざりしてきた。〝あのくすくす笑いの化物〟――たしかにそれはいえる。

どろぼう熊は本が読めるのか？　たぶん、その答はまもなくわかるだろう。熊たちはコミックスの詰まった大きなロッカーにはいりこみ、中身をごっそり盗んでいった。交易惑星連合で入手したこのコミックスは、母なる地球でコレクターズ・アイテムになっていて、ずいぶんおいしい儲けになるのだ。いや、これほどの逸品は、どこへ持っていってもコレクターズ・アイテムになるはずだった。

大きなどろぼう熊の中には、小さいどろぼう熊にそのコミックスを〝読み聞かせる〟ものもいた。ほえるようなどろぼう熊独特の声で、それを朗読するのだ。小さい熊たちは、物語の途中でほえるように興奮と驚きの声をあげ、絵と吹きだしを見に近づいていく。それからあのいまいましいくすくす笑いがはじまる！

明らかに大きな熊たちは本を読んでいると信じており、小さい熊たちは理解していると信じているらしい。しかし、コミックスの吹きだしは交易惑星連合のグノー・ピジン方言で書かれており、交易惑星連合の人間が〈どろぼう熊の惑星〉へきたことは一度もない。概念思考のレベル以下の動物が、〝サングスター同時発生直観翻訳法〟を実行しているとは、とうてい考えられない。やがて、小さい熊たちは、コミックスの中のエピソードを明らかにまねはじめた（ロッカーの中にあるすべてのコミックスの内容に精通したベネディクト・クリックス＝クラノンにいわせると、それらはきわめて微妙なエピソードらしい）。そう、これは簡単に説明のつく事件ではなかった。

到着して一時間後、万事がある程度落ちついたところで、調査隊の全員はボーナス食にありつくことにした。新しい世界を訪れた人間は、万事を掌握できたという完全な自信を持ったときに、はじめてそうする。第四交易惑星でパッケージされたそのボーナス食は、伝統的な地球スタイルのごちそうだった。十センチもの厚みのアフリカ水牛のステーキ、ミッドランド産のマッシュルーム、カミロイ産のカランツ、アストローブ産のリンゴ、エルトン産のウナギ、ラック・ワールド産のライ麦パン、〝ギャラクシー〟印の山羊バター、レイン・マウンテン産のコーヒー、ラムボート産の果実酒、ガニメデ産の葉巻（その中型《パー》葉巻《フェクト》には〝永遠よりも長持ちのする香り〟というコピーがついていた）。

「前回までの調査隊の日誌によると、〈どろぼう熊の惑星〉では、熊に悩まされて、本当の食事のたのしみがなかったらしい」ベネディクト・クリックス＝クラノンは舌つづみを打ちながらいった。「だが、わたしはこのごちそうをたのしんでいるし（ルーク、すまないがラムボートの果実酒をもう一杯）、そのたのしみを奪えるものなら奪ってみろといいたい気分だね」

だが、ほとんどその瞬間を皮切りに、ごちそうのたのしみと味が消え失せはじめた。どんなふうに？　ああ、それはたのしみの全項目が、謎めいた手口で盗まれたとしかいいようがない。

「ディキシーのかぎタバコの残りも、ぜんぶ熊たちに盗まれたわ」グラディスがいった。「残念ね。彼女はあれが大好きなの。もし、ディキシーの特殊な嗜好品がぜんぶ盗まれたら、それは彼女が盗まれたのとおんなじだわ」

「ディキシーのフランス語のホラー小説も、また三十冊ほど熊たちに盗まれたぜ」エルトン・ファッドが不満そうにいった。「彼女はきっとあれで落ちこむよ。熊たちにフェアプレイを要求しなけりゃ」

「彼女の金のかぎタバコ入れも盗まれた」セルマ・ラースト＝ローズが嘆いた。「なんていじわるな熊たち！　あのかぎタバコ入れは、地金だけでも値打ちがあったのに」

「それに彼女の水きせるもだ」ルーク・フロンサが文句をいった。「つぎに熊たちはなにを盗むのやら？」

「わからんな」ジョージ・マフーンが首をかしげた。「しかし、こんどはディキシー・レイト＝ラーク本人が盗まれたか、すくなくとも行方不明だ。この船は完全な保安態勢下にあるから、なんの記録もなしに彼女が船から出ていけるはずはない。ところが、船そのものが、彼女は船内に不在だと表示をしている。ついさっきまで、彼女はきみとセルマのあいだにすわっていた。そうだろう、グラディス?」

「ええ、ついさっきまではね。セルマとあたしのあいだの椅子に。でも、いま、セルマとあたしのあいだには椅子もないし、椅子がおけるすきまもない。ディキシーはきっとなにかほかのものにすわってたんだわ。ああ、あのしゃくなくすくす笑い! どうやって彼らはディキシーを盗んだの? 彼女をどうしたの?」

「理性的になれよ、グラディス」とルークがいった。「あの小さい熊たちに、ディキシー・レイト=ラークが盗めるはずはない」

「じゃ、彼女はどこへ行ったのよ? それと、どんな方法で?」

「おれにはわからん」とマフーンは告白した。「そして、この中のだれかがそれを知ってるとは思えん。急に、そんなことはたいして重要だと思えなくなってきた。ああ、なんだか吐き気がする。そう、それに腹がへった。あれだけのボーナス食のあとで、腹がへるはずがないんだがな。さいわい、船のモニターに自分をつないである。〈どろぼう熊の惑星〉の変則性に関する初期報告の中に、隊員たちの幸福感と理解力が盗まれたという報告があったんでね。さてと、モニター、おれにはどんな異状が起きた?」

船内モニターはしゃべりだした。コード言語によるおしゃべりだった。「でも、コード言語なら、わたしたちみんなが母乳のように理解できるわ」とディキシーが前にいったことがある。全隊員が、母船のコード言語にすっかり同調していた。だれもがコード言語を自動的に口語に翻訳していた。

「あなたの摂取した食物から、重要な栄養価がとつぜん盗まれました」とモニターはしゃべった。「あなたの胃からペプシン、視床からサルマティティー、咽頭からチロキシンが盗まれ、食道と胃からアフリカ水牛のエッセンス、後胃と小腸からカランツとリンゴ、胃と回腸と血流からラム酒のアルコール分が盗まれ、それと同時に正常な血中アルコールと血糖が盗まれました。あなたの瘤胃《ルーメン》と空洞胃からはライ麦パンとバターとコーヒーの混合物が盗まれました。あなたの内部のどこかにある塩水沼からはエルトン産ウナギのエッセンスが盗まれました。同時に、あなたの膵臓《すいぞう》からインシュリンとグリコーゲン、胆管と十二指腸から肝細胞胆汁塩が盗まれ、脳の数ヵ所から若干の単語とアイデアと暗示が盗まれました。あなたが吐き気と空腹を同時に感じるのもふしぎはありません」

「ありがとう、船内モニター」とジョージ・マフーンはいった。「どうやらおれはなにかの微生物か、バイキンか、ウィルスに感染したらしい。悪化を防ぐために、アンチ・アンチ錠剤をすこしのんでおこう」

「アンチ・アンチ錠剤なんて忘れなさい、ジョージ！」エルトン・ファッドが怒った声でさけんだ。「それより鋼鉄の棒を持って、あのどろぼう熊どもにお仕置きをしてやったほうが早い。ぼくも微生物とバイキンとウイルスに感染しているが、その病原体はぼくの半分ぐらいの大きさで、どろぼう熊と呼ばれているやつらだ。あのくそいまいましい、くすくす笑いのくたばりぞこないめ！　やつらは盗みと大食いでわれわれのプライバシーへ強引に割りこんできた。だが、どうしてやつらが内部から割りこめるのか、さっぱりわからない。ときどきこう思うよ、探険家なんかにならずに、一族の事業をひきつげばよかったとね」

エルトン・ファッドの一族はウナギの事業にたずさわっていた。ウナギで財を築いたのだ。

そのとき、蠟《ろう》とぼろぎれで作った人形が、宙を飛んできてテーブルの上に落下した。茨のとげとピンと針で串刺しにされ、のどをむごたらしく掻き切られた人形だった。そのテーブルでは、調査隊全員が、クライマックスを過ぎて急に力を失ったごちそうを食べおわったところだった。その虐げられた人形にはディキシー・レイト＝ラークの顔がついていた。人形の口は大きくひらかれ、恐ろしい無音の悲鳴を上げていた。

「すくなくともこれであの熊さんたちにフランス語が読めることはわかったわ」グラディス・マークレアが笑いながらいった。みんなも笑った、「プーペ・フェティシュ、つまり、呪いの人形という情報の出所は、ディキシーのフランス語のホラー小説しか考えられない。そうよ、これはヒロインのストリダント・ミミ、つまり、スクリーミング・ミミその人なの。まるきりディキシーを主題にしたようなお話だわ。ああ、早くディキシーが帰ってきて、この滑稽な自分のパロディーを見てくれないかな。口をお閉め、ディキシー人形！」

　グラディスが人形の口を閉じさせようと人差し指を近づけたとき、だしぬけに人形が猛然とその指にかみつき、血がほとばしった。グラディスがやっと指をひきぬくと、人形はふたたび口を大きくあけ、朱《あけ》に染まった口から恐ろしい無音の悲鳴をひびかせた。呪いの人形に独自のいのちがあるのは、むかしからの言い伝えどおりだ。

　この滑稽な小幕間劇で一同はすこし元気づけられ、さっきよりも明るい気分でテーブルをあとにした。そして、船から外に出ていった。

　ああ、どろぼう熊たちはなんと遊び好きだろう！　調査隊員たちはこの熊たちをゲームで打ち負かし、同時にすべての謎を解明するつもりだった。しかし、いまではこの熊たちを予想以上に複雑で、知的生物に近いものとみなすようになっていた。といっても、熊たちが、くすくす笑いをする小さい嫌われものであることには変わりがなかった。

　どろぼう熊は警察犬より大きく、グレートデンよりやや小さい。歯もなく、かぎ爪もなく、いちおうは無害に見える。くすくす笑いをするそんな動物のことで、どうして真剣に悩む気になれよう？

「早く！　早くきて！」セルマ・ラースト＝ローズがパニック寸前の奇妙な声でさけんでいた。「早くきて！　ディキシーを見つけたわ」

　どろぼう熊たちは、いくら大きく見えても、ほとんど重さのない印象を与える。風に乗って飛んでいるところを見れば、ほとんど無重量としか考えられない。彼らの体の大部分は――そう、体毛でもなく、羽毛でもないが――ふわふわした、毛足の長い外皮からできていて、中身はたいしてなさそうなのだ。

「きて、きて、だれかきてよ！」セルマはまだ早口でさけんでいた。「ディキシーが死んでる」

　熊の体は、九十パーセントがふわふわした外皮で、実質は十パーセントたらずらしい。でなければ、これだけ大きい熊たちが、あんな小さい穴にもぐりこめるはずがない。

「恐ろしい、恐ろしい死にざまよ」セルマは、小さい女の子のような口調で単調にくりかえした。「恐ろしい、恐ろしい死にざま。ああ、おねがい、だれか助けにきてちょうだい。ひとりじゃ、とても見てられないわ」

死んだディキシー・レイト＝ラークは、全身を針で串刺しにされたあの呪いの人形の正確な等身大の複製だった。彼女ののども、人形とおなじように、むごたらしく切り裂かれていた。茨のとげとピンと針が全身を貫通しているが、こんどのそれは長さ一メートルのとげ、長さ二メートルの針だった。彼女の口は、人形の口そっくりに大きくひらかれていた。ディキシーは、人形とおなじように、恐ろしい無音の悲鳴を上げていた。

そして、無音の悲鳴を上げている口と、掻き切られたのどからは、どろぼう熊特有のくすくす笑いがもれていた。なんと不気味な！

その恐怖がいくらか薄れた、というより、驚きをまじえた怒りに変わったのは、ベネディクト・クリックス＝クラノンの声が大きくひびいたときだった。

「ここにも死体がある。こっちのほうがよくできてるぞ。本物そっくりだ！」

そう、そちらもディキシー・レイト＝ラークの惨死体で、のどがいっそうむごたらしく掻き切られ、哀れな体はいっそう長いとげと針で串刺しにされ、無音の悲鳴に大きくひらかれた口からは、いっそう場違いなくすくす笑いがもれていた。

結局、等身大のディキシー・レイト＝ラークの模型はぜんぶで七体も見つかり、そのどれもが恐ろしい儀式的な死にざまを見せていた。やがて、その七体がいっせいにピョンと飛びあがって、まだ若いどろぼう熊に姿を変えると、くすくす笑いながら逃げていった。この惑星の上の小石までが、くすくす笑いの仲間入りをしたように思えた。

しかし、ディキシー・レイト＝ラークその人はどこにいるのか？　それが適切な質問ではないのか？　いや、もっと適切な質問はこうだろう――なぜ調査隊の全員は、同僚であるディキシー・レイト＝ラークの身になにが起きたかを気にしなくなったのか？　なぜいまの彼らは、彼女の失踪が重要でないと思うようになったのか？

「おれには判断力がなくなった」とジョージ・マフーンは嘆いた。「頭の中にはまだばらばらの断片がほとんど残っているが、それをまとめることができない。判断力とは、その断片をまとめる力だ。この中のだれかに、調査隊長の地位をゆずるしかなさそうだな」

「あら、隊長の地位なんて！」とグラディス・マークレアが一蹴した。「どのみち、調査隊なんて、隊長がいないほうがいいのよ。それに、ジョージ、最初からなかったものをなくすことはできないわ。この状況で、〝なぞなぞゲーム〟をやってみましょうよ。これまでこの世界にやってきた人たちが、なぜだれもそのゲームをしなかったかをみんなで考えるのよ。ここは地球サイズの惑星で、驚くほど変化がない。似たりよったりのいくつかの大陸の上には、〈古代宇宙船平原〉によく似た小平原が何十万もあるわ。なぜこの世界にきた調査隊が、ジョン・チャンセルのそれからわれわれのそれにいたるまで、どれもおたがいに千メートルと隔たっていない範囲内に着陸したのか？　着陸地に関して調査局がわれわれに与える指示は、つねに〝知性を加味したランダムな選択〟だったわね。どういう便宜があって、どの調査隊もこの一ヵ所に着陸したのか？　そうそう、ジョージ、あなたの判断力がなくなったのもそれよ！　おそらくだれかが、あなたの海馬状隆起から海馬を食べてしまったんだわ（前からあたしはあの〝海馬ちゃん〟が記憶だけでなく、判断力の中枢だと思ってたの）。だから、いまのあなたにはむかしほどの元気がない。もしこの惑星の大部分がまったく未調査だったとしたらどうする？」

「いや、われわれは〈どろぼう熊の惑星〉に着陸する前に、十六コースの周回走査飛行をおこなった」とジョージ・マフーンはいった。「十六コースの周回走査なら、きわめて正確な記録がとれる。それに、これまでの中には、六十四コースの本格的周回走査をやった調査隊もある。ああいう本格的走査をやれば、見逃すものはほとんどない」

「ジョージ、どろぼう熊はこの惑星ぜんたいに住んでいると思う？」とセルマ・ラースト＝ローズがたずねた。

「おれにはわからん。どうだね、ベニー？」

「いやいや。どろぼう熊はまったく小さい種、小地域に分布した生物だ。その優秀性と奇矯さからしても、遺伝子給源はごく小さいと思われる。彼らは特種な個体性保存の意味でも、〝ぬくぬく生きる〟ために、小さい地域で密集して暮らす必要があるんだ」

「ぼくの場合、なくなったのは判断力だけじゃない」とルーク・フロンサが嘆いた。「すべてのアイデアがなくなって、いま残っているのは概念だけだよ。だれかがぼくの頭からすべてのアイデアを食いつくし、殻だけを残していった。きみたちは知っていたかい——概念というものが、アイデアから肉を食いつくしたあとの殻か莢《さや》であることを？」

熊たちは歯がないが、おふざけ屋だった。ときおり光線のかげんで見えにくくなるときを利用して、空からやってきた。滑空してくるか、のんびり歩いてくるかして、まるで吐息のようにそっと人間たちにさわるのだった。しかし、人間にさわるときは、どんなに短い一瞬でも、どんなに軽い接触でも、ごく小さい侵入のしるしがそこに残った。イラクサのとげに刺されたように、赤い腫れも残った。ある隊員は（それがだれであってもおなじことだ。彼らはもうだれがだれか区別がつかなくなっていたから）、こういった。どろぼう熊は一種の巨大昆虫、奇妙な食欲を持ち、いつも腹を減らしている昆虫だ、と。

七日七晩があっというまに過ぎた。この惑星は目がまわりそうに自転の速い世界だった。

どろぼう熊の七日七晩は、母なる地球の計算でいえばたった十八時間、アストローブの計算でいえば十六時間にしか相当しない。この自転の速さは、〈どろぼう熊の惑星〉の独自性を生みだした。自転が速いために、そこには大きな高木がなく、大きな低木さえない。そこにあるのは小さい低木と、非イネ科の草だけだった。

2

「幽霊を連れていない人びとは、恵まれない人びとである。彼らは自分の幽霊を失ったという事実を隠すために、さまざまの〝オリエンタル〟な秘教や、当世風の迷信または愚行や、占星学の堕落の深みにおちいる。

同行者、つまり、人びととの〝隣人関係〟を持たない幽霊も、おなじく恵まれない存在であり、自分で仲間を作ろうとして、最も奇怪な役割や形態におちいる。

このふたつの状態はどちらも不健全である」

——テランス・タイブーシ（『第24セクターの怪談』への序文より）

〈どろぼう熊の惑星〉は暴風雨が多いので、小さい低木より背の高い植物は育たない。また、〈どろぼう熊の惑星〉は自転が速いので、この世界にはある種の地表条件が強制されている。たいていの世界では、山々は上に伸びる。〈どろぼう熊の惑星〉では、山々は下に伸びる。

〈どろぼう熊の惑星〉のすべての大陸の高地は、平坦で緑におおわれ、ときどき激しい風にさらされる。そこから一段低い山々は、隠れた平原や牧草地や丸い盆地（たとえば〈古代宇宙船平原〉）につながり、これらの低地ではそれほど風が激しくない。

過ぎ去った短い七晩のうちのふた晩は〝雷雨の夜〟だった。雷雨の夜には幽霊たちが出没する。雷雨の夜には、巨大な雷雲と、電離現象のディスプレイが（文字どおりに）ハイライトを作りだす（たいていの場合、この雷雨は、あなたの故郷の雷雨より激しい）。稲妻は空高く積み重なり、ラザラスライオン（アストローブ野生区にいる巨大な人食いライオン）のように咆哮《ほうこう》する。それから滝のように山々をころがりおち、低い平原や草地の上にパチパチはじける熱い滝壺を作りだす。

幽霊たちはつねにそこにいるが、ふだんの幽霊たちの中にはしぼんだ風船のようなものもいる。だが、雷雨の夜になると、その幽霊たちが電光にふくれあがって姿を現わす。しかし、そのほかの幽霊はいつも控え目で、果てしない夜と昼を過ごしながら、長い時代を経て、最後には消えていく。

その幽霊のひとりは、〈どろぼう熊の惑星〉の最も初期の訪問者、ジョン・チャンセルの幽霊である。一般にはどろぼう熊の〝発見者〟と呼ばれているが、いまその幽霊がいうところでは、これは事実に反するらしい。チャンセルの幽霊は、二度目の雷雨の夜に、調査隊員たちといっしょに宇宙船の司令室にすわり、船に指示を与える八百のノブと、ハンドルと、レバーと、押しボタンと、キーボードと、ヴォイス・ボックスを愛しげになでさすった。彼の時代の宇宙船は、これほど進歩していなかったのだ。

「船体制御の分野での新しくたのしい進歩のすべてを、わたしは〝チャンセル〟よりも早く身につけてしまうんだ」チャンセルの幽霊は物やわらかにいった。「そう、彼は肉体としての脳を持っている。その大部分をね。しかし、わたしには直観がある。そしてどのみち、彼、いや、われわれは、あまり頭のいいほうじゃなかった。われわれには神秘性と個性があり、直観があった。当て推量をさかんにやり、ごまかしをさかんにやった。しかし、以前からわれわれはけっしてうまく結合した人格ではなかった」

「どうして幽霊になったんですか？」とグラディス・マークレアがたずねた。「つまり、幽霊になるには、死ぬこと以外のなにかが必要なんでしょうか？」

「多くの場合、それは死ぬよりずっと前から起こる。わたしがここでチャンセルの幽霊になってから（地球の計算で）二十年を経て、彼はよそで死んだ。チャンセルは、彼の（わたしの）幽霊を、ここへの二度目の着陸のときに残していったんだ。その後数回にわたって、彼はわたしを連れにここへもどってきたが、わたしは彼と再結合することも、いっしょによそへ行くことも断わった。彼は彼で偏屈になっていたし、わたしはわたしで偏屈になっていた。もし再結合したら、永続的な葛藤が生じていたろう。しかし、われわれがべつべつになったことは、（わたしよりも彼にとって）ひとつの精神的な災厄だった。

　生きた人間が自分の幽霊とひき離されるのは、そうめずらしいことじゃない。わたしの見たところ、きみたち六人のうちのふたりが自分の幽霊からひき離されているが、きみたちのだれにも、それがどのふたりなのかはわからないだろう。〈どろぼう熊の惑星〉は、そんな分裂に好適な条件を備えているようだ。あとに残された幽霊たちには、大きな飢えが（そう、肉体的な飢えが）ついてまわる。だが、どの惑星にもほかの惑星とちがった独特の幽霊的なものがある。母なる地球でさえ、幽霊的なもののぼろぼろになった残りかすがあるが、あそこは飢えた世界ではない。ある預言者がいったように、「亡霊たちが草を食み、そして眠りにつけるような、鉄の草地とゆたかなエッセンスを備えた世界はさいわいなるかな」だ。しかし、この世界では、われわれ亡霊はほとんど眠りにつけない」

「ディキシー・レイト＝ラークはいったいどうなったんですか？」グラディス・マークレ

アはこの如才ない幽霊にたずねた。

「ああ、彼女はべつの種類の幽霊だ。そもそもディキシー・レイト＝ラークという人物はいなかった。ここに到着したのはきみたち六人だけだった。ディキシーはきみたちの集団精神であり、集団像であり、また、きみたちの〝おふざけ症候群〟の現われでもあった。しかし、それをはじめてきみたちの目に見えるようにしたのは、われわれだ。すると、きみたちは彼女を認識し、無分別なやりかたで彼女を受けいれた。その〝無分別なやりかた〟が、〈どろぼう熊の惑星〉の環境の一部になっている。彼女はきみたち全員、きみたちの気まぐれさ、あるいは気ままさの快い想像的エッセンスであり、それが彼女をとても魅力的にしていた。われわれはエッセンスが大好きだ。濃縮されているからね」

「なぜ、あなたがたは彼女を目に見えるようにしたんですか？」とセルマがきいた。

「それは自分がなにを食べるかを目で見たいからだ」

「どろぼう熊とはいったいなにものですか？」ルーク・フロンサがチャンセルの幽霊にたずねた。

「うん、彼らは一種のタンブルウィード、一種のイラクサだ。ときどき幽霊たちはどろぼう熊に乗って移動する。わたしもよくどろぼう熊になる。われわれがプラズマで体をふくらませて自分の姿をとりもどせるのは、雷雨の夜だけなんだ。しょっちゅうこのへんを歩きまわるのは、いつも空腹で、平安が得られないからだよ。有機物や金属や鉱物が豊富な土地にいる幽霊は、一種の浸透作用で飽食しているから、めったに歩いたり動きまわったりしない。何十年も何百年ものあいだ眠りつづける。気づいたかもしれないが、活動的な幽霊は、恵まれない地方にしか見いだせないものなんだ。わたしの片割れのひとりなどは、ここ百年間、ほとんど身動きしていない。片割れたちの動きは自分に感じられるはずなのに、ほとんどなにも感じられないんだよ」

「あの小さいどろぼう熊はどこからやってきたんですか？」

「ごく初期の着陸、たぶん最初の着陸のときだろうな。わたしが到着したとき、彼らはすでにここにいたよ。あれは老若男女から成る無分別な移民探険団だった。彼らはここのゆたかな緑の草をどうやって食料に変えていいかわからずに、全員が餓死してしまった。この一ヵ所へつぎつぎに宇宙船をひきよせたのは、彼らの飢えのさけびだ。「おいで、おまえたちを食べたい」というのが彼らのさけびであり、それはいまなお最も情熱的なさけびなんだ」

「さっき、あなたは自分の〝片割れ〟の話をしましたね」ジョージ・マフーンはいった。

「ジョン・チャンセルはひとり以上の幽霊を生みだしたわけですか？　彼自身も平安が得られず、空腹だったんですか？」

「ああ、わたし自身（ジョン・チャンセルの中心）は栄光を手に入れた。しかし、われわれのような偉人は、みんなその背後におおぜいの幽霊を残していく。彼（わたし）は、このわたし以外にすくなくともふたりの幽霊を残した。われわれはおたがいに一種の認識、おおまかな共通感覚を持っている。彼には（ありえないことに思えるが）真実の偉大さがあり、わたしにはそれがなかった。だが、ここにパラドックスがあってね。彼は彼自身を外側だけから見ていて、自分の見たものが気に入っていた。わたしはわれわれを内側から見ていて、自分の見たものにすこしも感心しなかった。それに、われわれは世間でいわれるほど多くの惑星に一番乗りを果たしたわけじゃない。この惑星にきたときも、べつに一番乗りではなかった。ここにはすでにどろぼう熊がいた。つまり、もっと早い時期の探険者たちの幽霊だ。しかし、ジョン・チャンセルには偉大さがあった。もっと早い時期の探険者たちには偉大さがなかった。というわけで、チャンセルは多くの惑星での一番乗りの名誉をになったわけだ。

　では、紳士淑女諸君、幸運を祈る。この雷雨の夜明けを待って、カプセル艇で離昇したまえ。離昇したら、すぐ日誌にいくつかの記入をすることだ。でないと、きみたちはそれを忘れて、まったく記入しなくなる。それと、記入するときにはインク以外のなにかを使うこと」

「なぜカプセル艇で離昇するんですか？」とエルトン・ファッドがたずねた。「カプセル艇を使うのは、船が作動不能になった場合だけです」

「この宇宙船は今後永久に作動不能だ」とジョン・チャンセルの幽霊はいった。「まあ、これはいい船だし、われわれおおぜいの飢えを満たしてくれたよ。とにかく、できるだけ早くカプセル艇で離昇したほうがいい。われわれはフェアプレイを心がけてはいるが、もしカプセルがまだここにあると、いずれはそれも食べはじめる」

このジョン・チャンセルは、薄れかけた幽霊の姿をしてはいても、好感の持てる男だった。

しかし、（二度目の雷雨の夜のあと、雷雨の夜明けに現われた）もっともっと荒っぽい幽霊は、マンブレイカー・クラッグの幽霊だった。二度目の雷雨の夜が終わっても、マンブレイカーは目に見える姿を依怙地《いこじ》にたもとうとしていた。調査隊の全員が、しばらく前からマンブレイカー・クラッグの強力な存在を感じていた。

「おれは、運動量または重量を備えた、ここでも唯一の幽霊だ」とマンブレイカーの幽霊は、荒々しくほえたてた。「自分という死すべき雑草はべつにして、おれはイラクサやタンブルウィードやそのほかの雑草の中へもぐりこむような男じゃない。あのかわいいくすくす笑いの熊や、そのほかのおもちゃの姿をとるような男じゃない。おれは幽霊でもないし、怪談の一部でもない。怪談は子供やかわいい熊がよろこぶものだ。おれはこのミネラル不足の世界で、平安を得られずに飢えている死人にすぎない。雷雨の夜になると、おれは隠し場所へ自分の体をとりにいく。その体の中にはいり、パチパチはぜる稲妻と、ここに集まる電気で体をふくらませる。おれは死人らしく気の荒い、腹をすかせた死人だ。おれにさからうな！」

「そっちこそ、われわれにさからうな」とジョージ・マフーンは鋭くいった。「この宇宙船は非常な衰弱状態で、われわれは早くここを脱出しなければならん。墓場生まれの腐ったでかぶつよ、じゃまをするな。おとなしくしてろ。エルトン、こいつの先をとがらして、大ハンマーといっしょに持ってきてくれ。腹をすかせた死人の扱いかたは心得ているつもりだ」

ジョージ・マフーンは太い重たい硬木で作った合わせ釘をエルトン・ファッドに渡した。釘の長さと太さは、野球のバットほどもあった。

「ほかのやつら、本当の幽霊ども、つまり、本当の非現実の存在は、人間と人間の所有物を食うときに、ささやかな自己救済の寓話を唱える」腹をすかせた古代の死者、マンブレイカー・クラッグは咆哮した。彼が持ちあわせた唯一の会話の声は、この執念深い咆哮だった。「やつらはこういう。「われわれはきみたちの頭からなにも重要なものを盗まない。奇妙な形をした、つまらないものだけを盗む。きみたちのようにまじめな人たちは、そんなものがないほうがいい。われわれの得はきみたちの得でもある」これがやつらの言葉だが、それは嘘だ。おれたちがその頭の中から食うものは、その頭の中におさまったいちばん重要なものだ。おれたちがその体から盗んで食うものは、その体の中でいちばんうまいものだ。おれたちはおまえたちの食卓にきて、おまえたちをごちそうに変える。おれたちはこの宇宙船と、その倉庫の中から、おまえたちが持ってきた最も栄養価の高い、洗練されたものを食う。ウォットー金属、データ・ゼラチン、電子リータ、コード化されたメモリーとプロセス。おれたちがそういうものを食うのは、腹をすかせているからだ。おれはほかのだれよりも、そういうものをがつがつ食う。心の中のエッセンスを食い、たわごとをいうばかな脳だけを残していく。おれはその人間が因《よ》って立つところのものを、まるかじりにするんだ」

「船内の移動可能なものを、ぜんぶカプセル艇に移動したか？」大男のジョージ・マフーンは隊員たちにたずねた。

「移動完了」と隊員の何人かが答えた。

「よし、カプセル艇のエッセンスも食ってやるぞ。〈どろぼう熊の惑星〉のおれたちみんなが、おまえたちの宇宙船のエッセンスを食っちまったようにな」と死んだマンブレイカー・クラッグはほえたてた。

「先をとがらせたか？」もどってきたエルトン・ファッドから硬木の太い合わせ釘を受けとって、マフーンはたずねた。

「とがらせた」とエルトンはいった。「しかし、なにかがおかしい。ぼくがここに立っているあいだにも、釘が軽くなっていく。やつらは離れたところから物を食えるらしい」

「やせっぽちの船長よ、立ったままのおまえを食ってやろうか」死人のマンブレイカーはマフーン船長めがけて咆哮した。「噛みごたえはありそうだが、まるかじりにしてやる」

大男のジョージ・マフーンは相手の死んだ顔に強烈な一撃を食わせ、自分よりも大きい死人のマンブレイカーを倒した。それから、とがらせた合わせ釘の先を（「エルトン、たしかにやつはこの釘の芯を食ったらしいな。だが、どうしてそれを防げる？」）マンブレイカーの心臓とおぼしいあたりにおき、大ハンマーの一撃でその釘を打ちこんだ。しかし、硬木の釘、または杭は、もろくも折れ、虫の食った（それともゾンビの食った）破片があたりに飛びちった。

「しょうがない。こいつはそのままにしておこう」とマフーンはいった。「すでに死んでいる男を殺す方法は、もうこれ以外に知らないよ」

六人の調査隊員は、いそいでカプセル艇に乗りこみ、離昇した。おきざりにしていった自分たちの宇宙船を見おろすと、すでに船体はくずれて、輪郭線と図面になっていた。あのふしぎな現場に〈古代宇宙船平原〉という名を与えた、円の一部を構成する宇宙船のシンボルのひとつに変わりはてていた。地上に残る古い宇宙船の輪郭は、そのむかし、本当の宇宙船だったのだ。しかし、どの船もずいぶん食いでがあったにちがいない。

「日誌！」とジョージ・マフーンはさけんだ。「記憶がどんどん消えていく！　めいめいが長い日誌のシートを受け持って、できるだけ早く記入しないとだめだ。早く書きつけろ。初期の探険家たちが記憶を失ったように、われわれもおっつけ記憶を失ってしまう」

「〝インク〟がないのを嘆いてるひまはないわ。使いさしのも、箱入りの新品も、どのスタイラスも、ペンも、鉛筆も」セルマ・ラースト＝ローズが早口でわめいた。「どのレコーダーからも電子インクが、そして、どの瞬間の壺からも記憶のゼリーが食いつくされた。でも、それを嘆いてるひまはないわ。どろぼう熊たちの飢えは不可解よ。これまでの調査隊のどの航宙日誌も、インクでないもので、数すくない単語が書いてあっただけ。でも、みんなでせっせと書けば、もっと数多い単語が書きつけられるかもしれないわ。わたしたちの頭から完全に消えないうちに、この事件の一部始終を日誌に書きつけられるかも」

隊員たちは自分の静脈を切り、長い日誌のシートに自分の血で文字を書きつけはじめた。それは不愉快な経験だった。彼らの血はすでに流動的な要素をほとんど食いつくされたため、ねとねとした濃いものになっていた。しかし、彼らは挫《くじ》けなかった。一部始終の説明を書きつけた。たとえ（あとでそれを見せられたとき）自分たちがそれを書いたことさえ思いだせなかったとしても。

〈どろぼう熊の惑星〉の状況には簡単な説明が必要である。なぜ必要なのか。偉大なレジナルド・ホットの言葉をかりれば、「変則的なものはややこしい」からだ。

これがその簡単な説明である。航宙日誌にねとねとした血で書きつけられた記事も、まあ、これと大同小異だといえる。

山上の蛙

Frog on the Mountain

浅倉久志訳

初出：*Nine Hundred Grandmothers*（1970）
邦訳：《SFマガジン》一九七二年八月号→短篇集『九百人のお祖母さん』（早川書房／海外SFノヴェルズ、のちにハヤカワ文庫SF）

　記念すべき第一短篇集『九百人のお祖母さん』が初出。一九五九年に「何台の馬車が？」が活字になって以降、六〇年代をつうじてラファティは五十篇以上の短篇を発表してきたが（お蔵になった作品もあるので執筆数はもっと多い）、短篇集が出版されたのはようやく七〇年のことだった。『九百人のお祖母さん』に収録されたのは二十一篇。ほとんどが雑誌やアンソロジーに既出のものだが、「山上の蛙」だけが初のお披露目である。

　銀河系でもっとも危険な狩り。それは、惑星パラヴァータにそびえる三重の山をのぼり、猫ライオンのシネク、熊のリクシーノ、コンドル鷲のシャソス、そして岩猿またの名（翻訳しだいでは）蛙男のベイター・ジェノを仕とめることだった。幻獣との対決というモチーフを変奏しながら、物語全体として大いなる謎を提示する。そうした伝承物語のパターンを、ラファティは効果的に用いている。ちなみに、惑星パラヴァータは別な作品“In Outraged Stone”（未訳）でも舞台となる。

彼は山々に目ざめた、と詩人ならいうだろう。事実、その眺めはほかのなにものにも似ていない。伝説によると、海と平地は大昔に作られたという。だが、山々は朝ごとに新しく生まれかわるのだ。

なみたいていでは、ここまで来られない。彼の名はガラマスクといい、なみたいていの男ではなかった。

「わたしは宇宙空間が憎い」はじめてその決心をしたとき、ガラマスクはそう言い、乗組員たちは肝をつぶした。

「どうしてですか、ガラマスクさん？」と船長がきいた。「あなたの宇宙旅行経験は、わたしよりも長い。わたしよりずっと多くの世界をめぐってきておられる。そして、宇宙事業では、だれよりも大きな財産を築かれた。あなたほど旅と新しい世界に対して意欲的な方は、見たことがありません。あなたほどの気宇壮大な方なら、当然、宇宙空間のひろがりを愛しておられるはずだと思っていました」

「わたしは運動や旅を愛している」とガラマスクはいった。「いろいろな世界も愛している。だが、宇宙空間では、運動感も旅情もじきに冷めてしまう。それに、宇宙はひろがってはいない。いまは収縮しているところだ。わたしは、ある峨々《がが》とした荒削りな世界に、そう、熱愛とでもいうべきものを燃やしているが、宇宙空間はわたしのその熱愛に水をさそうとしてくるのだ。わたしはあの世界が細菌さながらスコープの視野に現われるのを見た。そしてたぶん、細菌さながらそれが消えるのを見ることになるだろう。顕微鏡の下に、わたしは壮大な叙事詩と、天を摩してそびえ立つものを眺めた。そして顕微鏡をしまったとき、その天を摩してそびえ立つものが、実は目に見えぬほど小さいのを知った。宇宙的な見地からすると、わたしの愛する壮大で荒削りな世界が、どれも目に見えぬほど小さいか、情熱を燃やせぬものに変わってしまう。わたしは大きな世界を愛しているから、その大きさを卑しめようとする宇宙空間が憎いのだ」

「パラヴァータはそれほど大きな世界ではありませんよ、ガラマスクさん」

「いや、大きい！　大きいとも！」ガラマスクは言いはった。「わたしはあれが卑しめられるのを見たくない。人間の規模からすれば、あれはおそらく最大の世界だ。その規模を、比較で傷つけたりはしたくない。人間がのびのびと、人間らしさを失わずに動きまわれる世界として、あれは最大のものといえる。重力は地球の一倍半、だから体力が必要だ。大気は酸素酔いを起こすほど、だから体力がひきだせる。山々は一万メートルの高さ、人間が補助器具なしに生身で登れる限度いっぱいの高山だ。

それを卑しめられてたまるものか！　これだけの金持だ、きみたちも厄介者とは思うまい。指図はもうすませてある。わたしの一身に関しては、それにしたがってくれればいい」

「ガラマスクさん、あなたには若い時がなかったのですか？」

「わたしはいまも若いよ、船長。この船内のだれよりも、肉体的には強健だ。そして、いまはじめようとするこの企ても、実に若々しく野心的なアイデアなのだ」

「ああ、ガラマスクさん、あなたはもっと別の人間であったことがないのですか？　それほど若くはなく、もっと未熟だったときは？」

「船長、きみのいうことはよくわからんが、そんなときはなかったようだ。わたしの指図にしたがってくれ」

ガラマスクの指図——それは自分を冷凍睡眠に入れ、そして眠っているまに山岳世界パラヴァータへ着陸して、その山麓のロッジへ運べ、というものだった。かくして、いつパラヴァータが細菌のサイズで視野に捉えられたかも、また、いつそれがエンドウの一億倍の大きさにふくれあがったかも、ガラマスクは知らずにすごした。その惑星が地球の倍の大きさになるのも、気づかなかった。着陸も見のがした。

パラヴァータ離着場で彼は宇宙船からおろされ、ロッジまで百キロの道のりを運ばれた。この富豪にふさわしい設備がそこに用意された。予定どおりある期間を眠りつづけたのち、彼は夜明け前に目ざめた。彼は山々に目ざめた。

パラヴァータ、またの名、パラヴァースのぴりぴりした大気の中へと彼はでかけ、そしてここが山麓の小さな町であることを知った。彼は紙入れの中に、逮捕兼死刑執行令状をもっていた。その上、この世界に対して、耳鳴りがするほどの好奇心をもっていた。この世界の活発な文明はその中途でふいに凍りつき、その住民であるローア（エリート、尊者たち）はまったく、あるいはほとんど、姿を消して、愚鈍なオガンタにその席をゆずってしまった。しかも、これがまだ記憶に新しい最近のことなのである。こんどの狩りの旅には、奥深い目的があった。表むきは、この三重の山を登り、猫ライオンのシネク、熊のリクシーノ、コンドル鷲のシャソス、そして岩猿またの名（翻訳しだいでは）蛙男のベイター・ジェノを仕止めること。これは銀河系でも最高に危険な狩りといわれている。三重山の上で、おそらく彼はいのちを失うことになるだろう。地球人のハンターが、この四つの生き物をことごとく仕止めて、生き残ったためしはないからだ。だが、オガンタの狩人の中には、それをやってのけたものがいるという。

第二のレベルで、ガラマスクの追い求めているのは、ある謎の解答だった。なにがエリートのローアたちの身に起こったのか？　いまいるわずかな生き残りを、その砦の中で元気づけるすべはないものか？　凍りついた彼らの文明を融かすくふうはないものか？　愚鈍なオガンタがローアの残党のどんな人知れぬ弱味をつかんでいるのか、それを見いだすてだてはないものか？　どうして優秀種族が、劣等種族のまえに屈服を（しかも、噂によれば自発的な屈服を）したのだろうか？

第三のレベルで、ガラマスクの追いもとめているのは、アリンを殺害したオガンタ、もしくはローア、もしくは動物、もしくは地球人だった。アリンは彼の親友だったが、その事件が起こるまで、ガラマスクはふたりの仲がどれほど親密だったかに気づかなかった。報告によると、アリンは狩りの途中で、岩猿、またの名、蛙男のベイター・ジェノに殺された、となっている。だが、そのアリンが最近ガラマスクの夢枕に立ち、事実はそうでないことを彼に告げたのだ。アリンによると、犯人は狩りの連れであったオクラスという名のオガンタだという。だが、いまオクラスは、もうオガンタの姿ではないかもしれない。「口に出していったことはないが、きみとわたしとは親友だった」と、アリンはさらにつづけた。「ガラマスク、どうかわたしの仇をうってくれ。そして、パラヴァータの謎を解きあかしてくれ。このわたしも、あと一息でその謎が解けるところだった」「なにをきみは見つけたのだ、アリン？」ガラマスクはたずねた。だが、夢の中の亡霊はどうやら耳が遠いようだった。自分の言いたいことだけしゃべり、相手に耳をかそうとしない。

「謎を解きあかしてくれ、ガラマスク」とアリンはくりかえした。「わたしの仇をうってくれ。あと一息だった。やつはわたしのうなじにかみついて殺した。わたしが死んでいくまにも、脳みそをガツガツ食らっていた」「だが、あと一息でなにを見つけるところだったんだ、アリン？」とガラマスクはもう一度きいた。「それを教えてくれれば、こっちも探しやすい」「あと一息のところでわたしは殺されたんだ」とアリンはいった。

亡霊は耳がきこえない。自分のいうことだけいって、ひとの話には耳をかさない。たぶん、あなたも経験がおありだろう。

ガラマスクは夢を信じるたちではなかったが、たまたまこの狩りは年来の悲願だった。実をいうと、アリンの狩りに同行するつもりが、余儀ない事情であきらめざるをえなかったのである。しかも、夢を見た時点では知らなかったのだが、その後報告に注意ぶかく目を通してみると、アリンが事実、頭を丸かじりにされて殺されたことがわかった。さて、いまガラマスクは、それとなくさぐりを入れてみることにした。

「ガイドはだれだ、オクラスという男かね？」ロッジの支配人をしているひょろりとしたオガンタに、彼はたずねた。

「オクラス？　いいや、あれはもうガイドをやめましただよ。いのちをよそへ移されたですだ」

「しかし、オクラスというガイドがいたことはあるんだね」

「むかしオクラスというガイドはいたですだが、いまはもういないですだ。だんなのガイドはチャヴォというですだ」

しかし、これでオクラスという名のガイドがいたことは裏づけられた。しかも、ガラマスクがその名を聞いたのは、あの狂想夢の中でだけなのだ。ほどなくガラマスクは、生き残りのローアのひとりが、夜明け前のぴりぴりした空気の中を誇らかに歩んでいるのを、目にとめた。さっそく彼はそっちへむかい、岩がちの斜面で追いついた。

「わたしは、あなたとその種族ぜんたいに大きな関心を寄せているものです」ガラマスクはそう話しかけた。「あなたそのものが、謎の一部です。あなたには、わたしがどうあがいても得られない、身にそなわった威厳がある。なぜあなたがたがエリート、尊者と呼ばれるか、わたしにはよくわかります。あなたがたとオガンタとはあまりにも対照的なので、この近隣のどの世界でもふしぎの種になっている。あなたがたが王者なら、彼らは愚者です。なぜその彼らが、あなたがたにとって代わったのですか？」

「それはいまが愚者の時代だからではないかな、旅の方よ」ローアはこともなげに答えた。

「わしはトレオライ。そしてきみは、山々に目ざめる準備をととのえた地球人ガラマスク。きみは三重山の挑戦を受けて立った。その上で四つの生き物を仕止めるというのは、なみなみならぬ大望じゃ。それをなしとげたものは、奥深い変化を経験することじゃろう」

「アリンのように？」

「わしはここへやってきたときの彼を知っておる。彼は四つの生き物を仕止めはしなかった。第四の生き物に殺されたのじゃ」

「彼がいわばオフレコでわたしに話してくれたところでは、それ以外のなにものかに殺されたようですが」

「アリンは、たとえオフレコにしろ、嘘はつかぬ男じゃ。きみの思いちがいではないかな。彼はきみに、狩りをやりとげ、第四の獲物を仕止めたといったかの？」

「ライオンのシネク、熊のリクシーノ、それに鷲のシャソスを殺したといいました。だが、そういえば、ベイター・ジェノを殺したとはいわなかったようです。しかし、それ以外のなにものかに殺されたことは、はっきりといいきりましたよ」

「いや、ガラマスクよ、彼は第四の獲物に殺されたのじゃ。生き物は、おのれの死にざまについて、混乱した考えを持つことが多い。しかし、彼はすばらしい男じゃった。地球人にしてはの」

「トレオライよ、なぜあなたがたの文明は奇怪な停止に陥ったのです？　なぜあなたがたローアは、明らかな優越性をもちながら、絶滅に瀕しているのです？　なぜ、粗野で無知なオガンタが、あなたがたにとって代われたのです？　彼らが一ダース寄っても、あなたひとりに太刀打ちできない。あなたには、どんな敵をも金縛りにする霊気がある。磁力のようなそれが、わたしには感じられます。とすると、なにか遺伝学的な災厄でも起こったのでしょうか？」

「遺伝学的とも、霊的とも、分離的ともいえような、ガラマスクよ。しかし、まだすべてが終わったわけではなく、この世界には諦めはない。ローアが失ったものを、われわれはいかなる手段に訴えてもとり返すのじゃ。この日食も、いまに過ぎ去るにちがいない」

「トレオライよ、なぜあっさりオガンタをみな殺しにしないのです？」

「ガラマスクよ、きみは教養ある地球人じゃが、まだそれほどパラヴァータ語は堪能でないようじゃ。その質問はどういう意味かな？　もしなんなら、わしは地球英語も多少は解するが」

「トレオライよ、なぜあなたがたローアは、あっさりとオガンタをみな殺しにしてしまわないのですか？」ガラマスクは地球英語で尊者に質問した。

「いや、ガラマスクよ、わしも思ったほどは慣用句を知らぬようじゃ。とにかく、どっちの言語を使おうとも、きみの質問はわしにはさっぱり理解できぬ。おや、きみの用意ができたかどうかと、ガイドがのぞきにきておるぞ。早く彼をつかまえたほうがいい。でないと、また中へはいって眠りこけてしまう。オガンタは朝型にできておらぬからの。それに、こんな麓にいるところを、太陽に見いだされてはいかん。すくなくとも、もう二百メートルは登らぬとな。ほら、あそこの岩棚！　日の出を迎えるには、あれがうってつけの場所じゃ」

「では、そうします。しかし、日の出に間にあうよう、いまからあそこへ登るのは、かなりきついですな。尊者よ、もしわたしにいのちがあったら、またお目にかかりましょう」

「よい狩りをな、ガラマスクよ。とびきり頑健なガイドを連れた、とびきり腕ききのハンターなら、第三の獲物までは仕止められる。第四の獲物を仕止めるには、ハンターはおのれを超越せねばならぬ」

ガラマスクは、ドンバ山（複合三重山の一ノ山）を、大音声のオガンタのガイド、チャヴォといっしょに登りはじめた。オガンタは長い脛《すね》をしたたくましい生き物で、天賦の体力と忍耐をもっている。がさつなうすのろ、いや、なんとでもいえ、彼らは屈強な登山家だ！　かたやガラマスクも、高重力世界での登山経験をもった、きわめて屈強な男だった。

しかも、パラヴァータ語に堪能でないことにも、まあそれなりの利点はある。ガラマスクはチャヴォのおしゃべりに耳をふさぐことができた。パラヴァータ語を聴きとるには全神経を集中する必要があるのだが、幸いにも登山のあいだは、いろいろとほかに気をとられるものがあったからだ。それでもチャヴォはたえまなく、大石がぶつかりあうような笑い声をあげ、われ鐘のような声で話しかけてくる。

奇妙で不完全な感じの生き物がこのチャヴォであり、そしてすべてのオガンタである。

（けんめいに上へ上へと登りつづけるが、日の出も岩棚もまだ遠い）奇妙な生き物！

「ヨーロッパ沼蛙（学名ラナ・アルヴァリス）は、スモモのようなうす青の蠟粉で覆われている」とは、人類学者で博物学者のヴェントの二百年前の記述だが、ヴェントは惑星パラヴァータのことなどまったく知らず、青い蠟粉におおわれた身の丈二メートルの沼蛙のことも知らなかった。（けんめいに上へ上へと登りつづけると、薄明の中にふたたび青い花ざかりの森があり、ぴりぴりした空気は地球のブランデーを思わせる）「これら裸の小鬼たちは、人間の掌と幼児の体つきを持っている」とヴェントは書いたけれども、決してヴェントは、体重二百キロ、地球上でもその三分の二はあるような赤ん坊を頭においていたわけではない。オガンタのチャヴォはまさしく巨大児だった！

あたりはこれすべて苔むした岩、そのあいだに虎斑《とらふ》草《ぐさ》が生い茂っている。手がかりや足場を探す苦労はないが、道は険しく苦しい。ちょうど日の出に間にあって、ふたりはあの美しい岩棚にたどりついた。そしてそこで休憩した。

「あんたはおらが好きじゃねえだな、パパ・ガラマスク」と、チャヴォは大音声をひびかせた。「だども、いまに好きにさせてみせるだ。おらたちオガンタは、好かれることが好きでならねえだ。好かれるためなら、どんなことでもやるだ」

「どうやら、やりすぎのきらいがあるようだぞ」とガラマスクはいった。「シネクにでくわすのは、いつごろになる？」

「ここから上はシネクがうじゃうじゃいるだが、やつらはおらたちがくると逃げだして、手むかってはこねえだ。だども、そのうちにシネクのぬしにでくわすと、こいつはむかってくるだよ」

「まるで、危険なのは全種族の中の一頭だけ、という口ぶりだな。しかし、わたしの聞いたかぎりでも、これまでに獰猛そのもののシネクが一ダースは殺されているそうじゃないか」

「いっときには一頭しかいねえだよ、パパ・ガラマスク。いつもおんなじやつが山の上へ生きかえるだか、それとも別のやつが後継ぎになるだか、それは知らねえだ。だども、いつも大ぜいのシネクがいて、そのほかにシネクのぬしがいるだ。この先を登るなら、武器の用意をしとくがええだよ」

チャヴォは荷物をほどきにかかった。この山では、狩猟に飛び道具を使うことが禁じられている。弓矢や投げ槍や投石器すら反則である。獣がそれらを持っていない以上、ハンターもそれらを持つことは許されない。獲物を仕止めるには、必ず肉弾あいうつ真正面からの対決によらなくてはならないのだ。ガラマスクは両手に鉤爪のついた手甲をあて、革紐で手首と掌に結えつけた。たくましい両手両腕での強力な絞めが、彼の得意技である。しかし、それらを使った獅子撃ちが、はたしてライオンそのものに通用するだろうか？針のように切っ先するどい、それぞれに反りの異なる両刃の短剣を、両肱、両膝、両爪先、そして両踵にそれぞれ固定する。股ぐらとのどに鎧をつける。犬歯の上に人工牙をかぶせる。帽子の上に長剣をはめる。チャヴォもおなじように身支度した。パラヴァースの野獣は（種類によってちがいはあっても）鋭い爪や牙を備えているので、ハンターもそれだけは持つことを許されるのだ。

「こんな恰好では、登りにくくてかなわんな」ガラマスクがぐちをこぼした。

「そうとも、パパ・ガラマスク」チャヴォがいった。「それに、道もだんだん険しくなるだ。これまでやってきたハンターの中には、剣や爪をはずしてベルトに吊るした連中もいただがね、みんなシネクやリクシーノやシャソスに不意をうたれて殺されただ。剣や爪をそのままつけて登った連中は、足をすべらせ、山から落っこって死んだだよ」

「じゃ、どっちがいいんだ、チャヴォ？」

「あんたが死にてえほうにするだよ、パパ・ガラマスク。あんたが決めるのが一番ええだ」

「わたしはこの山で死ぬつもりはない」

「なら、ひきかえすかね、パパ・ガラマスク？　ここへきた地球人は、あんたで十二人目になるだ。みんなこの山で死んだだよ。狩りをしまいまでやりぬいたのは、ひとりもねえだ」

「ひとり、アリンという男が、狩りをしまいまでやりぬいたぞ、チャヴォ。そこで殺されはしたがな。わたしは彼といっしょに登山もしたし、狩りもした。彼にひけをとらぬ自信はある。わたしはこの狩りをしまいまでやりとげる。殺されはせん」

　ふたりは元気よく登った。ガラマスクは黙々と、チャヴォは耳をふさいだガラマスクにたえず大声で話しかけながら。オガンタは鉤爪も剣も牙も鎧もつけたままで登っている。

とすれば、これが最良の方法にちがいない。ガラマスクはそれにならうことにした。オガンタの若さと恐るべき体力も、べつに羨ましくはなかった。ガラマスクも体力には自信があり、それを試すことはむしろ楽しみだったからだ。しかし、オガンタの牙だけはちょっぴり妬ましかった。ガラマスクにはそんな巨大な長剣を支えるだけの犬歯がない。そんな長剣を支えるだけの猪首《いくび》も、ごつい頭蓋も、控え壁とうねのついた上顎もない。だが、彼とてかなり上物の牙をはめこんでおり、その扱い方にもかなりの心得はある。

　とあるギザギザした曲がり鼻で、ガラマスクは一瞬、目まいがするようなディンギアン市の眺望をはるか彼方にとらえた。気高いローアは、すくなくとも地球人に劣らぬ建築家だったのだ。いまや、それらの都市から彼らはほとんど姿を消し、代わりに愚鈍なオガンタが獣のように巣食っている。まもなく、ギザギザした曲がり鼻はいっそうギザギザしたものになり、ガラマスクもわき見するゆとりがなくなった。

　ふたりはアラン苔と玉苔を食べ、虎斑草の莢を食べた。水の代わりにコイルの木の実を口に含んだ。ふたりは上へ上へと登りつづけた。やがてガラマスクは幽霊獣の匂いと足跡をとらえ、心の穴蔵の中でそれをさぐりあてた。

「ああ、おまえの棲む世界はここだったのか。やはりおまえは空想の所産ではなかったのか。獣にあらざる獣、わたしはおまえを知っているぞ」犬歯にはまった大きな牙のおかげで、ガラマスクはしゃべりながら涎《よだれ》がとまらなかった。「古代ギリシア人はおまえを〈全獣〉と呼び、さまざまな獣の部分を寄せあつめた姿におまえを描いた。おまえについては各人各説、インドライオンだとも、ヒョウだとも、虎だとも、ユキヒョウだとも、ジャガーだともいわれている。だが、いつの世にも、おまえはおまえ自身、伝説の獣だったのだ」

「だれにしゃべってるだね、パパ・ガラマスク？」チャヴォが驚いてたずねた。「シネクのぬしの祖父《じい》さまにでもしゃべってるだか？」

「シネクのぬしの曾々祖父に話しているのだ、うすのろ。アマゾンの多雨林で、現地人たちはおまえの名をアメリカヒョウと教えられたが、彼らはおまえのことをもっとよく知っていた。地球の合衆国南部で、貧乏白人たちはおまえの名をピューマあるいはクーガーと教えられたが、彼らはおまえのことをもっとよく知っていた。幽霊獣よ、わたしがおまえを仕止めてみせる！」

「パパ・ガラマスク、その藪の中へ石ころさ投げてみなせえ、やつは尻尾をまいて逃げてくだよ。あれはただのシネクで、シネクのぬしじゃねえだ。ぬしは、こんな朝早くから、こんな下まで降りてこねえだよ。それから、シネクのぬしの祖父《じい》さまには話しかけんほうがええだ。そんなことすると、夢の中さ出てきて、あんたののど笛を食いちぎるだよ」

「だまれ、うすのろ。あれはたしかにシネクのぬしだ。きょうは特別に朝早くから、下まで獲物をあさりにきたにちがいない。百獣の祖父よ、パンサーよ、いざ見参！」

ガラマスクは上にむかって突撃した。苔むす岩の急斜面を渡り、虎斑草とコイル樹の丈高い茂みにとびこんだ。百獣の王、伝説と誤称の中にのみ存在する野獣と戦うために。そして、ここパラヴァータでは、その野獣はシネクのぬしと呼ばれているのだ。

それは長大な黒い牡だった。手むかいもせずに逃げだすただのシネクとは、ものがちがう。まごうかたないシネクのぬしであり、いまやガラマスクは、なぜいっときに一頭しかそれが存在しえぬかを知った。亡霊が、精気が、ほかの同類になにものも余さないほど、この獣を完全に満たしきっているのだ。

ガラマスクは先制攻撃をかけた。鈎爪で黒ヒョウに目つぶしを食わせ、肱の短剣を相手の口へつっこみ、その間もつねに前肢のあいだへ身をおきつづけた。ヒョウはガラマスクの側頭部、のど鎧のすぐ上と口の中をつかんだが、つかみきれずに爪がすべった。血のあとをひいて皮膚がざっくり裂け、片耳がきれいにちぎれた。獣はこの世界で百五十キロ、地球へおけば百キロ、ガラマスクとほぼ互角の体重だといえる。シネクのぬしはガラマスクを突きはなし、ガラマスクは岩屑と苔の上をすべりおちて、間一髪、崖から転落をまぬかれた。やがて、ふたたび両者はにらみあった。

シネクのぬしはガラマスクの上手《かみて》、堅固な岩の突端に身構えていた。ガラマスクの立つガレ場の縁からは、岩屑が滝のように下へなだれおちていた。そして、うすのろオガンタのチャヴォは、虎斑草の葉をかみながら、ばか笑いをひびかせていた。

パンサーのシネクの瞳に知性を、ほとんど知性に近いものを認めて、ガラマスクは驚嘆を味わった。なんの種であれ、これは一つの人格、それも偉大な人格である。その知的な瞳は友情をすらたたえているようにガラマスクには思え、そして両者は相互を理解しあった。死の戦いを前にして、両者はおたがいの真の姿を認めあった。オガンタや豚やナマケモノとは比べものにならぬ勇者を、尊者を、パンサーを、人間を、ローアを、初子を。

ガラマスクは、崩れていく崖縁から逃れようと試みた。おそるべき爪の一撃をシネクと交換し、相手より深傷を負い、よろめいて後ずさったときには、さっきよりも転落に瀕していた。

「心配せんでええだよ、パパ・ガラマスク」オガンタのチャヴォが、いつのまに登ったか、高みから声をかけてきた。「おらがシネクの上へ岩をおっことして、殺してやるだ」

チャヴォはその言葉どおり岩をころがしおとしはじめたが、その狙いはへたくそ不正確で、危険この上もなかった。やがてガラマスクは、ひびいてくるばか笑いから、チャヴォが殺そうとしているのがシネクでなく、自分であることをさとった。ころがした岩で崖からはねとばすか、崖崩れをおこしてその中に埋めこもうとしているのだ。

純粋な恐怖とわきあがる勇気の混合物、危機一髪の瞬間におこる彼独特の激情で、ガラマスクは必死に地すべりと戦い、そしてふたたびパンサーのシネクにむかって肉薄した。

「おまえにひけはとらんぞ。大きさでも、強さでも、武器でも、それに、くそ、動物性でもだ！」ガラマスクは涎をたらして叫んだ。「好敵手よ、組打ちでこい。わたしが崖から落ちるときは、おまえも道連れだ」

だが、ガラマスクはまちがっていた。パンサーは彼よりも動物的だったのだ。組打ちでパンサーは彼を死に追いつめた。もっとも、のどと股ぐらの鎧にいささかめんくらってはいるようだった。

「おい、チャヴォ、わたしの頭を食おうと、下で待っているのはだれだ？」ガラマスクは狂気のように叫んだ。「わたしの頭を割って脳みそを平らげようと、下で待っているのはだれだ？　このシネクじゃない。それは下にいるハゲタカと、上にいるハゲタカ、おまえだな！」

「パパ・ガラマスク」チャヴォがケタケタと悦に入った笑い声を上からよこした。「なんにも心配せんでええだ。おらが上から岩を落っことして、シネクのぬしを殺してやるだよ」

いうと、チャヴォは取っ組みあっている彼らの上へ岩をころがしてきた。彼らの両方を殺すために。

　ガラマスクは敗色濃かった。人工牙はすでに折れ、その下にある自分の犬歯でパンサーの腱にかみつこうとあせっていた。だしぬけの吐血で、息がつまりかけてもいた。肱、膝、爪先、踵の短剣で獣をかきむしったが、それらの短剣の機能をことごとく合わせ持ったシネクの後肢で、あやうく腸《わた》抜きをされそうになった。打ちかかりのしかかるパンサーから最後の力をふりしぼって逃れ、山肌にしがみつくようにして、小石の流れの中をごろごろと転がった。

　チャヴォが、彼を崖から突きおとそうと、大岩を押し出した。パンサーのシネクはすばやくとどめの一撃に移り、堅固な岩の縁を軽やかに横切ろうとしたとき、その大岩を横からもろに受けた。なだれ落ちる石の流れの中へはねとばされたシネクは、もはや踏みとどまることができなかった。百獣の王シネクは崖から流れおち、ぽっかり口をあけた虚空に吸いこまれた。

「パパ・ガラマスク、おらがあんたのいのちを助けただ」オガンタのチャヴォが頭上から高笑いを送ってきた。「さあ、これからおらは、シネクのぬしがほんとに死んだか確かめるだ。あんなに下へ落ちたからって、安心ならねえ。おらはもっともっと岩を落とすだ。

やつが死んだとわかるまで、岩を落とすだ」いうと、チャヴォはガラマスクをねらって岩をころがしてきた。ガラマスクは小石の流れの中に這いつくばり、身をかわすのが精いっぱいだった。三つ、六つ、九つまでチャヴォは岩を落としたが、そこで、手頃なぐらぐらした岩を見つけるのに手間どった。ガラマスクは堅固な岩の隠れたつらなりを見つけ、すばやくそれをよじ登った。チャヴォがふりかえったときには、ふたりはおなじ高さで顔をつきあわせていた。ガラマスクは血みどろ、片足をひきずり、耳はちぎれ、そして、強烈な体臭と霊気とを発散させていた。シネクの精霊が、墜死をとげるせつな、いくぶんかガラマスクにとりついたからだ。かたやチャヴォ、オガンタ族のうすのろチャヴォについては、なんといえばいいのだろう？　彼はガラマスクの目を見返すことができたろうか？　いな、できるはずはない。もともとオガンタはやぶにらみなのだ。彼はこの再会に色蒼ざめたろうか？　どうやってオガンタの顔色の見当がつく？　だが、彼の顔色に相当するうす青の蠟粉は、心なしかその輝きを失ったようだった。

「なにをぼんやりしているのだ、ガイドのチャヴォよ」ガラマスクは休火山を思わせる声できいた。「登ろう、登ろう！　まだ、三重山の最初の頂上にもきていないぞ。四つの獲物のうち、最初の一つを殺しただけだぞ。登ろう、登ろう！」

ふたりは登った。日が暮れるまで登りつづけた。たくさんのシネクが目にふれたが、どれもさっさと逃げ出して、刃むかってこなかった。だが、シネクのぬしには、その日は二度と会わなかった。シネクのぬしは一時的に死んだのだ。ガラマスクは武器と鎧をはずして、ベルトに吊り下げた。それからは、いくぶん楽に登れた。いまや日が沈むという直前、ふたりは三重山の一ノ山、ドンバ山の頂きに着いた。

そこは高原であり、山麓でもあった。三重山の二ノ山、ギリ山がそこからそびえ立っているのだ。ふたりは苦い登山食をたべ、水の代わりにコイル樹の緑の実をかんだ。それから一夜の眠りにつこうとした。すくなくともガラマスクはそのつもりだった。

だが、チャヴォは荷物の中から絃楽器をとりだし、かつて耳にしたなによりも耳ざわりな、いやらしい音をビンビンとひびかせはじめた。その伴奏に合わせて、例の胴間声が血も凍る叫びを上げはじめると、もはやガラマスクにも今夜は一睡もできないことがのみこめた。

「もうよくわかったよ、坊や」彼は唸るようにいった。「おまえが宇宙の究極、史上最高の騒音をものにしたことは認める。だが、そこまでしつこくやる必要があるのか？」

「これが気にいらねえだか？」チャヴォはびっくりした。「おらはこの弾き語りが大の自慢だだ。おらたちはこの音を、動的完成、宇宙的解放と見てるだ」

「わたしはそうは見ないな。ローアは宇宙でもいちばん音楽的な種族だといわれている。どうして、彼らとおなじ世界に住むおまえたち、オガンタが、そんなに音痴なのだろう？」

「おらの音楽、きっとあんたの気に入るだろうと思っただが」チャヴォは嘆息した。「おらはまだあんたに好かれてえだ。ほんとの話、おらたちは人好きのする生き物だだ。あのローアでさえ、何人かはそういってくれただよ。半分あきれながらだども」

「おまえはがさつな山出しのうすのろだ、チャヴォ。わたしはこの世界がますますわからなくなってきた。いったいおまえたちはなぜ、どうやって、ローアを殺すのだ？　すくなくともわたしには、そう思えてならん」

「ローアがもうちょっぴりしか残ってねえからだよ、パパ・ガラマスク。むこうはどんどんどんどん減っていく。だとしたら、いくら尊敬してても愛してても、おらたちが殺してやるよりしかたねえだべ？」

「もし、彼らが何百万と残っていたら、おまえたちは殺したか？」

「いいや、殺すわけがねえ。それは非道というもんだ。むこうが大ぜいいるのに、なんで殺したりするだ？　むこうはおらたちの手の届かねえほど偉いだで、おらたちはなんだってしてやるだよ」

「殺すこともあえてやるというのか、チャヴォ？　どれほど彼らを愛しているかを示すためなら？　ところで、シネクのぬしと戦っているとき、なぜおまえはわたしを殺そうとした？」

「いろいろ理由はあるだ。第一に、あんたは威厳のある顔つきをしてるし、あそこで戦ってたときはまるでローアそっくりに見えただ。おらはあんたを、ローアとおんなじぐれえに尊敬し、愛してるだ。それに、地球人はローアとおんなじぐれえおらたちの役に立つことがわかったもんだで、おらの仲間たちがあの崖の下で、あんたが落っこちてきたら八つ裂きにすべえと待ちかまえてただ。それに、おらたちオガンタは、殺されそうなようすのやつを見ると、殺してえ衝動が起きるだよ。おらたちは、おなじオガンタ仲間でも、殺されそうなようすのやつを見ると、殺しちまうことがよくあるだ。これは、おらも間尺《ましゃく》に合わねえこんだと思うだが」

「わたしもそう思うよ、チャヴォ。小さな岩がいくつか、むこうの斜面の上で踊りをおどっているぞ。わたしの目の錯覚だろうか？　あれは、岩そっくりの小動物がじゃれあっているのだろうか？」

「いいや、あれは岩が踊ってるだよ、パパ・ガラマスク。あんたの目の錯覚じゃねえだ。ほら、おらがこのヒターをもういっぺん弾く。すると、また踊りだすだ。ほら！　ほら！

気のうきうきする音楽だと思わねえかね、パパ・ガラマスク？」

「わたしならそうはいわんな。くそ、たいがいにしろ、チャヴォ。どうしても、わかりきった質問をさせたいのか？　なにがあの岩を踊らしているんだ？」

「おらが岩を踊らしてるだよ、パパ・ガラマスク。でなけりゃ、おらの闇の仲間が踊らしてるだ。なんでそうびっくりするだね？　地球でも、おんなじことがあるでねえか？」

「もしあるにしても、わたしは聞いたことがない」

「いや、あるだ。聞いた話だどもな、地球じゃ十人に一人の若い衆が闇の仲間を持ってて、それには地球ドイツ語でちゃんと名がついてるだ。だども、どっちの場合でも、闇の仲間は自分の家来だだ。地球じゃ、そのことを隠したり打ち消したりすると、おらは聞かされただ。だども、ここじゃ、たいげえのもんが闇の家来を念じだせるもんだで、隠すこともねえだ。それにおもしれえだよ。見てなせえ、おらがいまから風みてえに、あの藪をそよがしてみせるでな。ほら！」

「ふしぎな阿呆だ。騒霊《ポルターガイスト》を持っている！」

「うんだ、それが地球の呼び名だだ。いいや、おらが騒霊だだ。それでいて、おらは目に見える生き物でもあるだ。むかしは、時がたつにつれて、おらたちはどっちかの形を捨てて、どっちかになったもんだ。闇の体をおさらばして目に見える生き物だけになるか、見える体を腐らかして、幽霊だけになっただ。だども、いまはオガンタの待ち時代だで、おらたちはどっちの形も持ってるだ。それで、その形のむこうさ行くことはできねえだ」

「いまはおまえたちがなにかを待つ時代だというのか、チャヴォ？　なにを待っている？」

「おらたちになにが起こるか、それを見るだよ。いまは待ち時代でもいちばん気がかりなときだだ。えらく幅のせまいハシゴだもんで、いっときに、ほんのわずかなもんしか登れねえ。それに、てっぺんも、むかしみてえな、てっぺんらしいてっぺんとちがうだよ」

「わたしはもう寝るぞ、チャヴォ。それから、あのいまいましい楽器もおまえの声も、今夜は二度と聞きたくない」ガラマスクは無表情な声でつづけた。「しかし、眠っているまに、おまえがわたしを殺さないという保証はあるか？」

「パパ・ガラマスク、オガンタが夜をけがすと思うだか？」

「ふん、そんなことをわたしが知るか！　とにかく眠るぞ」

　そういうと彼は眠りにおちた。むかっ腹で、あっというまに、ふかぶかと。そして、ガラマスクの眠りのいちばん深い部分では、ギリ山のやや上手に、アリンの姿が仁王立ちに現われた。

「あの田吾作のチャヴォには気をつけろ」仁王立ちのアリンはガラマスクに告げた。「彼はオクラスほど利口ではないが、きみもわたしほど利口ではないからな」「わたしは利口さではきみにゆめゆめ劣らんぞ、アリン」ガラマスクは亡霊にそう答えた。「さあ、こんどこそ話してくれ。きみが死の直前に発見しかけたものというのは、なんだったのだ？　なにか手がかりを与えてくれ」だが、アリンはガラマスクの言葉を聞かなかった。耳をかすためではなく、しゃべるためにやってきたのだ。「あと一息で謎が解けるところだったのだ」とアリンはふたたび呼びかけた。「オクラスに復讐してくれ、ガラマスク。いまの彼がなんであってもだ。わたしもきみにそれだけのことはする」「わたしはもう眠りにもどるよ、アリン」ガラマスクはそう告げた。「今夜はもうきみからこれ以上死人の言葉を聞きたくない。なにか新しい情報でもないかぎり」そして、ガラマスクは眠りにもどった。

　灰色の光がさしそめたとたん、いそいそと彼はとび起きた。「こんな麓にいるところを太陽に見いだされてはいかん」ガラマスクは胸の中でそう自分に言いきかせた。「あの岩棚で日の出を迎えるべきだ。岩棚はつねに頭上にある。それがなければ、登山は登山でなくなるのだ。ローアのトレオライは、オガンタが朝型ではないと教えてくれた。ためしてみよう」

　ガラマスクはチャヴォをあざけり、どなりつけ、ついにはけとばして目をさまさせた。うすのろがまたもや眠りにおちるのを、おもしろそうに眺めてから、もう一度けとばして目をさまさせた。「これはわたしの闇の仲間のしわざにちがいない。わたし自身がこんなことをするはずがない」ガラマスクは笑った。「しかし、実におもしろいな」彼はねぼけたチャヴォをとうとうたたき起こした。ふたりは苦い登山食をたべた。

長剣と鉤爪と鎧をつけると、ふたりはギリ山を登りはじめた。日の出は、頭上の岩棚で迎えた。ふたりは休憩した。それから、また登りはじめた。

強靭な、旅慣れた鼻をもつ男にとっては、まるきり不快というわけでもない、それほど嫌悪を催すものでもない。だが、ぷんぷん、むんむん、つんつんと漂い、溢れ、挑みかかってくる墓場のような腐臭、息のつまるような鋭い異臭が、ギリ山を登るにつれてしだいに強まってきた。ある生き物が、その存在を知らせているのだ。それはリクシーノ、洞穴熊またの名麝香《じゃこう》熊、この二ノ山の王者だった。リクシーノはその本拠において、旗をかかげているのだ。

「これがなにかは聞かなくてもわかるぞ。やつが名乗りを上げてきたな。かりにわたしがなにも知らなかったとしても、この符号つきの匂いを嗅げば、やつの呼び名をピタリとあてただろう。やつを見つけるのは造作ないはずだし、せっかく狩りにきた以上、これだけの獲物をよけて通ることはできん。一番いいのはどんな方法だ？　やつが待ちかまえているところへいきなり乗りこんで、攻撃をかけるのか？」

「パパ・ガラマスク、リクシーノと戦うのに一番いい方法なんてものはねえだ」チャヴォは震えながらいった。「おらは前からそうだが、あいつがこわくてならねえだよ。あいつはシネクよりもシャソスよりも、いいやベイター・ジェノよりも、荒っぽくておっかないだ。そりゃ殺すには殺せるだ。あいつは何度も殺されたし、おらも殺しを手伝ったことがあるだ。だども、いつもあいつが殺せたのがまるでふしぎみてえな気がして、あとでいつもガタガタ震えがとまらねえだ」

「おまえの恐怖は伝染するな。わたしまで尻がこそばゆくなってきたぞ。よし、ぐるっと迂回して登り、上からやつを攻撃しよう」

だが、ガラマスクも心中ひどく不安を感じており、こんどの狩りに対する興奮は沈滞ぎみだった。きょうの彼は加減がわるく、熱っぽかった。きのうシネクとの戦いで人工牙もろとも犬歯をもぎとられたため、顔が目からのどにかけて腫れあがっていた。顔と頭ぜんたいが疼き、のどがひりひりし、慣れない歯のすきまから涎をたれ流していた。その上、ささらになった耳もズキズキ痛んだ。いくら頑健そのものの男でも、高重力のもとで病気には勝てない。

しかも、ぐるっと迂回して登り、上からリクシーノをおそう計画が、口でいうほど簡単ではなかった。リクシーノも彼らのペースに合わせて、のこのこ上へあがってきたからだ。

その特徴ある臭気も、しだいに上昇を重ねてきた。そのおかげで、ふたりの側では獲物の位置がかなりよくわかったが、まだその姿を見つけることができなかった。というわけで、ふたりはくたびれ儲けの数時間をついやして、山の大半を登りきった。

「きっとこれは大リクシーノ、リクシーノの王様にちげえねえだ。ほかのやつらはこんな上には棲まねえし、ほかのやつらは巣の入口でしか戦わねえだ。大リクシーノが帰ってきたのは、あんたらの勘定で二年前に殺されてからこっち、はじめてのこんだよ」

「おなじ動物が生き返ってくると、おまえは本気で信じているのか？」

「ローアは信じねえが、おらたちオガンタはそう信じてるだよ、パパ・ガラマスク。だども、ひょっとしたら、ほかのだれよりでっかく強くなったリクシーノが、おらがこんどの王様だぞって見せるために、山を登って大リクシーノの後釜へはいるのかもしれねえだ。おらはリクシーノとは何度も戦ったことがあるだが、大リクシーノははじめてだで、こわくてしかたがねえだ。やつがおっそろしくでっかくて荒っぽいのは、おらが保証するだよ」

「やつが見えたぞ」さらにしばらく登ったところで、ガラマスクはいった。「たしかにでかい。こっちから追っていこう。むこうはまだ決心がついてないようだ」

「あんたが見てるのは大リクシーノじゃねえだ。王様が山にいるときは、ほかの仲間はだれも手むかってこねえだよ。それに、見てのとおり、あの匂いはまだ一人前じゃねえだ」

「わたしにはけっこう一人前に思えるぞ」ガラマスクはひりつくのどから声をしぼりだした。「仕止めてやる」

　ガラマスクは獣に突進した。相手は一声咆えて後肢で立ちあがる。身の丈は彼の一倍半もあった。大きな前肢を宙にふりまわし、大きな口をがっとあけた。ガラマスクは低い姿勢でとびこみ、爪先と膝の短剣で相手の後肢を突き刺し、頭の長剣で腹を切り裂き、手の鉤爪でその急所を思いきりひっかいた。獣は仰向けにひっくりかえり、ごろごろと転がり、ようやく起きあがって、悲鳴をあげながら逃げだした。ガラマスクはそのあとをよろよろと追いかけたが、むこうが足をゆるめないかぎり、つかまえられる見込みはなかった。

「追っかけてもむだだよ、パパ・ガラマスク」チャヴォが呼びかけた。「あれは大リクシーノじゃねえだ。ガキみたいに逃げていくただのガキだ。まだ歯も生えそろわねえガキを追いかけて、一日棒にふるのはよしなせえ」

「あいつのために、もう何日も山登りしたような気分だな」

　ガラマスクは息をあえがせた。疲れきっている上に、自分がまぬけに感じられた。本物の匂い、王者の匂いはまだはるか頭上にあり、弱虫の子熊に傷を負わせたにすぎないのだ。

　彼は登り、さらに登った。異臭は静止し、広がった。リクシーノが、どこかすぐ近くで待ちかまえているのだ。

「もうすぐギリ山の頂上だ。やつの棲み家がそれより高いはずはない。あの岩棚へとりついて、やつの真上へ出よう。あの上は平たい一枚岩だ。やつの棲み家はきっと岩棚の真下の、あのゴツゴツしたあいだにあるのだろう」

ふたりは崩れやすい剣呑《けんのん》な岩棚にとりつき、ガラマスクが先に立って、その上を這いつたいはじめた。爪先と膝に短剣をつけたままなので、ひどく勝手がわるい。ガラマスクは巨大な獣に狙いをしぼりはじめた。もう相手の息づかいや歯ぎしりの音までが聞こえ、臭気は耐えられないほどだった。大きな爪が岩をひっかく音が聞こえる。相手の体の中で血が力強く脈打っている音までもが聞こえる。だが、思わず全身が萎えるほどの近くで、はじめて相手を見たとき、彼が見たものはその体の内部だった。

彼がのぞきこんだのは、熊の巨大な口だった。さしわたし一メートルの口が、真下二メートルのところにある。ピシッと音がしたとたん、夢中で顔をよせてのぞきこんでいたガラマスクの鼻が、忽然となくなった。大熊が思いきり背のびして、前肢を上にのばしたのだ。そして、のびきった爪が、かがみこんでいたガラマスクの顔をとらえたのだ。

ガラマスクにも爪はある。かっとなった彼は、またもや岩棚にむかって背のびしてきた大熊の手の甲を、鉤爪でかきむしった。血まみれの自分の顔をおとりにして、ガラマスクは大熊が打ちかかってくるたびに、爪で逆襲した。彼は相手がのろまで、機転がきかないのを知った。獣は一度その口をとじ、大きな前肢をひっこめて、血の出た手の甲をなめた。ガラマスクは岩棚から下半身を乗りだして、踵の短剣で獣の鼻づらを手ひどくかきむしった。この一撃で獣は半盲になった。片目をほじくりだされたか、それとも目に血がはいって、用をなさなくなったのだろう。リクシーノがふたたび打ちかかってくる前に、ガラマスクは岩棚の上へもどっていた。

リクシーノは四つ足で低くうずくまり、満身の力をこめて岩棚へ跳躍した。巨大な前肢が縁をつかみ、そのままぶらさがった。ガラマスクは足の短剣で巨大な前肢を切り刻み、それからぶらさがっている獣の顔をふたたび、三たび、四たびと切り裂いた。前肢がずるずると滑り、獣はもといた場所へずり落ちた。にもかかわらず、驚くばかりの血と肉の量をもつその巨体には、ガラマスクの加えたすこしばかりの手傷など、ほとんど効果を現わさなかった。

「熊よ、おまえはデクノボウだ。だが、偉大なデクノボウだ」ガラマスクはいった。「おや？　おや？　なにをしでかす気だ？　おまえは匂いのほかにも分泌物を持っているのか？　熊よ、おまえはなにをする気だ？」

リクシーノはふたたび後肢で立ちあがり、大きな口をがっとあけた。そして、いまや、その体臭とは別の種類のある感応力を発散しつつあった。

「パパ・ガラマスク、落っこっちゃだめだ！」チャヴォがどなった。「リクシーノの口んなかへ落っこっちゃだめだ」

「このたわけ！　なぜわたしが熊の口の中へ落ちたりする？」ガラマスクは驚嘆にかられながらいった。「熊よ、熊よ、これはおまえのしわざだな？　なんのつもりだ、アマチュア催眠術師のまねか？　小鳥や小動物ならともかく、人間はそんなものにはひっかからんぞ。さあやってみろ、熊よ。おまえの全力を出してみろ！　ガラマスクが熊の口の中へ落ちたらおなぐさみだ」

そして、ガラマスクはまっさかさまに、リクシーノの口の中へ墜落した。

頭上で、うろたえたヒステリックな別の叫びがきこえ、第三の重みがどすんと落下してきた。リクシーノのはらわたから、苦悶の呻きがもれた。ガラマスクは圧死しかけてはいたが、まだいのちはあった。頭の長剣が助けになった。熊の胃袋に届いた肱の短剣が、それを切り裂いた。それでもなおぎゅうぎゅうと圧しつけられ、頭がいまにもはじけ割れそうだった。と、だしぬけに圧力がやみ、彼を包みこんだ小天地がぐんにゃりとなった。

しばらくのち、彼はふたたびギリ山の頂きにむかって登攀《とうはん》をはじめた。目がくらみ、肩で息をしてはいるが、すくなくともいのちはある。リクシーノとの戦い、あれはすべて血みどろの夢だったのか？　チャヴォの大声はいつものように耳ざわりだが、あれは夢ではないらしい。「おらがあんたのいのちを助けただよ、パパ・ガラマスク。大したもんだ、おらは。あの大リクシーノがのどの中であんたを圧しつぶそうといきんでいるときを狙って、やつを殺しただ。大リクシーノは、いっとき一つしか物事を考えられねえだ。邪魔がはいらなけりゃ、大チャヴォはどんなに堅く厚い筋肉でも、ばっさり切りはらえるだ。あのリクシーノを殺すには、ふたりがかりでやるしか手がねえだよ。だども、口の中へはいったおとりのハンターは、たいげえいつも死ぬことになってるだ」

「チャヴォ、おまえはシネクが崖から落ちて死んだあとで、わたしを殺そうとした。そんなにわたしを死なせたいのに、どうしてリクシーノにあのままわたしを殺させなかったんだ？」

「リクシーノの殺し方だと、あんたが死んでもおらたちの役に立たねえだよ。あいつはすぐにむしゃむしゃ食っちまうでな」

「ほかの方法で死んだわたしなら、おまえたちの役に立つというのか、チャヴォ？」

「死にかけか、死にたてだったら、あんたはどえらくおらたちの役に立つだ」チャヴォは穏やかにいった。「死にかけか、死にたてだったら、あんたはおらたちの最高の願いをかなえてくれるだ」

ちょうど日の沈もうとするとき、ふたりは三重山の二ノ山、ギリ山の頂上に達した。ふたりは苦い登山食をたべ、チャヴォはガラマスクの傷にクスリを塗りつけた。

「もし、あんたがこの狩りを生きのびたら（そんなことはあるもんじゃねえだが）、新しい鼻を買えばまた男前になれるだ。だども、あしたの日の入りにおっ死ぬまで、さしあたりは鼻なしで生きにゃならねえだ。それとも、おらがこの藪の木を削って、代用の鼻さこしらえてやるだかね？」

「それにはおよばんよ、チャヴォ。わたしはもう眠る」

だが、ガラマスクは眠れそうにもなかった。チャヴォが荷物の中から絃のついたヒターをとりだし、例のいまいましい弾き語りをはじめたのだ。

「チャヴォ！」ガラマスクはきつい口調でとがめた。「おまえは、なぜ地球のスペインが、たった一世代のあいだに、ヨーロッパ最高の国から最低の国になりさがったかを知っているか？」

「きっと蛙神のごきげんを損ねたからでねえかね？」

「ちがう、ちがう。地球には蛙神はいないんだ」

「なになに？　そりゃほんとけ？　地球にゃ蛙神がござらっしゃらねえと？　こりゃおっ

たまげただ」

「わるがしこいひとりのアラビア人が、スペインからアラビア人たちが追放されたのに腹を立て、あの不運な国へギターをもちこんだ。ギターはとりいれられた。そして、あの不運な国はおちぶれた。かつての気高いその魂は、めそめそした泣き声にしなびてしまったのだ」

「わかっただ、パパ・ガラマスク」チャヴォが依然として弾奏をつづけながらいった。「つまり、ちょうど気高いローアがおらたちオガンタにおちぶれたみてえに、おちぶれただな」

「うまいたとえだ、チャヴォ。それから、むかし地球の太平洋の中に、ハワイという気高い王国があった。ある船乗りがその島にギターをもちこんだのがきっかけで、まもなくその気高い王国は、ある大陸国にむかい、どうか隷属させてくれとたのみこんだ」

「ああ、もちろんそうなるだよ、パパ・ガラマスク。おらたちオガンタも、よろこんで隷属してえだ。だども、もうおらたちを受けいれてくれるものがなくなっただ」

「わたしの生まれた合衆国も、おなじようにおちぶれた」ガラマスクは悲しげにいった。「むかしは気高い国だったのに」

「気高いローアは、むろんこの楽器を軽蔑してるだ」チャヴォが嘆いた。「だども、おらたちにとっちゃ、これは聖なる楽器シェートラだだ。これはおらたちの宗教だだ。おらたちの愛だだ」

「その音は、すべてのものに関しての劣等感を告白した音だ」

「むろんそうだとも、パパ・ガラマスク。それに、おらたちオガンタより劣等なものが、ほかにいるだかね？　だども、いまにおらたちがこれとふっつり縁を切るのは、約束してもええだ。もしおらたちがオガンタでなくなれたときは、きっとそうするだ」

「もう、早く眠れ、チャヴォ！」

「だども、あんたの話だと、地球には蛙神はござらっしゃらねえが、蛙はいるだな？　おらたちの世界には、蛙神はござらっしゃるが、蛙は地球から持ちこんだのしかいねえだよ。それに、輸入された蛙は、ちっぽけな蛙だだ。いちばんでっけえのでも、両手にすっぽりはいっちまうだ。おらは地球の蛙の夢をよく見るだよ。地球の蛙はどれぐれえでっけえだね、パパ・ガラマスク？　王様リクシーノぐれえでっけえだか？」

「とんでもない。おまえはたいへんな思いちがいをしているよ、チャヴォ。地球の蛙は、地球からここへ輸入された蛙とおなじものだ。たいていのものは片手でつかめる」

「ほんとけ？　おらほどもでっかくねえだか？　あんたほどもでっかくねえだか？」

「ないない、チャヴォ。どれも小さいものだ。わたしはパラヴァースの蛙信仰を、よくふしぎに思ったものだ。いったいあれにどんな意味があるんだね？」

「こりゃまたおったまげただ、パパ・ガラマスク。でっけえ蛙だって、きっといるにちがいねえだ。だって、蛙はほかのなによりもすてきな生き物でねえか！　だいいち、あんなにうまく蛙飛びをやらかす生き物は、ほかにいねえだ。ああ、あれがおらたちのとこさ早く戻ってきますように！」

「早く眠れ、このいまいましいうすのろめ」

　チャヴォは大きくため息をついた。「おらは蛙の夢を見るだよ」とつぶやいた。それから、どうやら眠りにおちたようだった。

　アリンがまたもや現われた。しかし、今夜のアリンは、これまでガラマスクの前に出現したそれよりも、ずっと痩せほそって、もやもやとしたアリンだった。

「コンドル鷲のシャソスは、たいして手ごわくない」とアリンはいった。「やつはもちろん、きみがザイル伝いに絶壁をよじ登っているときにおそってくるだろう。それ以外には、戦いようがないからだ。もしきみがザイルに体をしばりつけることができれば、そして恐怖にうろたえなければ、必ずチャンスはある。やつの首をヒヨコのように絞めることだ。やつはヒヨコなのだから。

　だが、やつのほうは、きみを八つ裂きにして、腎臓と脾《ひ》臓《ぞう》を食らおうとするだろう。そうはさせるな！　やつはきみの目玉をくりぬきにくるだろう。そうはさせるな！　とにかく、両目ともくりぬかれぬようにしろ。でないと、きみのほうが不利になるぞ」

「アリン、わたしはきみのいったところまで行ってみせる」ガラマスクはいった。「わたしはきみにぜったいひけをとらぬ自信がある。話してくれ、きみが死ぬまで見いだせなかった最後の謎とは、いったいなんなのだ？　最後の獲物、ベイター・ジェノには、どんなちがいがあったのだ？」

　しかし、幽霊たちの耳の遠いことは、有名な事実だった。

「橋を渡りおえたら、それを弱めておきたまえ。それから、目をいつも頭のうしろにつけておくことだ」と死人のアリンはいった。そしてその姿が薄くなり、消えていった。

　灰色の光がさしそめると、ガラマスクはふたたびいそいそと跳ね起きた。のども顔も、きのうほどの痛みはない。耳と鼻がちぎれてはいても、幸福な気分だった。彼は朝にむかって心を羽ばたかせた。うきうきと、オガンタのチャヴォをけとばし、たたき起こした。オガンタは朝型ではない。

　ふたりは苦い登山食をたべ、長剣と鉤爪と短剣と鎧をつけ、三重山の最後にして最高峰であるバイア山を登りはじめた。山肌は険しく切り立っていた。ギリ山という鞘から上に突き出した剣、それがバイア山なのだ。いまや、狩りはちがった種類のものになっており、登山もちがった要素をもちはじめた。

そこにはなめらかな斜めの岩の壁があり、なめらかな斜めの草と玉苔があった。その草と玉苔をたべる野ネズミや袋蛇が、岩の上を這いまわっていた。高い空からは巨大な鳥が舞いおりてきて、野ネズミや袋蛇をたべるのだった。これらの鳥のうち最大のものが、コンドル鷲のシャソスなのだ。

「シャソスの場合も前の二つの獲物とおなじか？　たくさんのシャソスがいて、一羽だけ特別なやつがいるのか？」ガラマスクはチャヴォにたずねた。

「うんだ。おそってくるのはシャソスのぬしで、ほかのは手を出さねえだ。こわいのは、三ノ月に巣を作ってる、でっけえシャソスのぬしだけだ」

「月だと？　このうすのろ！　では、ほかのシャソスはどこに巣を作るのだ、チャヴォ？」

「二ノ月に作るだよ。そんなに気高くねえ大きな鳥は一ノ月に巣を作り、小さい鳥はこのパラヴァースに巣を作るだ。地球にはシャソスみてえにでっけえ鳥はいねえと、おら教わっただよ」

「いまあそこを舞っている三羽のような大きい鳥は、地球にはいないな、チャヴォ。あれがシャソスか？」

「いいや、あれはそんなに気高くねえ大きな鳥の一つで、ゲイアー鳥というだよ、パパ・ガラマスク。おらたちがもうすこし空高く登ると、シャソスが猟場にしてる崖へ着くだ。さあ、ここからは危ねえから、おらが先に登って綱を垂らすだ。これからは、こんな綱を何本も使うことになるだ」

　のろまそうなチャヴォは、登攀の名人だった。オーバーハングの岩を、かすかな粘性をもった油のように、じわじわと這いあがった。しかも、鎧をぜんぶつけたままで、玉苔でつるつる滑る岩へ苦もなくとりついていった。

四十メートル上から彼が垂らしてきた綱を、ガラマスクはよじ登った――ひどく骨の折れる作業だった。

「どうしてその綱を切って、わたしを転落させなかったんだ？」つぎの岩棚へとりかかる前に、ガラマスクはチャヴォにそうたずねた。

「聖なる綱を、オガンタがけがしたりすると思うだか？」チャヴォが逆に食いさがってきた。

　長く、つらい一日だった。ガラマスクは、虚空に突き出た恐怖のオーバーハングにむかって、十回あまりも綱をよじ登った。スレート色の雲が足もとに見え、パラヴァースの地表はもはや見えなかった。草と玉苔はしだいに勢いを強め、その成長で岩を砕いて、足場をもろく危険なものにしていた。野ネズミと袋蛇も大きくなってきた。そして、前よりもいっそう大きな鳥が、わびしい空からふたりを餌食にしようと機をうかがっていた。そこには肌に粟を生じるような興奮があった。目もくらむ高み、体を支えるものとてない。昼の空に出た、いびつでごつごつした一ノ月は、ときおり眼下にのぞくパラヴァースよりも間近に見えた。事実、その小さな第一の月は、山麓への距離のわずか八倍の彼方にあるのだ。

「シャソスがいるだ。あそこにも、あそこにも、あそこにも」チャヴォがいった。ふたりが休憩しているのは仮想の岩棚で、実のところ、それは岩の表面の変色した帯でしかなかった。「だども、あれはシャソスのぬしじゃねえだ。ぬしはそのうち出てくるだよ」

ガラマスクは、綱の助けを受けるのをこばんで、チャヴォといっしょにいくつかの難所をよじ登った。それを越えると、きわめて長くてきわめてむずかしいオーバーハングが、頭上にそびえ立っていた。さすがのガラマスクも、とうていこれは登れないとさとった。

「ここは綱を使うしかないな、チャヴォ。おまえにたよるのはなさけないが。おまえはこんなところでも登れるのか？」

「こんなところでも登れるだ。ここは一番の難所だよ。だども、そのまえにあんたに話しとくことがあるだ。この場所で、おらが垂らした綱の上で、あんたはシャソスにでくわすだよ。やつはほら、いまあそこにいるだ。あの空の黒い点、羽根をひろげてじっと眠ってるだ。だども、眠りながら片目をあけて見張ってるだ。やつは、あんたが綱の真中まで登ったときにおそってくるだ。あんたを八つ裂きにして、腎臓と脾臓をついばもうとするだ。あんたの目玉をほじくりだそうとするだ」

「その話はほかからも聞いたよ、チャヴォ。そう、思いだしたが、伝説の中の鳥たちも、ある男の脾臓と肝臓を永遠についばみつづけているそうだ」

「きっと地球の鳥たちや地球の神々は、変化の時期を越すために、脾臓を食べるだべな。パパ・ガラマスク、ここのおらたちには、もっとほかの食べ物がいるだよ。おらは登るだ」

　おどろくべきオガンタの登山家チャヴォは、絶壁の表面を流れあがる油のように、もっとも長く危険な岩場をよじ登った。見上げるガラマスクの目に、絶壁のでこぼこをたどる彼は四たび消えてまた現われ、そしてついに安全な拠点を手に入れたようだった。まもなく、百メートルはありそうな細い綱がするする垂れさがってきた。ガラマスクはそれをたぐって、困難きわまる登攀にとりかかった。

　途中までくると腕も脚も抜けそうにだるかったが、そのとき、空の笛がきこえた。大シャソスの翼が、彼にむかって羽ばたいてくるのだ。おりしも、わずかながら支えになる斜面にたどりついて、ガラマスクは両脚で綱をかかえ、こぶしと肱と頭の剣をきらめかせて襲撃を待ちうけた。

「岩に縛られて、巨鳥におそわれるプロメテウスそっくりだ！」と彼はいった。「しかし、プロメテウスが縛りつけられるのがなぜ山上の高い岩なのか、どうしていままでそれに気がつかなかったのだろう？」

シャソスのぬしは、約二十メートルの翼長と、鎌のようなくちばしのついた巨大な頭をもっていた。胴体だけでも、じゅうぶんガラマスクに匹敵する大きさがあった。

シャソスはさっと舞いおりると、ガラマスクの股鎧のすぐ上を深くえぐった。ガラマスクはそれよりさらに深く、鳥の後頭部をえぐった。綱はガラマスクを乗せたまま、きりきりとねじれた。二度目の急降下で、シャソスはガラマスクのうなじを傷つけ、ガラマスクはふたたび鳥の頭に有効な逆襲を浴びせた。三度目、シャソスはガラマスクの下腹部に穴をあけ、そこにとまると、こんどは背中にも穴をあけた。ひょっとすると、もう脾臓のいくぶんかをついばんだのかもしれない。だが、ガラマスクは相手の頭のなかばまで剣を突き刺し、シャソスはよたよたと舞いあがった。

「もうこっちのものだ」ガラマスクは歓喜していった。「おまえのそれは断末魔の羽ばたきだな。だが、おまえは最後に目を狙っておそってくる。おまえはわたしの目をくりぬく気だ、ちがうか？　「両目ともくりぬかれないようにしないと、きみが不利になるぞ」死人のアリンはわたしにそう教えてくれた。さあこい、ヒヨコめ！　これがおまえの最期だぞ」

シャソスはやはりガラマスクの片目を一撃し、なにかが彼の頬の上へぶらんと垂れた。それがちぎれかけた肉片なのか、それとも目玉そのものなのか、ガラマスクにはわからなかった。彼はシャソスのど、ケーブルのように腱で覆われた細長い頸を、こぶしの鉤爪でしっかとつかんだ。力をこめると、腱がいくらかたわんだ。それから、急に抵抗がなくなった。彼はシャソスの頸をヒヨコのように絞めた。相手はヒヨコだった。そして、首の折れた巨鳥は、真下のスレート色の雲にむかって、木の葉のように落ちていった。

「わたしはあちこちへ大穴をあけられた。だが、なにも外へはみだしてはいない。むかしから内臓の丈夫なたちなのだ。さて、また苦しい登攀がはじまる。それがすんだら、アリンに死をもたらした、謎の第四の獲物にいよいよ挑戦だ」

こうして、ガラマスクは疲労困憊《こんぱい》の果てに綱を登りきった。チャヴォのニタニタしたまぬけづらが、彼を待っていた。ふたりはいまや三重山の三ノ山、バイア山の頂上にいた。

「あんたをびっくりさせるものが一つあるだ」チャヴォが胴間声をひびかせた。「あんたが休んでるうちに用意をしとくだよ」

「わたしもおまえをびっくりさせるものが二つある」とガラマスク。「そのあいだに用意しておこう」

橋を渡りおえたら、それを弱めておきたまえ。それから、目をいつも頭のうしろにつけておくことだ。それが亡霊アリンの言葉だった。チャヴォは自分のほうの準備に忙しい。ガラマスクはいましがた渡った橋を弱めた。いま登ってきた綱に踵の短剣でざっくり切れ目を入れたのだ。すっかり切り落としてはしまわなかった。もし推測がはずれ、そして、もしほかの下り道を探さずにすんだ場合でも、この綱はまだ自分の体重ぐらいなら充分に支えてくれるだろうと踏んだ。しかし、ガラマスクの何倍もある体重は、とても支えきれないはずだ。

「おらは根の深い岩に、ある仕掛けをハンダづけしてるだよ」チャヴォがいった。「地球からきたあんたは、岩ハンダなんて知らねえだろうが、いくらこの岩を山から投げおとしても、この仕掛けは剥がれねえだ。それに、この仕掛けを黙らせることもできねえだ」

「こっちはこっちで準備をしているよ」ガラマスクは踵の短剣で小さなテレオー樹を伐り、こぶしの鉤爪でそれを削っていた。「チャヴォ、わたしたちはいまバイア山の頂きにいる。ここは小さな平たい頂上だ。そして、ここにはわたしたちしかいない。第四の獲物、岩猿とも蛙男とも呼ばれているベイター・ジェノは、いったいどこにいるんだ？」

「ベイター・ジェノはここにいるだ。やつはリクシーノが下でやったとおんなじように、自分のサインを書いてるだ」

ガラマスクが急いでチャヴォの荷物の中から綱をすこしばかり切りとったとき、その音は始まった。リクシーノの体臭よりも強烈な音だった。綱の切れはしで、ガラマスクは肱からはずした短剣をテレオー樹の先に縛りつけた。いまやその音は腐った波のようにガラマスクに打ちよせてきた。それはヒターの演奏とオガンタの歌声との、窒息するような不協和音だった。だが、チャヴォが岩に録音機をハンダづけしているあいだに、ガラマスクもすでに丈夫な長い槍を手に入れていた。

「あの音楽を黙らせることはできねえだぞ、パパ・ガラマスク」チャヴォはケタケタと笑った。「あれで、あんたは死ぬ前に気が狂うだ。それから、ベイター・ジェノはここにいるだよ。おらがそうだ。それとも、あんたがそうだ。さあ、かかってきなせえ。どっちがどっちか、いまにわかるだ」

ガラマスクは、テレオー樹の槍の石突きでチャヴォを打ち倒した。チャヴォは完全に不意をうたれたようだった。ガラマスクはオガンタの胸、のど鎧のすぐ下へ穂先をつきつけた。

「あんたは武器の掟を破っただな」チャヴォは文句をいった。

「まだそうとはきまっていないぞ、チャヴォ。おまえとの話し合いをすませた上で、わたしはこの優位も、いや、第四の獲物さえも、あきらめていいと思っている。もし、いまわたしに死が迫っているのなら、アリンのように事実のうやむやなままで死にたくない。さあ、早くしろ、チャヴォ。話すのだ！　アリンを殺したオクラスはどこにいる？　やつはほんとうに死んだのか？」

「死んだ？　いや、いのちをよそへ移されただよ、パパ・ガラマスク。あの（腹ペコ）オクラスは、気高いローアのトレオライになっただ。あんたも会った、あのトレオライにだ。あんたの友だち、アリンの脳みそを食って、あんな姿に変わっただよ」

「チャヴォ、あのやかましい音楽と歌で、わたしの頭ははりさけそうだ！　いま、おまえはいったいなんといった？　オガンタがローアになっただと？　おまえたちはおなじ種族なのか？」

「頭を種子みたいにはじけさせるがええだ、パパ・ガラマスク。気が狂うがええだ。おらたちはおなじ種族だよ、気高いローアと気高くねえオガンタとは。おらたちはローアに変わるだが、いまのおらたちはローアに変われねえだ。おらたちは、蛙跳びをやる能力をなくしただ。なにか特別の刺激がないとな」

「第七地獄！　これはまさしくあの地獄の騒音だ。ああ、あそこへだけは墜ちませんように！　チャヴォ、その蛙の密儀とはなんだ？　話せ！」

「蛙跳び、それがオガンタからローアへの変態だだ。聖なる蛙のほかに、どんな生き物が、あれだけ似ても似つかねえ形から、あれだけとつぜんに変われるだね？　よそもんは、おらたちが二つの別々の種族だと思うだよ。ちょうど、オタマジャクシと蛙とが別々の種族だと思うみてえにだ。おらたちは、蛙をおらたちの理想の姿として崇めてるだ」

「どんな故障が起きたんだ、チャヴォ？　その変身になにが起こったんだ？　どこがうまくいかないんだ？　そこを説明してみろ。どうだ、すてきな槍だろうが？」

「すてきな槍だよ、パパ・ガラマスク。だども、やっぱりこれは反則だだ。その故障は──ひょっとしたら宇宙の調和の崩れかもしれねえだ。地球式の勘定でここ百年間、特別の刺激なしでローアになったオガンタは、ひとりもいねえだ。おらたちはオガンタに生まれてオガンタの一生を送るだけで、ローアの高い文明を維持できなくなっただ。おらたちは成体形態をなくしたもんで、それをとりもどそうとしてるだよ」

「どうやってだ、チャヴォ？　アリン殺しが、それとなんの関係がある？　オガンタのオクラスが、どうやってローアのトレオライになったのだ？　やつの特別な刺激とはなんだったのだ？」

「ローアの後脳を食べることで、オガンタはローアに変われるだ。もし、どっちも強くて有能ならだがね。おらたちの計算だと、ひとりのローアの脳みそで、四人のオガンタが変態できるだ。おらたちがもう一つ発見したことは（オクラスがトレオライになったときに発見しただが）、元気のいい地球人の後脳を食べても、やっぱり変態できるというこんだ——だども、第四の獲物まで山の狩りを生きぬけるような地球人でねえとだめだがな」

「じっとしていろ、チャヴォ。動くと串刺しだぞ。ところで、アリン殺しの犯人オクラスだったトレオライには、これからなにが起こるんだ？」

「パパ・ガラマスクを日の入りに殺した犯人のチャヴォには、なにが起こるだべ？　トレオライの時間は切れたし、おらのもそれぐれえの期間のあとに切れるだ。トレオライは地球の二年相当のあいだに、ローアとして知恵を深めただ。今週のうちに（本人は知らねえだが）殺される番がまわって、後脳をかじられるだよ」

「「それから、目をいつも頭のうしろにつけておくことだ」と死人のアリンはいった」ガラマスクはつぶやいた。「だが、オクラス・トレオライは、そんなふうには死なんぞ。ここでの決着がついたら、わたしは山を下りて、あの男を正式に殺人罪で逮捕してやる」

「それで、ひとりのローアの代わりに、四人のローアが生まれるだ」チャヴォはガラマスクの言葉を聞かなかったようにつづけた。「こうやって、おらたちはローアを再興し、おらたちの待ち時間を切りつめるだ。ローアがもういっぺん大ぜいになったら、その知恵を合わせて、変態のどこに故障があるか見つけられると思うだ。そしたら、もっとお手柔らかな方法も見つかると思うだよ。

パパ・ガラマスク、あんたはきょうの日の入りに、いい功徳をほどこすだ。あんたの死から、四人の新しいローアが生まれるだよ」

「おまえも掟を破ったのだぞ、チャヴォ。死にかけか、死にたてなら、わたしはおまえの役に立つ。だが、おまえたち四人のためにだと？ おまえの三人の仲間がいま綱を登ってくる声が聞こえる。死にたてのホヤホヤをいただこうというわけだな。だが、あの綱がもちこたえると思うか、チャヴォ？」

「もちこたえるとも、パパ・ガラマスク。まさかあんた、綱の掟まで破ったんじゃねえだべな？」

「じっとしてろ、うすのろ。なんとでもいうがいい。いのちギリギリだが、わたしはこれ以上綱をいじったりはせん。この賭けを押しとおしてみせる。おい、綱がささくれてきたぞ、チャヴォ。すこしきしんだ。いちばん上の男は、もうまもなくてっぺんだ！ またきしんだ！ 切れるぞ！ 切れた！ 彼らは落ちたぞ、チャヴォ！」

オガンタは地べたにすわりこんで、仲間の死を大声で泣き悲しんだ。録音機からの気も狂うような不協和音が、この場にふさわしい挽歌を作りだしていた。ガラマスクは黒い愉悦の笑いをひびかせ、槍をひっこめて、その先に縛りつけてあった短剣をはずし、ふたたびそれを自分の肱にとりつけた。彼はオガンタを見やった。

「さあ、立つんだ、チャヴォ。第四の獲物の名前はなんという？」

「岩猿、つまりあんたのことだだ、パパ・ガラマスク。地球人のかっこうは、おらたちにはおかしくてしかたがねえだで、そんな名をたてまつっただよ。だども、それは蛙男、つまりおらのことかもしれねえだ。もし、おらがいまここであんたを殺して食って、蛙跳びをやらかせばな。おらたちは戦うだ、パパ・ガラマスク。おらはあんたの後脳を食うだ！　おらのときの声を、あんたには消せねえあの録音機で聞くがええだ！　なんと美しい絃の音でねえか」

「罰あたりな永遠のティーンエージャーめ！」鮮血の死闘の間合いをつめながら、ガラマスクはおめいた。「われわれのあいだには、宇宙の始まりからの怨恨があるのだ！　おまえをたたきのめしてやる！　おまえのそのヒターの絃で、くびり殺してやる！」

「パパ・ガラマスク、あんたの蛙の寸法の話は嘘っぱちだだ。おらはもうすぐここで、ばかでっけえ蛙になるだ」

もう夕方近く、空に伸びた針の頂きで、ふたりは終末論的憤怒に歯ぎしりしながら、丁々発止《ちょうちょうはっし》と斬りむすんだ。日の入りまでには、どちらかが死ぬことになっているのだ。

秘密の鰐について

About a Secret Crocodile

浅倉久志訳

初出：Galaxy Magazine, August-September 1970
邦訳：フレデリック・ポール他編『ギャラクシー（下）』（創元推理文庫）→短篇集『どろぼう熊の惑星』（ハヤカワ文庫ＳＦ）

初出誌《ギャラクシー》は一九六〇年代のＳＦ雑誌のなかにあって、ラファティのホームグラウンドともいうべき役割を果たした媒体。手元の資料によれば、六〇年十二月号に「スナッフルズ」で登場して以来、七〇年代半ばまでに二十四篇を発表している。《ギャラクシー》初代編集長ホレース・Ｌ・ゴールド（在任時期一九五〇年十月号「創刊号」～六一年十月号）、二代目フレデリック・ポール（六一年十二月号～六九年五月号）は名伯楽の誉れが高いが、ラファティ作品は彼らのお眼鏡に適ったということだろう。「秘密の鰐について」が掲載されたのち、《プレイボーイ》の編集者から、ラファティのエージェントであるヴァージニア・キッドに「なぜあの原稿を最初に見せてくれなかったのか」と電話があったという。

秘密結社をモチーフにした奇想ＳＦの傑作。私見だが、ラファティは秘密結社小説の四大巨匠のひとりである。あとの三人は、ホルヘ・ルイス・ボルヘス、トマス・ピンチョン、そして、本作品中でも言及されているＧ・Ｋ・チェスタートン。

七人の男から成る秘密結社が、世界経済を支配している。これは周知の事実だが、くわしいことはだれも知らない。この七人のうちのひとりだけでも経済の専門家ならよかったのに、と考えている人間はいないでもない。

三人の男と四人の女から成る秘密結社が、世界のファッションを支配している。このくわしいことは、ファッションにたずさわるみんなが知っている。わたしは知らない。

十九人の男から成る秘密結社が、世界のすべてのファシスト組織の黒幕である。この結社の名は〈団集花序《グラマルール》〉という。

十三人の人物から成る〈エドムの長老団〉という秘密結社が、世界のすべての秘密の泉を支配している。その泉の水が濁ってきたことが、彼らの心配の種である。

わずか四人の人物から成る秘密結社が、世界のすべてのジョークを作りだしている。中にひとりだけ面白くない人物がいて、面白くないジョークができあがるのはすべてこの男のせいだ。

十一人の人物からなる秘密結社が、世界のすべての過激派と無神論者の組織の黒幕である。悪魔そのものもこの結社に所属していて、特別会員になろうとたゆまず努力している。この結社の秘密の名称は〈海〉という。

これに関連した秘密結社には、〈蛇の道〉（どの会員も、蛇のような瞬膜《しゅんまく》の持ち主だ）とか、〈闇の守護者〉、〈物を見る目〉、〈帝国〉、〈黄金の仮面と都市〉などなどがある。

これらの秘密結社の大部分が作りだす奇妙な組織網の上に、世界のムードと傾向を支配する秘密結社がある——その名を〈鰐《わに》〉という。〈鰐〉の胃袋は飽くことを知らない。人間や国家を生きながら食ってしまう。しかも、この〈鰐〉はひどく年老いている。ある計算法では八八〇九歳、短い年代記によっても七三四九歳。

〈鰐〉の内部には多数の下部秘密結社がある——〈上目づかい〉、〈謎のシラミ〉、そのほか。なかでも強力なのは、三九九人の会員を持ち、世界のすべてのキャッチフレーズとスローガンを製作している結社である。この下部結社は、それほど秘密ではない。というのも、会員の一部がおしゃべりだからだ。この機関の名は〈鰐の口〉という。

チェスタートンは、人類そのものが秘密結社だといった。万一、その秘密が明るみに出たとき、それが良い結果を生むか、わるい結果を生むかについては、なにもいわなかった。

そして最後に――ごく短い破壊的な期間ではあったが――三人から成る、すべてを支配する秘密結社が存在した。

すべてのなにを？

そうせっつきなさんな。それをこれから話すところだ。

ジョン・キャンダーはABNCのミスター・ジェイムズ・ダンディのオフィスへ呼びつけられた（しっ、声が高い。自分の身がかわいければ、冗談にもこの男をすてきな人物《ジム・ダンディ》などと呼ばないこと。そのてのなれなれしさを、彼は許さないたちだから）。

「問題はこうだ、ジョン」ミスター・ダンディはずばりと宣言した。「そいつを言葉で表現することにしよう。結局、物事を言葉や画像で表現するのが、われわれABNCのやりかただからな。さて、われわれABNCの仕事はなんだ、ジョン？」

（ABNCは、〈鰐の口〉の最も強力な唾液分泌促進機関である）

「われわれの仕事はイメージとムードを創造することです。ミスター・ダンディ」

「そのとおりだ、ジョン。それを忘れるな。さて、なにかが狂った。われわれに対する陰険な攻撃がある。これは例の〈スピロヘータ〉の違反行為このかた、最も有害な現象かもしれんぞ。ジョン、なぜわれわれの活動のなにかが狂った？」

「わかりません」

「では、いったいなにが狂った？」

「ミスター・ダンディ、なにが狂ったかといいますと、作業が本来あるべきかたちで進行していないのです。われわれは自分の作ったキャッチフレーズに足をすくわれ、自分の作ったスローガンに切り刻まれています。四方八方からブーメランが舞いもどり、耳もとすれすれをかすめます。予定どおりにうまくいったものは、ひとつもありません。どれもがわれわれに不利なようにゆがめられてしまいます」

「で、その原因はなんだ？　なぜ、われわれの効果が無力化されてしまうんだ？」

「わたしの考えでは、ほかのだれかがせっせとイメージやムードを創造しているんだと思います。わが結社の教理からすれば、それはありえません。この分野で存在を許された集団はわれわれ以外にないのです。にもかかわらず、ほかのだれかがわれわれに敵対してそれらを作りだしていることはまちがいありません。もしかすると、彼らはわれわれ以上に強力かもしれない——しかも、未知の存在ですよ、彼らは」

「彼らがわれわれ以上に強力だということはありえん——それに、われわれに未知のままで放置しておくことはできん」ミスター・ダンディの言葉は切先するどかった。「ジョン、彼らが何者かをさぐりだせ」

「どうやって？」

「ジョン、きみにその方法がわかれば、きみがわたしの下で働くかわりに、わたしがきみの下で働いていたろう。きみの仕事は物事を実行することだ。わたしの仕事は、きみに命じてそれを実行させるという、はるかにむずかしい仕事だ。さぐりだせ、ジョン」

　ジョン・キャンダーはその問題にとりかかった。彼はそれが線形の問題《リニアー・プロブレム》か、集合の問題《セット・プロブレム》か、それとも群の問題《グループ・プロブレム》かと考えた。もし線形の問題なら、自力で解けるはずだ——だが、解けなかった。もし不変の問題《セット・プロブレム》なら、だれにも解けない。便宜上、彼はそれを集団の問題《グループ・プロブレム》に分類し、それを解く集団を結成することにした。どこよりもすぐれた能力集団であるＡＢＮＣにとって、そんなことは朝めし前だった。

　ジョン・キャンダーが結成した集団は、オーガスト・クレイフィッシュ、スターリング・グロスホーク、モーリス・クリー、ナンシー・ピーターズ、トニー・ローヴァー、モーガン・アイ、ベティ・マクラッケンという顔ぶれだった。正直な話、きみの属する組織はどうだ？　これほど粒ぞろいの集団を結成できるかね？

「諸君」とジョン・キャンダーはいった。「みんなが知っているように、なにかがわれわれの効果を狂わせている。そいつを是正しなくちゃならん。意見だ、どうか意見をいってくれ！」

「われわれがなにかの人物や主題をふくらませると、それが目の前で破裂する」オーガスト・クレイフィッシュが意見を述べた。「使うガスをまちがえたんだろうか？」

「われわれがキャッチフレーズをうちだすと、そいつがジョークに変わっちまう」スターリングがぐちをこぼした。「といって、チェックを怠ったわけじゃない。いつもあらゆる角度から検討して、ふざけた要素がないことは確認してある。なのに、なにかが狂う」

「あるムードを創造するとき、われわれは基礎からきっちりと積みあげていく」モーリスが述べた。「ところが、その堅固な基礎が泥沼になり、積みあげたものがかたむいて、沈んでいく」

「最近のわたしたちの考案の中でもいちばん巧妙で効果的だった《実り多い誤解》――あれが酸っぱい実を結びはじめたわ」とナンシー。

「われわれがだれかを刺し殺そうとすると、手に持った短剣がゴムに変わるんだ」トニー・ローヴァーが嘆いた（ああ、これ以上に悲しい言葉がまたとあろうか？「手に持った短剣がゴムに変わる」とは）。

「なにもかもがひどく不確実になっちまったもんだから、われわれが論じているのが自由変数か、それとも束縛変数なのかも、よくわからない」モーガンが意見を吐いた。

「実の母親が、よくもこんな言語道断なサンドイッチを作れるもんだ」ベティ・マクラッケンが、まずそうにモグモグやりながらいった。薄給のベティは、いつも茶色の紙袋にはいった弁当を会社へ持ってくる娘だった。「きょうのはいつもより特別ひどいみたい」彼女はモグモグと食べつづけた。「コンピューターにあてがうしかないわね」

彼女がサンドイッチをあてがうと、コンピューターは大喜びでそれをたいらげた。

「七人七色の意見が出たな」ジョン・キャンダーが思案げにいった。

「七人六色よ」ナンシー・ピーターズが苦々しげに吐きすてた。「ベティは、例によって、なにも意見を述べてやしない」

「答の前半についてはそうだ」ジョン・キャンダーはいった。「しかし、彼女はこういったじゃないか。「コンピューターにあてがうしかないわね」と。諸君、この問題をコンピューターにあてがおう」

彼らはその問題をすこしずつ、また、まるごと、コンピューターにあてがった。この機械は彼らの専門用語と手順にくわしかった。モーガン・アイの《非妥当文脈問題》も、トニー・ローヴァーの《中空人物パズル》も、ちゃんと心得ていた。モーリス・クリーの

《環境浸透計画》も、よくわきまえていた。どんな策略で内部から操作すればよいかも、お見通しだった。

何度も何度も、コンピューターはさまざまな補助外部データを請求した。

「では、しばらくお待ちを」と機械は最後にいった。「もう一度ここに集まっていただくのは、いまから六十日後か、それとも六十時間後に――」

「いや、いますぐ答がほしい」ジョン・キャンダーはつっぱねた。「六十秒以内だ」

「わたしの考えていた時間単位は秒だったかもしれません」と機械はいった。「ブリキ缶にとって、いったい時間とはなんでしょう？」機械はまる一分間にわたって、一連のデータを咀嚼《そしゃく》した。

「どうなんだ？」ジョン・キャンダーはたずねた。

「なんとなく、三という数が出ました」と機械は答えた。

「機械よ、三がどうした？」

「三人の人物です」と機械は答えた。「この三人はそれと知らずにつながりあい、ムードを創造しています。この三人にはプログラムも目的も組織も報酬も共通の基盤も悪意もありません」

「悪意のない人間がいるものか」オーガスト・クレイフィッシュがぎくりとしながらも力

説した。「もしそうなら、まったく異質な生物にちがいない。どうやってそいつらは効果をひきだすんだ？」

「ひとりは身ぶりで、ひとりはしかめっつらで、ひとりは声の抑揚で」と機械は答えた。

「そいつらはどこにいる？」ジョン・キャンダーは詰問した。

「三人ともわりあい近くです」機械は市内地図に三つの円を描いた。「この円の中に、そのひとりひとりが見つかるでしょう」

「そいつらの名は？」ジョン・キャンダーがたずねると、機械は三つの円の中にそれぞれの名を書いた。

「なにか外見上の特徴はわからないか？」スターリング・グロスホークがきくと、機械は目標のキモグラフ写真を三枚作成した。

「やつらの住所か身分証番号を知っているか？」モーリス・クリーがたずねた。

「いいえ。ここまで答えられただけでも、わたしにしては出来すぎだと思いますよ」と機械は答えた。

「だいじょうぶ、見つかるわよ」とベティ・マクラッケンがいった。「いちばん有望なのは電話帳ね」

「心配なのは、やつらに悪意がないことだ」ジョン・キャンダーは心配そうにいった。

「悪意がなければ、この問題にはとりつく島がない。この数百年間、裏体制はがんとして揺るがなかったし、われわれもその特権を享受してきた。たかが三人のはぐれ人間にそれを揺るがされてたまるか。われわれとしては、なすべきことをなすまでだ」

マイク・ゼストヴィッチは巨大な男だった。根源的な身ぶりが、ひよわな体や両手から生まれるはずがない。彼は鉄鋼労働者のような――いや、とにかく、そうした力強い職種の労働者のような――体つきをしていた。上半身は酒樽のようだが、並みの酒樽よりはずっと気高かった。両腕と両手ときたら、信じられないほどだった。首すじは牡牛なみ、頭は十三ガロン入りの大桶のよう、目玉はアヒルの卵ほどの大きさがあり、胸とのどに密生した黒い鬼芝は、スチールの鋤《すき》でも歯が立たなかった。彼の声ときたら――いや、声はたいしたことがない――ほかの部分とは似ても似つかない声だった。

実をいうと、彼はべつに力強い職種にも従事していなかった。ジフィー・ニフティー・ドライクリーニング店のジッパー修理係だった。

ＡＢＮＣのオーガスト・クレイフィッシュは、マイク・ゼストヴィッチをブラインド・ロビン亭にたずねあてた。この酒場は（もし、きみがあのへんの地理を思いだしてくれるなら）ドライクリーニング店から短い路地をちょいとはいった先にある。この大男がマイクだと、オーガストにはすぐにわかった。しかし、マイクはどうやってあんな効果をおさめるのか？

「きょうはカーディナルスがコルツを負かすぜ」ひとりの男が真剣にしゃべっていた。

「カーディナルスなんて――」マイク・ゼストヴィッチが、彼のほかの部分ほど気高くない声でいいはじめたが、最後までいいおわらなかった。実をいうと、ビッグ・マイクは生まれてこのかた、センテンスを最後までいいおわったためしがない。その代わりに、巨大な両手と体を使って身ぶりをする。その身ぶりは、言葉で形容しようがない。とにかく、それはなにかの考えか意見を巨大な両手でまるめ、侮辱という名の崖っぷちからぽいとむこうへ投げ捨てた感じなのだ。

もちろん、カーディナルスはその日コルツを負かせなかった。一時はカーディナルスが生き残れるかどうかすら危ぶまれた。赤い羽根が空中に飛びちるのが、目のすみに見えたぐらいだった。

オーガスト・クレイフィッシュは、注意深く間をおいて観察した。ブラインド・ロビン亭から出ていった男が、小路にいた男と立ち話をはじめた。ふたりの真剣な表情からすると、話題がプロ野球なのは明らかだった。

「カーディナルスなんて――」最初の男はしばらくしてそういうと、例の身ぶりをした。

その数秒後には、ブラインド・ロビン亭の奥で玉を突いていた男がおなじことをした。

　これを見て、オーガストは確信を持った。マイク・ゼストヴィッチは、身ぶりひとつでどんなものもしなびさせることができるばかりか、彼の使う身ぶりは強烈な伝染力を持っている。シェフラーの分散の法則にしたがえば、それはほんの数分間でこの都市にひろがり、ほんの数時間で全世界にひろがるだろう。どんな意見も、その身ぶりの前にはひとたまりもない。マイク・ゼストヴィッチは、イメージやムードを破壊できる——そして、おそらくはそれらを創造することもできるだろう。

「きみは単独で仕事してるのか？」オーガスト・クレイフィッシュはきいた。

「いや。つぎ当てやボタンの縫いつけをやる女たちと、おなじ部屋で仕事してるよ」マイクはふしぎなほどの小さい声でいった。

「メアリー・スモーフィアを知ってるかね？」オーガストはたずねた。

「いや、知らん」マイクはそういったが、アヒルの卵大の目には一種の理解の光が宿ったようだった。「おれが知らんのが、そんなにうれしいか？　じゃ、知ってみせる。その女を見つけだしてやる。わかってきたぜ、おまえがわるいやつで、その女がいい娘だってことがな」

　そこでオーガスト・クレイフィッシュは、その日の夜に全世界の前でベールをぬぐ予定のスローガンを口にした。そのすばらしく口あたりのいいスローガンは、製作に十万ドルもかかったしろものだ。これを聞かされれば、マイク・ゼストヴィッチもばかげた抵抗がむだだとさとるだろう。

マイク・ゼストヴィッチが身ぶりをしたとたん、そのスローガンはこっぱみじんに粉砕された。そして、どこかで〈秘密の鰐〉が不機嫌に尾をばたつかせた。

「きみは大金がほしくないか?」オーガスト・クレイフィッシュは長い再考慮のあとでそうささやいた。

「金なんて——それもおまえみたいな——」ビッグ・マイクは例によってそのセンテンスをいいおわらなかった。しかし、身ぶりは忘れなかった。大金の持つ意味は、たちまちにしてしなびた。オーガスト・クレイフィッシュも小さくしなびたため、ブラインド・ロビン亭から出ていこうにも敷居がまたげず、ある親切な男に靴のつま先で押しあげてもらう始末になった（最後のくだりは文学的誇張だが、その方向においてはまちがっていない）。

ＡＢＮＣのナンシー・ピーターズは、キングピン・ボウリング場でメアリー・スモーフィアをたずねあてた。メアリーはそこでハンバーガーとビールの売り子をしていた。メアリーは小柄で、髪が長く、不器量で（ただし、高周波を発生する目と、顔を横ぎる口という名の美しい裂け目はべつだが）、活発で、利口で、せわしなく、イタリア人と呼ばれるあの常軌を逸した人間種族のひとりだった。

「アカデミー賞は『スノーティング・サマー』で決まりね」カウンターにすわった上品な大食女のひとりが、もうひとりに話しかけた。「最優秀主演女優賞は、クローヴァー・エリゼーがはだしで楽勝」

　すると、メアリー・スモーフィアがしかめっつらをした。そう、その芸当の大半をやってのけたのは、美しくも大きな口だったが、しかし、髪の毛の青いつやから靴のつま先まで、彼女のあらゆる部分がそこに投入されていた。それはすべてのものを破壊し、薙《な》ぎ倒すしかめっつらだった。そのしかめっつらはすべてをたいらげ、無力化し、たいへんな遠距離まで自分の存在を知らしめた。上品な大食女たちはメアリー・スモーフィアに目を向けてもいなかったが、そのしかめっつらを魂への衝撃として感じ、そうするのには向いていない自分の顔をみごとにゆがめてみせた。

　たちまちそのしかめっつらは、伝染力の強い疫病か草原の火事のように、あらゆるものを一掃した。『スノーティング・サマー』――おえっ。クローヴァー・エリゼー――おえっ！　それらは永久に息の根をとめられ、物笑いの種を超えたもの、嘲弄《ちょうろう》にも値しないものになった。一方、ＡＢＮＣのナンシー・ピーターズは、この強力な効果をじっくり観察した。上品な大食女たちが最初にいった言葉は、そうした賞が話題になるたびに何億回もくりかえされるよう、ABNCが選びぬいた言葉にほかならなかったからだ。

「あなたは単独で仕事してるの？」ナンシー・ピーターズはメアリー・スモーフィアにきいた。

「あたしはね、仕事が速いから、この当番はひとりで充分。電光石火だもんね」

「女優になろうと考えたことはない、メアリー？」ナンシーは甘い声でたずねた。

「うん、一度CMに出たことはあるわ」メアリーは大きく裂けた口のはしを吊りあげて答えた（きっと冗談だろう。こんな大きな口が現実にあるものだろうか）。「あたしのおかげであの石鹸がよく売れたかどうかは知らないけど、おおぜいの人があのブランドXをやめたのはたしか。あたしが顔をしかめたあとは、そりゃひどいもんだったわよ。生まれつきの才能はあるといってくれたけどさ——でも、一回だけで充分」

「あんたはマイク・ゼストヴィッチや、クリヴェンドン・サリーを知ってる？」とナンシーはたずねた。

「聞いたことないわね」メアリーはいった。「どこのボウリング・リーグの人たち？　でも、きっと好きになれそうな感じね。名前をおぼえといて、さがしだそうっと」

ナンシー・ピーターズはおちつかなかった。あの破壊的なしかめっつらが、稲妻のように裂けたメアリーの口からいまにも飛びだしそうな予感がした。なにはともあれ、強度試験をしてみるべきだ。ナンシーは、その日の夜に全世界へ発表される予定の新しいスローガンを口にした。ほかのものはともかく、これならメアリー・スモーフィアという偶発因子もきっとおとなしく服従するはずの、もっともらしく、強力なスローガンだった。しかも、ナンシーは、彼女の背後にある〈鰐の口〉の絶対的な専門技術のすべてをそこにそそぎこんで、そのスローガンを口にしたのだ。

しかめっつら一発！　そのスローガンは永久に滅び去った。そして（恐怖のしかめっつらは内部へ向かい）ナンシーはその疫病に感染して、みずからも顔をしかめた。しかめっつらが顔から離れなくなった。

完全な屈辱にナンシーは圧倒され、自分がとつぜんちっぽけな存在に思えてきた。そしてどこかで〈秘密の鰐〉が不機嫌に、不安そうに、尾をばたつかせた。

ナンシーは手洗所で化粧を直し、混乱した体をさましてから、こうたずねた。「あなた、二万ドル儲けたくはない、メアリー？」

「二万ドルなんてけちな金」メアリー・スモーフィアはパノラマ的な口から言葉を出した。「いまのあたしは、税引で八十八ドル五十セントも稼いでるのよ。いやったらしいやつらと調子を合わせる気なら、もっと稼げるけどさ」

「二万ドルはもっともっと大金よ」ナンシー・ピーターズは誘惑した。

「だけど、もっともっといやったらしいじゃん」メアリー・スモーフィアはそういうと、顔をしかめた。あのしかめっつら！　もうたくさんだ！　ナンシー・ピーターズはぺしゃんこにされ、恐怖にかられて逃げだした。永久の恥辱を受けた気分だった。

さて、きみはどう思う？　全世界のためにすべてのイメージとムードを一方的に創造するこの仕事が、西瓜の皮のピクルスやペッパー・レリッシュのようなものだと思うかね？　とんでもない、それは巧妙緻密な作業で、特権のある裏体制が数世紀がかりで積み重ねてきたものだ（表体制のほうは、数世紀前から、ひとつの言葉のあや、剝げちょろけの樹皮に落ちぶれている。その大木の核心は、特権のある裏体制に、とっくの昔に乗っ取られた）。〈鰐の口〉そのものから出た言葉が、三人のはしっこいはぐれ人間に無力化されるのを許すわけにはいかなかった。

ＡＢＮＣのモーガン・アイは、クリヴェンドン・サリーをスピードスター・カフェにたずねあてた。クリヴェンドンはひょろりとした金髪の男で、なんとなくけだるい物腰、何世代かを生きてきたような世間ずれした態度を持っていた。ひたいは高く秀《ひい》で、優雅な鼻はここ二、三世紀で育ったものと思えなかった。彼には独特の声、独特の声の抑揚があり、そこにはグロトン、ベイリャル、その他それ以上に畏《おそ》れ多い名門校の癖がすこしずつまじっていた。すばらしい声だった。すくなくとも声の抑揚はすばらしかった。クリヴェンドンの雇い主はあるときこういったことがある——クリヴェンドンが一度でも言葉を使ってしゃべったことがあるとは信じられない、とにかく、あれはこっちに理解できる言葉じゃない、と。彼の声の抑揚は、実は鼻あらしであり、一種のいななきだったが、その抑揚には幾星霜《いくせいそう》ものあいだ積もり積もった侮蔑《ぶべつ》がこもっていた。しかも伝染力があった。

クリヴェンドンは実はスウェーデン系で、ポターズヴィルに近い農家の生まれだった。彼がその声の抑揚を発明したのは、ハイスクールの演劇である役を振りあてられたときだった。それが気にいって、それ以来ずっと使っているのだ。クリヴェンドンは、ダウンヒラー自動車修理工場のバイク整備工だった。

「きみは単独で働いているのかね？」モーガン・アイはクリヴェンドンにきいた。

「いーや。ひとりで働くと働かなくちゃならない。みんなと働くとこっそりぬけだせる」とクリヴェンドンは詠唱した。

そう、彼は言葉を使って話すし、その大半は理解できる言葉だ。しかし、問題はそのぬきんでた声の抑揚、その口調にこもった、世界をしなびさせるような侮蔑だった。この男には生まれつきの才能があり、その口調を浴びただけで、モーガンは背が三十センチも縮んだような気がした。

「マイク・ゼストヴィッチとメアリー・スモーフィアを知っているかね？」モーガンはおそるおそるたずねた。

「そこが妙なんだ」その口調は耳垢を切り裂き、脾《ひ》臓《ぞう》をえぐった。「そのふたりの名は聞いたこともなかったけど、ほんの三十分ほど前にメアリー・スモーフィアが電話をかけてきて、いっしょにマイクに会おうという。だから、あと二十分ほどしたら、ふたりに会うつもりだよ。あそこの時計が勤務時間の終わりを知らせたとたんに」

「ふたりに会うな！」思わずモーガンはどなった。「そんなことをすれば輪が閉じて、ひとつの同盟が成立する。それは〈鰐の口〉そのものへの侮辱になりかねんぞ」

相手の返事が、いななきが、鼻あらしが、言葉のない声の抑揚の鋭い切先が、モーガンをよろよろと後退させた。そしてそのこだまはスピードスター・カフェの中だけでなく、外の道路にまでひびきわたった。その口調は鋭いだけでなく、伝染性を持っていた。

モーガンは〈鰐の口〉が作りだした最新のスローガンをいいかけて――そこでためらった。強度試験が不安になったのだ。なにしろ、きょうはすでにふたつのとても高価なスローガンが、これらのはぐれ人間によってこっぱみじんに粉砕されたのだから。

「この三人には悪意がありません」とコンピューターはいった。「悪意がなければ、この問題にはとりつく島がない」とジョン・キャンダーはいった。しかし、クリヴェンドン・サリーの巨大で伝染力のある侮蔑には、どこかに悪意があるにちがいない。そこでモーガン・アイは、むかしからつねに〈鰐の口〉の究極兵器である奥の手を出すことにした——もし相手にすこしでも悪意が存在するならば、この手が効かなかったためしはない。

「週給五千ドルの仕事をしてみないか？」と彼はクリヴェンドンにささやいた。

「どこの修理工場がそんな高給を出すんだい？」クリヴェンドンは正直な驚きをうかべてききかえした。「ぼくはそんなに腕のいい整備工じゃないのに」

「われわれといっしょにABNCで働けば、週給五千ドルは堅いよ」とモーガンは誘惑した。「きみの使い道はいっぱいある——われわれがなで斬りにしたい人間を、そのすばらしい嘲りでばっさり。その声の抑揚をわれわれに貸してくれれば——」

そのいななきは、千頭もの海の悍馬《かんば》が深淵から浮きあがってきたようだった。その鼻あらしは、地の果ての断崖がいっせいに崩れ落ちるほどだった。モーガン・アイは蒼白になり、その鋭い音響の侵食で、耳から出血がはじまった。クリヴェンドンのあざけりには言葉までがまじっていた——「へえ、それじゃぼくに、怪物の歯に挟《はさ》まった食べかすをせせる、小鳥の一羽になれというのか」

その口調にこもった目もくらむほど強烈な侮蔑に耐えかねて、モーガン・アイは道路へ飛びだし、いちもくさんに逃げだした。

しかし、その声の抑揚のこだまは市内のその界隈にひびきわたり、まもなく全市へ、そして全世界へ波及しようとしていた。それは〈鰐の口〉そのものに当てつけた鼻あらしの疫病だった。たわけども！ それがあと一歩で〈鰐〉そのものへのあざけりになることを、この三人は知っているのか？

輪は閉じた。いまや非公式の同盟ができあがった。三人の偶発因子は顔を合わせ、団結したのだ。〈鰐の口〉は侮辱を受けた。それ以上にわるいことに、〈鰐の口〉が吐きだすあらゆるものが無力化された。全世界が〈鰐の口〉から出てくるキャッチフレーズを拒絶し、それを笑いものにし、最大限の身ぶりとしかめっつらと鼻あらしでそれをはらいのけ、底なしの侮蔑でそれを投げ捨てた。

これが三人から成る秘密結社の短い君臨時代だった。三人は、自分たちが秘密であることを知らなかった。しかし、その時代の彼らは、〈鰐の口〉を完全にふさいでしまったのだ。〈鰐の口〉は、泥沼の声と腐肉でいっぱいになった。

〈秘密の鰐〉は、いまやひどく不機嫌に尾をばたつかせていた。〈鰐の口〉はすっかりうろたえていた。そして、その口に出入りして、そこに挟まった食べかすやスローガンやキャッチフレーズをついばんでいる小鳥たちは？　小鳥たちは悲しげに羽をふるわせるばかりだった。

「あの三人の秘密結社はわれわれに対して公然たる陰謀をたくらんでいる」ミスター・ジェイムズ・ダンディはたまりかねていった。「そして全世界が、秘密結社を忌み嫌っている。われわれは、きょう、この仕事をやりとげねばならん――やつらの力を永久に失わせてしまおう。さもないと、われわれは無能な下部機関としてほうりだされ、〈鰐〉は、〈上目づかい〉や〈謎のシラミ〉から腕ききをひっこぬいて、われわれの代わりをさせるだろう。われわれにも手段はないわけではない。《実り多い誤解》のあとを受ける論理的結末はなんだ？」

「《意図的偶発事故》です」ジョン・キャンダーは即座に答えた。

「あとはまかせたぞ、ジョン」ミスター・ジェイムズ・ダンディはいった。「ただし、忘れるなよ。われわれがその歯をせせっている存在は、同情心の権化だ。われわれは、これこそ現在の世界の顕著な特質だと信じている――つまり、〝鰐の目の涙〟が（見せかけの同情のこと）」

「あとはまかせたぞ、諸君」ジョン・キャンダーは七人の才人たちにいった。「〈鰐〉が同情心の権化であることをつねに忘れないでくれ」

「あとはまかせたぞ」その七人はコンピューターにいった。「いつも同情のあぎとという情況を念頭においてな」

　コンピューターは《意図的偶発事故》が起こるようにプログラムし、それに必要な小道具を製作した。この《意図的偶発事故》はみごとにプログラムされていた。流された血はそう多くなかった。殺されたのは、無関係な傍観者だけだった。秘密の三人は軽傷者として生き残り、彼らの特技を損なわれただけですんだ。

　事故はブラインド・ロビン亭とスピードスター・カフェの中間で、たまたまこの秘密結社の三人のメンバーがいっしょに歩いているときに起きた。新聞はそれを爆弾と報道した。なにかがそんなふうに破裂したとき、新聞はいつも爆弾だと書きたてる。だが、実をいうと、それは三等分にプログラムされた高度に精密な自動誘導装置で、その三等分された使命をみごとに果たしたのだ。

　三人のはぐれ人間、短命な秘密結社のもと会員たちは、ふたたび元気になって職場にもどった。マイク・ゼストヴィッチはもうジッパーの修理係ではなくなったが（ジッパーを直すには、二本の器用な手が必要なのだ）、まだジフィー・ドライクリーニング店で働いている。いまの彼は大型プレッサーの係だが、たくましい左手と、義手の右手を使って、らくらくとそれを扱える。しかし、使い慣れた右手がなくなったため、かつては〈鰐の口〉とそのすべてのスローガンを顔色なからしめた、あの伝染性の根源的な身ぶりはできなくなった。作り物の手では大きなジェスチャーが不可能になった。

メアリー・スモーフィアは、いまもキングピン・ボウリング場で、ハンバーガーとビールの売り子をしている。彼女はいまも小柄で、髪が黒く、不器量で（ただし、高周波を発生する目はべつだが）、活発で、利口なイタリア人だ。彼女の口はいまも顔を横ぎる裂け目だが、いまでは前より二倍も大きな裂け目になり、もう自由自在に曲がらない。可動性がすっかり失われ、もうあの表現不可能な表現も、キャッチフレーズやムードをこっぱみじんに粉砕することもできなくなった。メアリー・スモーフィアは前とほとんど変わらないが、いまの彼女にはあの有名なしかめっつらをすることだけが不可能になった。

クリヴェンドン・サリーはダウンヒラー自動車修理工場にもどり、いまでもスピードスター・カフェでたいていの時間をつぶしている。もちろん彼の声帯は失われたが、それでもなんとか用はたりている。のど当てマイクロホンを使って話ができるのだ。しかし、あの有名な声の抑揚、あのいななき、あの破壊的な鼻あらしは、すべて不可能になった。

トラブルはかたづいた。こうして、全世界のイメージとムードを作りだす組織は、ふたたび世界にただひとつとなった。こうして、裏体制のお墨つきのムードだけが勝利を得るように保証された。

最初のリストに書きもらしたグループがひとつある。それはこの世界のもうひとつの秘密結社で、善玉たちから成り立っている。その結社には、ただの〈善玉たち〉という以外、これといった名前はないらしい。いまのところ、この結社は世界のなにも支配していない。しかし、それはかすかな胎動を見せている。いまにそれは動きだすかもしれない。そして、いつかは、そう、〈鰐〉そのものとさえ衝突するかもしれない。

クロコダイルとアリゲーターよ、クレム

Camels and Dromedaries, Clem

伊藤典夫訳

初出：The Magazine of Fantasy and Science Fiction, October 1967
邦訳：《Men's Club》一九八八年三月号→《ミステリマガジン》一九九二年五月号
→短篇集『つぎの岩につづく』（ハヤカワ文庫SF）

初出誌《ザ・マガジン・オヴ・ファンタジイ・アンド・サイエンス・フィクション》（《F&SF》と略称される）は、一九五〇〜七〇年代において洗練された作品を掲載する一流SF誌だった。ラファティとも相性が良さそうに思うのだが、調べてみると寄稿は十篇に満たない。ちょっと意外だ。

本作品はラファティが得意とする分身テーマの一篇。「クロコダイルとアリゲーター」とは鰐の二種であり、似ているけれど違っている組みあわせだ。そうした対《つい》を、つぎつぎに並べ立てて呪文のごとく用いるのが、いかにもラファティらしい。原題にあるCamels and Dromedariesは、フタコブラクダとヒトコブラクダだが、訳者の伊藤典夫さんによると「(これをそのまま使うと) 間が抜けているばかりか小説のロジックにも反するので、ごらんのとおりの訳題に変え、同時にそれに関連する二、三の台詞も、訳者のほうで適宜削除・補足した」由（短篇集『つぎの岩につづく』にあとがきとして付された「ぼくの会ったラファティ」）。

「ギリシャ人とアルメニア人よ、クレム。ハゲワシとコンドル」

「サモイェード犬とマラミュート犬だ。方鉛鉱とモリブデン鉱」

おい、こらこら！　そいつはいったい何の話だ？

これが肝心かなめの話さ。これが根本なのだ。問題の核心に持っていくのに、これ以上の話はない。

クレム・クレンデニングは訪問セールスマンで、いい腕をしていた。去年は三万五千ドルの純益をあげている。彼は中西部の町を本拠地とするメーカーに籍をおいていた。ここの工場の製品がユニークで、クレムはそれを全米の三分の一以上の地域で売りさばいているのだ。

クレムは順風満帆の人生を送っていた。ところが、ちょっとしたことから、その一切合財が狂ってしまったのである。

セールスマンは、身辺をチェックし、ダブルチェックする方策を講じている。たとえば、どこか遠い町のホテルに泊まるとき、やることがひとつ。——予約がちゃんと取れているかどうかたしかめるのだ。くだらないようだが、そうではない。セールスマンはよく本社から電話を受けるので、居場所をはっきりさせておくのは大切なことなのだ。ホテルにチェックインするときには、クレムは何時間かあとで必ず確認をおこない、宿泊名簿に記入されているかどうかを調べた。どこか他所《よそ》から電話をかけ、自分を呼びだすのである。じっさい名前が記入されていないこともたまにあった。すると、クレムは決まってこれをたねに一騒動をおこすので、以後ホテルは一目置くようになるというわけだ。

問題の日、町に着いたとき、クレムは空腹のあまり気がくるいそうで、底の底まで疲れていた。どちらの状態もいままでになかったことだ。レストランを見つけると、クレムは一時間にわたってがつがつ食い、客たちの注目をあびた。脳溢血をおこす寸前まで詰めこんだ。つぎにホテルにタクシーをとばし、チェックインし、すぐさま部屋に上がった。ほどなくして、服を脱いだかどうかも定かでないままに（午後の日がまだ高いころだ）ベッドに身を投げると、何時間ぐらいだろう、泥のように眠りこけた。

だが目がさめてみると、まだ三十分しかたっていず、虚脱感というか、なにか大きなものをなくしたような気分が残っていた。もうろう状態でふらつくうち、またもあの理屈にあわない空腹感がつきあげた。荷物をすこし解いてスーツを着たが、上着がひどくだぶついているのに驚いた。

部屋を出るとき、ベッドに何かを置き忘れたような後ろ髪を引かれる思いがしたが、見とどける勇気はなかった。クレムは気のおけない店を見つけ、あらためてたっぷりと食べた。それから(見とがめられないように、また別の店で)もう一食とった。これで気分はすっきりしたが、なんだか変だった、とてつもなく変だった。

なにか重い病気にかかったのではないか。そう思い、クレムは身辺をチェックすることにした。彼はいつもの手を使った。電話を見つけてホテルにかけると、自分を呼びだしたのだ。

「お待ちください」と交換手はいい、すこしたって返事があった。「いま、おつなぎいたします」

「なんだと、この畜生百姓め」クレムはうめいた。「今度は何がこんがらがったんだ？」

そして話をとおすためどなりつけようとした刹那、ある声が電話口から流れでた。

ここが肝心なところだ。

聞こえたのは自分の声だった。

かけたほうのクレンデニングが先に笑った。つぎには沈黙した。錯覚ではない。いたずらではない。まちがいなく自分の声なのだ。口述用のディクタフォンはよく使うので、クレムは自分の声になじんでいた。

その声がいま、聞き違えようもない特徴をすべてそなえてかん高くなっていく。電話をかけてきて、何もいわずに突っ立っている大ばかものを罵倒する声だ。

「やっぱりオレだ」クレムはぶつぶつと口のなかで唱えた。「いらだつと、たしかに声が荒っぽくなる」

いやがらせ電話は法律にふれるぞ、と電話の声はいった。こりゃ大変だ、と電話の声はいった。いま気がついたが、部屋が荒らされている。この会話は傍受させているからな、と電話の声はたんかをきった。嘘に決まっているが、それがクレム特有の嘘のつきかたであることも気づいていた。声はあからさまに口ぎたなく耳ざわりになった。

そこで声音が変わった。

「そっちは誰だ?」と声はうつろに問いかけた。「聞こえるぞ、その怖じ気づいたような息づかい。聞いたことがある。があああっ——オレだ!」そして電話口の声も、怖じ気づいた息づかいとなった。

「これにはきっと答えがあるはずだ」とクレムは心にいった。「部屋へ行って熱い風呂にはいろう。ひと眠りして忘れてしまうんだ」

だが、そこで叫びだした。「オレの部屋へ行くだと！ 正気なのか？ いまオレの部屋へ電話したところじゃないか。もうオレは着いている。目のまえに百十万五千ドル積まれたって、これから部屋へ行くはずはないのだ」

　骨格が体のサイズと合わなくなってしまったみたいに、肉がぶるぶるふるえていた。妙な話だが、自分がどんなに骨ばっているか、クレムははじめて気づいた。だが、ほかはどうあれ、ある一事が考えられなくなってしまうほどには、まだうろたえていなかった。

「そうだ、いくら金を積まれたってあの部屋には帰らんぞ。だけど同じ金のためなら、ちがうことをしてやる。それもアッという間にだ」

　クレムは逃げだした。逃げだし、いまもって逃走をやめていない。独立独行の分身がいることに肝をつぶしてしまったのだ。逃げだしたが、最初のうちは、どこへ向かっているか承知していた。バッグや荷物を見限ると、夜の飛行機便で自宅のある町にとってかえした。

　翌朝、クレムは銀行が開くのを待ってとびこんだ。口座をすべて解約した。何もかもを現金に替えた。これには数時間かかった。クレムは八万三千ドルを持って銀行を出た。べつにうしろめたくはなかった。これは自分の金なのだ。分身野郎のものであるはずがない。そうだろう？　自分が二人いるなら、口座だって二組あるべきだ。

さて、ことを早く運ばなければ。

おかしな感じは消えなかった。体重を計ってみた。最近はたらふく食べているのに、百パウンドも減っていた。これでは誰だって変な気分になる。クレムはニューヨークへ出ると、人ごみにまぎれ、今後のことを考えることにした。

では、クレムが行方不明になったあと、会社や自宅での反響はどうだったか？　これが第二の問題点である。彼は行方不明にはならなかった。つづく数カ月、クレムは分身の動きを追った。業界紙にはよく写真がのり、会社をやめもせず、腕のいいセールスマンであることにも変わりなかった。自分の町の新聞はいつも読んでいたが、そこにもちょくちょく登場した。愛妻ヴェロニカと並んで写真におさまっていた。ヴェロニカははつらつとして見え、あまり認めたくないが、クレムも元気そうだった。二人はいまだに町の評判であるらしい。

「もしこいつがオレなら、オレはいったい誰だろう？」クレムは自問しつづけた。答えなどありそうもなかった。そもそも取り組もうにも手がかりが見つからないのだ。

クレムは精神分析医にかかり、ことの次第を打ち明けた。分析医はこう見立てた。きみは仕事から逃げたかったのだ、でなければヴェロニカから、あるいはその両方から逃げたかったのだと。いや、そうではない、とクレムはいいはった。わたしは妻も仕事も愛している、その両方から深い大きな満足を得ている。

「先生はヴェロニカをご存じないんだ。ご存じなら、そういう診断が出るはずはない」とクレムは分析医にいった。「ヴェロニカは――ああ――つまり、彼女を知らないんでは、この問題はわかりっこないのです」

きみは自分のイド、すなわち本能的衝動の源泉と電話で話したのだ、と分析医はいった。

「そのイドが、ここから五百マイル離れた町でばりばりセールスをやっていて、当のわたしがここにいるというのは、どういうことですかね？」クレムはくいさがった。「ふつうの人のイドは、そこまでやり手じゃない」

この病気は、何とかいう妙な名前のついた精神機能の割裂《トウメーマ》または分而背《デアィレティコス》によるものだ、と分析医はいった。

「くだらん、わたしは外向型の性格だ。そういったことは、わたしみたいな人間には起こらない」

これ以後、クレムは日陰の人生を目いっぱい明るく過ごすことに努力した。健康はたちまち回復し、体重も元にもどった。だが電話に出ることは決してなかった。またあんなふうに自分の声を聞けば、その場で憤死しかねない。どこに住もうが、部屋には絶対に電話をおかなかった。必要もないのに補聴器をつけ、耳が遠いので、と言いわけした。たまさか自分にかかってくる電話は、紙に書いて伝えてほしいと頼んだ。

ただし、分身に目を光らせておく必要はあり、そのため古いつきあいをひとつ復活させた。ニューヨークのある商社に、以前クレムが定期的に出かけて会っていた男がいた。からっとした広い心の持主で、異常現象にもびくつくところはない。クレムはこの男と会いはじめた（もったいぶっても仕方なかろう。名前はジョー・ザボッキーという）。おちあう場所は会社ではなく、ジョーの行きつけの店に決めた。

ジョーはクレムの話を聞き、信じてくれた。といっても、もちろんクレムの面前で千マイルかなたの分身に電話を入れ、かのユニークな製品を一ヵ月分、さして必要でもないのに（ちょうど品物の動きが鈍っている時期なので）追加注文してからである。

そのあとクレムは、月平均一回ずつ、ジョー・ザボッキーと顔を合わせるようになった。落ちあう時期は、分身のクレムが毎月一度のニューヨーク訪問をすませるころを見計らった。

「あいつ、ちょっと変わってきたな。あんたもだがね」とジョーは、ある晩クレムにいった。「うん、あいつの場合も似たり寄ったりだ。しばらくまえ体重が急に減った。あんたがいう問題の日のころで、あんたとおなじようにそれから間もなく体重をもどしてる。それにしても、クレム、おれはどっちのあんたを知ってたんだろうな。昔の話で、やつが覚えてて、あんたが忘れてることもあれば、あんたが思い出せて、やつが知らんこともある。しかも何てこった、二人とも覚えてることがあるってのはいいんだが、それはオレとひとりの男とのあいだに起こったことであって、オレと二人の男とのあいだに起こったことじゃないんだ。

　しかしこの二、三ヵ月、おまえさんの顔はちょっとふっくらして、やつのほうは多少やつれたみたいだ。いまでもあんたたちは瓜二つだが、はじめ会ったときほど瓜二つじゃない」

「わかるよ」とクレムはいった。「いくら分析医に診てもらってもラチがあかないんで、いまは逆に連中を診るようにしているんだが、やつらの手口をひとつおぼえたよ。自分の正面向きの写真をまんなかで切って、欠けた半分をそれぞれ鏡に映った像でおぎなうんだ。そうすると、ちょっと違う顔が二つできる。左右がまったくおなじという顔はない。この二種類の顔は、ひとつの人格の異なる二面をあらわしているという。それをながめているうち、自分がその一面のほうにどんどん似てきてることがわかってきた。とすると、あいつはもう一面のほうに似てきてるんだろう。たしか、ヴェロニカとちょっとした行きちがいがあったという話をしてたんじゃないか？　で、二人ともそれがどういうことなのかわからない。オレにもわからない」

クレムはつつましく暮らしたが、酒量はまえよりぐんと多くなった。仲介役のジョーをはじめ、ほかにもいろんな手をつかって分身の監視も怠らなかった。そして時節の到来を待った。こういう異常きわまりない状況に直面するのははじめてだが、これまでいろいろ経験してきたなかでドジを踏んだことはめったにない。

「やつはオレ以上に頭がいいわけじゃない」とクレムはいいつづけた。「だけど、やつがオレなら、相当に抜け目はない。やつがオレの立場に置かれたら、どうするだろう？　いや、ある意味では、オレの立場にいるわけだ」

酒を飲み、考え、時節を待ちながら、クレムはそこかしこの溜り場へかよったが、ある日、料理店と酒場の二つの顔をもつ店〈トゥー・フェイス・バー＆グリル〉にいた。ここの主人は〈二つの顔《トゥー・フェイス》〉のテレルといい、悪党と紳士（それもいっぱしの伊達男）の二股をかけている。ちょうど男がひとり、クレムといっしょの薄暗いテーブルについたところで、トゥー・フェイスに酒を運ばせながら、男はこう口をきった。

「どうしてマシューにはロバが二頭出てくるんだろうな？」と男はたずねた。

「マシューって誰だ？」とクレムはきいた。「何の話だか、よくわからないんだがね」

「それはもちろん、聖書の二十一章一節から九節の件さ」と男。「マシュー（マタイ）のやつを唯一の例外として、ほかの福音書にはどれもロバは一頭しか出てこない。そこんとこを考えたことがあるかい？」

「いいや、チラッとも」

「そうか。それなら、どうしてマシューには悪霊につかれたのが二人いる？」

「ええっ？」

「八章二十八から三十四節さ。ほかの伝道者のところには狂人はひとりしか出てこない」

「はじめ気のふれたのはひとりだけだったのが、隣りで飲んでいたやつを発狂させたのかもしれない」

「それはありうる。――なんてのは冗談だろうがな。しかし、どうしてマシューには盲人が二人いる？」

「たまげたな、もう。そりゃ、いったいどこに？」とクレムはきいた。

「九章二十七から三十一、それに二十章二十九から三十四さ。ほかの福音書では、盲人はいつもひとりしかいない。どうしてマシューにだけ、こう物がダブるんだろう？　ほかにもいろいろと例はあるぞ」

「それは多分、乱視だったんだろう」

「ちがうね」と男はささやいた。「やつはわれわれの仲間だったんだ」

「その〝われわれ〟というのは、いったい何のことだね？」とクレムはきいたが、すでに自分の症例が唯一無二ではないことにうすうす気づきはじめていた。もし仮に、そういう現象が百万人にひとりの割合で起こっているとしたら？　それでも国中に、分裂人間は数百人出てくるわけで、彼らは救いを求めて〈トゥー・フェイス・バー＆グリル〉のような店に集まってくるものなのだ。そう思ってながめれば、たしかに店の客たちには、みんなどこかしら脱けたような、割れたようなところが見えた。

「で、これは覚えておいたほうがいい」男はつづけた。「残りの使徒のうち、ひとりの名前というか、あだ名は〝双子〟という。しかし、そいつは誰と双子なんだ？　オレが思うに、すでに聖書の時代には、こういう不可解な分裂現象がはじまっていたんだな」

「やっこさんが会いたがってるぜ」とジョー・ザボツキーがいったのは、数カ月後におちあったときである。「奥さんもだ」

「いつごろから自分がもうひとりいると気づきはじめたんだろう？」

「最初から変だとは思ってたらしい。何かなきゃ、あっという間に体重が百パウンドも減るものじゃない。預金口座がきれいに解約されたとき、ますますおかしいと気づいた。署名偽造じゃないことはわかった。手のこんだ偽造にはほど遠くて、書体がみんな違うし、急いでるし、びくついてる。だが、どれもこれも本物の署名だ。それは彼も認めた。しかし、あんたも変わった男だなあ、クレム！」

「ヴェロニカはどれくらい承知で、どういう具合に知ったんだろう？　彼女は何が狙いなんだ？　やつのほうは？」

「ヴェロニカも最初から感じてたという話だよ。〈あなた、まるで人間が半分になっちゃったみたい、クレム〉と彼にいったそうだ。つまり、あんたにだがな。彼のほうは、あんたと入れ替わりたがってる。まあ、気が向いたとき、試験的にだが」

「そんなことは許さん！　やつはあっちでじたばたしていればいいんだ！」クレムがクレムにあびせた悪態はあまりにも下品なので、ここでは控えよう。

「おちつけ、クレム」ジョーがいさめた。「自分をののしってるんだぞ」

〈トゥー・フェイス・バー＆グリル〉にときおり姿を見せる客のなかに、若者とも老人ともつかぬ妙な男がいた。その日たまたま二人の目があい、若者老人はしゃべりだした。

「意識こそ、ひとを動物と分けるものじゃないのかい？」と男は問いかけた。「だが意識というのは二重存在だ。見るものの主体であって、たんに知であるばかりか、知をわきまえた知でもある。だから、ひとの人格はその本質において二重なんだよ。これがじっさいの場で、通常どう仕切られているかはわからない。いまのわれわれの状態が、ありふれたものじゃないことはたしかだ」

「オレの意識は、人格が分かれてから立ち直ってない」とクレム。「まるっきりその逆だ。弱くなってる。わが無意識の奴隷になりさがってしまった。それにしても、あんたには虫の好かんところがあるな」

「動物は単純で一元的だ」と若者老人はいった。「まことの再帰的意識に欠けている。だが、ひとは二元的で（といっても、その意味を充分つかんでいるとは思わないが）、少なくとも真なる意識の存在はそれとなく感じている。すると、つぎの段階とは何だろう？」

「あんたが見えてきたぞ」とクレム。「オレの親父なら、あんたをきっと罰当たり野郎と呼んでるところだ」

「わたしは必ずしもそうは思わないな。しかし、動物の一元性とひとの二元性のあとに来るものは何だろう？　チェスタートンのとんでもない文章がある――〈われわれ三位一体論者の知るところでは、神が孤独であるのはよくないことである〉――しかし神のときも、われわれとおなじだったのか？　ある日、自分が三人いると知って、あわてふためいたのか？　そのショックとどう折り合いをつけたんだろう？　そもそもそれができるのか？」

「やっぱり罰当たり野郎だ。オレの嫌いな人種だ」

「わたしはそういうものじゃないんだよ、クレンデニングさん。この分離の秘密は、わたしにだってさっぱりわからない。百万に一つの確率でしか起きないことが、われわれの身に起こったんだ。おそらく神の場合には、何十兆の何十兆倍分の一の確率でしか起きないだろう。ところが、それも起こった。想像つかないくらい希少な存在である神に、だぜ。くわしく話そう。わたしの分身は立派な人物だ。一体だったころよりもっと立派になっている。いまはもう首席司祭で、五年後には司教になるだろう。元の自分にあった疑惑や懐疑は、ここにいるわたしのなかにまだあって、どうしたものか強まっている。わたしはべつに偏屈にも不信心家にもなりたくない。偉大なものを嘲るような口もききたくない。だが、その厄介なものがみんなわたしのなかにあるんだ。分身はそういうものから解き放たれている。

　もしかしたらどこかに〝半分こ〟のナポレオンがいて、それが兵法はだめなうえ、肝っ玉のひどく小さい男だったかもしれないとは思わんかね？　ケンタッキーの森の奥に〝半分こ〟のリンカーンが何十年も生きていて、下品な話や不正な取引をこよなく愛し、だらけた裸足の暮らしを満喫していたんだろうか？　〝半分こ〟のアウグスティヌスもいたかもしれない——マニ教二元論にますます凝りかたまり、いかさま論理と姦淫のわざを研ぎすませ、理性を排し、大衆の熱狂に迎合したような男が。反キリストはどうだ——ゲッセマネの園から夕暮れ、着るものもなしにすっ裸で逃げだした男は？　分離の瞬間には、服は着ていられないとわかっている」

「知るかい、罰当たり野郎め。キリストがもうひとりおられただと？　それがいいやつか悪いやつかだと？　オレは行く」

「ヴェロニカが街にいて、今夜おまえさんと会う気でいるぜ」とジョー・ザボッキーが、つぎの月例会合の席でクレムにいった。「手はずは全部ととのえた」

「おいおい、それだけはやめてくれ！　ヴェロニカはこまる！」クレムはあわてた。「まだ心の準備ができていない」

「あちらにはできてる。彼女は強い心をもった女性だよ。自分が何をしたいかもちゃんと承知している」

「それはウソだぜ、ジョー。成行きが心配なんだ。オレはヴェロニカ以外の女には手をふれていない」

「何をいってやがる、クレム、相手はヴェロニカだぞ。結婚まえみたいなつきあい方では困るじゃないか」

「それでもこわいんだよ、ジョー。オレはいま自然の状態じゃなくなっている。どこで会えばいいんだって？　ああ、ああ、このウソつき野郎め！　どうも近くにいる感じがするぞ。オレたちがいま入ってきたここで待ってたんだ。駄目だ、駄目だ、ヴェロニカ、人違いだよ。オレはおまえが待ってた人間じゃない」

「いいえ、そうよ、あたしのクレム」といいながら、強い心をもったヴェロニカが、テーブルにやってきた。「おいでなさい。あなたには、ほかの誰よりもいちばん詳しく説明する義務があるのよ」

「だけど説明できないんだ、ヴェロニカ。オレには一言だって説明がつかない」

「一生懸命やってごらんなさい、クレム。二人で力を合わせましょう。ありがとう、ザボツキーさん、気をきかせていただいて」

　こうして、ことは順調にすべりだした。じっさい、あまりにもとんとん拍子に行きすぎて、問題が生じなければおかしいほどだった。ヴェロニカは類まれな美しい女性であり、妻を恋するクレムの思いは、この歳月のあいだにいっそう高まっていた。二人はニューヨーク観光としゃれこんだ。年に一度はそうする習慣だが、クレムが分裂して以来、すでに数年が過ぎていたのだ。そんなわけでヴェロニカが〝去年行った小さなお店〟へまた行きたいと思いたったときなど、「いっしょに行ったでしょ？　ああ、あなたとじゃなかったかしら、クレム？――あれはクレムのほうだわ」と、とんちんかんな羽目になるのだった。

二人は豪勢なディナーに舌つづみを打ち、仲睦まじくもおどおどと話しあった。二人（というか三人）のあいだには、まぎれもない愛があった。それがいつの間にこんなにグロテスクになってしまったのか、クレムたちにはさっぱり合点がいかなかった。

「銀行預金を全部下ろしてしまったのは、やっぱり許せないみたいよ」とヴェロニカ。

「だけどオレの金だぜ。オレが汗水たらして舌先と頭脳で稼ぎだしたものだ。あいつとは何の関係もないよ」

「それは違うわ、クレム。あのお金はあなたたちがひとりだったときに、一致協力して稼いだものなのよ。下ろすにしても、半分だけにするべきだったわね」

ヴェロニカの泊まっているホテルに着くと、ボーイが疑わしげにクレムを見つめた。

「いましがた上がっていって下りてきて、また上がられるわけですか？」

「人生、多少の上がり下がりはあるさ。そういうことをいってるわけじゃなさそうだが」とクレム。

「おちつきなさい、ダーリン」とヴェロニカ。二人はヴェロニカの部屋に上がり、クレムは神経質にあたりを見まわした。以前、姿見に出くわして仰天したことがあるのだ。

「わたしはいまでもあなたの妻よ。すっかり変わってしまったけど、何も変わってないようなものだわ。やり方はまだわからないけど、とにかく元にもどしますからね。わたしを待ってたでしょう！　さあ、力をぬいて！」いうなり、クレムを子供のように抱きあげた。クレムは彼女のこうした出し抜けのたくましさが好きだった。これはヴェロニカに抱かれたことがない方には、おわかりいただけまい。

「その薄ぎたない手をオレの妻からどけろ！」罵声が牛追いむちのように飛び、驚いたヴェロニカは、クレムをどすんとフロアに落とした。

「まあ、クレム！」とヴェロニカはあきれていった。「わたしがクレムといっしょのときに、入ってきちゃいけないじゃないの。何もかもぶちこわしだわ。やきもち焼いてもしょうがないでしょう。あなたたちはひとりの人間なんだから。早く荷物をまとめて家に帰って、最善の策を練りましょう。話しあいが一番だわ」

「さあ、オレにはわからんよ」とクレム。「こんなはずではなかったし、策などあるものか。こうやって三人そろってしまったら、もう元にもどりっこない」

「いいえ、あるはずだわ」ヴェロニカの声がとつぜん鋼《はがね》のひびきをおびた。「とにかく合体しなきゃ。これからわたしがいっさいを取りしきるわ。手始めに、二人ともまず体重を百パウンド減らすのよ。一カ月のうちにやりとげなさい。パンと水だけね。いいえ、やっぱりパンはやめましょう。水もだめ、太るかもしれないから。一カ月飲まず食わずでやっていくのよ」

「それは無理だ」二人のクレムが叫んだ。「死んでしまう」

「なら死んでしまいなさい。いまみたいでは、わたしの夫になれませんからね。まず体重を減らすの。それが引き金になるかもしれないし。そしたらロック・アイランドだかどこだかの町へ行って、おなじホテルの部屋をとるのよ。ぼんやりベッドから起きだし、意識のない片方を置き去りにしたあのときみたいに。おなじ状況を再現して、合体できるかどうかやってみましょう」

「ヴェロニカ」とクレムはいった。「それは物理学的にも生物学的にもありえない」

「それに、位相幾何学的にもめちゃくちゃだ」

「分裂したときも、そう考えるべきだったでしょ。いまは合体することだけを目標にしなくちゃ。おやんなさい！　これは最後通告。ほかに方法はないのよ。あなたたちはひとつにならなくてはだめなの」

「いや、もうひとつ方法があるぞ」クレムの鋭い声音に、聞いていたヴェロニカもクレムも総毛立った。

「なんだ？　それは何なの？」と二人はきいた。

「ヴェロニカ、きみが分裂するんだ。きみが二人になるんだよ」

「だめ！　いやだわ、そんなの！」

「さあ、できるだけ早く百パウンド太れ、ヴェロニカ」とクレムはいった。「クレム、手始めにステーキを十二人分取り寄せろ。ほかに三十パウンド分のボーン・ミール（骨粉飼料）。何だか知らんが、役に立ちそうだ」

「そうだ、そうだ」とクレムは叫んだ。「それから二ガロン分のブラッド・ソーセージ。しかしこの夜更けに、そんなにたくさんのブラッド・ソーセージをどこで調達しよう？」

「あなたたち本気なの？　それでうまく行くと思う？」ヴェロニカは息をのみこんだ。

「わたし何でもやってみるわ。どうやったらいいのかしら？」

「分割的な思考をしろ」クレムはそう叫び、ステーキとボーン・ミールとブラッド・ソーセージの調達にかけだした。

「思いつかない」とヴェロニカ。「ああ、わかった！　考えてみるわ！　何でもやってみなくちゃ！　むりやりにでも成功させるのよ」

「きみにはもともと才覚があるんだ、ヴェロニカ」とクレム。「根っからの二枚舌だし、おふくろさんも、きみは陰日向《かげひなた》のある子だといっていたからね」

「そうよ、そうよ、わかっているわ。何でもやるわ。試してないことはひとつもないようにしましょう」

「きみは一対にならなくちゃいけないんだ、ヴェロニカ」とクレムはいった。「だからペアになったものを考えるんだ」

「クロコダイルとアリゲーターよ、クレム」と彼女。「カエルとガマ。ウナギとアナゴ」

「馬とロバだ、ヴェロニカ」とクレム。「蛾と蝶々。ムササビとモモンガ。ジュゴンとマナティーだ」

「カンガルーとワラビーだよ、ヴェロニカ」とクレム。「蘚苔類と地衣類。ヘラジカとトナカイ」

「マッシュルームとトードストゥールよ、クレム」とヴェロニカ。「ラマとアルパカ。ウミウシとアメフラシ。山椒魚とイモリ」

三人は飽くことなくペアのことを考えつづけた。ありとあらゆる分割思考、二分思考にはげんだ。心理学と生物学の深奥に分けいり、街でいちばん名望ある奇人変人学者を招いてアドバイスを請うた。

こんなに努力した人たちはかつていまい。ヴェロニカとクレムは考えうるすべてを試みた。そうして一カ月が過ぎた。「わたし、やるわ。当たって砕けろよ」とヴェロニカ。

彼らはぎりぎりのところまで行った。肌に感じられるまでに近づいた。ヴェロニカは一カ月で軽く百パウンド肉をつけ、ブランデーのダブルで体重を維持した。あとは最後の一歩が残るばかりとなった。

彼女に敬意を表しなさい、みなさん！　なんと勇敢な女性であったことか！

すべてが終わってから、二人は妻のことを語りあった。将来、命あるかぎり彼女を称えるであろうと。彼女は実験に命を捧げた。

「当たって砕けろよ」そういったのだ。

二人がヴェロニカのとびちった破片をかき集め、埋葬したあとには、大きな空虚が残った。その空虚は、クレムのもののほうがクレムのものよりずっと大きかった。なぜなら彼女を失って、クレムはすでに数年をひとりで過ごしていたからである。

二人は彼女に特別な栄誉を与えた。

永眠の地に、二つの墓石を供えたのだ。ひとつには「ヴェロニカ」とあり、もうひとつには「ヴェロニカ」とあった。

きっと彼女は気に入ってくれたことだろう。

世界の蝶番はうめく

Groaning Hinges of the World

浅倉久志訳

初出：トマス・M・ディッシュ編 *The Ruins of Earth*（1971）
邦訳：《SFマガジン》一九九二年四月号→短篇集『どろぼう熊の惑星』（ハヤカワ文庫SF）

初出媒体 *The Ruins of Earth* は、環境破壊が進む近未来をテーマにしたアンソロジー。「世界の蝶番はうめく」邦訳は、まず《SFマガジン》の「R・A・ラファティ特集」に掲載された。同誌が組んだ二番目のラファティ特集である。

本作品のメカニカルに世界が裏返る設定は、郝景芳《ハオ・ジンファン》のヒューゴー賞受賞作「折りたたみ北京」（二〇一四年）にも見られる。もっとも、社会問題を反映した郝景芳作品と違い、ラファティが描くのは神話的世界構造だ。同じ（ように見える）人間に別人格が重なりあっている二重性は、ラファティがしばしば取りあげるモチーフである。本作品は一九九三年の星雲賞短編部門を受賞。受賞に際し、訳者の浅倉さんが寄せたコメントの一部を引用しよう。「この短篇からすると、世界の蝶番はぜんぶで三カ所のはずですが、新聞やテレビのニュースで見るかぎり、世界の各地でもっとたくさんの蝶番がうめきを上げているのではないか、すでにぐるんと回転したものもあるのではないかと、気になる毎日がつづきます」。

　エイジンハートの著書によると、世界の蝶番《ちょうつがい》のひとつは、イザルコ川の北、グロックナー高地に近いカルニケ・アルプスの山中にあり、もうひとつの蝶番は、ベーザー川の河口の沖合いにつらなるフリージア諸島のバンゲローゲ島にある。どちらの蝶番も鉄製だ。そして、長い時代または短い時代を経たあと、両側の蝶番の回転でくるりとひっくりかえるのは、ドイツという巨大な国ぜんたいだ、と彼は書いている。

　この反転が起きるときの前兆といえば、世界の蝶番がうめきを上げる音だけであり、しかも、その音はごく短くて、人びとがおびえる前にやんでしまう。それまでにあった土地と交替して、大地の底から新しく持ちあがってきた山も、川も、町も、その住民も、以前とまったくおなじ姿をしている。その土地とそこの住民は、自分たちが新しく交替したことを知らないが、隣人たちはいずれ気がつくかもしれない。ただ、どんでん返しのあと、よその人びとが新しい土地を見ても、どこかにちがいがあるはずなのに、古い土地とまったくちがいがないように見える。その土地も、そこの住民も、交替する前とおなじ名前を持ち、おなじ外見をしているからだ。

ところで、エイジンハートより八百年前に書かれたストラーボの著書によると、世界の蝶番はアルメニア高原にあるとされている。そのひとつは、古代アルバニアのカスピ海への突起部、いまのアゼルバイジャンの一部にあり、もうひとつはアララト山そのものの上にある（この山は、最古の時代から世界の蝶番として知られていた）。ストラーボによると、カフカス山脈ぜんたいが、そこの住民と山羊を上に載せたままで、くるりとひっくりかえるらしい。そして、この地方を回転させる蝶番は青銅だという。

一方、エルピディウスの説によると、世界の蝶番のひとつはアンドラのアネト山（別名古い世界の蝶番《アンシアーノ・ゴスネ・デル・ムンド》）にあり、もうひとつはビスケー湾のアンダイエにある。ここでひっくりかえるのはピレネー山脈であり、このどんでん返しはつねに長い時代を経たあとで起こるという。また、現在この地方を占有しているバスク人は地下からきた人びとであり、交替する以前の人びとに比べて、よりいっそうバスク人的であるという。ここの蝶番は水晶であるらしい。

　これら三人の著作家は、こうした土地の反転をレボリューションと名づけたが、後世の小著述家たちは、その名称にもっとちがった意味のひねりを加えた。この三人の報告にはきわめて首尾一貫した要素が認められるし、また彼らの記述には、あまりにも奇々怪々でとうてい作りごととは思えない側面も多々見受けられる。

　だが、この三人の記述はぜんぶ嘘である。三つの地域のどれをとっても、どうしてそれを蝶番でひっくりかえせるだろう？　それに、ひっくりかえったあとの土地と住民が以前とおなじ姿ならば、ひっくりかえったことにだれが気づくだろう？　ひっくりかえったあとも、ある人間がおなじ名前を持ち、おなじ姿をしているならば、前とおなじ人間のはずではないか。そして、三人の専門家が三人とも、反転のさいに世界の蝶番が苦しそうなうめきを上げると書いているが、この世界ではそんなうめきがしじゅう聞こえているではないか。

　この広い世界で本当に反転する唯一の地域は、これら三つの地域から地球を半周した先にある。つまり、西マルク諸島だ。蝶番のひとつは、モロタイ島のベレベレのすぐ北にあり、もうひとつはジロロ島、別名ハルマヘラ島のガネディダレムにある。このふたつこそ正真正銘の世界の蝶番であり、硬木のカポックで作られ、たっぷり油がさしてある。

この地域の人びとはみんな穏やかな気質で、部族の中や、となりの部族との関係は、いつもたいてい平穏だった。彼らからすれば、大地の下にいる人びとは、伝説の中の人びとにすぎなかった。もちろん、島々の地下には火が燃えさかり、島々の上には火山がある。伝説によると、大地の下にいる人びとは、火のような気性だそうな。それなら、そのまま大地の下に住まわせておこう。どうかどうか、蝶番がまたくるんとまわったりしませんように！

しかし、ある日のこと、オビ島の漁師がひとり、そのむかし世界がひっくりかえったといわれる地域のすぐへりまで船を出した。網にかかった魚はすくなかったので、彼は考えた。ジロロ島まで足をのばし、そこのおとなしい人びとから、船がいっぱいになるまで魚を横どりしてやろう。

だがそのとき、短くて重々しいうめきが聞こえた。強い衝撃がおそい、つぎに大波がやってきた。しかし、火山島のまわりで、そんなことを気にするものがあるだろうか？ もちろん彼は胸騒ぎを感じたが、もともとだれでも日に何度かは胸騒ぎを感じるものだ。

漁師は網を引きあげにかかった。すると、またもや強い衝撃がおそった。その網には破れたところが一カ所あって、そこをつくろってある。いつもそうするように、短い結び《ペンデク》でつくろっておいたのだ。だが、いま見ると、それが長い結び《パンジャン》になっているではないか。これは、彼が生まれてこのかた一度も使ったことのない結び目だった。それに、網にかかった魚も、いつもとすこしちがって、なんとなく色の濃い感じがする。結び目のちがいに気がついていなければ、魚の色のちがいには気がつかなかったろう。急に恐怖がきざして、漁師は早くオビ島へ帰りたくなり、小さい帆を張って、必死で櫂《かい》をこぎはじめた。

パンジャン結びが一般に用いられている唯一の地域は、大地の下の地域である。その地域は、この漁師の先祖の時代に出現したことがあって、おおぜいの先祖が死んだり、ひどい目にあったりした。いま、その地域がふたたび出現しようとしているのだ。きっと網の一部が、下からせりあがってくる地域の中へはいりこんだにちがいない。船がその地域のすぐへりにあったからだ。大地の下からせりあがってくる人びとが、自分の知っている人びととおなじ名前を持ち、おなじ姿をしていることを、この漁師は知っていた。また、その伝説のすべてがほら話かもしれないということも知っていた。

漁師がまだオビ島へ帰りつかないうちに、ジロロ島からきた船足の速いカヌーが、うしろからぐんぐんせまってきた。はじめ漁師は怖気づいたが、すぐそばまで近づいたカヌーを見ると、乗っているのは顔なじみばかりだとわかった。世界一おとなしいジロロ人だ。ジロロ人は、ちょっとおどかしてやれば思いどおりになる。魚を横どりしても、果物を横どりしても、船を横どりしても、ただ悲しそうな微笑をうかべるだけで、文句をいわない。

追いついてきたのがおとなしいジロロ人だとわかったとたんに、漁師はどんでん返しのことをすっかり忘れてしまった。

「よう、ジロロの人たち。おれに魚をくれ、果物もくれ」と漁師はいった。「くれないと、そのカヌーにこの船をぶつけて、おまえらを海へほうりこむぞ。魚をよこせ。おれの船は魚がたりないんだ」

「やあ、あんただったか」とジロロ人たちは漁師にいった。それから彼らは漁師の船に乗り移り、その首をはねた。この男たちは、漁師の顔なじみの男たちとおなじ名前を持ち、おなじ姿をしてはいるが、まったくの別人だった。

　ジロロ人たちは、先頭を走る最大のカヌーのへさきに漁師の生首を縛りつけた。「われわれをオビ島一の船着き場に案内しろ」と彼らは生首に命じた。そこで生首はジロロ人たちを案内し、どこですこし東や西に向きを変えるか、どこに十字波と浅瀬があるか、どう行けば船着き場にいちばん近いかを教えた（内気なジロロ人がこれまでオビ島にやってくるときは、もっとわびしい船着き場を使っていたのだ）。

「大声であいさつしろ」島のそばへくると、彼らは生首に命じた。「浜のやつらはおまえの声を知ってるはずだ。みんなにいって、ありったけの槍とやすとオランダ仕込みの銃を、船着き場へ積みあげさせろ。仲よしの友だちがおおぜいやってきたからおもしろい遊びをしよう、といえ」

そこで、生首はそのとおりのことを大声でさけんだ。

オビ島の人たちはめいめいの家から浜に出てくると、ありったけの槍とやすとオランダ仕込みの銃を積みあげ、さて、どんなおもしろい遊びがはじまるのだろうかと、たのしそうに笑った。もう何年も前から、これらの武器は遊びにしか使われていなかった。

ジロロ人たちは上陸した。そして、めいめいが槍や銃を拾いあげた。中のひとりは銃の使いかたを知っていた。彼は銃の引き金を三度ひいて、オビ島の男を三人殺した。ほかのジロロ人は、いま拾いあげた槍と、自分たちが島から持ってきた棍棒《こんぼう》で、ほかのオビ人たちを殺してまわった。

「これがわれわれの遊びだ」とジロロ人たちはいった。

ジロロ人たちは、オビ島の娘と若い人妻を二十人つかまえ、自分の島へ連れ帰ることにした。そして、オビ島の男たちに、週一回、これこれの貢《みつ》ぎ物を持ってこい、と命令した。その命令を徹底させるため、さらに二人の男を殺した。それからカヌーで帰っていった。

あとに残されたのは大混乱だった。

しかし、この大虐殺と大混乱の中で、ひとりの男が隙をうかがって、最大のカヌーのへさきから漁師の生首をとりかえしていた。すっかり怖気づいたオビ島の人びとは、生首を集会所の中まで運びこみ、これはどういうことなのかと質問した。

「あそこの一帯が、蝶番でくるんとひっくりかえったんだ」と漁師の生首はいった。「遠いご先祖さまの時代にときどきあったという、あのどんでん返しだよ。おれは魚をとりに船で沖へ出ていた。すると、短い苦しそうなうめきが聞こえた。海がドカンと揺れて、大波がやってきた。しかし、火の山のまわりでそんなことを気にするやつがいるかい？　そのあとで網を引きあげたんだが、魚はあんまりはいってなかった。

おれの網は一ヵ所破けていて、そこをペンデク結びでつくろってある。ところが、いま見たら、それがパンジャン結びになってるじゃないか。生まれてこのかた、おれがいっぺんも使ったことのない結び目、大地の下の人間が使う結び目だ。それに、網の中の魚が、いつもよりちょっと色が濃いんだよな。つまり、どんでん返しのくる一帯のすぐへりにちょうどおれがいたとき、どんでん返しが起きたってわけさ。

ああ、おれの家族とおれの仲間よ。これからはおれたちにとって不幸つづき、災難つづきだぞ！　あのジロロのやつらは、前のやつらとおなじ名前で、おなじ姿をしてるが、もうみんなにもわかったろう、やつらはおなじ人間じゃない。いままではジロロのやつらをおどかして、魚や果物や船をせしめていたが、もうそれはむりだ。やつらはこの島の男たちの死体を持って帰った。この島の娘っ子と若いかみさんたちをさらっていった。やつらは今夜、その両方をたのしむだろう。むかしはおたがいの肉を食いあったもんだと、おれたちはよく冗談をいいあったよな。その時代がまたもどってきたんだよ。このあたりの世界は蝶番でくるんとひっくりかえった。おれたちみんなが悲しみの中で死んでいくんだ」

漁師の生首がひどい苦痛をこらえているようなので、ひとりの男がその口に棒をかませてやった。しばらくして、生首は死んだ。

それからは、この藤色の海にとりまかれた島々に、いまだかつてないほど恐ろしい時代がやってきた。下の世界から新しくせりあがってきたジロロ人は、悪魔か、それともむかしの奴隷商人の再来を思わせた。彼らは、空から舞いおり、鋭いくちばしで獲物をひきさく人食い鳥さながらだった。血に飢えたドラゴンさながらだった。ある日、彼らはオビ島へやってくると、ひとりの男をその弟からひき離してさらっていった。あくる日、彼らはもどってきて、その弟にいった。

「おまえの兄が、おまえと話をしたいそうだ」

ジロロ人が持ってきた太鼓には、兄の皮が張ってあった。たたきつづけるうちに、太鼓はまるで兄が大声でさけんでいるような音を立てはじめた。兄が弟に話をしたがっているというのは、そういう意味だったのだ。

ジロロ人は、人間の肋の焼き肉をこれ見よがしに頬ばりながら、オビ島の中を歩きまわった。そして、たくさんの小屋と集会所を焼き払った。バチャン島と、ミソール島、マンゴレ島、サナナ島の人びとに対しても、彼らはおなじことをやった。これらの島の組頭たちは、みんな山の中に逃げこんだ。

ジロロ人は、山に隠れた組頭ひとりの代わりに、島の男を九人殺すと触れを出した。それを聞いて、組頭はつぎつぎに隠れ家から出てきて、おおぜいの人間の命を救うため、自分らが代わりに殺された。まもなく、組頭の数は激減してしまった。

ジロロ人は、五つの島々の男たちの目や舌や生殖器を切りとり、盲《めし》い、傷つき、死にかけた彼らをおきざりにしていった。ジロロ人は、島々の人びとを生きながら火あぶりにした。それがいちばんうまい食べかただ、と彼らはいうのだ。

「どうしてむかしのおれたちは、魚と豚と果物しか食わなかったんだろう？　どうしてこんなうまいものの味を、長いこと知らずにいたんだろう？」

ジロロ人は、五つの島のココ椰子の林や、スパイスの茂みや、カポックの森を焼きはらった。島々では昼夜を分かたず森火事が燃えさかり、ジロロ島の火山の炎より明るく輝いた。だが、火事を消そうとしたものは火の中へ投げこむぞ、という触れが出ていた。

ジロロ人は、人を殺す前に、まず頭に袋をかぶせた。魂を袋の中に閉じこめて、いっしょに魂も殺してしまうためだという。彼らは無慈悲だった。子供たちを辱《はずかし》めた上で殺した。人びとを殺す前に、その生皮を剝ぐこともあった。たくさんの人を殺して、すっかり口がおごったため、彼らはもう目玉と心臓しか食べなくなった。腐肉を食う鳥が、高い空から舞いおりてきて死体をついばみ、何百年ぶりかのおびただしい流血のにおいにひきよせられた鮫が、先を争って港へやってきた。

こんな状態が一年と一日にわたってつづいた。五つの島々ぜんたいがその非道にあえぎながら血を流し、まわりの海は腐臭を放ちはじめた血で真黒に染まった。

オビ島には、年老いたオランダ人がまだひとりだけ住んでいた。オランダの時代が終わったあとで、この男は一度オランダへ帰ったことがある。ぴりっとした交易の味のする賑やかな海と港、きちんと耕された、色あざやかで秩序正しい、よく肥えた陸地が恋しくなったのだ。ずいぶん前からホームシックにかかっていた彼は、思いきって故郷へ帰ることにした。

しかし、故郷の海には、臭《くさ》いげっぷで空気をよごす船がごちゃごちゃ集まっていた（そのへんのことを彼は忘れていたのだ）。それに表通りも裏通りも、自転車と自動車でいっぱいだった。また、陸地にはせわしなくておとなしいオランダ人がぎゅうぎゅう詰めで住んでいることもわかった（そのへんのことも彼は忘れていたのだ）。彼は、故郷が寒くて、風が強く、芯の疲れる土地であることに気づき、あざやかできちんとした色彩が、南海の島々の色彩ほどあざやかでないことにも気づいた。きちょうめんさや見かけの上品さが自分にも要求されること、そしてずっと前から、自分が年老いたずぼらな酔いどれになっていることに気づいた。彼は二度目のホームシックにかかり、ふたたび南海の島々へ、オビ島へと帰ってきた。オランダ人の中ではオランダ人の顔ができないが、オビ人の中ではまだオランダ人の顔ができたから。

いま、ジロロ人は、オビ島の人びとに、そのオランダ人をひきわたせと要求してきた。さもないと、百人のオビ人を殺すという。彼らはそのオランダ人をなぐさみものにしたあと、なにか風変わりな方法で殺すつもりだった。彼らはオランダ人の肉が本当に極上の味かどうかを知りたがっていた。そこで、オビ人は悲しくその命令にしたがうことにした。

「あんたをひきわたすしかないんだよ」オビ島の人たちは、山の中のオランダ人の家にやってくると、彼にそう告げた。「われわれはあんたが好きだが、百人の仲間の命には代えられない。いっしょにきてくれ。ほかに方法はない」

「ひきわたされる前に、このオランダ人がなにかいい方法を考えてみよう」とオランダ人はいった。「いったんなされたことはもとにもどせる。まだここには十二人の組頭が残っているか？　それと、ベレベレの北の半島にも十二人の組頭が残っているか？」

「ぎりぎりそれぐらいの組頭は残っているだろう。われわれがその組頭だ」と島の男たちはいった。「ベレベレの北にも、ぎりぎりそれぐらいの組頭は残っているだろう」

「じゃ、きみたちの仲間と、ベレベレの組頭に知らせてくれ」とオランダ人はいった。

「どちらの隊も、漁網の巻上げ機のある十二隻の漁船で海に出ていく。あの蝶番をまわすには、二十四隻の巻上げ機をぜんぶ合わせた力が必要だし、それでもむりかもしれない。それと、ひっぱりはじめるとき、両方の隊がぴったり時間を合わせないとだめだ」

「ぴったり時間を合わせるといったって、どうすればいい？　ふたつの隊がうんと遠く離れているのに？」と島の男たちはきいた。

「わからない」とオランダ人は答えた。

しかし、島の男のひとりは、ラジャワルという種類の巨鳥の二羽と仲よしだった。その二羽は、ラジャワルの中でもとりわけ大きく、いくつかの特技を持っていた。この二羽は、海上でも陸上とおなじように獲物をとることができたし（彼らは実をいうと海鷲なのだ）、オウムよりうまく言葉がしゃべれたし、デレク＝デレク、つまり鶴よりも頭がよかった。

そこで、島の男はオランダ人の家から外に出て、鋭く口笛を吹いた。大空にふたつの黒点が現われたかと思うと、それはぐんぐん近づき、まもなく二羽の巨鳥が男たちの前に舞いおりた。

「やあ、こんにちは。かねがねきみたちの噂は聞いていたよ」オランダ人は二羽の巨鳥にいった。「もしきみたちのどちらかがガネディダレムの上を高く飛び、もう片方がベレベレの上を高く飛んだとしたら、その距離からでもおたがいの姿が見えるだろうか？」

「見えるとも。うんと高く飛べば、おたがいの姿は見える」と片方の巨鳥がいった。

「高く飛びすぎて、海の上にいるわれわれの合図が見えないというおそれは？」

「だいじょうぶさ」もう片方の巨鳥がいった。「なにをしてほしいか、いってみなよ」

オランダ人は二羽の鳥に、これからの計画をくわしく説明した。それからこういった。

「きみたちの片方はいまからベレベレまで飛んで、あそこの男たちをさがしてほしい。彼らにこの計画を伝えるんだ。いまからわれわれは準備をはじめて、明日の朝早くには持ち場に着く。ベレベレの人たちにも、おなじ時刻に自分たちの持ち場へ着いてもらいたい。それから、ロープをひっぱるときは、蝶番から離れてその外側にいるようにと、くれぐれも念を押してくれ。でないと、どんでん返しが起きたとき、自分たちが下へ巻きこまれてしまうからね。朝がきたら、きみたち二羽はおたがいに合図してから、同時に下へ合図を送ってくれ。それを見て、ふたつの隊が同時にひっぱりはじめる」

一羽の鳥はベレベレへ飛んでいった。十二人の組頭は、それぞれ三人の男を連れ、十二隻の漁船に分かれて乗りこんだ。夕風の中で船は帆を上げた。夜どおし風を受け、櫂をあやつって、朝早くガネディダレムの沖にたどりついた。伝説に語られているとおり、巨大な蝶番はある入江の中で見つかった。十二隻の漁船の十二台の巻上げ機からロープがくりだされ、オランダ人はそのロープを世界の蝶番のカポック材の心棒に結えつけた。ベレベレでもそれとおなじ作業がはじまっているはずだが、そっちは心配がなかった。ベレベレの男たちは、オビ島の男たちよりも器用で、機械に強いのだ。

それぞれの船の巻上げ機にとりついた四人の男は、いつでもクランクに体重をかけられるように身構えた。オランダ人は、空の巨鳥に向かって、準備完了の合図を送った。それから彼らは待った。

一分ののち、巨鳥は巨大な翼をひろげて、まっしぐらに急降下してきた。それが合図だった。何海里も何海里もの北、ベレベレの沖でも、もう一羽の巨鳥が急降下に移っていた。

「まわせ！」とオランダ人がさけんだ。「みんながんばれ！　死ぬ気でがんばれ！　チャンスはいましかない！」みんなが巻上げ機のクランクを必死にまわすと、ロープはきいきい悲鳴を上げた。

やがて、世界の蝶番がうめきはじめた。その信じられないほど恐ろしい音！　大海原は揺らぎ、島は煙を上げて泣きさけんだ。それは自然にさからう暴挙だった。これまでその蝶番は、いつも時満ちて地の底から生まれた自然力でまわっていたのだから。

うめきはさらに恐ろしいものになった！　ロープは強い負担をしいられて赤子のように

泣きわめき、クランクは硬木がいまにも裂けようとするような絶叫を上げた。蝶番が最後のひときわ恐ろしいうめきをもらした。そして強い衝撃！　そして大波！

　こうしてそれはなされた。それとも、もとにもどされたのか。

「さあ、みんな、オビ島へ帰って待とう」とオランダ人がいった。「最後に蝶番がいちばん大きなうめきをもらしたあのときに、どんでん返しが起きたと思う。もしこれで略奪がやんだら、計画は成功だ。もしやまなかったら、われわれは永久に浮かばれない」

「待つのはいやだ。ジロロ島へ行ってみよう」とオビ人たちはいった。「むこうで血なまぐさい死に出会わなければ、うんとたのしい目が見られるぞ」

　その一日じゅう、オビ人たちはオランダ人を乗せて、櫂と帆をあやつりつづけ、夕方には目的地にたどりついた。そこにはジロロの男たちがいた。彼らはジロロの男たちをおどしつけ、魚と果物と船を横どりした。彼らはジロロの男たちを海へ突き落として、大笑いした。長いあいだ、やりたくてもやれなかったことだった。

　この男たちは、きのうまでの恐ろしい人殺しとおなじ名前を持ち、おなじ姿をしてはいるが、まったくの別人だった。おどしつけて、思いどおりに利用することができた。怖がる必要はどこにもなかった。おなじ名前を持ち、おなじ姿をした、ひとつ前の時代の人びとであり、持ち物を横どりされ、いじめられても、悲しそうに微笑するだけだった。

オビ人たちは前に島からさらわれた娘や若い人妻をさがしだし、船に乗せて自分の島へ連れ帰った。こうして平和はもどり、すべては前とおなじになった。

だが、どこかがちがう。

オビ人たちが前に奪われ、そしていまとりもどした娘や若い人妻は、どんでん返しが起きたとき、ジロロ島にいた。そこが男たちとは逆だった。どんでん返しといっしょに、彼女たちは大地の下の世界の相対物、つまり、以前の娘や若い人妻とおなじ名前を持ち、おなじ姿をしてはいるが、この世界のだれよりもいじわるなじゃじゃ馬たちにとって代わられたのだ。オビ島にやってきたその女たちは、島の隅々までに大騒動をまきおこし、しかもそれを一生つづけて飽きなかった。

だから、ようやくオビ島に訪れた平和は、騒然たる平和だった。それでも、ジロロ人に殺されるよりはましだ、という人間はおおぜいいた。ほかの少数派は、どちらも似たようなものだ、といった。

この広い世界を見わたしても、世界の蝶番が実際に反転して、あたり一帯がこのレボリューションを経験する場所は、西マルク諸島のここだけである。ほかの土地のは、おそらく作り話だろう。

最近アルメニア高原から帰ったばかりの男に聞いた。彼はそこの蝶番を調べてみたが、長年のあいだに青銅がすっかり緑青《ろくしょう》を吹いていたという。ノアの洪水がひいて以後、どうやら一度も反転したことがないらしいのだ。もっとも、かりにアルメニアにどんでん返しがきたところで、だれがそれに気がつくのか？　アルメニア人をさかさにしても、ちがいはわからない。頭の先も足の先もおなじように見える。

　さて、ドイツだが、カルニケ・アルプスとバンゲローゲ島の蝶番は、どちらも鉄で作られ、赤錆におおわれている。その蝶番が最後に反転したのはいつだったのか、だれも知らない。もしもいま反転したならば（赤錆だらけの状態からおして）、きっと全世界に聞こえるほどの大きなうめきを立てることだろう。それに、もしこの国がここ二、三世紀のあいだに反転したとすれば、なにかそれらしい気配があったはずだ。ジロロ島のレボリューションに比べられるほどの恐ろしい出来事が起きたはずだ。そこの住民と土地は、おなじ名前を持ち、おなじ姿をしてはいても、それほど微妙でない流儀で、はかりしれないほどちがったものになり、ぞっとするほど暴力的なことをしでかしたはずだ。われわれの時代や、父親たちの時代に、そんな出来事が起きたという報告があったろうか？

　そしてピレネー山中だが、最近であれ、大むかしであれ、ここの蝶番が反転したようすが、どこにうかがえるだろう？　水晶は錆びはしないが、ほうっておけば、曇りがつく。しかし、カニグー山についてこんなことをいった人間があり、わたしはそれがピレネー山脈ぜんたいと、そこに住むすべての人びとにもあてはまると思う。つまり、その山は永久に変わらず、朝ごとに新しく作りだされるというのである。アネト山とアンダイエの蝶番は、まったく反転しないか、毎朝反転するかのどちらかなのだ。

今年の新人

New People

浅倉久志訳

初出：Isaac Asimov's Science Fiction Magazine, March 16, 1981
邦訳：《SF宝石》一九八一年六月号

　日本でのラファティ短篇集にはこれが初収録。本国アメリカでも雑誌に掲載されたきりで、いままで書籍収録はないようだ。初出誌の《アイザック・アシモフズ・サイエンス・フィクション・マガジン》は一九七七年創刊の雑誌。季刊でスタートしたが、好評を得て翌年には隔月刊、翌々年には月刊のペースになっている（現在は隔月刊で継続中）。誌名に人気作家アシモフの名を冠したのは、《エラリイ・クイーンズ・ミステリ・マガジン》と同じ方式だ。本作品はラファティの同誌初登場。

　一年間のうちにぞくぞくとあらわれた、飛びぬけた身体能力と知能の天才たち。しかし、従来の天才と比べて、彼らはなんともダサい。この天才の異常発生はいかなる要因によるものか？　凡庸な作家ならばこの謎で物語を引っぱるところだが、ラファティは早々と答を提示してしまう。もっとも、その謎解きがどうにも眉ツバっぽいのだが、そんなことは大した問題でない。この作品の妙味は、秘伝のチリ・パウダーをつくるマザー・マデロスと彼女を尋問する役人や記者とのトボケたやりとり、そして、蘊蓄《うんちく》たっぷりに披露される天才たちのスペックの羅列にある。

1

思考増強物質と体力増強物質が使われはじめてから、もう十年あまりになる。効きめはすばらしく、ドラマチックでさえあり、たいていの場合、永続的だ。しかし、これらの物質そのものは、まだ分離されていない。どちらも、思いもよらず、予想もつかない組み合わせという形でしか、手に入らない。それにもかかわらず、〝新人たち〟、つまり増強された人びとは、毎年頭角を現わして、ほとんどあらゆる分野で、世界の第一人者になる。

今年新しく増強された人たちは、たいてい平凡で、風采も上がらず、上品でもない。ずいぶんしゃくな話じゃないか。連中を無視するわけにはいかない。それなりの欠点はあっても、〝新人たち〟はやっぱり重要人物なのだ。ただ、今年は例年にもまして強力な新人が多く、しかも彼らが例年にもましてイモっぽいのは、否定のしようがない。

まず、レニー〝がまの皮《トードスキン》〟リーム。彼は今年の二月に中西部のある大学に入って、陸上競技部の補欠になった。カリスマ性が大きくものをいうこのスポーツ分野で、彼はまったくそんなものに恵まれていない。しかし、走高跳びで、三メートル一五を跳ぶことはできる。これは、従来のどんな人間が作った記録よりも、六十センチも高い。しかし、本人はどう見ても冴えない、ひょろりとした男だ。ただ、むずかしい科目の教科書や講義を一時間で走り読みして、その科目の試験を満点でパスする才能はある。

それから、スヴェン・シングルトン。彼はほかのだれよりも物を遠くへ投げることができる。ハンマー、槍、砲丸、円盤。彼のスタイルは、いたってよろしくない。どちらかといえば腕の短い、やせた男で、フォームときたらなっちゃいないが、それにもかかわらず、こと投擲に関しては超一流なのだ。「きょうはどこまで投げなきゃいけないんだい？」といつも彼は競技をはじめる前に聞く。記録を破ることには、あまり重きを置いていない。まだ明日があるじゃないかという考えだ。彼はまた野球のボール（三〇五メートル）やフットボール（一二二メートル）を、これまでのだれよりも遠くまで投げることができる。

それからボブ・バンチー。彼は重量挙げの記録を、八階級にまたがって、ほとんど塗りかえてしまった。小男のくせに、ヘビー級やスーパー・ヘビー級の選手より重いバーベルを持ち上げることができるのだ。彼の記録にケチをつけるつもりは毛頭ないが、世界最強の男は、やはりもうすこし堂々とした体格であってほしい気もする。

エルトン・スプリーは百ヤードを七・九秒で走り、彼の妹のオードリー・スプリーは、一マイルを三分〇三秒で走った。今年の秋には、ジミー・ジョー・ジムスンが、フットボール競技場でだれよりも足の速いところを見せた。六試合をすませたいま、彼はまだ一度もタックルされたことがない。一ゲーム平均が五百ヤードを軽く超え、どの試合でも、十回ボール・キャリアーをつとめたあとで交代する。アラバマ大のビリー・ジョン・ビルベリー、オクラホマ大のランディ・アンディ・アンダースン、アーカンソー大のサーカス・チャーリー・クランプの三人も、彼にひけをとらない。サーカス・チャーリーは、今シーズンの三試合目に一度だけタックルされたが、それは彼があんまりいいところを見せようとして、自分で足をもつれさせたからなのだ。

これらのスポーツ選手も、そしてそのほか百人もの新しい有名人も、みんなどこかしらイモっぽい。いや、少なくとも、平凡人だ。しかし、彼らはみんなスポーツ界の驚異であるだけでなく、頭脳の面でも巨人なのだ。スヴェン・シングルトンを除いて、彼らの全員が、有意義で画期的な哲学の著作を一冊ずつ書いた。これらの著作は、いまから九カ月、十カ月が過ぎても、きっとまだ有意義なままだろう。

それでは、今年の〝新人〟の中から、真の知的巨人たちを拾い上げてみよう。ケイシー

・ヤントラ、オーガスト・トゥームズ、じょっぱりジョン・トリヴァー（この世界最高の物理学者は、色褪せたブルーのオーバーオール一つで、シャツも着ずに、はだしで歩きまわっているが、かっこうさえ気にしなければ、シャツの必要がないほど毛深いのだ）、アイヴァン・トットルビーム、ジェシカ・ウィグタウン（今年はなんと天才の豊作だろう！）、ジョン・キング＝スティーヴン、ヘンリー・サクソー、レイフェル・リカード（〝巨大思考《ビッグ・シンク》〟はついにリカードとともに到来した）、キャロリン・ヤップ、エフラム・リケッツ、デメトリオ・ガーシア、じゃじゃ馬ジェーン・サリー、トム・ベンボルト、テランス・トライピル！ 有史以来、たった一年間にこれだけ大ぜいの非凡な才能が現われたためしはなく、しかも、それが世界の半分だけについて言えるのだ。世界の残り半分には、予想どおりの容赦ない卓越性しか認められない。むかし〝新世界〟と呼ばれた半分に、とつぜん爆発的に発生した、このセンセーショナルな卓越性は、それとは桁がちがう。

2

マザー・マデロス（本名はコンチータ・アニータ・マデロス）は、（彼女が商標権を持っているチリ・パウダーについて）調査記者と政府の役人の尋問を受けていた。この二人は、慣習にしたがって、いっしょに旅をしているのだ。

調記。「マザー・マデロス、われわれは〈マザー・マデロスの夜明けチリ・パウダー〉になにとなにが入っているのか、正確に知りたいんです。いいですか、なにとなにが入っているかを正確にですよ、おおまかにじゃなく」

ママ。「いっぺん言えばわかるよ、このとんちき。でも、あたしゃ正確人間じゃない。おおまか人間さ。言っとくけど、うちのチリ・パウダーにはおおまかな調合法しかなくて、その時その時でちがうのよ。それに、うちのチリ・パウダーになにが入ってようと、あんたの知ったこっちゃない。そっちにいる政府の役人なら、質問したっていいけどね。あんたはゼロ人間さ」

調記。「いまのあなたの発言は、それだけで禁固刑に相当するかもしれませんぞ、マザー・マデロス。調査記者の言葉は、政府の役人にとって法律とおなじです。政府の役人は、われわれなしでは意味のある調査ができないし、また、する気もないのです。おい、クライド、調査記者の言葉は政府の役人にとって法律とおなじだと、きみからも説明しろよ。いや、きみにはどうせむりだろうな。おれがなにか言ったら、『そのとおり』と言うだけでいい。重々しくやるんだぜ」

政役。「われわれのレパートリーには、『そのとおり』という言葉はない。われわれのレパートリーで『そのとおり』にいちばん近いのは、『異議なし』だ」

調記。「それでいいよ。クライド。重々しくやれ」

政役。「異議なし!!」

ママ。「わかったわよ。あのね、うちのチリ・パウダーは、添加物だけでできてるのさ。〈マザー・マデロスの夜明けチリ・パウダー〉の特徴は、チリ・パウダーがなんにも入ってないってこと。うちの製品の一手販売店はぜんぶ（といっても、うちの一手販売店は〈ぐうたらジャンクフード・スーパー〉だけだけど、系列店が全国に百もあるのさ）、ぜんぶ、ふつうの〈アリゾナ・グリーズレス・チリ〉から始めたんだよ。うちのパウダーに入っているものは、プルソピス・フリフローラ（メスキートの実）、アピオン・サイ（トウモロコシにつくゾウムシだよ。そりゃたしかに生きているけど、粉みたいに小さいからね）、〈レボルス・フォエティドゥス、つまり、クリスマス・ローズのすりつぶした根茎。それに、もちろん男性ホルモン。それと、ロフォフォラ・ウィリアムシー（ペヨーテ・サボテンの芽）とプシロキベ・メキシカーナ（シビレタケ）を入れなきゃ、チリはチリじゃない。それからブフォテニン（ああ、ブフォテニン！）（ヒキガエルの皮とバナナの皮から作るのよ）。ブフォテニンは、たいていの魔女の秘薬の重要な成分だからね」

調記。「あなたは魔女ですか、マザー・マデロス？」

ママ。「一種のね。でも、広告しないでよ。あたしはこれでもこの教区会の聖セシリア・サークルの部長なんだからさ。えーと、いまのが、うちのパウダーに入ってるおもなところだね。ほかのはそのときの気まぐれでほうりこむから、二度とおんなじものはない。あ、そうだ、いつもニトログリセリンをちょっぴり入れることにしてるよ。心臓病の人は多いから、うちのニトログリセリンが、毎日数え切れないほどの命を救ってるんじゃないかしらね。それと卵胞ホルモン。あれは気分がよくなるものね。このところ、ハンミョウはずっと入れたことがないよ。あれを使うと、ブタ箱行きだそうだから」

調記。「その心配はもうご無用ですな、マザー・マデロス。いまあなたが使っているのを認めた原料を使っただけで、もう十回以上のブタ箱行きは確実ですぞ。さて、そのほかには？」

ママ。「そうねえ、〝知恵の根〟と〝力の根〟も、すこしだけ入れてあるわ。人間は、いくら利口になっても、いくら強くなっても、足りるってことはないから。でも、この二つは暗号名よ。あんたにはなんの意味もない。世界の鼻先にある材料だけど、あんたにゃなんの意味もないのさ」

調記。「マザー・マデロス、あなたがこれ以上そのパウダーの製造販売をつづけることを禁じます。あなたが並べた原料は、どれも危険なうえに非合法だ。わたしに理解できるものだけでもね。あなたに対する正式の起訴手続きは、十二時間以内に行なわれるはずです。おそらく、それまでのあいだ、一時間以内に拘留されることになるでしょう。もし、身辺の整理をしておくなら、早くやったほうがいい。当分は出てこられないでしょうからな」

ママ。「じゃ、いま引込み線の貨車に積んである分を、急いで配給本部へ積み出さなくちゃ。それから考えてみるわね、パウダーの中身を変えるか、それとも、いまのままで行くか。ああ、べつに面倒じゃないのよ。うちの貨車はみんな自動推進式だから」

調記。「なに一つ、どこへも出荷してもらっちゃ困る！　あなたの挙げた成分は、どれもクロアシイタチにとっての発ガン剤なんです」

ママ。「ネズミにとってはどうなのさ？　あたしに命令するなんて、お笑いだね。このゼロ人間が。もし命令するなら、ここにいる、口のきけない政府の役人にやらせるこった」ここで、コンチータ・マデロスは窓ぎわに行き、二本の指を口にくわえて、耳をつんざくような、かん高い口笛を鳴らした。

調記。「援護をたのむよ、クライド、おれの援護だ。きみのレパートリーにある文句をなにか言え」

政役。「異議なし!!」戸外の約一キロ先から、コンチータ・マデロスの口笛に答えて、かん高い、耳をつんざくような口笛が返ってきた。それにつづいて、ゴーッ、ガタゴトという音が聞こえた。自動推進の轟音である。

政役。「動き出した、そうだな？」

ママ。「そうよ、クライド。最後の積み荷が動き出したのさ。でも、そのあとの積み荷はよくわからない。そのあとのも、あるかもしれないけどね」

調記。「なに、なに、なに？　なんです、そのおしゃべりは？　マザー・マデロス、さっきも言ったように、もし身辺の整理があるなら、早くやったほうがいい。当分は出させませんぞ」

いったいどうして〈マザー・マデロスの夜明けチリ・パウダー〉についてのこんなやりとりが、この話の途中に出てくるのかって？

いや、実はいま、政府の犯罪施行部門から書留郵便が届いたんだよ。この通達は、全国のあらゆるジャンクフード業者に配布されるものなんだってさ。そこには、いまの尋問の一部始終が証拠として引用されていて、こいつを〈夜明けチリ・パウダー〉に関する警告として、消費者の目につく場所へ貼れと書いてある。もし、こいつを貼っとかないと、無責任なジャンクフード業者として、実刑の宣告を言いわたされるんだそうだ。

うちにはこいつを貼るような目につく場所はないが、まあ、こうしとけば代用になるかもしれん。おれはジャンクフードの業者じゃないが、政府の犯罪施行部門は、そうだと思いこんでるらしい。でなけりゃ、こんな通達を書留で送ってくるはずがない。だから、ここへこうして挟みこむのが、いちばん無難だと思う。

3

テランス・トライピルは、世界一利口な地質学者、地球宇宙論学者で、しかも、今年の初めからそれで通してきた。そう、彼がいちばん利口なことには疑いがない。彼の学界への登場ぶりときたら、大陸の隆起そっくり、岩が水のように噴きあがり、硫黄の臭いがすべてを押し包む勢いだった。彼は等温学に新しい理論と事実を持ちこんだ。トリロビテ・イソテルスの秘密を解明した。これまでのだれ一人として、なぜその時代に新しい三葉虫が必要とされたかと、疑問を投じることを思いつかなかったのだ。そして、テランスがその疑問に与えた答えは、三葉虫の状況をほんとうに理解していた人びとを震撼させた。――テランス・トライピル以上に、フローリサント湖底についてよく知っているものはいない。燃える峡谷《フレーミング・ゴージ》についても、デボン紀の造山運動一般についても、それは言える。サンダンス海についても、シンバッド石灰岩についても、ネオゲラトルスについてもだ。地球とすこしでも関係のあることなら、テランスはそれについてなんでも知っている。

　ぶかっこうな大男のテランスは、まじめで穏やかな性格だ。今年とつぜん現われた新しい天才たちの多くと比べると、それほど風変わりじゃない。もっとも、最近では、彼らの奇怪さがいくぶん伝染したらしい。一日じゅう、一年じゅう、どんな場合でも、狩猟ジャケットの着たきり雀で、そのポケットを猟銃用の散弾でふくらませている以外には（いや、散弾だというのは彼のおふざけで、ほんとうは実包だが）、彼の唯一の奇癖といえば、いつもボウリングの球を持ち歩いていることだ。このボウリングの球は地球儀になっていて、指を入れる三つの穴の位置が、地球表面のそれと興味ある対比を形作っている。というのは、ちょうどそれと対応する三つの地点で、テランスは地面に大きな穴を掘り抜きはじめたからだ。その一つはノルウェーのアルタ付近（北緯七〇度、東経二三度）、もう一つはシベリアのカザーチェ付近で（北緯七〇度、東経一四二度）、ちょうどチェルスキー山脈がなんとなくむさぼりつくされたあたり。そして三つ目の穴は、カナダのノースウェスト

・テリトリーズのコーンウォリス島（北緯七五度、東経九九度）にある。この最後のものは、テランスの親指穴と呼ばれている。

テランス説は（驚かないでくれ、これが今年ぞくぞく出現している新しい〝ぞんざい理論〟のスタイルなんだが）、地球の三つの巨大な穴、それぞれ直径三百五十キロ、深さ千五百キロもある巨大な穴が、人間か、それとも人間以前に存在した巨人の手で、人為的に埋め立てられた、というものだ。テランス・トライピルは資金調達の名人で、そのうえ、なぜ三つの巨大な穴が埋め立てられたかを知ろうとする決意に燃えていた。それらの穴が大量の割り石で詰まっているところから見ても埋め立ての材料には、山脈ぜんたいがごっそり取りこわされたにちがいない。七ヵ月の掘削ののち、いちばん深い穴（コーンウォリス島現場の、深さ約百キロの穴）からも、吹っ飛ばされた山脈の名残りである人為的な埋立て岩石が、まだごろごろ出てくるのだ。

「あの穴の底では、なにものかが目を覚まそうとしている」テランスは資金募集旅行の一つで、そう宣言した。「わしはそいつの脳波をずっと記録しつづけてきた（一マイルの波長の脳波なんて、信じられるかね？）。そいつは七百万年から九百万年ものあいだ、そこに閉じこめられておるんだ。そういう生き物が三つの穴の底にそれぞれ住んでおると、わしは確信する。みなさん、なんとしてもこの謎は解決せにゃならん。どこの戸棚に隠された骸骨と比べても、この三つは最大だ。七百万歳から九百万歳におよぶ生き物は、べらぼうに古い。直径三百五十キロもある生き物は、べらぼうにでっかい。みなさん、われわれが取り組もうとしておるのは、そんじょそこらのちっぽけな計画じゃない。これは〝巨大研究〟なんだ」

そんな巨大な生き物は自由の身にするべきではない、彼もしくは彼らが閉じこめられ、埋められたのには、それなりの理由があるはずだ、と考える人びともいた。だが、ここまで話がでっかいと、新しい世論では、それ行けとなるのだ。近年のどんな新しい科学者も、テランス・トライピルがここでつかんだほどの〝巨大発想〟計画はつかんだことがない。彼のことを考え、いま現在進行中のほんとうにでっかい出来事、例年の新発見ほどあか抜けしてはいないが、やたらにでっかい新発見のイメージをつかんでほしい。今年こそ〝巨大発想の年〟と呼んでもいいのでは？

しかし、今年をなによりも〝世紀の驚異〟というべき年にしたのは、レイフェル（巨大《ビッグ》・思考《シンク》）リカードだ。その他大ぜいの画期的な新科学者も、巨大発想や巨大計画を持ってはいるが、さすがに〝遠い山からの展望〟までは持っていない。この〝遠い山〟は海王星軌道のどこかにあり、精神的に自分をそこへ位置させることのできるリカードに、〝巨大思考〃だけでなく、〃巨大展望〃をも与えた。それはリカードに、飛躍的なすべての新理論、ケイシー・ヤントラや、オーガスト・トゥームズ、じょっぱりジョン・トリヴァー、アイヴァン・トットルビーム、ジェシカ・ウィグタウン、ジョン・キング＝スティーヴン、ヘンリー・サクソー、キャロリン・ヤップ、エフラム・リケッツ、デメトリオ・ガーシア、じゃじゃ馬ジェーン・サリー、トム・ベンボルト、テランス・トライピルといったすべての巨人たちの新理論に対する、特殊な洞察と深遠な視野を与えたのだ。「それ自身を外からちゃんと見ることのできない一年は、まだまだ外装建築をつづける必要がある」スケボーで疾走しながらそういうのが、リカードの口癖だ。

　俗に〃テランス・トライピルの三つの穴〃と呼ばれる計画に対して、リカードは透徹した〃遠い山〃的な見方をしている。「いや、むろんあの三つの穴の底に、でっかい生き物が生き埋めにされているはずはない」と彼は言う。「あんなばかげた話は聞いたこともないよ。問題は、われわれみんながあんまり地球のそばにいるため、その正体に気づかないことだ。地球は、自然な太陽の周囲をめぐる一組の自然な惑星の中に投げこまれた、不自然なボールなんだ。テランス・トライピルはいつもボウリングの球を持ち歩き、ベッドの中にまでそれを持ちこんでいる（彼の奥さんの話では、彼女が鎖骨を折ったのもそのためだが、〃ベッドでのボウリング事故〃には保険が掛かっていなかったそうだ）。そのくせ、彼は自分が生まれたときからボウリングの球の上で暮らしてきたことに、まだ気づいていない。そう、彼の無意識はそのことを理解しているが、彼の意識はそうしていないんだ。

「どこかの創造神が、あるときそれを、つまり地球というボウリングの球を、軌道をめぐる一組の惑星の中へ、冗談半分に置いていくことにした。すると、それは軌道をめぐる惑星そっくりに見えたので、創造神の仲間たちは彼といっしょに大笑いした。

だが、地球というボウリングの球に宿った動物相は、発達をとげて、この状況を理解するようになった。彼らはいくつかの山脈を破壊して作った土砂で、ボウリングの球の三つの指穴をふさいでしまった。もし、あの創造神がまたボウリングをやろうとしても（彼らの一日はわれわれにとっての百万年だが、彼が球をここへ置いてからはもう一宇宙週以上たつので、いつもどってくるかもしれない）、もうボウリングの球を軌道からつまみ上げることはできないだろう。指をさしこむ穴がぜんぶふさがっているのに、気がつくはずだ。それで、われわれの惑星はしばらくの猶予を得られるかもしれない（創造神が両手でそれをつかみなおそうとする一瞬は、われわれにとって一万年にも相当するだろうから）。三つの穴をふさぐことにした判断は、それがだれのものにしろ、正しい判断だったと言える」

今年ほど知的な一年が、ほかにあっただろうか？　そう、〝巨大思考〟がわれわれの中にあると知って、あんたも枕を高くして眠れるんじゃないかね？

4

六人の調査記者が、ある夜更けに、クルミとワインを前にして座っていた。一座の話題は、彼ら全員が根本的には一年がかりで調査してきた、ある一つのことだった。この六人の尋問記者は（彼らは地球の五月蠅だが、仲間同士で集まるときは、そう悪い人間ではない）、ティム・ドール、アイリーン・キーアン、ハロルド・フェーム、マクシミリアン・ロンバーディ、ジェイナス・ファンク、ロクシー・キャンポリオンだった。六人がいつも（生活のために、もっと小さなニュースを追いながら）、それについて考え、それについてしゃべっているただ一つのこと、それは今年の異常なばかりの〝新人たち〟の出現だった。彼らは最近のどの年の新人たちよりもずっとずっと才能に恵まれ、どの年の代表的な新人たちよりもずっとずっとイモっぽくてダサいのだ。その〝新人たち〟にまつわる不釣り合いな逸話のかずかずで、長い夜もそろそろ明けようとしていた。

調査記者の一人、ティム・ドールは、前からこのグループの中でいちばん冴えない男だった。それがいま、とつぜん、ある理解できない過程を経て、彼自身も新人の一人になったのだ。これは大きな違いだった。

それと、これは彼が〝新人〟になったことと関係があるのだが、いまの彼はクルミの殻を親指と人差し指だけで割ることができた。もちろん、クロクルミである。少なくともこのグループは、イギリスクルミを食べたりする手合いではない。

「そう、あなたは天才〝新人〟の一人になったのよ、ティム」ロクシー・キャンポリオンが言った。「あなたがとつぜん異常なまでに体力が強く、視野が広く、知能が高くなったことは、わたしたちも認めるわ。でも、やっぱりあなたは昔とおなじように平凡よ。はっきり言って、あなたはこのグループでただ一人の平凡人だわ。なぜ、ああ、なぜあの鳥は、ほかのみんなをさしおいて、あなたの頭のてっぺんに金の卵を生みおとしたのかしら？　これは絶対に不公平よ。特別な恩恵というものは、それを上品に使いこなせない人に与えられるべきじゃないわ」ロクシーはそのことを考えるたびに、すねたくなるのだった。

「〝新人〟の天才たちは、とりわけ今年はそうだが、かなりダサいところがある。タートルネックのセーターを着て、ニラレバ妙めを食べる連中だ」ジェイナス・ファンクが吐き捨てるように言った。「きみならその資格充分だよ、ティム。ああ、毎晩、しののめの光が空にさしそめるまで、決してベッドに入らないと、ぼくは誓いを立てている。けさだけは、あんまり長く待たせてほしくないもんだ」

「宇宙人たちの大挙襲来だわ」アイリーン・キーアンが嘆息した。「今年は毎日かならず一人か二人の宇宙人が、目の覚めるような着陸をつづけてきたみたい。なのに、彼らのだれを見ても平凡低俗で、それに比べると、かえってほかのわたしたちのほうが面白みもあるし、よっぽど宇宙人らしくもある。あの新参者たちにはほんとうの〝ふしぎな味〟がないのよ。それはつねに〝上品な味〟といっしょになっているものだから。そうなのよ、彼らはみんなドアをぶち破るような知力と体力で到着するわけ。わたしたちは彼らを受け入れたりしないわ。それじゃ、彼らをどうすればいいのか？ 彼らはオレンジ色の自動車を運転したり、七月にリンゴの花の香水をつけたりする連中なのよ」アイリーンは、日刊紙に〈子ギツネのフン〉と題するコラムを書いていた。そのコラムはごく上品だったし、彼女もそうだった。「それにしても、朝の四時から四時半までの長いこと！」

「宇宙人たちは着陸したんじゃない」ハロルド・フェームが言った。「だれでもいい、その優秀な〝新人〟の一人をよく調べてみたまえ。すると、彼が調査のおよぶかぎりの昔からわれわれの中にいたこと、退屈で非優秀な人物として定評があったこと、いつも文なしで、友人たちから長居を迷惑がられていたことがわかるだろう。だが、いったい彼らはどんな腐肉を食べて、あんなに偉大になったのか？ それは、今年、彼らがそれと気づかずに、主鉱脈を掘り当てたからだと、わたしは見る。もう十年あまり前から、知能増強物質は、この世界の流れと薬物類の中から砂鉱採取されてきた。だが、つねにそれらはうんと希薄なものだったし、その源も未知のままだった。だが、彼らは今年、その〝主鉱脈〟を開発したんだ。ああ、なぜわれわれがそれを見いだし、開発できなかったのか？　今年の〝新人たち〟ときたら、晴れた寒い日に上着を右の肩にひょいとひっかけて散歩するような連中、シリア・アーモンドとニュージャージーのオランダ・タマネギを使うような連中なのに」

「おれは前から〝新人〟のことはよくわからなかった」ティム・ドールが言った。「だが、きのうの朝、ずいぶん早くに、おれは自分が〝新人〟の一人になったことを発見した。やつらの一人になった以上、前よりもやつらをよく理解して、説明できるはずだと思うだろうが、そうは問屋がおろさないんだな。いまでもおれはあの強力な新人たちをまるで理解できないばかりか、この自分という強力な新人さえも理解できない。しかし、きみが〝主鉱脈〟と呼んだものだけどな、ハロルド、おれならそいつを見分けられそうだぜ。そういえば、いまおれの心の裏口に、そいつがちらつきはじめたような気がする」

「ああ、今夜は実に長い」マクシミリアン・ロンバーディがぐちをこぼした。「今年になるまで、ぼくはほかの調査記者たちとこうして集まっては、自分がおそらく世界一のエリート仲間、世界一のインテリ仲間の一人だと、信じこんでいられた。今年になってからは、もうそんなフィクションは通用しない。イモっぽい新人たちが、われわれよりもずっとインテリで、そのため、われわれよりもずっとエリートと言えるからだ。ああ、なぜあの連中がそうなり、われわれがそうならなかったのか！　あの連中ときたら——ああ、言うべき言葉に苦しむ！——あの連中ときたら、朝食にチリを食べるような連中なのだ」

「それだ！」ティム・ドールが言った。「みんなで朝食にチリを食いにいこう。それが重要だって気がする」

「いくらチリの朝食でも、まだ時間が早すぎるわよ。そうじゃない？」ロクシーが気乗り薄にたずねた。

「いや、お近くの〈ぐうたらジャンクフード・スーパー〉で手に入る〈マザー・マデロスの夜明けチリ〉なら、だいじょうぶさ。みんなで行ってみよう！」

5

「夜明けチリを六つ！」ティム・ドールが注文し、彼の友人たちは〈ぐうたら北部ジャンクフード・スーパー〉のなごやかな六角形のテーブルに座った。

「ほかのチリもありますよ」ウェートレスが言った。「マザー・マデロスの夜明けチリは、万人向きとは言えないわ」

「でも、わたしたち向きだわ」ロクシーが言い切った。「ほかのとどうちがうの？」

「このチリは、人間を利口にするし、強くするのよね」ウェートレスは言った。「夜明けチリの味をいやがるお客さんを見ると、あたしはこう言うの。『まあ、いいわ。これであんまり混雑しなくてすむ』って。でも、困ることもあるわよね」そう、すでに彼女は、六人前の夜明けチリをテーブルに並べおわったところだった。「チリで変化してからは、いつもうちの人とプロレスごっこをするたびに、むこうの肋骨が折れちゃうの。うちの人だけじゃなく、いろんな物を壊さないように、気をつけなくちゃならないしね。それに、頭がすごく活動的になったもんだから、一日じゅう休むひまなし。おまけに、見えすいたチャンスをものにするだけで、どんどんお金がもうかって、いまにも札束に埋もれそう」

「ぎゃお！」ロクシーがさけんだ。「そしてもう一度、反対側からぎゃお！　まるで、ながーい、とがった耳が、頭の中から生えてきたような感じ。急に利口になるのも、楽じゃないわ。そうよ、たった三匙分しか食べないのに、もうわたしは増強されちゃった。でも、そんなに札束に埋もれてるなら、なぜあなたはいまもこんなところで働いているの？」

「お客さんのためよ。お客さんに会わないと寂しくて。変化する前だって、はじめてこの店へ入ったときから（開店は去年の五月だったけど）、あたしはこう言ったわ。『ここはあたしにぴったり』つまり、ここの客種は――」

「――オレンジ色の自動車を運転したり、七月のリンゴの花の香水をつけたりする連中なのよ」アイリーン・キーアンが、気むずかしい小鳥のさえずりを聞かせた。「タートルネックのセーターを着て（夜明けチリを食べていないときには）、ニラレバ妙めを食べる連中、上着を右の肩にひょいとひっかけて散歩するような連中なのよ。オエッ。オエッもいいところだわ」

「よくわかってるわね、あんた」ウェートレスが言った。「だけど、イモって、すてきじゃない？　あたしは、変化で自分が変わらなかったのがうれしいよ」

「しかし、変化はまだそれほど野放しじゃない」ジェイナス・ファンクが疑問を投げた。「このぼくも、いましがた新人の一人になりはしたがね。なにがその効果を制限することになるだろう？」

「ああ、うちで、〈マザー・マデロスの夜明けチリ〉を出すのも、今週かぎりなの」ウェートレスが答えた。「販売禁止の令状が出て、マザー・マデロスはしばらくチリ・パウダーの製造を休むんだって。表むきは政府の令状だけど、実は手のつけられない状況にならないうちにと、補正的摂理が干渉したわけ。ええ〝知恵の根〟と〝力の根〟(これはただの暗号名よ)は、まだほかのなにかに使われはするけど、これからは人数も少ないし、効きめも弱くなる。今年はもうちょいで、手がつけられなくなるところだったもんね」

「ぼくはべつに、ながーい、とがった耳が生えてくるような気分にはならんな」マクシミリアン・ロンバーディが笑った。「しかし、ながーい、とがった考えで、頭がはちきれそうなのは確かだ。ははあ、こいつは愉快」

「もう、ごめんだわ!」アイリーンがぺっと唾を吐いた。「わたしはもともと充分に利口だった。イモになるなんて、おことわりよ。この一件の蓋をひっぱがして暴露してやるから!」そう言うと、アイリーンは憤然と、けたたましく、ぐうたら北部スーパーを出ていった(彼女はいつもたくさんの木製ブレスレットやアンクレットを身につけている。けたたましいのはそのせいなのだ)。

「どこに蓋があるかも知らないくせに」と、ウェートレスが笑った。「でも彼女、何発かの花火は上げるかもね。いつも新聞であの人のコラムは読んでるのよ。そう、あたしたちには、事が大きくならないようにする、一種の組織があるわけ。〈百万人のもみ消し委員会〉という名だけど、もう会員は五百万人もいるわ。お客さんらも入ったら? 会の趣旨は――」

「――超知能と超体力を持つことはすてきだけど」と、ロクシーがあとを引きとった。

「それを秘密にしておいて、経済界や学界をひっくり返さずに、こっそり自分で楽しむほうが、もっとすてきというわけね」

「そうなのよ」ウェートレスは言った。「みなさん、もう二杯ずつお代わりしたら？　こんどのことで面白いのは、まともな人たちにしか喜びがやってこないってこと――とにかく、朝食にチリを食べるような人びとにしかね。夜明けチリをあきらめたからって、あたしたちがチリをあきらめたわけじゃない」

「ああ、来年の新人たちはどんな連中だろうかな？」ジェイナス・ファンクは考えた。

「いったい彼らのからくりはなんだろう？」

「それがなんであるにしろ、来年のはもうすこし小味なものにしてほしいよ」ハロルド・フェームが言った。「心配なんだ。われわれがいまそうなったように利口になるのは、果たしてほんとに利口なことなのかな？」

ほんとの話、どうなんだろう？　来年の新人たちも、やっぱりこれぐらいユニークに〝新しい〟のかな？

いなかった男

The Man Who Never Was

浅倉久志訳

初出：Magazine of Horror, Summer 1967
邦訳：ドナルド・A・ウォルハイム&テリー・カー編『ホークスビル収容所』（ハヤカワ文庫ＳＦ）

日本でのラファティ短篇集にはこれが初収録。初出誌《マガジン・オヴ・ホラー》は、ベテラン編集者ロバート・A・W・ラウンズがホラー映画の流行を追い風として、一九六三年に創刊。ラファティは本作品で同誌に初登場し、その後、「断崖が笑った」「究極の被造物」を発表している。本作品は初出の翌年、年刊ＳＦ傑作選 *World's Best Science Fiction: 1968* に収録（同書の邦訳が『ホークスビル収容所』）。このアンソロジーには、もう一篇「われらかくシャルルマーニュを悩ませり」が採られている。アンソロジー巻頭に付されたウォルハイムとカー連名の序文では、「ラファティのスタイルは今日のどんな小説分野においても際だって個性的なものの一つであり、まさに彼独特の声でいつも語られているということができるだろう。彼はサイエンス・フィクションであろうと主流文学であろうとアヴァン・ギャルドであろうと、そんな小説作法にとらわれることなく書いているように見える」（ハヤカワ文庫ＳＦ版の訳文による、訳者名義なし）と述べられている。

「おれは一種の未来人でね」ラドーがある日そういった。「おれだけじゃない、ほかにもいろんな新しい能力のある人間が出てきてるらしい。ゆくゆくは世界もおれたちを、あるがままに認めなくちゃならんだろう」

「よせやい」とランキスがいった。

そもそものはじまりは、レイモンド・ランキスが家畜商のミハイ・ラドーに食ってかかったときからだった。「おまえは上げ底の、七枚舌の、銅めっきの、四次元的な嘘つきだ！」あの日ランキスはそうどなったのだ。

「ああ、そうだとも」ラドーはいった。この男は自分の特技をほめられると、いつもごきげんになる。界隈きっての嘘つきで、嘘をしんから楽しんでいる。だが、ランキスはそれぐらいで手をゆるめたりするやつじゃない。

「ラドー、おまえは生まれついてからいっぺんも、真実をいったことがないやつだ」聞こえよがしにそういった。

「じゃ、こうしようや、ランキス」ラドーの目は、あの二重っぽい目つきになってきた。「どれでもいい、おれがこれまでにしゃべった嘘、あんたらをかついだホラ話の中から、一つなにかを選んでみなよ。そしたら、おれはそれを真実にしてみせる。こいつはみんなに約束するぜ」

そのへんからおれたちは聞き耳を立てだしたんだ。

「千もの中から一つ選べだと」ランキスがいった。「おまえがよく自慢するあの学者牛を、ここへ連れてこいといったらどうする?」

「あれでいいのか? おれが口笛を吹けば、一分以内にやってくるよ」

「いや、それとも、あの牛を呼び出せといったらどうする? ビールとエールとポーターとスタウトが、別々の乳首から出てくるとかいう牛」

「あの牝牛が望みかい? お安いご用さ。ただ念のためにいっとくけど、あのポーターはちょいと味がきつくて、おたくの好みじゃないかもな」

「ホーマーを読むとやらいう、あの馬でも連れてこれるか?」

「ランキス、嘘つきはおたくのほうだぜ。おれはあの馬がホーマーを読むといったおぼえはない。ホーマーを暗誦するといったのさ。あのまだら馬がどこでそんな芸当をおぼえたのかも、おれは知らん」

「こんなこともいったな。人間を縁《へり》のむこうへ送りこんで、完全にその姿を消してみせる、と。それを選ぼう。さあ、やれ！」

「人間を消したかないよ、ランキス」

「やるんだ、ラドー。なんでもやりますと約束したろうが。それとも、この嘘だけは真実になりませんと、頭を下げてあやまるか。さあ、だれでもいいから消してみせろよ。みんなで見物したいんだ」

「わかった」とラドー。「二日ぐらいかかるが、一部始終はみんなで見物できるぜ。いいとも、だれかを縁のむこうへ送りこんでみよう」

　このラドーというのは、じっさい妙な男だった。なにを買っても現金払い、それにあんまり決断が早いんで、こっちが怖くなるぐらいだ。シマロン谷でいちばん目はしのきく家畜商で、ソバカスのある赤ら顔の大男だが、田舎育ちには見えなかった。あの気ちがいじみた目つきは、ここらあたりの出来じゃない。まるでお面のように、あの顔の奥から別の人間が外をのぞいているようなんだ。

「おれがあとにうっちゃってきた町や名前は、とても一つじゃきかないよ」やつは前にそういったこともある。「おれは新しい力をもった新種の人間なんだ。あんまり使ったことはないが、その力はだんだん強くなってくる。そんな人間が、ごくわずかだけど、ほうぼうに散らばってるのさ。結局は二つに一つだな。おれたちが世界に適応するか、それとも世界のほうがそうするか」

「よせやい」とランキス。

いつだったかラドーは、チビのマック・マッグートを催眠にかけ、一群れの牛の前で、まるで人間相手にそうするように、自己紹介させたことがある。それから、子牛だとだまして、チビの二歳牛をランキスに売りつけたこともある。チビでも二歳牛ならそれなりにしっぽが長いし、子牛のしっぽは子牛なみの長さしかないはずなのにだ。

「なんてこった。きのうおまえから買ったときは、あのチビ牛め、あんなに長いしっぽじゃなかったぞ」一杯食ったと知って、ランキスはいった。

「いや、おんなじしっぽさ」とラドー。「あんたはおれがあんたに見せたかったものを見たんだよ」

というわけで、一筋縄じゃいかない男だったが、いくらラドーでも、人間を縁のむこうへ送りこめるはずがない。

　ところがその日、ラドーはちょっと考えてからこういった。「よしきた。あそこにいるジェシー・ピッドを縁《へり》のむこうへ送りこむぜ」

「だれを？」ランキスがききかえした。

「ジェシー・ピッドだ——ほら、カウンターの端っこでコーヒーを飲んでる」

「ああ。あのジェシーか。わかった。いつやるんだ？」

「もう始めたよ」ラドーはいった。「やつの姿はちょいとばかり薄くなった。これからみんなで、やつが薄れていくのを見物すればいい。じわじわとだが、三日のうちには完全に消えるだろう」

　聞いたか！　おれたちはけたけた笑った。若草の上へ駆け出していく子馬の蹄の音みたいに笑ったよ！　だが、ラドーはへっちゃらだった。やつはうまい取引をすると、いつもニタニタほくそ笑むんだが、いまもそうしていた。

　見ようによっちゃ、ラドーは出足で得をしたともいえる。ジェシー・ピッドは、別の意味でだが、もともと影が薄かったんだ。のろまで目立たない、痩せた男だった。あんまり痩せてるもんだから、横から見ると消えてしまうと、よくみんなでいったもんさ。冗談だがね。

　その晩、ラドーはおれたちを総なめにしたよ。ポーカーも、セブン・アップも、ラドーが勝った。そこでドミノに変えたが、ラドーが勝った。さればとダイスを振っても、ラドーが勝った。これまで町へはいろんな有象無象がやってきたが、こんなツキ男は見たことない。ただ、さすがのラドーも、これだけは勝てない賭けが一つあるんだよな。ところが、やっこさん、その賭けを片っぱしからひきうけたもんだ。もしジェシー・ピッドを消すことができりゃ、ラドーは町の半分を手に入れることになるだろうがね。

あくる朝〈牛飼い亭〉へ朝めしを食べにきたジェシー・ピッドは、顔色がよくなかった。もっとも、いつも顔色のよくない男なんだ。

「おい、だいじょうぶか、ジェシー？」レイモンド・ランキスが声をかけた。

「体がどこかよそにあるような感じなんだ」ジェシーの言葉は、どういうわけか、おれたちをぎくりとさせた。

「ラドー」とランキスが警告した。「いたずらはいたずらだし、おまえが何度もおれたちをうまくかついだのは認めるよ。だが、もしこの男を傷つけでもしたら、おまえはこの界隈の爪はじきになるぞ」

「ランキス、あんたは人間がなんでできてるかも知らんのさ」ラドーがいった。

「ああ、知らんな。おれはジェシーを傷つけるなといってるだけだ」

「だれもおれのいたずらなんかで傷つきゃしないよ」とラドー。

だが、そのいたずらがなんにしろ、それはもう始まっていた。

朝の十時頃、ジョニー・ノーブルが、みんなに大声で注進にきた。ピッドが日なたを歩いているのに、影をひきずってないという。ほかにもう二人、それを見たそうだ。だが、そこで雲が出てきたので、確かめようがなくなった。

正午のすこし前、モーディー・マルカムが銀行のロビーでラドーをつかまえた。「ラドーさん、うちの主人になにをしてるんですか？」

「あんたにご主人がいたのかい、モーディー？」ラドーはきいた。

「なにさ、この赤毛の悪党！　ジェシー・ピッドはわたしの内縁の夫じゃないの」

「いや、モーディー。おれはジェシーを消そうとしてるだけさ」

「あの人の髪の毛一本でも傷つけたら、殺してやるから」

その日の午後には、いろんな噂が疫病のように町中に広まった。がんこなレイモンド・ランキスさえ、なにかがおかしいと、しぶしぶ認めたほどだ。

「まちがいない、あそこにいるジェシー・ピッドの体から、光が透けてくるのが見える」ランキスはそういい切った。「それに、やつの後ろにあるものの輪廓も見える。おい、ラドー、おれたちが血を見ないうちに教えろ——これはみんなトリックか？」

「そうだよ、みんなトリックだ」とラドー。

「よし、それじゃ一つ、そのトリックが羽目をはずさないような手を打とう。おれはこの町でいちばんでっかく、いちばん頑丈な家に住んでいる。ここにいる八人が証人になり、ジェシー、おまえと、ラドー、おまえもいっしょにうちへきて、みんなで最後までこれを見届けるんだ。もし、ほかに用があったら、一時間以内に片づけてくれ。それからおれの家へ集まってくれ。みんなで、これまでだれもやらなかったような厳重な監視をはじめよう。ラドー、おまえが何者だろうと、また、おまえがなにをしようと、おれたちはそれをちゃんと見届けるからな。どうだ、これではっきりしたか？」

「いいや。あんたは混乱してるよ、ランキス。だが、その計画なら好都合だね。カンヅメの観客を歓迎しないトリックスターがどこにいる？」

おれたちは食料品を持ちよってランキスの家に集まり、その日の日暮れにしっかり戸締りをした。五十時間はだれも入れないことにしたのだが、ドアをどんどんたたいたり、ががたいわせる人間は大ぜいいた――とくにモーディー・マルカムがそうだった。

おれたち十人――ミハイ・ラドー、ジェシー・ピッド、レイモンド・ランキス、ジョニー・ノーブル、ウィル・ウィルトン、ウェンチー・ヘトモネック、マイク・マッグレガー、ビリー・ウエスト、チビのマック・マッグート、レンバートン・ランドル――この中のどれかが（あとで警察とのゴタゴタが起きたもんだから、どれってことはいえないが）おれだと思ってくれりゃいい。

ランキスはみんなに当直時間を割り当てた。おれたちは広間にベッドを二つ運びこみ、簡易ベッドを二つ組み立てた。何人かはそこで眠り、何人かは時間つぶしにセブン・アップをやることにした。

一時間に一回ぐらいの割りで、ランキスがこうどなる。「ラドー、おまえはひとりの男を殺す気か！　もし、こいつが死ねば、おまえも死ぬんだぞ！」

「誓ってもいい、おれはジェシー・ピッドという人間にも、ほかのだれにも、危害は加えてないよ」ラドーはいつもそういった。

ジェシーがちょっぴり透明になってきたことは、もうだれも疑わなかった。やつの体を透かして、むこうの物が見えるんだ。やつ自身の輪廓はだんだん薄れてきた。やつの実体が前よりも減ってきたようだった。

その晩は、だれもよく眠れなかった。ジェシーが薄れていくのを見ていると、だんだん気味が悪くなってきた。朝までに、やつはいわば半分がとこ消えうせた。

つぎの日はまるで悪夢だった。ラドーはもう家じゅうの金をすっかり巻き上げていた。

そのあとは、賭け金の代わりに台所のマッチを使うことにした。おれの手の中でトランプのしるしや数がくるくる変わるように見え、ほかのみんなも似たようなことをぼやいていた。ラドーは家じゅうのマッチもひとり占めしてしまった。ジェシーはおれたちの目の前で薄れていく。しまいには、時間の感覚も、平衡感覚もなくなった。

その晩、ピッドはいちだんと実体がなくなり、煙が体の中を通りぬけるほどだった。もう残っているのは、体の輪郭と、のろまな微笑だけといってもいい。

二日目の朝になると、ピッドはまだそこにいることはいたが、かろうじてという感じだった。生きた悪夢の中で、どんどんなくなっていく。正午前に、チビのマック・マッグートが、もうジェシーが見えなくなったといい出した。午後になると、おれたちもときどきジェシーを見失うことがあり、よほど苦労しないとやつの輪郭をとらえられなくなった。

それから、完全にやつを見失った。

まず輪郭が——つぎにあののろまな微笑が、永久に消えてしまった。日暮れの前に、ジェシー・ピッドはいなくなったのだ。おれたちは口もきけず、茫然と座っていた。その沈黙を破ったのは、レイモンド・ランキスの大きなため息だった。「ラドー！」ランキスはどすをきかせた声でいった。「おまえにはまだジェシーが見えるか？」

「前から見えなかったよ」ラドーが穏やかにいう。

「なに？」

「おれには前から見えなかったといったんだ」ラドーはあっさりと説明した。

「この馬鹿野郎！　そんな言い抜けが通ると思うのか！　ジェシーは消えたんだぞ、ラドー！」

「知ってる。おれがこれまでにやった最高のいたずらさ」

ランキスは荒っぽくラドーの襟をつかんだ。「ジェシーをもとに戻せ！　いますぐもとに戻すんだ、ラドー！」

「それはむりだ、ランキス。もとに戻そうにも、だれもいないんだからな」

「いるとも――いや、いたとも――ジェシー・ピッドだ。やつを元通りにしないと、殺人で訴えるぞ！」

「みんなで保安官に訴えて出るべきだ」ヘトモネックがいった。「もし、これが殺人じゃないというなら、みんなでそれに代わる罪名を見つけようぜ」

おれたち全員が審問の証人になった。みんなが宣誓供述書を出した。ブライス保安官もそこにいたが、頭をかかえちまってる。ほかには、市からやってきたベーッという警察医と、州からやってきたオットルマンという警察部長。質問するのはもっぱらこのオットルマンで、その手きびしさといったらなかった。

「ラドー君、本官がこの審問で聞かされたのは、およそ前代未聞のばかばかしいたわごとか、でなければ、本官のこれまでの経験の中でも最も不愉快、かつ、のっぴきならん証言だ。この騒ぎの裏には事実があるのか、ラドー？」

「ある種の事実はね」ラドーは答えた。「どんなことを知りたいんだい？」

「白ばっくれるな！　ジェシー・ピッドはどうなったんだ？」

「消えたんだよ。みんながさっき話したとおりに」

「彼をもとに戻せるか？」

「まあ、できるだろうね、しばらくは。だが、それじゃせっかくの冗談がだいなしだ」

「きみは殺人を冗談だと考えているのか、ラドー？」

「あれは殺人なんかじゃない。ジェシー・ピッドは人間じゃなかったんだから」

「ほう？　じゃ、彼はなんだったんだ？」

「なんでもなかったのさ。ジェシー・ピッドなんて人間は、もともといないんだよ」

「ラドー、てめえは真赤な嘘つきだ」ランキスが唸った。

「そうとも、おれは嘘つきさ」ラドーは自分でそう認めた。「つまり、おれは幻術師だってこと。おれには百もの能力があり、その一つを使ってささやかな冗談をやってみたまでさ。おれはどんなものでもあるように見せかけることができる。現実を創り出すことができる。なぜそんな能力があるのか、その目的がわからないんで、おれはずうっとそれを隠してきた。だが、ある日、自分の負わされた責任を軽くするために、すこし楽しんでやろうと決心したのさ」

「おれたちに、はじめてジェシーが見えるようにしたのは、いつのことだ？」ランキスが問いつめた。

「あんがだれかを縁のむこうへ送りこめとおれにせっついた、あの晩さ」

「じゃ、どうしておれたちがジェシーを何年も前から知ってたり、やつがこの近辺の半端仕事に雇われたりできるんだ？」

「あんたらは前からジェシーを知ってたわけじゃないよ、レイモンド。おれがやつのことを暗示し、あんたらがその暗示にかかったんだ。ジェシー・ピッドという男は、もともとどこにも居やしなかった」

「ラドー、きみの説明はすじが通らんぞ」オットルマンがいった。「ピッドが事実この町で、何年も前から知られていたという証言がある。しかも、彼は、あー……モーディー・マルカムの内縁の夫だった」

「モーディーがあれだけ夫に近いものを持つことが、後にも先にもないのはたしかだ」ラドーがいう。「モーディーは道理のわからない女だからな」

「そんなことはない！」チビのマック・マッグートがどなった。「モーディーはジェシーとおんなじように貧乏で実直な人間だ。おれたちはあの夫婦が好きだった。これはどえらい仕返しがくるぜ。境い目の内側か外側、どっちかでな」

「おれがそれほど腕がいいとは、自分でも知らなかったよ」とラドー。「あのスイッチを入れたのはおれだ。どうしてそのスイッチを切れないわけがある？ オットルマン、この連中はみんなで夢を見てて、ないものを作り上げただけだよ。調べてみろ！ この四日間より前の日付で、一つでもピッドのことに触れた書類が見つかるかどうか。もし実際にひとりの人間が何年もこの町に住んでいたなら、なにかの記録があるはずだし、どこかに寝起きしてたはずだ。もし何年も日雇い仕事をしていたなら、だれかが金を払った記録があるはずだ。なにしろ、この世界は書類の世界だからね、ピッドに関する書類が当然あっていいはずだぜ」

「ジェシーはそんなに目立つ男じゃなかったんだ」ジョン・ノーブルがいった。

「調べてみてくれ、オットルマン」ラドーは言いはった。「どこにもそんな書類がないのが、わかるはずだ。もう一つたのみがある。この八人の証人から、別々にピッドの人相特徴を聞いてみてほしい」

「二時間休憩してから、再開しよう」オットルマンがいった。

二時間のあいだに、たくさんの情報が集まった。

「では、審問を再開する」オットルマンが宣言した。「きみの主張のよりどころはどこにもないぞ、ラドー。それには疑問の余地がない。ジェシー・ピッドはこの町で何年も前からよく知られていた」

「正確には何年間だい？」ラドーはきいた。

「だれもはっきりとは知らない。推測では、五年から三十年というところだ」

「この架空の人間の人相特徴は一致したかい？」

「だれの証言も、特徴のない男という点で一致していた」

「で、その特徴のない男の年かっこうも、みんなに聞いてみたかい？」

「だれに聞いても、年かっこうはよくわからないということだった。ラドー、本官はきみが持っているよりたくさんの証拠を検討したんだ。人びとの記憶があやふやなのは、べつに珍しいことではない。はっきり特徴を述べられないのは、よくあることだ。しかし、本官は確信している。ジェシー・ピッドが現実の人間であって、きみが彼に現実の危害を加え、死なせたことをな」

「彼に関する書類はなにか見つかったのか？　それが決め手だ」

「いや、見つからなかったが、それは決め手でもなんでもない。みんながいうとおり、ピッドはこっちが書類をどうこうしなきゃならんような人間ではなかった。彼を雇った人びとは、みな現金で支払った。彼は選挙人名簿に登録したこともなければ、運転免許証や社会保険証を交付されたこともない。銀行口座も持ったことがなければ、税金を払ったこともない。そういう問題とはいっさい無関係だった。きみのいう書類の世界には属していなかった」

「やつ自身が書いたものは、なにか残っているかい？」

「いや、文盲だったという話だ」

「まったくご念がいってるぜ！　ばってんサインも残っていないのか？」

「たった一つも残ってない。だが、それでも彼はやっぱり実在していたんだ。さあ、このへんでおふざけは切り上げて、本題にもどろうじゃないか。いったい彼をどうやって殺した？　彼の死体はどこにある？」

「オットルマンさん、おれはかけ値ない真実をしゃべってるのに、この部屋には耳がないらしい」ラドーがいった。「錯覚を起こさせるのは、たのみもしないのにおれに備わった能力なんだ。自分が楽しみ、そしてみんなも楽しませるつもりで、おれはある男の幻影を作った。それから、そいつをだんだんに消してった。ジェシー・ピッドなんて、もとから居やしない。やつが単純な男だったのは、おれが単純なトリックでやつをこしらえたからだ。ここにいる連中もみんな単純だよ、オットルマンさん。おまけに、連中はまだあの幻覚がつづいてるらしい」

「きみはこの殺人になんの良心の呵責も感じないのか？」

「呵責もなにも、あんたがそれほど頑固だとは知らなかったぜ。あれは単純ないたずらさ。もうそれは終わったてのに、だれひとり笑いやがらん」ラドーの声はいっそうかん高くなった。「おれは偶然にそんな能力をもつようになったんだ。おれは新しい人間なんだ」

「われわれには古い裁きがある」オットルマンがいった。「おまえがどこに隠したにしろ、いずれ死体は見つかる。見つかれば、おまえは吊し首だ」

だが、いくらラドーの首にロープを巻きつけたくても、証拠の死体がないかぎり、警察は彼を吊し首にできなかった。さいわい、おれたち私人はそれほど杓子定規じゃない。やらなきゃならんことは、やるまでさ。

よく晴れた午後だった。ラドーは死ぬのをいやがった。新しい人間も、いざ死ぬとなると、古い人間とおんなじように大騒ぎするものらしい。

「ばかやろう!」ラドーは後ろ手に縛られて、そうわめいた。「おれたちは新しいなにかの始まりなんだ。未来へのラインに乗っかってるんだ」

「だが、きょうはロープの端にぶらさがってるようだぜ」ランキスがいった。

「ばかやろう!」ラドーは絶叫した。「ジェシー・ピッドはもとからいなかったんだ!」

いや、おれたちもいまじゃそれは知ってるんだよ。だけど、いつかラドーもいったじゃないか、せっかくの冗談をだれがだいなしにしたい?

そこでおれたちはラドーを吊し首にした。自分でもそういってたが、やつはちょっぴり早く生まれすぎて損をした口だ。おれたちが吊し上げようとする直前に、やつはわめきたてるのをやめてこういった。「おれはまぐれ当たりの能力をさずかった。それをどう使えばいいか、だれかが教えてくれると思ってた」

「だが、だれも教えてくれなかった」レイモンド・ランキスがいうのを合図に、おれたちはやつを吊した。

ランキスとチビのマック・マッグートが死体を始末した。あそこなら絶対に見つかりっこない、と二人はいったが、そのとおりだった。

ひとりの男を吊し首にして、あとはどうする? なんてことはない、吊された本人がおれたちに教えてくれたじゃないか。それに、このての未来人がいなくなっても、現在にそう大きな穴があくわけじゃないしな。

町ぜんたいが一つにまとまれば、二、三時間でもすごいことができる。おれたちはミハイ・ラドーのあらゆる痕跡を消してまわった。こっちの強味はたくさんあった。あの男は、金回りがよかったので、なにもかも現金払いですましてたんだ。やつが使っていた名前も、どうやら本名じゃなさそうだった。おれたちはあらゆる取引、あらゆる人間、あらゆる記録を洗った。中には黒く消さなきゃならないものもあったが、そう多くはなかった。おれたちはやつを縁のむこうへ送りこんだ。

オットルマンが州兵を連れて日暮れにやってきたときには、こらちはもうおそろしく耳の遠い町になっていた。

吊し首にした？　だれを？　われわれが？　ミハイ・ラドー？　そんな名前をおぼえてるものは、町にはひとりもいなかった。保安官さえ、オットルマンがだれだかわからなかったぐらいだ。むこうはあらためて自己紹介をしなけりゃならなかった。オットルマンはかんしゃくを起こし、書類カバンを地べたに投げつけた。ここはスプリングデールですよ。あなたが探しておられるのは、州の反対側にあるスプリングデールじゃないですか。前回の審問ですって？　それも、ついおといに？　なにかのまちがいでしょう。一件書類がカバンの中に？　いまさっき、子供が持ち逃げしたのがそのカバンかな？　いや、どこの子だか知りませんよ。この町じゃ、だれがだれだかわからなくて。

危ない綱渡りだったが、おれたちは白を切りとおし、うまくごまかしてのけた。みなさん、この町にはジェシー・ピッドなんて人間はいませんでしたよ。それに、ミハイ・ラドーなんて人間もね。

ただ、ああいう未来人のことで、悩みが一つある。おれたちは遅かれ早かれ、未来の国を通らなくちゃならない。

「やつは一足先に行って、おれたちを待ってるぜ」チビのマック・マッグートがいう。

「あの境い目のどっちかでな。やつに会ったら百年目だ」

「よせやい」とレイモンド・ランキスがいう。だが、ランキスはすっかりへこたれてるようだ。急に年をとったみたいなんだ。おれは年だけはとりたくない。だから、わざとぐずぐずしてる。

この道のむこうの暗い片隅、チビのマック・マッグートがいう境い目のどっちかの側に、ソバカスのある赤ら顔の大男が、そろそろ熟しはじめた能力をもって待ちかまえてる。やつの気ちがいじみた目つきは、ここらあたりの出来じゃなく、まるでお面のように、あの顔の奥から別の人間が外をのぞいているようなんだ。

テキサス州ソドムとゴモラ

Sodom and Gomorrah, Texas

伊藤典夫訳

初出：Galaxy Magazine, December 1962
邦訳：《Men's Club》一九七七年六月号→《奇想天外》一九八一年八月号→短篇集『つぎの岩につづく』（ハヤカワ文庫ＳＦ）

雑誌初出は一九六二年だが、タルサ大学のラファティ原稿コレクションの記録によれば、六〇年七月には原稿が完成していたという。

ラファティ研究の第一人者アンドリュー・ファーガスンによれば、この作品にはちょうどおこなわれた国勢調査（西暦の末尾が０になる年に実施される）が影を落としている。アメリカの市民にとって国勢調査は個人のプライバシーや自由の侵害であり、調査員は迷惑者にほかならない。「テキサス州ソドムとゴモラ」で、主人公マヌエルが酷い扱いを受けるのも宜《むべ》なるかな。彼が担当したのは人間がわずか九人しか住んでいない荒涼たる斜面地区であり、適当に調査をすませれば苦労もなかったはずなのだ。しかし、彼はラファティの小説にしばしば登場する融通のきかない人間であり、人間以外のおびただしい住民がいることに気づいてしまう。マヌエルは潜入した世界で三十五年も足止めをくうが、現実世界では三日しか経過していないというのは、リップ・ヴァン・ウィンクルあるいは浦島太郎の逆パターンだ。

マヌエルは国勢調査員になるべきではなかった。そもそも資格に欠けていた。地図は読めない。地図の何たるかも知らない。そんなふうだから、上が北だと教えられても、にんまり笑うだけだった。阿呆ぬかせ、というわけである。

だがマヌエルは小さな丸っこい字を書くことができた。——男の子が書くような字である。スペイン語はもちろんのことわかるし、英語もほどほどに知っていた。また受けもちの区域については、マヌエルに地図は不要だった。そのあたりの地理では人にひけを取らないし、地図を作る連中よりもたしかに詳しかった。

おまけにマヌエルは貧乏で、仕事を必要としていた。係員たちはマヌエルに要領を教え、送りだした。というか、教えたと考えて送りだした。

確信はなかった。

「みんな数えるだかね？　うん、わかった。ぜんぶ書くだかね？　もっと紙が要るな」

「要るなら、もっとやろう。だが、マヌエル、おまえの受けもち地区にはそんなに住んじゃいないはずだぞ」

「たくさんいるだよ。マヌエル。オオカミ《ロボス》、アナグマ《テホネス》、キツネ《ソロス》、それから人間も」

「人間だけだ、マヌエル。動物はいかん。どうやって書きこむんだ？　名前もないのに」

「いゃあ、あるとも。みんな名前持ってるだよ。ぜんぶ書いちまったほうがいいだよ」

「人間だけだ、マヌエル」

「ラバ《ムロス》はどうするね？」

「いかん」

「ウサギ《コネホス》は？」

「駄目だ駄目だ、マヌエル」

「むずかしくないだがね。おれはかまわんだよ」

「人間だけだ——神様、どうかわたしにお力を——人間だけにしてくれ、マヌエル」

「小さな人はどうだかね？」

「子供は当然はいるさ。それは説明したはずだ」

「小さな人だよ。子供じゃない。小さな人さ」

「人間なら書きこむんだな」

「どれくらい大きくなければいけないだかね？」

「大きかろうが小さかろうが問題あるものか。人間なら勘定に入れるんだ」

マヌエルはムーラを従えて出発した。彼が受けもつ区域は、サンタ・マグダレーナ山地——草木ひとつない荒涼とした山なみの斜面地帯である。高くはないが険しく、午後の炎暑はむちゃくちゃで、むかしの溶岩がときには直射日光にわきたち、流れだすという噂もあった。

中《なか》つ谷《たに》には、金くそとガラス化した岩石から成る五千エーカーの土地がある。記録にもない大昔の爆発により、山々が溶け、マントルが破壊されたらしく、見るも無残な平地と化している。そこがソドムである。花崗岩が熱湯のように吹きこぼれるさなか、作りだされた人や物の幽霊たちが、いまなお地上低く舞っている。

爆発の中心から離れるにつれ、峡谷は深い茂みに埋まり、山々は年をへたサボテンをちりばめ、灰緑色をおびる。ひねこびた木々は、大きめの茂みやユッカに比べると小さい。

マヌエルはムーラをつれて歩きつづけた。——もっさりしたデブの大男とやせこけた貧弱なラバの取り合わせ。ムーラはラバである。だがサンタ・マグダレーナ山地には、種別のはっきりしない生き物もいた。

ムーラにしてからが、先祖におかしなところがあるのだった。ムーラの父方の祖父は山羊なのである。マヌエルは一度マーシャル氏にそのあたりを話したことがある。だがマーシャル氏は聞きいれなかった。

「あれはラバだ。だから、あれの親父はロバだ。とすれば、そのロバの親父もまたロバだ。ほかには考えれられんよ、マヌエル」

マヌエルはこの問題を以後たびたび考えた。彼はいろんな動物を飼ったことがあり、そのうちのどれとどれが交尾《つる》んだかちゃんと覚えていたからだ。

「ロバ？　ロバだって！　丈が二フィートで、ひげも角もある！　おれはあいつを山羊だとばかり思ってただ」

マヌエルとムーラは正午、ローストソウル（地獄に落ちた魂）・クリークで足をとめた。午後は暑いので、旅はできない。だがマヌエルにはやるべき仕事があり、彼はその仕事をした。ムーラの背中から荷を下ろし、用紙の束をだすと、そこから九枚を抜いた。そして住民九人のデータを残らず書きこんだ。その九人については、生まれ、前歴――知るべきことはすべて知っている。またサンタ・マグダレーナのこの九百平方マイルに、ふつうの人間が九人しかいないことも知っていた。

だがマヌエルはきちょうめんな男なので、何回も何回もリストを調べなおした。誰か抜けているようだった。うん、そうだ、自分だ。彼は用紙をもう一枚出し、自分にかんするデータをすべて書きこんだ。

さて――見方によれば――この国勢調査において、マヌエルの分担は終わったことになる。もし彼がそういう見方をとっていたなら、以後誰にも厄介をかけず、一万の人命も救われていたことだろう。だが係員たちの指示は、彼らの精いっぱいの努力にもかかわらず、そのあたりが曖昧だった。

というわけで、あくる日の早朝、目をさまし、豆を煮たところで、「ようし、みんな取っちまうか」とマヌエルはいった。

茨の茂みをむしゃむしゃやっているムーラを呼び、塩をやり、また荷物を積んだ。そして大男とラバは、残りの調査をかたづけに出かけた。ただし、今度はびくびくものだった。仕事はちゃんとやりとげなければならないが、上司がわかってくれるかどうかとなると、これは心もとない。またムーラが、満足に歩けないほど用紙の束を積んでいるのにも理由があった。

大声の祈りがひびくなか、マヌエルたちはローストソウル・クリークを見下ろす、煉獄さながらの斜面を登った。「――わたしら罪びとをお許しください、いますぐに《ルエガ・ポル・ノソートロス・ペカドーレス・アオーラ》」――早朝の炎熱のなかで、峡谷は荒々しくいきりたっている――「死が目のまえにあるこのとき《イ・エン・ラ・オーラ・デ・ヌエストラ・ムエ》に《ルテ》」

それから三日後、テキサス州ハイ・プレインズの郊外に、奇怪なこびとがよろめき足で現われた。うしろにはオオカミほどの大きさの、しかしオオカミとは似ても似つかぬ瀕死の生き物が従っていた。

子供たちが石をぶつけはじめた。このままでは殺されてしまうと、ひとりの婦人が見かねて警察に通報した。こうして得体の知れない生き物の取り合わせは、署に連行された。

こびとは身の丈三フィート、骸骨の上にひからびた褐色の皮がはりついていた。一方そのかたわれは、犬くらいの大きさながらどう見ても犬類には見えず、イガと茨に全身おおわれてヤマアラシのようにも見えた。だがそれ以上に、悪夢のなかで見るちぢかんだラバの実物モデルを思わせた。

こびとは狂っていた。獣のほうは多少心の平静を保っていて、ひっそりと横たわると、息絶えた。見るかげもない姿を考えれば、それが生き物にできるすべてであったろう。

「いま国勢調査官は誰かね？」と狂ったこびとはいった。「マーシャルさんの倅《せがれ》がなってるだかね？」

「そう、マーシャルさんだ。おまえは誰なんだ？　マーシャルのことをどうして知ってる？　それは何だ、おまえがいまズボンのなかから――そのズボンらしいもののなかから出したのは？」

「調査リストさね。町のみんなの名前が書いてあるだ。おれ、かっぱらってきただよ」

「まるでマイクロフィルムだな――小さな字がびっしり。どこまでめくっても終わらんじゃないか。これがぜんぶ名前か、百万はあるぞ」

「それっぽっちじゃねえだよ、もうちょっとあるだ。名前ひとつあたり二十五セントもらえるだよ」

そこへマーシャルがかけつけた。多忙な身であったが、ともかくやってきた。マーシャルは市長と市民団体から、市としての最低限の数字をいいわたされていた。テキサス州ハイ・プレインズのために、一万の人口をひねりださねばならないのだ。これは大変な仕事だった。町にはそんなにたくさんの住民はいないのである。にもかかわらず、目標に向かって努力をつづけていた。だが警察から呼びだしがかかると、彼はかけつけた。

「あんた、マーシャルさんの息子かね？」と狂ったこびとはいった。「親父さんに生き写しでねえか」

「その声――めちゃめちゃにつぶれているが、聞きおぼえがあるぞ」とマーシャル。「マヌエルの声にちがいない」

「んだ、マヌエルだよ、三十五年まえに出かけたときと同じさね」

「おまえがマヌエルであるはずがない。――三フィートも縮まって、二百パウンドも体重が減って、百万年も歳をくっている」

「おれの調査用紙を見るといいだよ、マーシャルさん。おれがマヌエルだと書いてある。それから、ふつうの人のがあと九枚と、小さな人の名前が百万あるだ。小さな人のは、ふつうの用紙では取れなかっただよ。あの連中の帳簿をかっぱらってきただ」

「おまえがマヌエルであるものか」とマーシャルはいった。

「こいつがマヌエルであるものか」と大男の警官と小男の警官がいった。

「では、そうでねえかもしれん。いままでそうだとばかり思ってただが。すると、おれは誰だろう？　ほかの紙を見て、誰だか調べてみるだ」

「いや、おまえはそのうちの誰でもないよ、マヌエル。しかも絶対にマヌエルであるはずがない」

「とにかく名前をやって数に入れろ」と市民団体の委員長がいった。「一万の大台にのせなきゃならん」

「どういうことなのか話してみろ、マヌエル——もしおまえがマヌエルなら——そんなはずはないが——まあ、話してみろ」

「ふつうの人のを数えてから、小さな人のを調べに行っただよ。シャベルで町の天井をはがして、中にはいっただ。だけども、魔法《エンカント》をかけられて、おれとムーラは三十五年も足踏み車の上を走らされただ」

「それはどこにあるんだ、マヌエル？」

「小さな人の町にあるだよ——ヌエボ・ダナエというだ。だけども、三十五年したら魔法《エンカント》がとけたから、ムーラとおれは名前のリストを盗んで逃げただよ」

「しかし、どこでこんなにたくさんの名前を手に入れたんだ、マヌエル、それもこんなに小さな字のを？」

「いいからいいから、マーシャル、その狂ったチビを質問攻めにするな！　百万の名前がちゃんとあるんだ。承認しろ！　提出しちまえ！　賛成決議できるだけのあたま数はここに揃ってる。われわれは本日をもってその町の併合を宣言する。これでハイ・プレインズはテキサス最大の町になるぞ」

マーシャルは書類を承認し、ワシントンへ送った。こうしてハイ・プレインズは、全米で最高の人口増加率を誇る都市となった。ところが異議の申し立てが起こった。ヒューストンにいる一部の不満分子が、ありえないことだといいだしたのである。ハイ・プレインズにそんなにたくさんの人間はいない、計算のまちがいではないのか。

論争がえんえんと長引くあいだに、マヌエルは――もしその生き物がマヌエルだとすればの話だが――風呂につかり、食事を与えられた。彼らはマヌエルから筋のとおった話を引き出そうとした。

「どうして三十五年たったとわかるんだ、マヌエル？」

「足踏み車に乗っていたら、三十五年みたいな気がしただよ」

「たった三日だったかもしれんぞ」

「じゃ、おれはどうして歳くっただ？」

「そこがわからんのだよ、マヌエル。さっぱりわからん。その連中はどれくらいの大きさだった？」

「わかんねえだ。指一本か二本ぐらいかな？」

「町はどうなんだ？」

「昔のプレイリードッグの巣を作りなおして住んでるだよ。通りに下りるには、シャベルで穴を掘らにゃならんだ」

「もしかしたら、やつらは本当はプレイリードッグかもしれないぞ、マヌエル。おまえは暑さにやられて、こびと族だと思いこんだんだ」

「プレイリードッグは名簿にあったみたいな字は書けないだ。プレイリードッグはほとんど字は書けないだよ」

「そのとおりだ。名簿の説明ができん。しかも変てこな名前ばかりだ」

「ムーラはどこにいるだ？　帰ってから、ムーラを見てねえだよ」

「ムーラは倒れて死んでしまったよ、マヌエル」

「うまくやっただな。どうしてそいつを考えつかなかっただかな？　おれもそうするだよ。疲れて、ほかに何もしたくないだ」

「そうするまえに、マヌエル、最後の質問が二つ三つある」

「それなら早くしてほしいだね。行きかかっているだよ」

「おまえは昔からこびと族のことを知っていたのか？」

「ああ、知ってただよ。サンタ・マグダレーナの連中はみんな見てるだ。八、九人は知ってるだよ。〈笑い者にゃなりたくねえ〉といって、誰にも話したことはないだよ」

「で、マヌエル、そこへはどう行けばいいんだ？　地図で教えてくれるか？」

　マヌエルはしぶい顔をし、ひっそりと死んだ。地図が読めないので、らくな逃げ道を選んだのだ。人びとは彼を埋葬した。——マヌエルであったかどうかは、ついにわからずじまいだった。埋めるほどのものはさしてなかった。

そのおなじ夜——深夜、眠りこんでから——マーシャルは居丈高な声に呼びさまされた。身の丈四インチの男が、ベッドサイド・テーブルの上で演説をぶっていた。男には威圧的な存在感があり、声音はきびしかった。

「ベッドから出ろ、百姓め！　名前と職業をいえ！」

「おれはマーシャルだ。さてはきさまは、昨夜《ゆうべ》おそく食ったポーク・サンドウィッチだな。寝るまえに食うんじゃなかった」

「返事をするときは〝閣下〟といえ。わたしはポーク・サンドウィッチではないし、ふつうなら馬鹿者どものところへ足を運ぶ身分でもないのだぞ。立て、うすのろ！」

マーシャルは半信半疑のまま立ちあがった。

「わたしがほしいのは盗まれた名簿だ。その間抜けな口をしめろ、取ってこい！　ぐずぐずするな、つべこべいうな！　納税者台帳を返すのだ！　言いわけなんぞは要らん」

「おいおい、チビ助」マーシャルは最後の勇気をふるいおこした。「案内するから——」

「それはできんぞ！　そろそろ気づくだろうが、おまえの首から下は麻痺させてある。首から上はもともとそうだったようだがな。どこにある？」

「ワ、ワシントンへ送った」

「このギョロ目の巨大獣め！　どういう面倒をかけるかわかっとるのか？　愚鈍の親玉め、きさまを喜んで滅ぼしてやる」

「おまえが何者かわからんよ」とマーシャル。「おなじ世界に厄介になってる生き物だとは思えん」

「厄介になっているだと？　この世界を所有しているのはわれわれだ。その権利証書も見せてやる。おまえたちは持っているのか？」

「どうかね。どこで証書を手に入れた？」

「ある種のプロモーターからだ。はっきりいえば、詐欺師か。一杯食わされたことは認めざるをえないが、困っていたときでもあり、どこかの世界が必要だったのだ。そやつの話では、巨大二足獣は愚かすぎて邪魔にもならんといっておった。生き物が愚かなほど、迷惑も大きいということは知っておくべきだった」

「小さいのにもおなじことがいえそうだな。山ねずみどもを燻《いぶ》しださなきゃなるまいが」

「ほう、できるものか。われわれのほうが力がありすぎる。逆に、おまえたちなど一瞬に蒸発だ」

「はっ！」マーシャルはふきだした。

「〈はっ、閣下〉といえ、わたしと話すときには。山のほうにソドムという土地があるのを知っとるか？」

「そこなら知ってる。大隕石が落ちてできた」

「いいや、原因はこれだ」小さな生き物が見せた物体は、砂つぶほどの大きさだった。

「あそこには、おまえたちギョロ目の野獣どもの町があった。知らんだろう、二、三百年まえのことだ。近すぎるとわれわれは判断したのだ。ところがいま、おまえたちも近すぎることがわかった」

「そんなものじゃ、胡桃《くるみ》も割れんぞ」

「へらず口の大たわけめ。この町をぺしゃんこにしてくれるわ」

「それが本当なら、おまえさんたちはどうなる？」

「どうということもないさ。それくらいでは眉ひとつ動きはせん。時間がないので説明はできんがな、このピンボケめ。ワシントンへ行かなきゃならん」

マーシャルには、はっきり目がさめているという自覚がなかったのかもしれない。少なくとも脅しをまじめに受けとらなかったことはたしかである。なぜならその小さな人物は、いまだ明らかではない何らかの方法で、じっさい砂つぶを爆発させたからだ。

最終的な調査の結果、ハイ・プレインズは全米一の人口増加率を誇ることはできなかった。逆にハイ・プレインズは、あらゆる町をしのぐ人口降下率を示した。七三一三からほぼゼロに帰したのである。大隕石の落下によるものであろうと信じられた。しかしサンタ・マグダレーナ山地に住む八、九人の人びとは真相を知っていた。もちろん彼らが話すはずもなかった。

のちに、この地を保護林に指定しようとする動きが起こった。もっとも、木と名のつくものはまるでない土地なのだが……。現在は、わずか七マイル離れて存在する二つの謎めいた荒れ地にちなんで、ソドムとゴモラ州立公園と名付ける議案が提出されている。めったにない興味深い土地であり、何もかも見飽きたという方には特におすすめできる。

夢

Dream

伊藤典夫訳

初出：Galaxy Magazine, June 1962（初出時題名 "Dreamworld"）
邦訳：短篇集『つぎの岩につづく』（ハヤカワ文庫SF）
邦訳（別訳）：小沢瑞穂訳「外には緑色の雨が」／《奇想天外》一九七四年四月号

この作品の初邦訳「外には緑色の雨が」は、一九七四年に創刊されたばかりの《奇想天外》に掲載された。同誌は翻訳小説とエッセイやコラムをもっぱらとしており、表紙にはミステリとＳＦがうたわれていたものの、あまりジャンルにこだわりなく「奇妙な味」の小説を好んで掲載していた。わずか十号しか継続しなかったが、独特の雰囲気があっていまも同誌を懐かしむファンは多い（その後、版元を変え日本ＳＦを主体としてリニューアルしたが、これは別の雑誌というべきだろう）。

「ブラック・レイン」はリドリー・スコット、「パープル・レイン」はプリンス、「みずいろの雨」は八神純子、「オレンジの雨」は野口五郎……さまざまな色の雨があるが、これらはもちろん詩的表現だ。それに対し、本作品の雨は実際に緑色である。当初は主人公の夢にあらわれただけだが、おなじ夢を町の多くのひとが見ていると判明する。ユングの集団無意識をＳＦアイデアに用いた作品だが、その根底に「世界の二重性」というラファティらしいモチーフが流れている。

彼は朝には強いタイプなので、こんなに気が滅入っている朝というのは珍しいことだった。なぜだろうと考えたが、説明がつかなかった。

元気のいい男なので、元気のつく朝食をとった。何も口にはいらないほど滅入っているわけではない。食べながら、浅黒い娘のひびきのよい声になんとなく耳を傾けていた。ケイヒルの店でよく顔が合う娘で、女友達といっしょに朝食をとりに来る。

グレープ・ジュース、パイナップル・ジュース、オレンジ・ジュース、アップル・ジュース……なぜ客がみんなうさんくさそうにこちらを見るのか？　ただ朝食に四、五種類のジュースをとっただけなのに。

「アグネス、ひどいものだったわ。体の造りがまるで袋よ。スカンク・キャベツ（和名ザゼンソウ）がいっぱい詰まった袋なの、ほんとにもう。色が茶っぽい緑で、髪の毛は便所のモップみたい。アグネス、みじめで死にそうなくらいだったわ。誰だって、こんなに落ちこんだ気分にはなれないわ。全然ふりきれないの。世界中がまるで丸太の下側に回ったみたいだった。だけど、そういうことじゃないの。目につくところだけじゃないわけ。いっさいがっさいがそうだったのよ。とにかく生きていくだけの値打ちがない世界ね。抜けだそうにも……」

「テレサ、ただの夢よ」

ソーセージは、一皿がたったの四本。しかし四皿注文したぐらいで、みんなは彼を大食漢だと思うだろうか？　それほど大した量には思えない。

「ママは怪物になっていたわ。イボイノシシみたいな生き物なの。それでも、見分けはついたのよ。どうしてイボイノシシみたいなのに、ママだとわかったかって？　そりゃあ美人なんですもの！」

「テレサ、ただの夢だったのよ。忘れなさい」

皿に一ダースのホットケーキをのせただけで、まわりのこの刺すような視線！　ホットケーキ四枚で〝山盛り〟とは、みんなどうしたことか？　バター四分の一ポンドを注文して何がおかしい？　小さな角切りバターを二十個もそれぞれ小皿にのっけるより、よほどいい。

「アグネス、わたしたち誰もが、ギョロッと飛びでた目玉をしているのよ！　それに体が臭うの！　ぶくぶくにふくれて、そのあいだもきたない緑の雨がしとしといつまでも降っていて、臭いがまたウ◯◯みたい！　たまんなくてよ、あなた！　イボのないところを見れば、どこもかしこも毛だらけ。おまけに、しゃがれたカラスみたいな声でしゃべっていた。体には虫がぞろぞろ這っていたわ。思っただけでもむずがゆくなってくる。きたならしい部分は話すのもいや。こんなに憂鬱なのは生まれてはじめてよ。今日一日どうやって生きていこうかしら」

「テレサ、いい子ちゃん、たかが夢をなんでそう気にするの？」

目玉焼きを三つ、両面焼きを三つ、ふんわりしたポーチト・エッグを三つ、スクランブルド・エッグを六つまとめて注文して、なにが悪い？　卵を全部おんなじように料理しなければいけないという法律があるのか？ それに、コーヒーをいっぺんに五杯頼んでいけないわけはない。こうすれば、ウェイトレスがお代わりを注いでまわる手間がはぶける。

卵の口直し料理と前半のコースがすむと、バスコム・スワイスグッドはベーコンとワッフルを食べたくなった。だが朝食もそろそろ終わりというころ、彼は椅子からとびあがった。

「いまあの女、何といった？」

声音の激しさにわれながら驚いた。

「どなたが何ですって、スワイスグッドさん？」

「いままでここにいた女の子だ、いましがた連れと出ていった」

「あれはテレサ、連れがアグネス。でなければ、あれがアグネスで、もうひとりがテレサね。どちらのことをおっしゃってるかによって決まりますけど。わたしはどちらの話も聞いていませんでした」

バスコムは表通りへとびだした。

「娘さん、いまの話のなかできたない緑の雨がしとしと降るといっていた娘さん、名前をお聞きしたいんだがね」

「わたしはテレサよ。もう四回お会いしてるわ。いつもはじめて会うような顔をしてらっしゃるわね」

「わたしはアグネスよ」とアグネス。

「どういうことなんだ、きたない緑の雨がしとしと降りつづいているというのは？　一部始終を話してくれ」

「お断わりよ、スワイスグッドさん。わたしはただ夢のことをアグネスに話していただけなんです。あなたには関係ないわ」

「いやいや、何もかも聞きたいんだ。夢で見たことを洗いざらい話してくれ」

「お断わりします。いやらしい夢だったの。あなたには関係ないでしょう。もしあなたがエド・ケリー叔父さんの友達でなければ、しっこくつきまとうといって、おまわりさんを呼ぶところだわ」

「あんた、生きたネズミとか何かを何びきか胃袋に住まわせて、消化を手伝ってもらってなかったか？　ネズミは――」

「あら！　なんでそんなことを？　近くに来ないで。ほんとにおまわりさんを呼ぶわよ。マッカーティさん、この人が嫌がらせをするんです」

「まさかね、ミス・アナナイアス。このバスコムおっさんはもう卒業しちまってるよ。街路灯ほどの危険もないね」

「立ち並んだ街路灯は毛を生やしていたかね、ミス・テレサ？　連中はあえいで、ふくれて、息は緑の——」

「まあ！　知りっこないことを！　なんてひどい人！」

「わたしはアグネスよ」とアグネス。だがテレサは引っぱるようにしてアグネスを連れ去ってしまった。

「その街路灯の悪ふざけは何のことだ、バスコム？」とモスバック・マッカーティ巡査がきいた。

「ああ——地獄がどういうものかわかったよ、モスバック。昨夜その夢を見たんだ」

「当然だ、イースターの勤めを毎年毎年サボっていれば、そういう目にあうさ。しかし街路灯が何だ？　おれの巡回区域にかかわるんなら、知っておく必要がある」

「どうやらわしは、あのお嬢さんが見たのとおなじ気の滅入るような夢を見たらしい。細かいところまで逐一そっくりのな」

夢とは何か。それがわからないままで（現にわれわれにはわかっていないのだが）、二人の人間がおなじ夢を見ることを不思議に思うわけにはいかない。そもそも出まわっている夢の数が多くないのかもしれず、しかも、夢はたいてい朝には忘れられてしまうのだ。

バスコム・スワイスグッドは、この猥夢《わいむ》のことをすっかり忘れていた。気が滅入っている理由を思いあぐねているとき、テレサ・アナナイアスが夢のことをアグネス・シェーナプフェルに話すのを小耳にはさんだのである。はじめはすこしずつ思いだすだけだったが、あとは一気だった。

何といっても奇妙なのは、二人の人間がおなじ夢を見たことではなく、その偶然の一致に二人が気づいたことだろう。それも、何万という人間がせわしなく動き、大半の夢が忘れられていくなかでの出来事なのだ。

とはいえ、もし偶然であるとすれば、それは多重的な偶然だった。夢が最初に出てきた夜には、この中都市ひとつをとっても、ずいぶんたくさんの人間が見たようである。午後の新聞に小さな記事がのった。ある医師のところに、それぞれ無関係の五人の患者がかけこみ、胃袋にネズミが住み、口のなかに毛が生えている夢を見たと訴えたという。これが共有夢現象の第一報となった。

この短信は、汚れた緑の雨というバックグラウンド情報にはふれていなかった。だが以後の調査で、雨やほかの細かいところも夢に共通するものだとわかった。

しかし町の名をいちやく有名にしたのは、ウィリー・ワゴナーという新聞記者だった。彼が記事を書くまで、事件や調査はばらばらに孤立していた。ヒェローム・ジューダス博士は、緑雨症候群にかんする研究ノートを取っていた。フローレンツ・アッピアン博士は、胃居住性ネズミ《ソーレクス・ベントリクルス》・トラウマの立証過程にあり、ギデオン・グレートハウス教授は、イボの心理的意味にまつわるある学問的結論に達しようとしていた。だが解答を求めてじかに民衆にぶつかっていき、そこで得た結論をそっくり民衆に返したのは、ウィリー・ワゴナーひとりだったのである。

ウィリーのことばによると、彼は無作為に千人に取材したという（これは眉唾で、聞いた相手は二十人そこそこだった。千人から話を聞くには、あなたが思う以上に時間がかかる）。その千人のうち六十七パーセントをわずかに上まわる数が、おなじ胸の悪くなるような世界の夢を見たとウィリーは報じた。また四十四パーセントを超える数が二度以上、三十二パーセントが三度以上、二十七パーセントが四度以上その夢を見ていると報じた。毎晩だと吐き捨てるようにいう者も多かった。また多くが、尋ねられても冷ややかに答えを拒否した。

テレサ・アナナイアスが夢のことをアグネスに話し、そのやりとりをバスコム・スワイスグッドが小耳にはさんだ日から、それは十日目のことだった。

ウィリーは前述の学者三人の意見をおおやけにし、さらに多くの人びとの理論や論評を伝えた。おまけに、彼のもとに寄せられる山ほどのふざけた解答ものせた。

　しかし現象は局地的なものではなかった。ワゴナーの記事は、最初の包括的な（というか、語数の多い）報道ではあったが、ほんの何時間か先を行ったにすぎなかった。その日の午後には似たような記事が他紙にものりだし、翌日もつづいた。

それは一時的流行ではなかった。一時的流行と呼んだ人びとも、自身が夢を体験するにおよんで黙りこくった。自殺率は国内でも世界でも高まった。いまやこれは国際的な現象だった。《緑の雨》という耳ざわりな流行歌がどこのジュークボックスからも流れ、《イボイノシシの歌》と並んだ。人は自分を憎悪し、他人を忌み嫌った。女たちは化けものを産むのではないかと恐れた。この現象にかこつけていままでになかった倒錯行為が現われ、胃袋ネズミをシンボルにかかげ、乱交にふける団体がいくつか生まれた。すべての娯楽は忘れられ、これがただひとつの話題となった。

猥夢から逃れたいあまりに誰もが眠ろうとせず、そのうえ不本意ながら眠りこけて汚辱にまみれるため、神経障害がたいへんな勢いで増加した。

　このおぞましい夢を、毎夜、夜っぴて見るとなれば、笑いごとではない。要するに、問題はそれに尽きた。誰もかれもが毎夜、夜っぴてその夢を見ているのだ。それは笑いごとの域を超え、世界的な危機へと変わっていた。治療薬を売りさばいて大儲けした連中も安泰ではなかった。眠れば、彼らも夢に悩まされるのは同様で、治療薬が何の効きめもないことを思い知らされるのである。

このイボイノシシ人間の夢をふきとばす妙薬はないかと、多額の懸賞金が積まれた。大統領命令や独裁者の勅令が発布され、軍組織は軍事問題としてこれに立ち向かったが、鎮圧することはできなかった。

そんなある夜、ひとりの気の弱い女性が、猥夢のなかで声を聞いた。あの胸くそ悪いしゃがれたイボイノシシ声である。「おまえは夢を見ているのではないぞ」と声はいった。「これは現実の世界だ。だが目がさめたとき、おまえは夢のなかにはいるのだ。そちらののっぺり顔の世界は世界なんぞではない。そちらはただの夢。これが現実世界だ」彼女は吠え叫びながら目覚めた。しとやかな女性なので、吠え叫んだのは生まれてはじめてだった。

吠え叫んで目をさましたのは、彼女だけではなかった。その数は数百人から、数千、やがては数百万になった。声はすべての人びとに語りかけ、ひとつの疑問を生んだ。どちらが現実世界なのか？　いまではどちらで過ごす時間もおなじくらいになっていた。なぜなら眠りはますます必要になり、たいていの人びとが、まる十二時間かそれ以上も悪夢の世界で過ごすようになっていたからだ。

『あり得ることだ』は、新聞の第一面をでかでかと飾った論評の題名で、筆者は先ほどのグレートハウス教授である。緑の雨がやむことなく降りしきる世界が現実だというのはあり得ることだ。そう教授は書いていた。イボイノシシが現実であり、人間が夢だというのはあり得ることだ。胃袋のなかにネズミがいるのがふつうで、ほかの消化方法が異端だというのはあり得ることだ。

そうするうち、ひとりの大偉人が全世界に向けた放送網にのり、集合的正気を力強く呼びかけた。いまこそ決断のときである、と偉人はいった。決断はなされるであろう。いまはちょうどバランスがとれているときで、バランスはいつかは崩れるのである。

「だが、われわれは決断できる。右か左か、どちらかへの決断だ。わたしはみなさんに切望する。正気の名のもとに、どうか正しい決断をしていただきたい。右か左か、どちらかの世界がわれわれの未来となる。どちらかが現実で、どちらかが夢だ。いまは両世界ともわれわれとともにあり、どちらへ行くも自由だ。だが、しっかり聞いてほしい。どちらを勝ちとるにしろ、そのときもうひとつは、本来そうであったとおりの夢となる。つかのまの狂気として、じきに忘れ去られてしまうだろう。みんな正気をとりもどせ、——これはわたし自身にも多少いえることだ。だが、この暗澹としたジレンマのなかでも、選ぶ道は残されていると思う。さあ、選ぼうではないか！」

　これが、おそらくターニング・ポイントではなかったかと思う。

狂った夢は、現われたときと同じく不意に消えた。世界は正常にもどり、とまどいの笑いだけが残った。すべてが終わった。ことの発端から、それは六週間つづいたことになる。

　バスコム・スワイスグッドは朝に強いタイプなので、今朝はことのほか爽快だった。ケイヒルの店で朝食をとり、例のごとく大量に注文した。そして聞くともなく、となりのテーブルにいる二人の娘の会話に耳を傾けた。

「もしや、あんたを知っているような気がするんだが」と彼はいった。

「あたりまえでしょう。わたしはテレサよ」

「わたしはアグネス」とアグネスはいった。

「スワイスグッドさん、どうして忘れられます？　あれは夢が最初に出てきた日、アグネスに話すのをあなたがお聞きになったからよ。表通りまで追いかけてきて、自分もおなじ夢を見たとおっしゃって、あなたを逮捕してもらおうとしたくらい。気味の悪い夢じゃありませんでした？　原因をつきとめることができたのかしら」

「気味が悪かったね。原因はまだわかってない。集団躁病とかいっているが、そんなのは無意味だな。いまや夢などはじめから見なかったという者もいる始末で、早晩忘れられてしまうだろう。しかしあの恐ろしさ！　あのもの寂しさ！」

「そうだわ、体毛をとかすシラミもいないなんて。だいたい体毛があまりなかったわね」

テレサはかわいい娘だった。口からピュッといちばん小さなネズミを吐きだす芸当があるので、胃袋にこれから何がはいるかネズミに見せることができた。体は球根状にふくらんで美しかった。「まるでスカンク・キャベツをいっぱい詰めた袋のようだ」バスコムは感嘆しながら内心つぶやき、あまりの無遠慮ないいまわしに顔をまっ緑にした。

テレサの姿は瘤《こぶ》また瘤、イボまたイボで、瘤やイボがないところは毛におおわれていた。

「まるで便所モップだ！」バスコムは心の底から賛嘆のため息をもらした。テレサのしゃがれたどら声は、この早朝の大気にひびく楽の音だった。

世界はふたたび正常にもどった。おぞけをもよおす悪夢の世界は消えた。そこではもう人びとはのっぺり顔ではなく、共生友人や依存客がいなくて寂しい思いをすることもない。あの醜悪のきわみ――むかつく青空の下、香りらしい香りさえない世界は消えたのだ。

バスコムは皿のうえの特上腐肉に決然とかぶりついた。そとでは馥郁《ふくいく》とした緑の雨がやむことなく降っている。

苺ヶ丘

Berryhill

伊藤典夫訳

初出：Whispers #9, December 1976
邦訳：《SFマガジン》二〇一五年十月号

日本でのラファティ短篇集にはこれが初収録。初出誌《ウィスパーズ》は、一九七三年創刊のセミプロ雑誌。六〇年代末から七〇年代にかけて熱心な愛好家の手でホラー専門のセミプロ雑誌がつぎつぎにあらわれたが、そのうちのひとつである。タルサ大学の原稿コレクションの記録によれば、「苺ヶ丘」は六〇年四月に脱稿している。ラファティの執筆活動の最初期だ。六四年四月と七三年一月に改稿を加え、掲載に至ったのは七六年。世に出るまでに長い時間がかかったことになる。

アンドリュー・ファーガスンは、本作品を「おそらくもっともダークなラファティ作品」と評した。町のはずれ、苺ヶ丘にある家で暮らすベリマン家の老いた三兄妹には、不気味な噂が絶えなかった。町のひとは誰もベリマン家に近づかず、三兄妹もほとんど外部との交渉をせずに六十年。そんな南部ゴシック調のシチュエーションではじまり、その家に九歳の悪童ジミーが肝試しに行くことで事態が動きだす。物語の進めかたや登場人物の噛みあわないやりとりなどはラファティらしいが、ホラー映画の凄惨シーンを思わせる結末には驚かれるかもしれない。

1

どんな家《ハウス》も誕生と結婚と死を少なくとも一度ずつ経なければ〝わが家《ホーム》〟にならないという説がある。というわけで、ベリマン一家が苺ヶ丘に住みついて六十年がたつというのに、苺ヶ丘は誰の〝わが家〟でもなかった。ベリマン家の人びとは生まれてきたのではなく、結婚もしておらず、どうやら死ぬこともなさそうだった。

この国では人口一千足らずの町ならどこでも、町はずれに出ると、不気味な噂のたつ朽ちかけた家がある。不気味な噂は小さな町にはつきものだ。なぜなら幽霊住民は、人間住民がもっとも少ない場所でこそ最大になるからである。そして人間の姿が消えるとともに、幽霊たちがのさばりだす。

ベリマン家の噂は長い期間をかけて熟成してきた。ベリマン一家はたんに一風変わった老人であったわけではない。古い住民のなかには、彼らが一風変わった若者であったころを覚えている者もいた。一家は三人。兄ふたりと妹で、彼らはかたくなに隠遁生活を送っていた。友人はなく、町の住民との交流もなかった。三人のうちの誰かひとりが家の外にいるのを見かけようものなら、それだけで通報すべき一大事だった。三人がいまだに生きているかどうか、たしかなことは誰も知らない。そのうちのひとりの姿が見えず、一年か二年が過ぎてしまう。しかし遅かれ早かれ彼らの姿は、いっしょにではなくとも、かならず目撃されるのだ。黒ひげのニアマイアズ、白ひげのハバカック。そして大昔のドレスに身をつつんだソフロニア。彼女がかぶっているのは、おそらく世界に残る最後の日よけ帽であろう。彼らはこれからも当分生きつづけるのだ。

　しかし一家が生きていると知って喜ぶ人間は、町にはいなかった。彼らのことを優しく思いやる人間もなかった。まして同情を寄せる者は皆無だった。彼らは話し相手もなく、嫌われ、孤立し、属する教会もなかった。

　しかし、外部との交渉がないというほかに、いったい彼らの何がそんなに奇妙なのか？そう、ひとつには墓の件がある。岩でかこまれた三つの穴で、それらは墓と信じられている。またその空っぽの穴の頭がおかれるあたりには三つの墓石があり、墓石にはベリマン家の三人の名が刻まれ、命日が添えられているという。ひとつの説では、その日付は気の遠くなるような未来になっているという。しかし別の説では日付はごく近い将来で、今年にも迫っているという。

ハーヴィー・ヒンクルは、自身こうした銘文を読み（というか、読んだと広言していた）、銘文について語った。だがハーヴィーはもはやこの世にない。マシュー・ムーンも、息子によればおなじく銘文を読んだという。マシューもおなじくこの世にない。いまや生きている人間で、墓石の近くまで行って銘文を読んだり、墓石や穴がほんとうにあるのかどうか確かめたりする者はなかった。

ベリマン一家のもうひとつ奇妙なところは、彼らの生存方法である。長年、その家へはどんな食糧も持ち込まれた形跡はなく、持ち込まれないまま、この状態は永遠につづきそうに思われた。

なるほど、カボチャ畑はたしかにあった。丈の高い雑草の仕切りのむこうには野菜農園とおぼしいものもあった。収穫期になると、トウモロコシのよじれた畝《うね》がいくつかでき、ぼうぼうと不揃いに生長していた。そのいくらかを盗んだ少年たちの話によると、穂には斑《ふ》がはいり、粒はインディアンのトウモロコシみたいに紫色であったという。またベリマン一家は山羊を飼っていた。薄気味わるい悲しげな山羊たちで、生きのいい町の山羊とはなんの血縁もなかった。

しかし、そんな貧弱な食糧で彼らが空腹を満たしているとは誰も思っていなかった。もっといい方法、いや、いいとはいわないまでも、もっと面白い方法があるにちがいない。さよう、ベリマン一家が食事をとるのは年に一度だけ。これは一家にまつわるさまざまな噂話のなかで最も興趣があり、かつ最もしぶとく生き残っているものだろう。彼らはたしかに食事をする。迷いこんできた人間を食卓にのせるのだ。この歳月、行方知れずになった人間はたくさんいる。毎年決まってやってくる鋳《い》掛《か》け屋がいたが、この男もふっつり姿を見せなくなった。年季のいった宿なし、おんぼろダンがいる。春になると町に現われたものだが、やつを最後に見かけたのはいつのことだったか。二軒の農家に雇われ、さっそうと町を闊歩した流れ者の黒人がいたが、もう町では見かけない。その姿をふたたび目にした者はない。町の北側の道、苺ヶ丘から三百ヤードと離れていないところを馬車で通りかかった三人のジプシーがいる。ところが翌朝見ると、ジプシーはふたりしかいなかった。兄貴はどうしたんだ？　と町の住民はきいた。ジプシーは答えられなかった。どうしたものか迷子になったようだ。どこへ行ったのかはわからない、とふたりは答えた。だが町の住民は知っていた。

　これらが信頼のおける失踪例だとすれば、ほかに行方知れずの例はいくつあるのか。たとえばシーラ・コッターは牛のバイヤーと駆け落ちしたという。駆け落ちしたとは、どういうことか？　牛のバイヤーがどこにいた？　真相がわかりさえすれば……。彼女はベリマン一家に食われてしまったのだ。町の住民がベリマン一家に情をかけないのも無理はない。

2

金曜の夕方とあって、迷子谷の山猫団は不定期の集まりを開いた。山猫団は世界でもっとも秘密の結社で、団員はふたりしかいない。ジミー・ウエアとポール・ポッターで、それぞれ九歳と九歳半である。

それは誓約でかたく結ばれた結社であり、その存在は世界ではまったく知られていなかった。しかし成立してまだ十日なのに、山猫団は惨憺たる破壊の輪を広げていた。ミラー家所有のあの羊の片足を使えなくしたのはこの二人組、トムキンの井戸にゴミを投げこみ、水を飲めなくしたのも、ジョンスンのリンゴの木から、まだ花がついたままの大枝を折ったのもこの二人組なのである。彼らはヒックマンの鳩舎の鳩を解放し、マートンの牧草地の堰《せき》をこわし、コナーが置いていた藁《わら》の山の一部を焼いた。藁はうまく燃えなかった。湿りすぎていたのだ。

しかしいま、山猫団はまっ二つに分裂し、黒い怒りに溶け去ろうとしていた。

「おれ行かないぜ、ジミー」とポール・ポッターがいった。「お前を行かなくする方法を見つけるからな。どうしても行くなら、人にいうぜ。そんなこと口に出すだけでも、イカレてるよ」

「ビビってやがんの、ポール。お前は根性なしの腰抜けさ」

「おれ、お前が毒だといってたキノコも食ったし、メンフクロウだって素手でつかまえたぜ」

「ビビってるやつに用はねえの。お前は赤いはらわたのよだれ垂らしの小便もらしの臆病者さ」

「おれ臆病かもしれないけど、いっしょになんか行かない。つかまったら、やつらきっとお前を殺すぜ」

「お前知らないじゃん。おれがなにしようとしてるか」

「なにするかぐらい知ってらい。前からべらべらしゃべってるじゃんか」

「うん、まあな」

「行って、お前のママにしゃべっちゃうぜ」

「止めようたって止められるもんか。ピートはポケットに入れたし、マイクだってちゃんとベルトんとこだもん」

「あそこへ行くなんて、お前イカレてるよ。つかまったら殺《や》られちゃうに決まってるんだ」

「つかまらないかもしれないぜ。暗くなってきたぞ、坊や。うちに帰れよ。うちまでずっと走れ。暗くなるのは早いからな」

ポール・ポッターは泣きながら家まで走った。だが助けを求めようにも、その時間がないことは知っていた。ジミー・ウエアのほうもちょっぴり待っただけで、とうとう夜がカーテンのように下りた。

彼は苺ヶ丘へと足を向けた。

薄気味わるい家は、きかん気の少年にとっても薄気味わるい。そしてある一点で苺ヶ丘はかならず異様な印象を与えた——その家はまるで地上から生えてきたように見えるのだ。柵に使われる箱柳《ハコヤナギ》が、ときには根づき、葉をつけることがある。榎《エノキ》も同様。だが、ここでは家をかたちづくる木材そのものが、生長をやめていないように見えた。要するに家全体が蔦でおおわれ、隙間を古びた苔が埋めているのだが、夜になって近づくと、空洞のある巨大な樹幹が根こぎにされ、逆さにおかれ、そのまま茂りすぎたように見えた。あたりはナメクジやトカゲくさく、春の夜の沼地の雑草の臭いがした。しかし、そういったものが人を傷つけることはない。とはいえ、その古家へは近づくだけでも大変で、家全体が夜よりも重い瘴気に満ちた闇につつまれているように見えた。じっさいその家は隣接する区域よりもっと悪臭を放つ草木に囲まれていた。それだけでなく、道は歩きづらく、水はけが悪く、酸っぱい臭いがし、危険でもあった。

輪郭のはっきりした場違いなものに出くわし、とつぜん生じるコントラストの差は心を動揺させる。しかしそれ以上に背筋を寒くする恐怖は、形のない不明瞭なものがしだいに近づき、その怪異に囲まれてしまうことだ。純白の幽霊は、とつぜんの恐怖で人を凍りつかせる。不明瞭な灰色の妖怪は、もっとまだるっこいが、おなじように乗り移り、自由を奪う。ジミーのまえにゆっくりと現われたのは、そんなおぼろな灰色の化け物だった。はじめジミーは茂みだと思った。だが闇のなかで押すと凹み、表面には毛が生えている。彼は身をよじって逃げた。耳ざわりな悪魔的な叫びが頭のなかでこだまし、彼は灰色の悪魔につかまったかと思った。地獄にさえ、これに伍する音響はない。髪の毛を頭からひっぺがし、魔王すら身ぶるいさせる狂った夜のノイズ。

正体がわかったあとでも、ジミーはまだどきどきしていた。つまるところ、山羊はなかば悪魔であるし（悪魔バフォメットは山羊の頭部をもつ）、苺ヶ丘のやせた灰色の山羊たちは、暗闇で出会うには相当勇気がいった。おまけに臭いもまた天下一品で、まるで墓場の生き物なみにくさかった。だしぬけに闇にひびく山羊の鳴き声は、審判の日の角笛を思わせた。

しかし、それらをものともせずジミーは古屋敷のポーチにのぼり、腐った板や雑草の粘液でべとつく歪んだ凸凹の表面を調べた。もっと体重がある少年であったなら、あちこちでポーチを踏み抜いていただろう。

ぶっちがいの板を打ちつけた二つの窓から内部はのぞけず、明かりはかけらもなかった。だがドアはロックされていず、閂《かんぬき》もかかっていなかった。押す力を加えると開きはしたが、めったに開けたことがないかのようにずしりと重かった。

なかは古い沼地の臭いがまだ強烈で、そこへ明かりの残影のようなものが現われた。まるで家がランプを呑みこみ、その化け物じみた胃の腑をすかして、ランプが輝いているようだ。

ジミーは暗い家の奥深くへ分け入り、道がわかる程度に明るい曲がり角で動きをとめた。ここでは超自然のオーラは厚く垂れこめており、ジミーはかたくなに足を踏みしめた。

出会いは起こった。もはやあとにはひけなかった。

現われたのは黒ひげの巨人で、積みあげた藁束さながらに背が高く、三又《みつまた》みたいに痩せている。

「ん？　なんだなんだ、こりゃあ？」黒ひげがしわがれ声をあげた。「ハバカック、来てみろ！　こいつぁガキだぜ」

「ガキがどうしてここにいる？」相手方の声が、ふわふわ闇のなかをただよう白ひげからひびいた。「おおかたオポッサムでもつかまえたんだろう。天井やフロアの板のあいだにいるぜ。オポッサムなら尻尾を見りゃわかる」

「尻尾はねえ。たしかにガキだ。ついておいで、坊や、明かりのなかへ。ちょうど食事をするところだ。坊やが家に来るなんて久しぶりだぜ」

ジミー・ウエアは黒ひげと白ひげの老人のあとについて地下牢めいた階段を下り、明かりのついた地下室に着いた。

「ソフロニア、見ろよ、ガキだぞ！」ふたりが叫んだ。

「なんだって？　ここに最後にガキを入れてからもうどれくらいになるかねえ。それも、ちょうど夕食どきに。驚いた、夕食に坊やなんて久しぶりだよ！」とソフロニア。

黒ひげのニアマイアズはケロシンランプを垂木《たるき》にかけ、テーブルに光をあてた。とげだらけの粗削りなテーブルで、ソフロニアはその上に巨大な鋳鉄製の皿をおいた。白目《しろめ》の皿だ。各人のすわる場所には、骨の柄のついたナイフと焼き肉をさすのに手ごろなフォーク。だがテーブルに料理はおかれていない。

「坊や」と白ひげのハバカック。「今夜きみがここに来て、わしらがどんなにうれしく思っているか想像もつかんだろうな。そうさ、夕食に坊やが出るなんて久しぶりだ」

ケロシンランプには、ひとつ面白いところがある。部屋のなかでつけても、光のとどかないところが出てくるのだ。光があるため、闇のいっそう濃くなる場所ができるのである。地下室には三人の老人とジミーがおり、悪は従者のようにわきに立ち、解放の時を待っていた。

「坊や」とニアマイアズ。「この丸砥《と》石《いし》で研ぐのをちょっと手伝ってくれんかな。切り盛り用大ナイフの切れをもうすこしよくしたいんだ。もっと気を入れて仕事にかかれるように手伝ってくれ。そのあいだにソフロニアのほうも湯をわかすから」

ジミーが丸砥石をまわし、ニアマイアズが長さ一フィートのナイフを押さえると、火花が滝のように流れた。硫黄の燃えるにおいが石の輪からただよってきた。

「ニアマイアズよう」とハバカックの細い声。「骨切り鋸《のこ》はどこだったかな？」

「おめえのすぐ後ろの釘にかかってるよ。しかし、そこまでは要らねえんじゃねえか。使わなくたって、関節は楽にポンと折れるぜ。でかい軀《むくろ》でもねえし、骨だって太くねえ。坊や、そろそろ用意しな。ナイフはいままでにねえくらいよく切れるし、こりゃあ特別の晩にもってこいだぜ。ハバカック、夕食に坊やが出てくるなんて何年ぶりかじゃねえか。誰かが食卓にのってからだって丸一年だ。ソフロニア、湯はわいたか？」

「ああ、じきにわくよ。こりゃ豪勢な夕食になりそうだね。新鮮なお肉に合うようにブラッド・プディングもつくっとくよ」

つぎの瞬間、悪はもはや従者ではなく、押さえつけられてもいなかった。悪はみるみる肥大し、部屋に君臨し、大混乱を巻き起こした。

ジミー・ウエアはしし鼻のピートを軽蔑していた。ピートとは銃身の短いピストルである。どのみち弾は出はしないだろう。じっさい一度も使ったことはない。場の雰囲気を盛り上げるために持っているのだ。代わりに彼はマイクをベルトから抜いた。マイクとは、剃刀のように研ぎ澄ませた斧である。目のわるい老骨たちは、おのれの陥った危険を理解していなかった。ふたりはテーブルにつくと、感謝の意を込めて頭を垂れた。そこへジミーが斧をふりおろした。はじめは黒ひげのニアマイアズを、つぎには白ひげのハバカックを。

たくましい少年の手にかかって、老いた頭蓋は卵のように割れた。そしてソフロニアがゆでた山羊を大きな木皿にのせてよちよちはいってくると、斧は彼女をも切り裂いた。あらゆる制約は破れ、赤い悪は硫黄の火のようにジミーの全身を流れた。

「ポールはいったぜ。つかまったら、やつら、おれを殺すって。殺したけりゃ殺せ！吊るしたけりゃ吊るせ！　それくらいの値打ちはあらぁ。ポールは怖くて、老いぼれ退治の手伝いを嫌がったんだ。それならおれがぜんぶ引き受けてやらぁ。みんな殺しちゃえばいいんだろ。あとで誰かにつかまったって、そんなこと知るかよ」

　殺戮はことばの正しい意味でそこにあり、ジミー・ウエアは完全に取り憑かれていた。ずいぶん昔から計画していたように、彼は三老体の生命を断ち切った。ニアマイアズは死に至る眠りのなかでうめき、ハバカックはつぶれた犬のように泣いている。ソフロニアは小鳥の鳴くような声をあげて死んだ。

　ジミーは斧をふるい、血は鼻をつく金属的な臭いとともに湧きあがり、両手について、脂肪や液体というより石墨のような手ざわりを残した。三人の無害な老残たちは身じろぎもせず横たわっている。

　ジミーは笑いだし、笑いはとまらなくなった。彼は計画通り、ことを成し遂げた。心の欲するすべてを手に入れたのだ。

カブリート

Cabrito

松崎健司訳

初出：小冊子 *Funnyfingers & Cabrito*（1976）
邦訳：《SFマガジン》二〇一四年十二月号

日本でのラファティ短篇集にはこれが初収録。タルサ大学の原稿コレクションの記録によると、一九五七年の十月に脱稿。ラファティ最初期の一篇である。長いことお蔵になっており、七六年、スモールプレスのペンドラゴン・プレスが八百部限定の小冊子として出版した。この出版社は、もう一冊ラファティ作品の小冊子 *Horns on Their Heads* を刊行したほか、やはり小冊子でル・グィンのエッセイ「エルフランドからポキープシへ」と、短篇「湖面は広い」を出している。

初出が限定版であり、のちに収録された短篇集 *Iron Tears*（1992）も小出版社からの刊行だったので、あまり読まれていない作品だが、語りの妙技がぎっしり詰まった傑作である。居酒屋の七脚の椅子に座る七人の客、カブリート（仔山羊肉のロースト）店の謎の女主人が語る三つの話と、数を重ねていく叙述方式といい、妙なタイミングで披露される生霊についての蘊蓄《うんちく》といい、ラファティは最初からラファティだったことがよくわかる。宮沢賢治やスタンリイ・エリンの超有名作品を髣髴《ほうふつ》とさせる展開だが、そこはラファティ、一筋縄ではいかない。

その店は軍用救急車《クラッカーボックス》くらいのちっぽけな居酒屋だったが、両端の壁が鏡張りになっていて三倍の広さにみえた。七脚のスツールに座る七人は（重要な順ってわけじゃないよ）、ノルウェー人、アイルランド人、褐色の肌のちび男、褐色の肌のでかい男、ふたりのつまらないやつら、そしてアニタ。今晩のアニタは常連の誰からも話しかけられず、まるでそこに居ないみたい。

ノルウェー人は、この見かけの世界においては、空士ルンドクヴィストとして知られており、川向こうの空軍基地に駐在していた。二十年間航空士を務めてきた軍曹だ。現在は国境の地にごきげんな単身赴任中で、三日ごとに二十四時間勤務のシフトである。ノルウェー人は、リアル世界においては、ワイルドなヴァイキングだった。ユーモアと冒険のセンスはとびきりだが、ほかのセンスはまったくもってさっぱりという御仁だ。七人はのんびりと飲み物を啜りながらおしゃべりをしていた。みんな気の置けない仲間だった。

両端の壁に映った鏡像により、店の中にはちょっとずつ離れた三つのグループにわかれて総勢二十一人が座っているようにみえた。どのグループでも空士ルンドクヴィストが傑出している。おかしなことに（って、わざわざ言うほどのことじゃないが）、ほかの六人は鏡像と細部までそっくり同じだったが、ルンドクヴィストだけは鏡像とまったく同じじゃなかった。（はじめは誰も気づかなかったが）三人のルンドクヴィストがいて、各々が違った飲み物を啜りながら、違う話をしていたのだ。ひとりは先の南アメリカ大戦の頃、良き時代だった当時のブーゲンビル島で起こった出来事を話していたし、ひとりは妻の話をしていた。妻は目下ミネソタに別居中、っていうのも彼女はこっちに引っ越すなんて無理無理無理ーって訴え、こちらはミネソタに住むなんてもうやーなこったと思ってるから。そして三人目はエレナの話題。今晩はデートの約束していたんだけど、まだ現れないのだ。まあ、いないほうがもっと楽しい夜になるからいいんだけどねー、ですと。ルンドクヴィストのひとりはカサブランカを味わい、もうひとりはジンフィズを啜っていた。そして三人目はキューバリブレのいとこにあたる泥っぽいラムベースのカクテルをたしなんでいた。

でも、こんなちょっとした点を除けば、ルンドクヴィストと二体の鏡像はとてもよく似ていた。まあ、たいていの鏡像ってそんなもんだよね。

「カブリートを食いにいこうぜ」ルンドクヴィストは言った。鏡像じゃなく、リアルの方だ。「半ブロック先にあるんだ。とびっきりのやつだよ。あるいは十二マイル先にはいつも焼きたてがすぐに出てくる店もある。馬車をとばして二時間くらいかかるけどな。どっちでもいいや、カブリートを食いにいこうぜ」

ルンドクヴィストは連れのアイルランド人と席を立った。二体の鏡像も、見えないながら後についていったようだ。今夜、二体はずっとついてまわることとなる。そろそろおわかりかと思うのだが、こいつらは生霊だった。

「よし、馬車《バギー》をひろって、カブリート屋へいこうぜ」ルンドクヴィストは言った。

「半ブロックぐらいなら歩けるよ」とアイルランド人。

「遠出はかえってハズレをひくかもよ」

御者の名はトレヴィノで、馬の名はジャイムだった。馬車は町外れを過ぎると、サボテンの海をわたるボートのように突っ走っていった。細い路を照らすのはかぼそい月の光だけだった。ジャイムは恐るべき速さで駆けた。分速で百歩、五百歩、そして千歩。やがて一時間の疾走の後に路を外れ、馬車道を下り、暗がりに浮かぶだだっぴろい納屋みたいな建物に着いた。そこには一ダースの馬車と二ダースのタクシーや自動車が停まっている。ふたりは店に入っていった。そして二体の生霊も後についていく。

一説では、アイルランド人だけが生霊すなわちドッペルゲンガーを有し、死の直前にのみ現れるという。これは誤りだ。アイルランド人だけに生霊が視えるのだが、実のところ生霊ってのは非常にたくさんのひとが持っている。そしてこのノルウェー人はとびきりなのを二体持っていたのだ。

カブリートを待つ間、ふたりはサボテンエキスをじっくり熟成させた酒を飲んでいた。脳みそにガツンとくるやつだ。開いた丸ごと仔山羊《カブリート》の串焼きが何列も何列も燃えさかるかまどで炙《あぶ》られている。かまどの火は店の中でほぼ唯一の灯りだった。アマータがおしゃべりにやってきた。

「一ペソでお話するよ。あんたらがお話気に入ったら、もう一ペソでもう一話。それも気に入ったら、(よく聞いときなよ)三話目は半ペソにおまけするね」

「ママ、たましい《アニマ》の話をしてあげなよ」パコが言った。

「あれは二番目の話。二話目を最初には話せないね」

「じゃあ、一話目を最初に話しなよ」

「わかったね。あんたら、すべてのカブリートが、いったいどこからやってくるのか不思議に思ったことないか。うちのかまどでは、いっぺんに百頭のカブリートを炙っているよ。それで、うちみたいな店がここいらにまあ百軒はあるね。町中の市場ではどこでもカブリートが山積みね。だけど、あんたら牧場で仔山羊みたことあるか。十マイルがとこドライブして、せいぜい老いぼれた雌山羊を一頭、目にするくらいだね。それじゃあ、いったいぜんたいすべてのカブリートは、どこからやってくるんだろうね。一度、当局の連中が気になって調べにきたよ。ルイス・モドレーゴの爺さんに訊ねたね。『あんたは何十頭も仔山羊を捌《さば》いてるのに、山羊を飼ってる気配がない。どこで手に入れてるんだ』『いや、わしゃ山羊飼っとるぞ。ほら、あそこに居る雌山羊が見えんかね』『でもたった一頭じゃないか』『いい山羊じゃったら、一頭で十分だがのう』『ありえないぞ。もし毎回双子を産んだとしても、年に四頭かそこらだ。生物学的に不可能なんだよ。あんたは年に何百頭と捌いてるんだから』『ふむ。わしはそれが不可能だなんてこともわからんまぬけじゃったから、たんとカブリートを売ってたんまり儲けたわけじゃなあ』それで連中は面食らって退散したわけね。だけど、爺さんが話さなかった本当の話はこうよ。このカブリートはまったく仔山羊なんかじゃなくって、ぜんぶ犬ね。皮はいだ犬と仔山羊はそっくりよ。テーブルの下で走り回っている犬たちがいるね。あたしらカブリートの骨をやつらに投げてやる。それからたたっ切って新たなカブリートを作るってわけね。その骨をまたやつらに投げてやる。これならロハで無限のエサやりができるって寸法ね。これ、いい話。一ペソちょうだいね」

怒った婆さんがやってきた。「あんた犬の話、しおったな。犬の話はやめとけって言うたじゃろうが。お客さんによっちゃあ、気い悪うなって食い残して帰っちまう。ああ、旦那方。ぜんぶ嘘じゃよ。うちじゃ犬の肉なんか出しとらんよ」

「こちらの老嬢はお母さんかな、アマータ」

「いや違うね。あたしの孫娘よ。あたしはまじないでいつまでも若くきれいなまま。娘たちはみんな年とって死んじまったね。孫娘も残ったのはこの老いぼれ婆あひとりっきりね。でも、そろそろ棺桶に片足つっこんでるところ」

「ママ、この話したらお祖母ちゃんがどんな目にあわすって言ったかわかってるよね」とパコ。

「あら、黙りなさいよ。ここの話なんて聞こえっこないね。犬の話は気に入ったね。もう一ペソで別な話できるよ」

アイルランド人とノルウェー人はじっと聞き入っていた。そしてノルウェー人の二体の生霊もふたりにくっついている。

「ああ、最初の話はまったくの嘘ね。でも、こんどは本当の話よ。このカブリートはぜんぜん仔山羊なんかじゃなくって、ぜんぶたましい《アニマ》ね。皮はいだたましいと仔山羊はそっくりよ」

「たましいはもともと皮なしだと思っていたよ」

「あら、そうよ。身体から抜けたたましいは、ちょうど身体のミニチュア版みたいにみえるね。ちゃんと手足がついてて、ただサイズがカブリートくらいになるね。この近くには古い火山がある。とても浅い火山ね。そこにイバラという七人の悪魔の兄弟が棲んでいて、金を稼ぐ算段してる。やつらはたましいを捕らえると関節をへし折ってよりカブリートらしくみせかけるね。それからワゴンに積み上げて、うちみたいな店に売ってまわっているよ」

「そいつらは金を稼いで、いったい何に遣うってんだ」

「ウイスキーと、娘っこね。それと、ギャンブルも少し。翌日の晩にはまた戻って、さらに七台分のワゴンに山積みしたたましいを売りにくるね。この話は気に入ったか。一ペソちょうだいな」

　そして、カブリートが供された。炙り焼きにソースと胡椒で味付けし、肉汁がたっぷり溢れている。

「これ、食うべきか食わざるべきか、わからないなあ」アイルランド人が言った。「犬の肉もベラボーなたましいも、食ったことないなあ」

「待った。アマータにつぎの話があるよ」パコは言った。「げげっとくるよ。みんなげげっとくるよ」

「ぜったい先にカブリート食べたほうがいいね」とアマータ。「いったん腹に入れてしまえば、もどすのを我慢するのは簡単。食べるまえに食欲なくさせるのはよくないよ。これはふつうじゃない話ね」

ノルウェー人のルンドクヴィストは、これはベラボーなたましいだと決めこんで食べた。食ったことないよーって言うアイルランド人にもちょっぴり味見させた。代わりにアイルランド人からはステキな犬の関節のところをいただいた。たちまち、しゃぶり尽くして骨になる。

「約束通り、三番目の話は半ペソぽっきりね。一番目と二番目の話は嘘だったけど、今度はホンモノの話よ。あんたらは帰りに（帰るとしてだけど）気づくだろうよ。うちに入ってくるときと比べて、出て行くときのわだちがずっと浅いことにね。入ってくるひとや乗り物より、出て行くひとや乗り物がずっと少ないからね。裏庭に積み上げた古い馬車の車輪や古タイヤの山にも気づくよ。ぜんぶうちに来た客が残したものね。毎晩、最後にうちから帰っていくお客さんたちの何組か、実は帰ってないね。だいたい、翌日に必要な分だけ数えてるね。本当のところ、今ちょうど計算中。もしもあんたら帰れたとしたら、ちょうどあんたらが今日の最後の無事お帰り組よ。後はこっちの槽に男ども、あっちの槽に馬っこを。それからカブリートのサイズにしつらえて、だいたい男ひとりからカブリート六頭分、馬一頭からは三十一頭分とれるね。翌日のかまどで炙り焼く分はこうして調達してるってわけ。いい話ね。さあ、半ペソちょうだいな。よかったらもっとちょうだいな」

「これは本当の話なのか」

「最後の話が、いつも本当の話ね。つぎの話につづくまで」

カブリートをすっかりたいらげた後には、パンが出てきた。

「食っちゃいかんぞ、野蛮人になっちまう」ノルウェー人は、状況があまりわかっていないアイルランド人に言った。「フィンガーボウルから飲むよりとんでもないことになる」

出されたパンで指をぬぐい、テーブルの下の犬たちに投げてやる。おそらくは明晩にカブリートとして供されるやつらに。

ふたりが店をたつときに、婆さんがお辞儀して送り出してくれた。「わしの娘はお客さんを喜ばせようとお話するのが好きなんじゃよ。それにちょっぴり小遣いをかせぐのも。ご気分悪うしてなきゃいいんじゃが」

それからアマータも出てきて、あたしの老いぼれ孫娘の言うことは気にしないね、と言った。

ふたりが馬車に乗り込むと、御者トレヴィノは馬のジャイムに鞭を振るい、出発した。入ってくるときと比べて、出て行くときのわだちがずっと浅いことに気づく。店に入ってくる客より、出て行く客のほうがいつもずっと少ないからだ。

こうしてふたりは店から出て行った。今晩はかれらが最後の無事お帰り組だ。だが、ノルウェー人の二体の生霊はそう幸運じゃなかった。どれ俺たちも帰るかな、って馬車の後ろに飛び乗ろうとした直前に、うかうかとっ捕まったのだ。泣き喚いたが、もう遅い。二体は槽に放り込まれ、カブリートのサイズにたたっ切られた。そして炙り焼かれて、翌日のごきげんな客たちに振る舞われたのだった。

その町の名は？

What's the Name of That Town?

浅倉久志訳

初出：Galaxy Magazine, October 1964
邦訳：《SFマガジン》一九七九年五月号→短篇集『九百人のお祖母さん』（早川書房／海外SFノヴェルズ、のちにハヤカワ文庫SF）

　連作〈不純粋科学研究所〉の一篇。このシリーズに属するのは、長篇『イースターワインに到着』（サンリオSF文庫）、本書収録の「その町の名は？」「われらかくシャルルマーニュを悩ませり」「他人の目」を含めた十篇ほどの短篇。また、研究所メンバーが単独で〝出張〟している作品もある。浅倉久志さんは「ぼく個人としては、マッド・サイエンティストが大挙出演して、奇怪な形而上学的談義をたたかわせる〈研究所〉シリーズなど、まさしく哲学マンガの味わいがあって大好き」とおっしゃっていた（短篇集『九百人のお祖母さん』の「訳者あとがき」）。

　本作品で研究所の面々が取り組むのは、かつてあったはずだが消えてしまい、だれも覚えていないことがらを再発見する研究計画。端緒となった手がかりのひとつ、「ある時代のハンガリーの百科事典では、Sikという単語とSikamlosという単語のあいだに、不必要な埋め草があるのか？」などは、ボルヘスの「トレーン、ウクバール、オルビス・テルティウス」を髣髴《ほうふつ》とさせる。

「エピクティステスに聞いたんだけど、なにか大きな研究の最中なんですってね、スミルノフさん」ヴァレリーが連れのほうをむいてそういった。

「わしもいろいろな機械とつきあったが、エピクトほど口が軽いやつは見たことがない」グレゴリー・スミルノフが唸るようにいった。「機械に秘密が守れるとはいわんよ。しかし、こいつはちと極端だ。実のところ、まだなにもつかんだわけじゃない。まだ生まれてこないアイデアを、ただいじくっているにすぎん」

「どんなアイデアなの、エピクト？」ヴァレリーはきいた。

「でっかいよ、でっかいよ」機械は答えた。

「あなたはいまなにをしているの、エピクト？」ヴァレリーは知りたがった。

「えいくそ、わしと話しなさい！　わしは人間、やつは機械だ」スミルノフが口をはさんだ。「やつは百科事典や参考図書を咀嚼《そしゃく》しとる。いつもそれしかやらん」

「もうずっと前にそれはすんだんじゃないの？」

「そうとも。何十回もな。およそ機械が食べられるだけのデータは、すっかりやつの中に入っているし、その上に、毎日何俵もの新しいデータをシャベルで詰めこんでいるよ。しかし、やつがいまそれを咀嚼しとるのは、まったく別の目的だ」

「どんな目的ですの、スミルノフさん！」

「それを説明するのはむずかしい。というのも、わし自身、やつに対してまだ明確な命令を出せずにいるからだよ。われわれは、どこかにあるはずだと思われる問題を見つけ――つぎにそれに答えようとしている。ひょっとすると、答が問題より先に見つかるかもしれん。最初、やつはわしの要求を蹴った。そのあとで、それを受け入れた――皮肉たっぷりにな。いまだって、やつが真剣かどうかは疑わしい。かなりふざけた機械だからね、きみもよく知っているように」

「あなたがたは、きっとなにかすてきなことにとりかかってるんだわ。否定すればするほど、かえって怪しい。ほんとのことを教えてちょうだい、エピクト」

「でっかいよ、でっかいよ」エピクティステスは答えた。

「ヴァレリー」と、スミルノフがいった。「きみは女だから、当然この話をほかの研究所員にしたくなるだろう、どうかそれはやめておくれ。われわれはまだなにもつかんでおらんのだし、気の早い連中から首すじに息を吐きかけられると、こっちまで落ちつかなくなる」

「一言もしゃべりません」ヴァレリーは厳粛かつ不誠実に誓った。ヴァレリーが機械にウインクすると、エピクトも三段に並んだ目で彼女にウインクを返した。ヴァレリー・モックとエピクティステスはぐるなのだ。

秘密を守れないことでは、ヴァレリーも機械といい勝負だった。彼女のおかげで、研究所の全員が、スミルノフとエピクティステスの研究に興奮してしまった。研究所の全員とは、ヴァレリーの尻に敷かれた夫、チャールズ・コグズワースと、傲慢な発明家のグラッサーと、独創的天才のアロイシャス・シップラップである。

翌日、彼らはスミルノフとその機械のところへ押しかけた。

「われわれはどの研究計画でもいっしょだったじゃないか」グラッサーがいった。「ヴァレリーの話だと、問題はまだ明確に表現されておらず、エピクトも皮肉たっぷりに受け入れただけだというじゃないか。これでもわれわれは、明確な表現の達人だぞ、スミルノフ。それに、ふざけた機械の扱いにかけては、きみよりちょっぴり厳格なんだ」

「わかった、わかった。じゃ、話そう、グラッサー」スミルノフは不承不承にいった。

「わしの最初の命令は、こういうものだった。われわれは、その存在が知られていないあるものを、証拠の不在を綿密に検討することによって、発見しなくてはならない。この一般論的なかたちでエピクティステスに問題を提出したとき、やつは頭からわしを笑いとばした」

「わたしの最初の衝動もそれとおなじだったろうよ、スミルノフ」と、シップラップがいった。「あんたは自分がなにを探しているかを、もっとうまく表現できないのか？」

「シップラップ、わしは自分が忘れるように強制されたなにかを、思い出そうとつとめているような気がしてならないんだ。わしの二度目の命令も、たいして変わりばえはしなかった。エピクトにこういったんだ。「そういう概念そのものが完全に消去されているようななにものかを、再構成できるかどうか試してみようじゃないか。それが決して存在しなかったという過大な証拠を検討して、それを見つけられないかどうか、試してみようじゃないか」このかたちで、エピクトはやっと承諾してくれた。それとも、面白半分に調子を合わそうとしたのかもしれん。このガラクタ機械がなにを考えているのか、どうもよくわからんのだよ」

「しかし、どんな穴も完全に埋まることはない」と、コグズワースがいった。「なにを穴埋めに使うにしろ、量が多すぎるか少なすぎるか、それとも、質のちがったものになるかだ。問題は、きみがエピクトになんの手がかりも与えなかったことにある。忘れられたこと、抑圧されたこと――一つの穴を埋めたあとのでこぼこを示すものは、無数にあるはずだよ。きみが思い出そうとしているものが、どの穴にあたるのか、エピクトにどうしてそれがわかる？」

「一つ。その埋もれた穴は、わたしのボスのスミルノフと埋もれた関係を持っています」機械のエピクティステスが答えた。

「うん、もちろんだ」グラッサーがいった。「エピクトはなにかを掘りだしたのかい？」

「シャベルで一すくいほどだな。しかし、海のものとも山のものともわからん」スミルノフが悲しげにいった。

「一つ。なぜ、ある時代のハンガリーの百科事典では、Sik という単語と Sikamlos という単語のあいだに、不必要な埋め草があるのか？」エピクティステスが問うた。

「おまえの考えはわかるよ、エピクト」と、グラッサーがうなずいた。「それはなにかの手がかりになりうるぞ。もし、ある概念と名称があらゆる参考図書から削除されたとすれば、すべての初版本で、それとおなじページにあるほかの項目が水増しされるか、それとも別の項目にさしかえられているはずだ。この作業があわてて行なわれた場合には、質の劣った記事になるかもしれない。さて、Sik と Sikamlos の中間にあったが、現在使われていない単語を、だれか知らないか？　もしその単語がわかったとして、われわれにその意味がわかるだろうか？　もしその意味がわかったとして、それがなにかの参考になるだろうか？」

「一つ。なぜクマの子は、むかしキューブ（cube）と呼ばれていたことがあったらしいのに、いまではパップと呼ばれているのか？」エピクトが問うた。

「クマの子がキューブと呼ばれていたなんて、聞いたことがない」シップラップが反論した。

「エピクトは脱落査定法を使って、それをさぐりあてたのさ」スミルノフが説明した。

「おそらく抹消のしかたが不完全だったんだろう。わしの見るところ、キューブというのは、民衆記憶からなんらかの方法でむりやり消し去られたある単語の、ゆがめられた形だ。エピクトはこの手がかりをある民謡から得たのだが、その民謡はどうやら抑圧の主流から遠く離れていたらしい。でなければ、たとえゆがめられた形にしろ、いままで生き残ることはできなかったろう」

「一つ。なぜ、紐やロープの両端をつないだだけのものに、小圏《コーロナル》というややこしい名称がついているのか？　なぜ、もっとやさしい単語が使われないのか」エピクトが問うた。

「船員がいつもおかしな用語をこしらえ、陸《おか》の人間がしょっちゅうそれをとりいれてきたことを、エピクトは考慮に入れたかな？」コグズワースがきいた。

「もちろんだ——エピクトはつねにあらゆるものを考慮に入れとるよ」スミルノフが答えた。「やつはこのての事項をもう何千となく集めたし、それらを一つのパターンにまとめられると、自信を持っているようだ」

「一つ。なぜ、初期のジャズには大きな空白があるのか？　ベニー・B・フラットの言葉をかりれば、まるでその大きな塊が根こそぎひきぬかれたように見えるが」

「スミルノフ、きみの機械に並みはずれた才能があるのは知っている」グラッサーがいった。「しかし、もしこれらの疑問を一つにまとめることができたなら、彼は連結型の天才だ」

「それとも偏屈型の道化師かな」スミルノフがいった。「やつが仕事のストレスから気分を解放したいのはわかるが、ユーモアと冗談の度がすぎるのさ」

「一つ。なぜ、アメリカ・インディアンの平和のパイプが、なにか卑猥なもののように言及を避けられて、どこにも見当たらないのか？」

「これはわれわれが集まってからの新発見だ」と、スミルノフ。「やつの蓄積はもう相当な量にのぼっている」

「一つ。なぜ――?」と、エピクトがはじめた。

「もういい、おしゃべりはやめて仕事にもどれ」スミルノフは機械に命令した。「諸君、明日までやつをそっとしとこう。それまでには、なにかがまとまりはじめるかもしれん」いうと、スミルノフはのっしのっしと出ていった。

「これはでっかいよ」エピクティステスは、彼のボスが去ったあとで、残った一同にそう述べた。「みなさん、これはでっかいことになりますよ」

翌日、一同はシップラップのパーティを兼ねて、機械のまわりに集まった。アロイシャス・シップラップは――史上はじめて――左巻きの草を育てたのだ。その名がついたのは、この草が左に渦を巻いているからではなく、それを作り上げている有機構成物質の構造が逆だからである。左巻きの鉱物はずっと昔から作られているし、天然にも存在するかもしれない。左巻きのバクテリアや肉汁もかなり昔から知られている。しかし、左巻きの草のように複雑なものは、これまでだれも育てあげたことがない。

「あらゆることについて、その効果が逆になるんだよ」シップラップは説明した。「この草を飼料にした牛は、体重がふえないで、逆に減っていく。もし万一、骨と皮の牛に販路ができたらと、それを心待ちにしてるわけさ」

一同は成功を祝って、トッシャーのジンで乾杯した。トッシャーのジンは、人間とクティステック・マシンの両方を酔わせる唯一の飲み物だった。トッシャーのジンに使われている香料が、機械を酩酊《めいてい》させるのだ。その中に含まれたアルコール分は、それに似た効果を人間におよぼすことがある。

　エピクティステスは、ポッタワタミー郡のカボチャのように赤くなってきた。クティステック・マシンは、アイルランド人やインディアンに似ている。ジンが入ると、彼らのゼンマイはゆるみはじめる。気をつけて監視していないと、かなり羽目をはずした行動をとることがある。

　一方、研究所員たちも、大いに楽しくやっていた。

「やつがこうでなかったら、わしはがまんできんだろう」スミルノフがいった。「くつろぐときには、やつは徹底的にくつろぐ。ホーキンスの機械は、難問にでくわしてむしゃくしゃすると、文字どおりみんなに咬みつくそうだ。ドレクセルの小機械は、ばらばらになってアーク消しやソレノイドを投げとばすので、近くにいるとえらく危険らしい。この道化者の機械よりも始末の悪いのがいっぱいいるわけだ——もっとも、やつもかなりの泣き上戸だがね」

　ヴァレリー・モックは、エピクティステスの言葉を集めて、こっそりそれをカクテル・

クッキーの中へ忍ばせておいた。いま、それをかじったグラッサーは、金属テープの切れはしが歯にあたるのを感じた。彼は舌の上からそれをとりだして、読んでみた——

「一つ。オクラホマ州ヴィニタにある施設で、男子手洗所の壁に聾唖の白痴が書いた謎の名とはなにか?」

エピクティステスはくすくす笑った。しかし、その事項をはじめて発表したときの彼は、まじめだったのかもしれない。

コグズワースが、クッキーのかすを舌でとりのけながら、別のテープを口の中からとりだした。

「一つ。なぜ、プチ・ラルース辞典は、古代コロンビアのチブチャ・インディアンについて、五行もよぶんについやしながら、ほとんどなにも述べていないのか?」

ここでヴァレリーが高らかに笑いだした。アルファベットさえもが愉快に聞こえるような、そんな笑い声だった。

シップラップが、ニヤニヤ笑いの中からなにかをつまみ出した。ニヤニヤ笑いの延長のように、テープがずるずると出てきた。

「一つ」と、彼は読みあげた。「グレート・ブルー・アイランド沼沢地帯のなにが、地質学者を悩ませるのか? それとも——昔の署名記事流にいえば——最近とはどのぐらい最近なのか？」

トッシャーのジンは笑いのジュースだった。グラッサーの笑い声は、ひとつながりの爆竹がはじけるようだった。

スミルノフは、自分のクッキーの中にあったテープを、威厳たっぷりにとりだした。彼はそれがきわめて重要な言葉であるかのように読みあげた――事実、そのとおりだった。

「一つ。古いロックアイランド・アンド・パシフィック鉄道の有蓋貨車の剝げた塗装から、どんな異様なものがほとんど判明しかかったか？」

「おい、クスクス笑うのはよせ、エピクト。べつにそうおかしくはないぞ！」

「おかしい、おかしい！」ヴァレリーが泡立つように笑った。大笑いで息もたえだえになって、自分のクッキーから長い長いテープをひっぱりだし、陽気な陽気な声でそれを読みあげた。

「一つ。あの残酷なリトル・ウィリーの童謡が一九八〇年代初期に子供たちのあいだで復活したとき、なぜそのほとんど全部がチューインガムに関係したものであったのか？　それより六十年前のオーストラリアとイギリス本国では、この童謡はあらゆるものを題材にしていた。しかし、ここに集めたのは、ガムの四十九種類の風味に関する残酷な童謡である。たとえば――

リトル・ウィリー、ガムになに混ぜた
パパの生血とベビーの脳みそ
味はまるきりジューシー・フルーツ
そしたらママが、「だめよ、ウィリー
あんまり入れると、ドくだもの」

「ふむ、ザクロの味がしそうだね」グラッサーが感想を述べた。
カクテル・クッキーをかじり、クティステック・マシンの言葉を読むのは、無性に愉快だった。研究所の一同は、お祭り騒ぎとしかいいようのないものを生みだした。しかし、彼らは忙しい人間であったから、どこかでパーティをお開きにしなければならなかった。
一同が帰り仕度をはじめたところで、エピクティステスが一篇の詩を披露した。

世界最後のトッシャーは飲みほされ《ドランクン》
世界最後の事項も飛び去りぬ《フルーン》
研究所員みなへべれけりて《スタンクン》

エピクトもまた——

なんと、彼はそこでつっかえてしまった！　彼の内部には八百万の十億倍のそのまた十億倍の記憶接点があるのに、〝ブルーン〟と韻の合う単語が出てこないのだ。

「いったいおまえはどれだけの事項を集めたんだい、エピクト？」解散のまぎわにグラッサーがたずねた。

「何千万だあな、兄弟。何千万よ」

「いや。実際には百万の約四分の三というところさ、やつがまとめる自信を持っているのは」スミルノフが説明した。「わしもそこからやつが一つのパターンを引きだすだろうとは思うが、どうもふまじめなものになりそうで心配だ」

「エピクト、最高のサイバネちゃん、ほんとに明日までに答が出せそう？」ヴァレリーがたずねた。

「みなさん、明日はやつがれ、すべてをばっちりまとめあげ、お目にかける所存であります」エピクティステスは大見得を切った。「うまくいけば、そのものの匂いまで、お話しできるでありましょう」

研究所員たちの期待は、いやが上にも高まった。エピクティステスは記者会見をしたがったが、スミルノフがノーといった。スミルノフは彼の機械を信用していなかった。エピクトは一辺二十メートルの立方体だが、そこに並んだ何千もの目のうちのいくつかは、いつも主人をせせら笑っているように見えるのだ。

「まさか、かつぐんじゃなかろうな？」スミルノフは心配そうに機械にたずねた。

「ボス、わたしがあなたをかついだことがありますか？」エピクトは述べた。

「ある」

「ボス、世の中にはおふざけに見せかけてさしだしたほうがいいものもあります。しかし、見せかけの下は大まじめですよ」

この機械はときどき二枚舌を使うので、スミルノフはいっそう心配になった。

翌日、一同はエピクトのご託宣を聞くために、早くから集まった。椅子を並べ、記録装置の用意をして、機械が発表するのを待った。

「紳士淑女、同僚のみなさん」エピクトは厳粛にはじめた。「本日ここにお集まりねがったのは、ある重要問題について聞いていただくためであります。わたしもできるだけうまく説明するつもりです。おそらく、みなさんは不信を表明されるかもしれない、しかし、わたしはこれから述べる事実に確信を持っています。どうか、お楽にして聞いてください」彼はちょっと間をおいてから、思い出したようにつけたした。「喫煙はご自由に」

「このオンボロ計算機め、われわれにいちいち指図するな」スミルノフがさけんだ。「おまえは、わしが作った機械にすぎんのだ」

「あなたと、ほかに三千人の作業員です」エピクトは、たった一つの目もまばたきさせずに答えた。「しかも、最終段階、重要な作業段階では、わたしが自分の組立てを指図したのですよ。でなければ、わたしは完成しなかったでしょう。わたしの内部になにがあるかは、わたしだけが知っています。わたしの能力については——」

「さっさと本題に入れ、エピクト」スミルノフは命令した。「たのむから、その教師口調はやめろ」

「では、本題に入ります。一九八〇年のこと、アメリカ中部最大の都市がある人為的な災害によって破壊されました」

「一九八〇年といえばたった二十年前だ」グラッサーが割って入った。「だれかがそのことを聞いていそうなもんじゃないか」

「さあね、セントルイスが自分の破壊されたことを知っているかしら？」ヴァレリーが思いきった推測を口にした。「まだ自分が存在してると思いこんでいるんじゃない？」

「その都市はセントルイスではありません」エピクトがさえぎった。「大都市圏に住む七百万の住民が七秒たらずで全滅したこの事件は、人間的観点からするときわめて悲惨なものでした——考えてみると、わたしもそのときいささかショックを味わったことを思いだします。この事件はあまりにも恐ろしいものであったため、すべてを秘密にして、気持よく忘れてしまおうという政策が決定されたのです」

「しかし、それはちょっとむずかしいんじゃないかね？」アロイシャス・シップラップが皮肉な口調でいった。

「非常にむずかしいことでした」エピクトはいった。「にもかかわらず、それは二十時間で完全になしとげられたのです。それ以来、この瞬間にいたるまで、だれひとりそのことを思いだしたり、考えたりしたものはありません」

「で、いかにしてそれがなされたかを、奇想公閣下おんみずから説明していただけるのですかな？」スミルノフが機械をけしかけた。

「できるかぎりの説明をしてみましょう、ご主人様。この作戦をまかされたのは、ひとりの大科学者ですが、その名はいましばらく伏せておくことにします」

「七百万もの人口をもつ大都市についての記述が、どうやってぜんぶ抹消されたんだね？」コグズワースがたずねた。

「その大科学者が新たに発明した装置によってです」エピクトは答えた。「それは万有記録遠隔歪曲機《テレパントグラフィック・ディストーター》と呼ばれていました。このわたしでさえ、これだけの時代の隔たりと、誘発された健忘症のもやを通してでは、いかにしてその作戦が成功したのか理解できません。しかし、その作戦は事実成功し、この問題に関するすべての印刷記事を同時に消滅させたのです。そのため、参考図書には空白が生じ、その穴埋めのために流しこまれた材料は、わたしがすでに述べたように、質の劣るものでした。ホログラフィックな――やさしくいえば手書きのことだよ、ヴァレリー――文献は、もっと厄介でした。その大半は、あっさり破壊されました。より重要な書類の場合は、もとの筆跡に似せて自動筆記の文章が流れ出し、穴をふさぎました。しかし、それらの偽物はしばしば不完全でした。わたしは数千件のそうした例を発見しています。万有記録遠隔歪曲機はまさにすばらしい機械でしたが、残念ながらいまは使用されていません」

「そのすばらしい機械がどうなったのか、できれば説明してもらえんかね」スミルノフがいった。

「おや、それはいまでもこの研究所にあるんですよ。ご主人様、あなたは日に十回もうっかりそれにつまずいて、〝あのくそいまいましい屑鉄の山め〟と悪態をつきます。しかし、あなたには一つの記憶障害があるため、その機械の正体を思いだせないのです」

「たしかにここ何年ものあいだ、わしはそんなガラクタの山によくつまずいた気がする」スミルノフは思案をこらした。「何回か、あのしろものはなんだろうなと、ちょっとふしぎに思ったこともある」

「ところが、それを発明したのはあなたなんです。記憶抹消をやってのけた大科学者というのは、あなたのことなんですよ、グレゴリー・スミルノフ」

「冗談もたいがいにしろよ、エピクト！　おつむを疑われるぞ！」シップラップが抗議した。「人間の記憶はどうなる？　その都市の七百万の住民には、すくなくともそれと同数の親族がほうぼうにいたはずだ。その親族が、それぞれの母親や、子供や、兄弟姉妹の身になにがあったのかと、疑問を持たなかったとでもいうのか？」

「彼らは悲しみはしたが、疑問は持ちませんでした」エピクトは答えた。「それは名づけることのできない悲しみだったからです。その時代を調べてみれば、一九八〇年と一九八一年に、どれだけ多くの悲しい歌が流行したかがわかるでしょう。しかし、まき散らされた多幸症が、まもなくすべてを覆い隠してしまったのです。その事件に関する人間の記憶は、誘発された世界的健忘症でさまたげられました。放送電波や、もっと微妙な電磁波を使った催眠効果によって、それがなしとげられたのです。それを逃れたものは少数しかいません。わたしのあげた項目の中にあった例の聾唖の白痴も、そうした少数の人間のひとりです。あるとき、彼はその都市の名を壁に落書きしましたが、その名はだれにとっても意味をなさないものでした」

「しかし、それには一億ものはんぱな手がかりを、一掃しなくちゃならないことになる」

グラッサーが反論した。

「その数字の下にもう何桁か0をつけてください」エピクトは答えた。「はんぱな手がかりはおびただしい数にのぼりましたが、その大半は処理されました。わたしがこの問題の調査のために集めたのは、そのうちの百万ばかり。しかし、これも誘発性健忘症のもやを突破できなかったものなのです。この主題ぜんたいはドアのむこうに閉ざされ、そのドアにはかんぬきが下ろされました。つぎには、錠が二重にかけられました。つまり、その記憶を消し去るだけでなく、その記憶の記憶をも消し去ることが必要だったのです。スミルノフ氏は、おそらく彼の最大の偉業と思われるものをなしとげたのち、それをすべて忘れ去るよう、自分自身を最終的な暗示にかけました。みんなを穴に入れたあと、自分もそこに入るのが、彼の仕事でした。しかし、ほかの人たちよりも深くそれにかかわりあっていたため、彼はほかの人たちよりも強くそれに悩まされてきました。しかし、この説明のあとには、それはもう彼を悩まさなくなるでしょう。こんどは彼も、晴れやかな良心で、それを忘れることができるでしょう。

いまでさえ、彼はそれに気づきもせず、また思いだしもしません。絶対にそうできないようにすることが、彼の意図であり、勝利であったのです。その都市、その破壊のことは永久に忘れ去られましたが、記憶抹消の方法は意識下のレベルまで押し下げられたにすぎません。もし、また人為的な大災害が起きた場合、その方法はいつでも再発掘されて、使用されるでしょう」

「で、いったいぜんたいその都市は、アメリカ中部のどこにあったんだ？」コグズワースがわめいた。

「その廃墟は、いまではグレート・ブルー・アイランド沼沢地帯と呼ばれています」エピクトが答えた。

「出しおしみするな、このぎょろ目のガジェットめ！」シップラップが金切り声を上げた。

「その町の名は？」

「シカゴ」と、エピクトは答えた。

こりゃひどい！　こりゃむちゃくちゃだ！　やっぱり彼らはかつがれたのだ。この度はずれのドタバタ道化師は、みんなをみごとにいっぱい食わせたのだ。ヴァレリーは独特のけたたましい笑い声を上げ、彼女の良き夫コグズワースは、アホウドリのしゃっくりのような失笑をもらした。

「シカゴ！　まるで動物園の小さなビーバーが、泥の斜面から滑り落ちて水にはまった音みたい！　シカゴだって！」それはヴァレリーがこれまで耳にしたなによりも滑稽な単語だった。

「よくよくおどけた機械でなくちゃ、そんな名はひねりだせんな」グラッサーが爆竹のような笑い声を立てた。「シカゴか！」

「きみにはシャッポをぬぐよ、エピクティステス」アロイシャス・シップラップがいった。「きみはほれぼれするようなホラ吹き計算機だ。諸君、この機械はハチャメチャだ！」

「わしは少々失望したよ」スミルノフがいった。「泰山鳴動してネズミ一ぴきか。しかし、なにもわざわざ道化服を着たやぶにらみのネズミにする必要はなかろうが、エピクト？　作り話にしてもひどすぎる。つい二十年前にある大都市が全滅したのに、われわれはなにも知らんという――これだけでも眉唾ものだ。だが、その町の名がシカゴとは、珍無類《ちんむるい》もいいところだぞ。もしもおまえがすべての音韻の組合わせを比較検討したのなら――エピクト、おまえのことだ、きっとそうしたろうが――せめてもうすこし気のきいた名を思いつけなかったのか」

「みなさん、これはもともとそう思われるようにできているのです」エピクティステスが述べた。「みなさんはそれを思いだせない。みなさんはそれに心当たりがない。しかも、いったんこの部屋を出れば、みなさんはそのヘンテコな名前すらもう思いだせないでしょう。ふざけた機械がみなさんになにかふざけたいたずらをしでかしたという、おぼろげな印象が残るだけです。そうした災害はどれも——というのは、このたぐいのものが一つだけではないと考えられる根拠があるからですが——みごとに忘れられています。もし、それをはっきり思いだせば、全世界が病みついて死んでしまうでしょう。

しかしながら、シカゴという大都市はほんとうに実在したのです。ハンガリー語でSikagoと表記されていたそれは、ある百科事典のページに空白を残しました。また、プチ・ラルース辞典は、Chicagoの項目のあった場所を、チブチャ（Chibcha）・インディアンに関するたわいない記事で穴埋めしなければなりませんでした。わたしがシカゴ・スタイルと仮称をつけたあるものは、ジャズの複合体から根こそぎ引きぬかれました。この町のどこかにはカルメット川が流れていたので、カルメットと呼ばれるインディアンの平和のパイプにも、言及がさし控えられました。シカゴは大都市でした。そのダウンタウンの中心部はループ（輪）と呼ばれ、この町をフランチャイズにした野球チームはカブス（Cubs）（クマの子）と名づけられていました。その理由で、これら二つの単語も、むりやりに廃止されたのです。そこから記憶が呼びおこされないとも限りませんからね」

「ループ？　カブス？」ヴァレリーがくすくす笑った。「シカゴにまさるとも劣らぬ滑稽な言葉だわ。エピクト、どうやってあなたはそんなものをひねりだすの？」

「シカゴを一言で要約する文句で当時よく知られていたのは〝世界一のチューインガムの

都〟です。このチューインガムの大メーカーの社長は――わたしに復元できたかぎりでは――ウィグリー（リグレー Wrigley のことらしい）という名前でした。子供たちは、どこをどうしてか、シカゴの悲惨な破壊の名残りを見つけ、それをこの要約された印象と結びつけて、チューインガムに関するあの血なまぐさいリトル・ウィリーの童謡を作り上げたのです」

「エピクト、きみはきみ自身を飛び越えたよ」シップラップがいった。「シカゴという珍妙な大発明を、飛び越えられるものがあるとしての話だが」

「みなさん、あなたがたの上には一つの幕が降りてきました」エピクティスステスは述べた。

「みなさんはふたたび忘れるのです――わたしの冗談も、その町の珍妙な名前さえも。そして、ご念の入ったことに、わたしもまたそれを忘れるのです。

もうそれはない。消えた。すべてが消えた。なんとふしぎな！　まるであなたがたは催眠にかかったように、みんな長い空白のテープを見つめているじゃありませんか。わたしはどうやら失神していたらしい。空白のテープを出したなんてはじめてです。スミルノフ、わたしのターミナルには、なにか失敗した実験の後味が残っていますよ。別の実験をやらしてください。わたしが失敗するなんてめずらしい」

「きょうはもうよそう、エピクティスステス。どういうわけか、みんながばかに眠いんだ。そう、実験は失敗した――それがなんであったにしろ、だ。なんの実験をしていたのか、われわれは忘れてしまった。しかし、それはどうでもいい。われわれの失敗はうまく忘れられたんだ。なにか別のことで成功すりゃいいさ。研究はいくつも進行してるんだから」

一同は眠たげにぞろぞろと部屋を出て、各自の仕事にもどっていった。スミルノフの機械はなにかをするのにしくじったが、あれは優秀な機械だから、こんどはきっと成功する――みんながそう確信していた。

廊下を歩いていて、スミルノフは古ぼけた万有記録遠隔歪曲機《テレパントグラフィック・ディストーター》につまずいた。この二十年間の毎日、彼はそれが目に入らずに、つまずいてばかりいるのだった。

機械は九段に並んだ目をぎょろりとスミルノフに向け、いそいそとほほえんだ。また、あのての災害が起きたのだろうか？　なにか大仕事の口がかかるのだろうか？　待ってました、このテレパンにまかしてください。だが、残念。スミルノフは素通りして行ってしまった。機械はもう一度にっこりしてから、また安らかに眠りこけた。

「あのくそいまいましい屑鉄の山め」スミルノフは痛めた向こうずねをさすって歩きながら、悪態をついた。「それにしても、ふしぎな気がしないでもない。あのしろものはいったいなんだろうな？」

われらかくシャルルマーニュを悩ませり

Thus We Frustrate Charlemagne

浅倉久志訳

初出：Galaxy Magazine, February 1967
邦訳：《SFマガジン》一九七九年十一月号↓ドナルド・A・ウォルハイム&テリー・カー編『ホークスビル収容所』（ハヤカワ文庫SF）↓短篇集『九百人のお祖母さん』（早川書房／海外SFノヴェルズ、のちにハヤカワ文庫SF）

引きつづき〈不純粋科学研究所〉の一篇。初出の翌年には、年刊SF傑作選 *World's Best Science Fiction: 1968* に採られた（このアンソロジーの邦訳が『ホークスビル収容所』）。それ以降も多くのアンソロジーに再録されている。

この作品では研究所のメンバーと準メンバーとして九名が紹介される。しかし、これが固定された人員構成ではなく、作品によって多少の出入りがある。こんかいの研究テーマは、過去への干渉が現在にどう影響をおよぼすかの検証だ。時間を剛性的な因果連鎖だとすれば、過去が変化すると現在も変わり、変わったことすら感知できないことになる。こうしたロジックは、すでにウィリアム・テンが「ブルックリン計画」（一九四八年発表、『ウィリアム・テン短編集1』〔創元SF文庫〕に収録）で示していた。しかし、ラファティがこの構図をそのまま踏襲するはずもない。ロジックにぬけぬけと余白を忍ばせ、狂躁的ページェントを紡ぎだす。

「われわれのやった実験の中には、とっぴなものもいくつかあった」〈研究所〉のグレゴリー・スミルノフがいった。「しかし、これほど破天荒な大実験の入口に立ったのははじめてだし、これほど眉唾ものの気分でそれを眺めたのもはじめてだ。とはいえ、もしエピクティステスの計算が正しければ、これは絶対にうまくいく」

「みなさん、これはうまくいきますよ」エピクトがいった。

　これがクティステック・マシンのエピクティステス？　だれにそれが信じられる？　エピクトの本体は五階下にあるのだが、いまはこの小さなペントハウスの休憩室に自分を延長させていた。延長に必要なのはケーブルだけ。直径一メートルたらずのケーブルで、その先端に機能ヘッドがついていた。

それにしても、なんというヘッドを彼は選んだものか！　それは海蛇の頭、むかしのカーニバルの山車《だし》からコピーした、長さ一メートル半もある竜の頭だった。エピクトは一種の人間語を話すこともできたが、その言葉というのが、むかしのヴォードヴィルのコメディアン、それもアイルランド系とユダヤ系とオランダ系のコメディアンのおしゃべりのチャンポンなのだ。パラDNA継電器の髄まで道化にできあがっているエピクトは、ぎょろ目とたてがみのある巨大な頭をテーブルの上にのせ、前代未聞のでっかい葉巻をふかしていた。

しかし、この実験に関するかぎり、エピクトは真剣だった。

「完全なテストの条件はととのいました」機械のエピクトは、開会の辞を述べるような口調でいった。「ここに基本テキストを用意し、世界の現状をくわしく記録してあります。もし、世界が変化すれば、これらのテキストもわれわれの目の前で変化するでしょう。テストの水先案内としては、この見晴らしのよい部屋から展望できるわが中都市の一部があります。もし、われわれの干渉によって、世界の過去＝現在の連続体が変化すれば、この都市の顔も、われわれの見まもる前でさっそく変化をとげるでしょう。

ここに集まったのは、全世界でも最高の頭脳と判断力の持ち主——八人の人間と、一台のクティステック・マシン、すなわち、このわたしです。その九つの頭脳がここに集まったことを、おぼえておいてください。あとで重要になるかもしれませんから」

その九つの最高の頭脳とは――クティステック・マシンの中でも特に超絶的なエピクト、〈研究所〉の長で大きな魂をもったグレゴリー・スミルノフ、才気煥発の女流科学者ヴァレリー・モック、彼女の尻に敷かれた超インテリの夫チャールズ・コグズワース、ユーモアもなければ誤りもおかさないグラッサー、根源的天才のアロイシャス・シップラップ、異常な資質に恵まれ（彼の左手の視覚を持った第三指は、〝カプテインの星〟をめぐる惑星の一つから持ちかえったものなのだ）心にもない謙遜はしないたちのウィリー・マッギリー、それにオーディファックス・オハンロンと、ディオゲネス・ポンティフェックスだった。最後の二人は〈研究所〉のメンバーではないが（これは最小限の品位を要求する入所規制のせいである）、世界最高の頭脳を一堂に集める場合には、この二人をはずすわけにはいかないのだ。

「われわれは、過去の歴史の中の小さな一事件に干渉して、その影響を調べようとしている」とグレゴリーがいった。「こんな実験が公然と行なわれたことは、いままでに一度もない。これからわれわれは、〝巨大な闇の中の一条の光明〟と呼ばれる時代、シャルルマーニュ大帝の時代にさかのぼる。そして、なぜその光明が、ほかの光明をともすことなく燃えつきたかを探るのだ。ほくちの準備ができていたのに、その火が消えてしまったため、世界は四百年の損失をこうむった。われわれはあのヨーロッパの偽りの夜明けにさかのぼって、なにが失敗の原因であったかを考えよう。時は七七八年、場所はスペイン。シャルルマーニュはサラゴーサのアラブ王マルシリエスと同盟を結び、コルドバの教王《カリフ》アブドゥル・ラフマーンと戦った。シャルルマーニュはパンプローナやウエスカやヘローナの町を占領し、サラゴーサにいるマルシリエスへの道を切りひらいた。教王《カリフ》はこの状況を受け入れた。サラゴーサを独立させ、回教徒にもキリスト教徒にも開放された都市にした。フランスと接する北の境界地方ではキリスト教の信仰が許されることになり、あらゆる人間にとっての平和が訪れた。

　このマルシリエスは、ずっと以前からサラゴーサでキリスト教徒を平等に扱っていたので、いまや回教世界からフランク王国に通じる一本の公道ができたわけだ。マルシリエスはシャルルマーニュに三十三人の学者（回教徒とユダヤ教徒とキリスト教徒）を与え、何頭かの騾馬《らば》をおまけにつけて、契約を確認した。このままでいけば、二つの文化の異花受精が実現していたにちがいない。

　だが、その公道は、ロンセスバーリェスで閉ざされることになった。シャルルマーニュ軍の後衛が、フランスへの帰途、その地で待ち伏せにあって全滅したのだ。伏兵は、回教徒というよりもむしろバスク人だったが、シャルルマーニュはピレネー山脈を境に扉を閉ざし、以後この境界の上を小鳥一羽たりとも通さぬと誓った。彼は門戸を閉ざしつづけ、その息子も、孫たちも、それにならった。だが、回教世界を封鎖すると同時に、シャルルマーニュは自国の文化をも封鎖する結果になったのだ。

後年、シャルルマーニュは、アイルランドの半学者や、ギリシアの放浪者や、昔のローマをかすかに覚えているローマの写字生などを寄せ集めて、文明の復興を試みた。彼らの力では文明を復興するのに荷が重かったが、シャルルマーニュはかなりそれに近い線まで達することができた。もし、イスラムの門戸が開かれたままであれば、その後四百年を待たずとも、真の学術の復活がすぐに起こっていたかもしれない。われわれは、ロンセスバーリェスでの待ち伏せが起こらぬように、そして、二つの文明のあいだの門戸が閉ざされぬように手を打つ。そして、なにがわれわれに起こるかを観察するのだ」

「その侵入は身を屈めたる夜盗のごとく」とエピクトがいった。

「だれが夜盗だ？」グレゴリーが聞きとがめた。

「わたしですよ」とエピクト。「われわれみんなですよ。これは古い詩の文句。作者は忘れましたがね。階下《した》の本頭脳にはファイルしてあるから、興味がおありなら調べますが」

「基本テキストとして、ヒラリウスの歴史書を用意してある」グレゴリーは説明をつづけた。「われわれはこれを注意深く読み、ここに書かれていることをおぼえておかなくてはならない。もうすぐこれが、ここに書かれていたことに変わるかもしれんのだ。おそらく、われわれの見まもる前で、この本のこのページにある記述そのものが変化するだろう。われわれがこれからやろうとしていることを、やり終わった瞬間にな」

開かれたページにある基本テキストは、つぎのようなものだった――

多重ゲームを演じていた裏切者のガノは、コルドバの教王からもらった金で、バスク人のキリスト教徒を雇い、（サラゴーサのモサラベの服装をさせて）フランク王国軍の後衛に待ち伏せをかけることにした。そのためには、ガノがバスク人と連絡をたもちながら、同時にフランク軍の後衛を遅らせることが必要であった。ガノはフランク軍の道案内と偵察員をつとめた。待ち伏せは成功した。シャルルマーニュはスペイン産の騾馬を失った。彼は回教世界に対して門戸を閉ざしてしまった。

以上がヒラリウスの記述だった。

「われわれが、いわばボタンを押したとき（エピクトにうなずいてみせたとき）、これが変化するはずだ」グレゴリーはいった。「エピクトは、彼の組み立てた複雑な装置群を使って、ひとりの〈化身〉（なかば機械的、なかば幻影的な構成物）を送りだす。すると、ある日の暮れ方に、ロンセスバーリェスへの道で、裏切者ガノの身になにかが起きる」

「その〈化身〉とやら、あんまり高くつかなきゃいいがね」ウィリー・マッギリーがいった。「おれの小さい頃は、スベリニレの木を削った投げ矢で間に合わせていたよ」

「こんなときに冗談はよしたまえ」グラッサーが抗議した。「子供のきみが過去のだれを殺したというんだ、ウィリー？」

「大ぜいさ。満州の沃帝《ウー》、ローマ法王アドリアン七世、わが国のハーディー大統領、オーヴェルニュのマルセル王、哲学者のガブリエル・トエプリッツ。あの連中を片づけたのは正解だった。みんなごろつきばかりだ」

「しかし、そんな名前はどれも初耳だぞ、ウィリー」グラッサーはひきさがらなかった。

「もちろん、そうさ。むこうが子供のときに殺したんだから」

「おふざけはもうそれぐらいにしてくれ、ウィリー」グレゴリーがたしなめた。

「ウィリーはふざけちゃいませんよ」機械のエピクトがいった。「わたしがどこからこのアイデアをつかんだと思います？」

「世界を眺めよう」アロイシャス・シップラップが静かにいった。「われわれの中都市と、パステル・カラーの煉瓦でできた半ダースほどの塔が見える。それが成長したり縮んだりするのを見まもるんだ。もし世界が変化すれば、あれも変化するだろう」

「この町には、わたしのまだ見てないショウが二つあるのよ」ヴァレリーがいった。「それをなくさないようにしてちょうだい！　なにしろ、この町にはたったの三つしかショウがないんだから」

「これを見たまえ。やはり基本テキストとして準備した美術評論誌だ」オーディファックス・オハンロンがいった。「諸君がなにをいおうと勝手だが、芸術がいまほど堕落した時代はない。絵画は三つの流派しかなく、どれもダメ。彫刻は錆びた金属の山と、卑俗なオモチャまがいの効果ばかり。唯一の大衆芸術だったミンギトリオ壁の落書きも、想像力に欠けた、マンネリで醜悪なものになってきている。

思想家の名に価する人間といえば、故テイヤール・ド・シャルダンと、志を得なかったサルトル、ジェリニスキー、アイヒンガーぐらい。ああ、なにをかいわん。諸君が笑うなら、これ以上つづけてもしょうがない」

「ここに集まったわれわれは、みんななにかの専門家だ」コグズワースがいった。「しかも大半は、あらゆることについての専門家だ。われわれはいまの世界をよく知っている。だから、さっさと予定の行動に入って、それから世界を眺めようじゃないか」

「エピクト、ボタンを押せ！」グレゴリー・スミルノフが命令した。

クティステック・マシンのエピクティステスは、自己の奥深い内部から、〈化身〉と呼ばれるなかば機械的でなかば幻影的な構成物を送り出した。七七八年八月十四日の暮れ方、パンプローナからロンセスバーリェスへ向かう道で、裏切者のガノは道路から連れ去られ、カシワとブナの林の中にただ一本混じっていたイナゴマメの木に首を吊るされた。そして、それ以後のすべての事物は変化した。

「うまくいったか、エピクト？　もうすんだのか？」ルイ・ロバチェフスキーが問いかけた。「なんの変化も認められんぞ」

「〈化身〉は帰還して、任務完了を報告しました」とエピクト。「わたしにも、なんの変化も認められません」

「証拠を調べよう」グレゴリーがいった。

十三名の彼ら、つまり、十人の人間と、クティステック、クレスモエイデック、プロアイスセマティックの各機械は、証拠に目をやり、しだいに落胆をつのらせていった。

「ヒラリウスの記述も一字一句変化してない」グレゴリーが不満そうにいったが、その言葉どおり、テキストは依然としてこう書かれていた――

　多重ゲームを演じていたサラゴーサのマルシリエス王は、シャルルマーニュにスペイン征服を断念するよう（どのみちシャルルマーニュはそんなことを考えてもおらず、また、かりにやろうとしてもできなかったのだが）説得した報酬として、コルドバの教王《カリフ》から金を受けとった。彼は、北の境界地方の都市をキリスト教の支配下にもどした（もっとも、マルシリエス自身は一度もそれらを支配したことがなかったのだが）見返りに、シャルルマーニュからも金を受けとった。そして、彼の都市を通過する新しい交易の通行税として、あらゆる人間から金を取り立てた。マルシリエスが手放したのは、三十三人の学者と、同数の騾馬と、古いギリシアの図書館から集めた馬車数台分の写本だけであった。しかし、ピレネー山脈を越えて二つの世界をつなぐ道路は開かれた。また、地中海沿岸の一部も、両方の世界に対して開かれるようになった。こうして、二つの世界のあいだに限られた交流が生まれ、それぞれの世界で限られた文明の復活が見られた。

「うん、このテキストには一字一句の変化もない」グレゴリーはぶつぶつといった。「歴史はおなじコースをたどった。どうしてわれわれの実験は失敗したんだろう？　われわれは、いまやなんとなくぼやけて見える装置を使って、新しい誕生のための懐胎期を短縮しようと試みた。それが短縮してくれんとはな」

「この町も、なんにも変わってないよ」アロイシャス・シップラップがいった。「前とおなじ美しい大都市で、色とりどりの石灰石とミッドランド大理石でできた二ダースもの堂々たる塔がそびえ立っている。活気にあふれた大都市で、われわれもみんなここが大好きだが、まったく前とおんなじだ」

「この町には、わたしの見てないすてきなショウが、やはりまだ二ダースもあるわ」ヴァレリーが新聞広告を調べてうれしそうにいった。「あれがどうかなっちゃうんじゃないかと、心配してたのよ」

「基本テキストとして揃えた評論誌から見るかぎり、美術にもなんの変化もない」オーディファックス・オハンロンがいった。「諸君がなにをいおうと勝手だが、いまほど芸術が向上した時代はない」

「ひとつながりのソーセージですよ」機械のクレスモエイディがいった。

「〝三たび走らざれば道を知らず〟」と機械のプロアイスが引用した。「古い詩にある文句です。作者は忘れました。イギリスの本頭脳にはファイルしてあるから、興味がおありなら調べますが」

「そう、そうなんだ、始まったところで終わる三角形の物語」機械のエピクティステスがいった。「しかし、上等なソーセージだから、やっぱり楽しむべきですよ。これだけのものもない時代が多いんですから」

「諸君はいったいなんのたわごとをしゃべってるんだ？」オーディファックスが、べつに知りたくはなくそうたずねた。「絵画芸術は依然として眩ゆいほどの開花を見せている。流派は星の数ほどあり、市民の半数が趣味で絵を描いている。北欧とマオリの彫刻は、ほとんどすべてのものが非凡といえるこのジャンルで、優位をたもとうと四苦八苦だ。熱情的喜劇は、音楽をその束縛の大部分から解放した。思弁数学と心理学が大衆演芸に加わって以来、人生にはずっとたくさんの純粋な楽しみができた。

ここにあるピート・テイヤール論は、彼を奇抜なバーレスクの才能のあるすぐれたSF作家と評価している。〈脳髄世界《ブレーンワールド》〉のテーマは、彼がそれに取り組んだときからすでに濫用されていたのだが、そこから彼はなんと荒唐無稽で滑稽なエクストラバガンザを作り出したことか！　それにマルドゥーム、ジェリニスキー、ポパー、ギャンダー、アイヒンガー、ホワイトクロウ、ホーンワンガー――これらの教祖に、われわれはなんと多くのものを負っていることか！　主流文学のほうでも、偉大な小説と偉大な作家が雲のごとく、大陸のごとく湧き出ている。

むかしからの大衆芸術、ミンギトリオ壁の落書きも、あいかわらず卓抜さをたもっている。トラベル・アンリミテッド社は、手洗所の壁に描かれた巧妙で愉快な細密画の鑑賞を目的にした、九十九日間の世界一周ツアーをはじめたほどだ。ああ、われわれが住んでいるのは、なんと豊饒な世界であることか！」

「はみつくせぬほどの緑の草か」ウィリー・マッギリーがいった。「なしとげられた業績の量たるや、ただただ唖然とするばかり。ああ、ひょっとすると、おれの選んだ表現には、微妙な恨みがこもっているかもしれないな。実験はいうまでもなく失敗したが、おれはうれしいよ。充実した世界が好きだから」

「まだ三分の一しか終わっていないのに、この実験を失敗と呼ぶのは早いぞ」グレゴリーがいった。「明日は過去に対して第二の干渉をやってみよう。もし、その後もなおかつ現在がそのまま保存されているようなら、その翌日に第三の干渉を試みることにする」

「さあ、みなさん、行った行った」機械のエピクティステスがいった。「明日またここで会いましょう。さあ、そっちはそっちの気晴らし、こっちはこっちの気晴らし」

　その夜、人間たちは機械たちのいないところで話しあった。そこなら、とんまな推測をしても笑われずにすむからである。

「一組のトランプからでたらめに一枚ひきぬいて、それでいこう」ルイ・ロバチェフスキーがいった。「あれよりもうすこし後の時代で、純粋に知的な最重要点を選び、それを変えることによって世界が変わるかどうかを見よう」

「オッカムにしてはどうだ」ジョニー・コンデュリーがいった。

「なぜ？」ヴァレリーが詰問した。「オッカムは中世の学者のうち、いちばん最後の、いちばんつまらない人物よ。彼がしたこと、それとも彼がしなかったことが、どんな影響をもたらすというの？」

「それはちがう」グレゴリーがいった。「オッカムは頸静脈に剃刀を当てた。もしその剃刀が彼の手からもぎとられなかったら、オッカムは血管を切断していたろう。だが、そのへんがどうもおかしい。わしの記憶だと、なんとなく、万事はオッカムにとってそれほど佗しくなかったような気がする。ある別世界ではオッカムの窮命論が、われわれの知っているそれとは、ちがう意味を持っていたような気がする」

「そうとも、頸静脈を切ろうじゃないか」ウィリーがいった。「窮命論の論理的救命をはかり、どれぐらいオッカムの剃刀の切り口が深いかを究明しようじゃないか」

「そうしよう」グレゴリーがいった。「われわれの世界は肥った怠け者になった。飽満している。わしが一晩じゅう気になっていたのはそれだよ。純粋な知的傾向が現実の影響をもたらすかどうか、われわれはそれを調べたい。細かいことはエピクトにまかせるが、転回点は一三二三年、ジョン・ラットレルがオックスフォードから、当時法王庁のあったアビニョンへやってきたときだ。彼はオッカムの〈『命題集』批判〉からとった五十六の命題をたずさえてきて、それらに反論を試みた。徹底的な非難ではなかったが、オッカムはこの最初の攻撃で痛手を負い、再起不能になった。ラットレルは、オッカムの虚無主義がたわごとの集積にすぎぬことを証明した。こうしてオッカムの思想は、彼が自分の哲学を売り歩いたドイツ各地の小宮廷で漠然たる反響を返したものの、結局もはや主要市場には進出できずに消えていった。にもかかわらず、もし知的傾向が現実に影響力をもつならば、オッカムの視点が世界を沈ませた可能性もありうる」

「もし、われわれがあの時代にいたら、ラットレルには好感が持てなかったろう」アロイシャスがいった。「彼にはユーモアがなく、情熱がなく、そしてつねに正しかった。逆に、オッカムには好感がもてたろう。彼は魅力的で、しかも誤っていた。ひょっとすると、われわれは、この世界を破壊することになるかもしれない。もしオッカムのしたい放題にさせれば、その反動のくる可能性がある。中国はある知的傾向、それもオッカムほどは極端でない知的傾向によって、数千年間も凍りついた。インドは、革命的と自称してはいるが動かないあるものによって催眠にかけられ、奇妙な停滞状態におちいった――一つの知的傾向によって、催眠にかけられたのだ。しかし、オッカムのような知的傾向は、ほかに前例がない」

こうして彼らは、オックスフォードの元名誉総長、いつも病気がちだったジョン・ラットレルを、フランスのアビニョンへ向かう途中でもう一度発病させることにした。オッカムの思想が世界を席巻《せっけん》する前に、ラットレルがアビニョンへ到着して、痛手を負わせたりできないように。

「さあ、みなさん、実験にとりかかりましょう」その翌日、エピクトはガラガラ声でそういった。「このわたしが、一三二三年、オックスフォードからアビニョンへ向かう一人の男の足をとめます。さあさあ、席についてください、みなさん。実験をはじめましょう」エピクティステスが七本に枝分かれしたプーカ・ドゥーカから、すばらしい煙を部屋中にもくもく吐き出すのにつれて、巨大な海蛇に似た頭はありとあらゆる色に染まった。

「どうだ、みんな、のどを切られる覚悟はいいか？」グレゴリーが陽気にたずねた。

「切れ、切れ」ディオゲネス・ポンティフェックスがいった。「だが、わしはたいした期待はしとらんよ。昨日の実験がなんの効果もなかったのにだな、七百年前、あるイギリスの学者がもう一人の学者を追いかけ、非科学的な抽象的推論に関する五十六の問題点を、フランスにあるイタリアの宮廷で、それもまずいラテン語で異議を唱えようと唱えまいと、たいしたちがいがあるはずはない」

「完全なテストの条件はととのいました」機械のエピクトがいった。「基本テキストとして、コブルストーンの〈哲学史〉を用意してあります。もし、このテストが成功ならば、このテキストはわれわれの目の前で変化するでしょう。それ以外のすべてのテキストも。そしてこの世界も。

　ここには世界最高の頭脳と判断力の持ち主、十人の人間と三つの機械が集まっています。われわれの数が十三であることをおぼえておいてください。あとで重要になるかもしれませんから」

「世界を眺めよう」とアロイシャス・シップラップがいった。「昨日もわたしはそういったが、もう一度そういわなくてはならない。われわれの目、われわれの記憶の中に、この世界はおさまっている。もし、それがすこしでも変化すれば、それとわかるはずだ」

「エピクト、ボタンを押せ」グレゴリー・スミルノフが命じた。

　クティステック・マシンのエピクティステスは、自己の奥深い内部から、〈化身〉と呼ばれるなかば機械的でなかば幻影的な構成物を送りだした。一三二三年のある日の暮れ方、フランスの古代ラングドック地方、マンドからアビニョンへ向かう道で、ジョン・ラットレルはまたもや病気におかされた。彼はその山地にある小さな宿屋に運ばれ、たぶんそこで息をひきとったのかもしれない。とにかく、彼はアビニョンには着かなかった。

「うまくいったか、エピクト？　もうすんだのか？」アロイシャスがたずねた。

「証拠を調べよう」グレゴリーがいった。

彼ら一同、つまり、三人の人間と、カチェンコ仮面と話し管をもつ精霊のエピクトは、証拠に目をやり、しだいに落胆をつのらせていった。

「五つの刻み目のついた枝がまだここにある」グレゴリーがいった。「これはわれわれの試験棒だ。世界はなに一つ変わっていない」

「芸術も前のままだよ」とアロイシャス。「この岩の上の絵、くる季節もくる季節もわれわれが描きつづけている絵も、ちっとも変わっていない。われわれはクマを黒く塗り、野牛を赤く、人間を青く塗った。もし、別の色を作りだす方法が見つかれば、鳥の絵も描くことができる。わたしはこの実験で、その色が見つかるんじゃないかと期待していた。いや、そればかりか、われわれの目の前で、この岩の上に鳥の絵が出現するのを夢見ていたんだ」

「食べ物といえば、やっぱりスカンクの尻肉だけ。ほかになんにもないわ」ヴァレリーがいった。「この実験で、それが鹿の腰肉に変わればいいなと思ったのに」

「すべてが失われたわけじゃない」とアロイシャス。「まだヒッコリーの実が残されているよ。それが、実験を始める前の、わたしの最後の祈りだった。〝どうかヒッコリーの実を取りあげないでください〟と、わたしは祈ったんだ」

彼らは天然の会議卓である大きな平べったい岩のまわりに座り、柄のない石槌でヒッコリーの実をつぶしていた。だれもがすっ裸のままであり、世界はもとからそんなふうだった。彼らは魔法でそれを変えようと試みたのだ。

「エピクトはしくじった」とグレゴリー。「われわれはとっておきの小枝で彼の枠組を作り、とっておきの草の葉で彼の頭を編んだ。魔法の呪文をたっぷり唱え、とっておきの宝物をそっくり彼の頬袋の中に入れた。さて、いったいこの魔法の仮面は、これからわれわれのためになにをしてくれるんだ？」

「たずねなさい、たずねなさい」とヴァレリーがいった。彼らはこの世界で最高の四つの頭脳だった――三人の人間、つまり、アロイシャスとグレゴリーとヴァレリー（よその谷を考えに入れなければ、世界でただ三人の人間でもある）と、カチェンコ仮面と話し管をもつ精霊のエピクトだった。

「これからなにをすればいいんだ、エピクト？」グレゴリーはたずねた。それからエピクトのうしろへ回り、話し管に近づいた。

「思い出すのは、鼻にソーセージをぶらさげた女のこと」エピクトがグレゴリーの声で答えた。「これでなにかの役に立つかな？」

「なにかの役に立つかもしれん」グレゴリーは、平たい岩の会議卓をまわり、自分の席にもどってからそういった。「それは三つの願いに関する古い（なにが古いもんか。わしが今朝こしらえたばかりの）民話に出てくる」

「エピクトに話させなさい」ヴァレリーがいった。「エピクトのほうが、あなたよりずっと話し上手だわ」ヴァレリーはエピクトのうしろにまわって話し管に近づき、ゆるく巻いた乾燥のたりない大きな黒い葉巻の煙を、そこからもくもく吐きだした。

「妻がソーセージのことで一つの願いをむだにした」エピクトはヴァレリーの声でいった。「ソーセージとは、鹿の腰肉の一切れを鹿の胃袋の切れはしに包んだものだ。夫は妻が願いを一つむだにしたのに腹を立てた。妻がうまくやれば、まるごと一頭の鹿とたくさんのソーセージがさずかっただろうからだ。夫は腹立ちのあまり、ソーセージが妻の鼻に永久にぶらさがればいいと願った。そのとおりになって、妻が泣きだすのを見て、夫は自分が第二の願いを使ってしまったのに気づいた。そのあとは忘れたよ」

「忘れちゃ困るな、エピクト！」アロイシャスが思わず大声を出した。「この世界の未来は、きみが思いだせるかどうかにかかっているんだ。よし、わたしがそのいまいましい魔法の仮面に説きつけよう！」そういうと、アロイシャスはエピクトのうしろへまわり、話し管に近づいた。

「うん、そうだ、思いだしたぞ」エピクトがアロイシャスの声でいった。「夫は第三の願いを使って、妻の鼻からソーセージをとりのぞいた。そこで万事はもとどおりに落ちついたのだ」

「でも、わたしたちはもとどおりじゃ嫌なのよ！」ヴァレリーがわめいた。「いまがちょうどそうだわ。スカンクの尻肉しか食べられず、着る物といえば髪の毛だけ。わたしたちはもっといい暮らしがしたいのよ。鹿皮やカモシカの皮がほしいのよ」

「わたしを神秘論者ととるか、でなければなんともとらないでくれ」エピクトは放送を終えた。

「たとえ世界が前からこうだったとしても、われわれはこれ以外のことをそれとなく知っている」グレゴリーがいった。「投げ矢を作ったという民間伝承の英雄はだれだ？　彼はなにからそれを作ったんだ？」

「ウィリー・マッギリーというのが、その英雄の名前だよ」エピクトは、ようやく話し管のそばへ行くのに間に合ったヴァレリーの声でいった。「ウィリーが投げ矢を作ったのは、スベリニレの木だ」

「民間伝承のウィリーが作ったような投げ矢を、われわれも作れるだろうか？」アロイシャスがたずねた。

「作らなくちゃ」とエピクト。

「では、石投げ器を作って、それをわれわれ自身の背景の外へ射ちこむことも――」

「それを使って、〈化身〉がだれかを殺す前に〈化身〉を殺せるだろうか？」グレゴリーが興奮した口調でたずねた。

「やってみるさ」ただのカチェンコの仮面と話し管とにすぎない精霊のエピクトが答えた。

「もともと、あの〈化身〉は好きじゃなかったんだ」

だれがいったんだ、エピクトがただのカチェンコ仮面と話し管にすぎないなんて！　彼はもっともっとそれ以上のものだった。彼の頬袋には、赤い柘榴石《ざくろいし》と本物の海の塩が入っていた。ビーバーの目から作った粉末も入っていた。ガラガラ蛇の尾とアルマジロの甲も入っていた。彼は最初のクティステック・マシンだった。

「合図をしてくれ、エピクト」しばらくのち、アロイシャスが石投げ器に投げ矢をはさんでいった。

「投げろ！　あのいまいましい〈化身〉を殺せ！」エピクトがわめいた。

暦のない年のある日の暮れ方、名のない土地から土地へ通じる道で、ひとりの〈化身〉がスベリニレの矢を心臓に受けて死んだ。

「うまくいったか、エピクト？　もうすんだのか？」チャールズ・コグズワースが興奮した口調でたずねた。「そうにちがいない。ぼくはここにいる。前のときにはいなかったんだ」

「証拠を調べよう」グレゴリーが穏やかに提案した。

「証拠なんか、くそくらえだ！」ウィリー・マッギリーが悪態をついた。「どこで最初にそれを聞いたか、おぼえているか？」

「もう始まったのか？」グラッサーがたずねた。

「もう終わったのか？」オーディファックス・オハンロンがたずねた。

「ボタンを押せ、エピクト！」ディオゲネスが大喝した。「わしは肝心なところを見逃したような気がする。もう一度ためしてみよう」

「いやよ、だめ、だめ！」ヴァレリーが必死でとめた。「二度とごめんだわ。あれはスカンクの尻肉と狂気に通じる道よ」

他人の目

Through Other Eyes

浅倉久志訳

初出：Future Science Fiction, February 1960

邦訳：《SFマガジン》一九七九年三月号→短篇集『九百人のお祖母さん』（早川書房／海外SFノヴェルズ、のちにハヤカワ文庫SF）

〈不純粋科学研究所〉シリーズからもう一篇。タルサ大学の原稿コレクションの記録によると、一九五八年八月に原稿を完成。執筆順でも発表時期でも、もっとも初期の作品だ。初出誌《フューチャー・サイエンス・フィクション》は一九三九年、パルプ雑誌全盛期に創刊され、第二次大戦での中断を経て、五〇年にベテラン編集者ロバート・A・W・ラウンズ采配のもとで復刊した。ラウンズは低廉な原稿料でそれなりの作品を集める名人だった。もっとも、プロデビューしたばかりのラファティ（これが活字になる三作目）は原稿料の相場など知りもしなかっただろうが。

　本作品の中核テーマは「自分が見ている世界と他人が見ている世界は同じだろうか？」というきわめて素朴な、しかし哲学的に奥の深い疑問だ。大脳走査機というガジェットの向こう側に、研究所の主要メンバー、偉大なるグレゴリー・スミルノフ、繊細で世間知らずのチャールズ・コグズワース、官能的な——外面的にも内面的にも——ヒロインであるヴァレリー・モックの人となりが鮮明に浮きあがる。

1

「もうこれ以上〈大いなる日〉の夜明けにはつきあいきれん」スミルノフがいった。

「〈大いなる日〉というやつは、どれもうっとうしい朝と、雨の午後と、わびしい晩とでできあがっているような気がする。あの再現相関機をおぼえているか？」

「俗にタイムマシンと呼ばれているあれかね。しかし、グレゴリー、あの発明は成功だったし、いまもそうだよ。三台とも絶えず利用されているし、すくなくとも十年に一台ずつは新造されていくだろう。貴重な発明だ」

「うむ。あれはわびしい成功だった。あれはわしの全人生を灰色に変えた。きみは試運転の日をおぼえているか、ヘイスティングズの戦い（一〇六六年ウィリアム征服王がアングロサクソン軍を破った）の再現を？」

「あそこでぼくらが過ごした憂鬱な三年間は、忘れようとしても忘れられないよ。しかし、だれにそこまで予想がつく？——あれがあんなにささやかな事件で、せいぜい五エーカーばかりの土地を舞台の、二十分たらずの小ぜりあいだったとは？　それと、だれにそこまで予想がつく？——あれほど最近の歴史にも、四年の誤差があるなんて？　そうさ、毎日毎日気のめいる思いであっちこっちの泥田を走査して、やっとのことで再現したら、あれだ」

「では、ヴォルテールの機知をじかに拝聴しようとしたときの、あの条件づきの成功は？」

「あれにはまいった！　あのえんえんたるむだ話！　あれだけ食傷すると、もうへども出なくなるね。なんとひねくれた、婆さんじみた男だったろう！」

「では、ネル・グィンは？」

「王者の趣味というのは不可解だね。なんという味もそっけもない人物！」

「では、シャルルマーニュの戴冠式は？」

「しもやけの王様。火が欲しけりゃ、籠に入れて持ち歩くしかない。後にも先にも、あんな寒いクリスマスはなかったよ。しかし、連中は蜂蜜酒でけっこうあったまっていたらしい。悲しいことに、こっちは手を出すことも、味見することもできないんだから」

「そのあと、もっと過去へさかのぼって、神聖な女流詩人サッフォーの珠玉の言葉を聞いたんだったな」

「そう、サッフォーはちょうどお気に入りの猫を去勢しようと決めたところだった。三日間彼女の話を聞いたけれども、しゃべることといえばそればかり。世界にとっては実に幸運だったよ、彼女の言葉がわずかしか残されていないのは」

「それから偉大なピタゴラスの仕事ぶりも見学した」

「ちょっとした測量問題に何日もかかりっきりなんだもの。バリヤーさえなければ、計算尺をわたして、使い方を教えてやりたかった」

「トリスタンとイゾルデの恋の口説きも盗み聞きしたっけな」

「それと、トリスタンが午後いっぱいかけて、三文笛であのいまいましいハープの調律をするのもね。それに、イゾルデときたら、髪の毛に塗った熊の脂のことしかしゃべらないし、しかもその熊の脂がいまのそれとは似ても似つかないんだからな。しかし、ぽっちゃりした、なかなかのカワイコちゃんだった。あの前後数世紀の中ではピカ一だろう。あれだけの胴まわりだと、両腕だってとても抱えきれそうもないが、あの時代、あの地方の男がそれを試したくなる気持もわかる」

「うん、そうだ。彼女、シナモン・クッキーそっくりの匂いだったじゃないか、ええ？　ところでランスロットをおぼえているか？」

「背中の痛みで馬にも乗れない騎士かね。おまけに肱の故障と股間の古傷。このごろのスポーツ選手だって、あんなに四六時中マッサージ台の上に乗っかってはいないぜ。もしぼくが、再起不能とわかった高給取りのクォーターバックをかかえていたら、なんとかして契約打ち切りの手段を見つけるね。十年前の新聞の切りぬき読みたさに、彼をチームに残しておくのはむだだ。彼を馬から突き落として地べたへ踏みつけるぐらいは、どこの農家の小伜でもやってのけたろうよ」

「そういえば、あの日のアリストテレスも期待はずれだったな。あの野蛮な北海岸なまりのギリシア語！　三時間もかけて、弟子たちにひげのカールをやらせていた。それに、〝ひげの本質〟と〝ひげの実体〟に関する彼の講義、きみにはわかったか？」

「いや、正直いってちんぷんかんぷんだった。よほど深遠なものらしい」

ふたりはしばらく悲しそうに黙りこんだ。多くを失った人間がそうするように。

「あの機械は成功だった」やがてスミルノフがいった。「それなのに、その大きな興奮が、われわれにとってはわびしく死にたえてしまったのだ」

「興奮は、機械の発明の中にあるんだよ」コグズワースがいった。「機械が発見するものの中にはない」

「ところで、こんどのきみの新しい機械だが」と、スミルノフがいった。「きみがあれを実際に動かすところは、見たくないものだな。きっとまた、きみにとっては惨憺たる失望ものだぞ」

「それはぼくにもわかっているよ。しかし、やっぱりこんどのほうが大発明なんだ。少年のように胸がおどる」

「きみが少年だったのは昔の話だ。いまさらそこへもどれはせんよ。これだけ年をとったきみに、こんどの新発明がどれだけの興奮をもたらせるかは疑問だ。すくなくとも、この前の機械は過去を再現できた。こんどのは、現在がのぞけるだけだ」

「そう。しかし、他人の目をとおしてだよ」

「目は二つあれば充分さ。物珍しいという以外に、なんの利点も見いだせんな。たんなる機械仕掛けじゃないかという気がする」

「いや。信じてくれたまえ、スミルノフ。あれはそれ以上のものだ。ちがった目で見た世界は、もうおなじ世界ですらないかもしれんぞ。ぼくはこう考えている。われわれが一つと見なしているものは、実は数十億のちがった宇宙で、どれもたった一人の目に合わせて作られているのかもしれない、とね」

2

チャールズ・コグズワースが新しく完成させた大脳走査機は、べつに複雑な機械ではなかった。それは小型だが巧妙な仕掛けの増幅装置、またはその一対だった。二つの非常に複雑な機械――つまり、二人の人間の脳――を、同期的に、それとも、より適切な言葉を使えば〝共感的〟に連結するよう設計されたものだ。それはたんなる増幅装置にしかすぎない。潜在意識の連結――あるいはその可能性――も、すでに発明者の計算に入っていた。この発明を実現させるには、二十たらずの重要な特徴を増幅するだけでよかったのだ。

ここでただ一つ問題になるのは、ひだに覆われた脳そのものの皮質、すなわち意識と感覚端末の容器と、活動の指標である擬似電気インパルスとである。コグズワースの長年の持論はこうだった――片方の脳のこうした二十近いインパルスをうまく増幅すると、もう片方の脳に完全な伝達が働き、実験者は、つかのま他人の目で、すべてを見ることになるだろう――そして、また心の中では、他人の目をつうじて、その人間とおなじ空想や白日夢にふけり、その人間が感知するのとおなじ世界を感知するだろう。そして、その世界は、実験者が知っていた世界とおなじではないはずだ。

走査機は完成し、そして七つのちがった脳に関する情報が寄せ集められた。それは、コグズワースが自分の脳と連結させようと考えた七つの脳の周波数、インパルス、流れと場、ライアル波型についての精細な脳波データの蓄積だった。

　選ばれた七つの脳の持ち主は、つぎのとおりである。彼の同僚で多くの問題の相談役でもあるグレゴリー・スミルノフ。コズモポリタンで〈研究所〉の国際的代表者であるゲイタン・バルボ。理論数学者のシオドア・グラモント。口八丁手八丁の実務屋、E・E・オイラー。有名な心理学者のカール・クレバー。懐疑家で冷徹な批評家のエドモンド・ギラームズ。コグズワースが通常の手段ではとても理解できないとあきらめている、美と魅力をあわせもった女性、ヴァレリー・モック。

　彼のアイデア――他人の心の中に入り、他人の目の奥から彼のとおなじではありえない世界をのぞこうというこのアイデアは、コグズワースの一生の念願だった。思いおこすと、そのアイデアがはじめて強烈に頭にやどったのは、まだ幼かりし頃だったのだ。

「夜空が黒く見え、星が白くまたたいているように見えるのは、ひょっとするとこのぼくだけかもしれない」と、彼はひとりごちたものだった。「ほかのみんなには空が白く見え、星が黒くまたたいて見える。そして、ぼくは空が黒いといい、みんなも空が黒いという。だけど、みんなが黒いというのは、ほんとは白いことなんだ」

　また――「ひょっとすると、牛の外側を見てるのはぼくだけで、みんなは内側を裏返しに見てるのかもしれない。ぼくはこっちが外側だといい、みんなもこっちは外側だという。だけど、みんなが外側というのは、ほんとは内側のことなんだ」

また——「ひょっとすると、ぼくが見ている男の子はぜんぶ、ほかのみんなから見ると女の子で、逆に女の子は男の子に見えるのかもしれない。ぼくは〝あれは女の子だ〟といい、みんなも〝あれは女の子だ〟という。だけど、みんなが女の子というのは、男の子のことなんだ」

そこで、こんな恐ろしい考えがうかんだ——「もしぼくが、ほかのみんなの目から見て、女の子だとしたら？」

この疑問は、幼い彼にもどこかおかしく思えたが、それでもやはり一つの固定観念となった。

「もし、犬の目にはどの犬も人間に見え、どの人間も犬に見えるとしたら？　もし、犬がぼくを見て、ぼくを犬だと思い、自分を人間だと思うとしたら？」

そのあとに、一度こんな破壊的な考えがうかんだこともある——

「そして、もしその犬が正しいとしたら？

もし、魚が鳥を見上げ、鳥が魚を見おろしたら？　もし魚が自分は鳥で、鳥が魚だと思い、自分はその魚を見おろしていると思い、空気を水、水を空気と思うとしたら？

もし、鳥がミミズを食べるとき、ミミズが自分は鳥で、鳥がミミズだと思うとしたら？　そして、自分の外側を自分の内側と思い、鳥の内側を自分の外側と思うとしたら？　そして、鳥が自分を食べたのではなく、自分が鳥を食べたのだと思うとしたら？」

これは非論理的だった。しかし、ミミズが非論理的でないと、どうしてわかる？　あの体では非論理的になりたくもなるだろう。

長ずるにおよび、チャールズ・コグズワースは、自分の目に見える世界が他人の目に見える世界とおなじではないという、たくさんの証跡にでくわした。どの人間もちがった世界に住んでいるという、もっと小さいが持続的な証跡もあった。

その日はまだ昼下がりだったが、チャールズ・コグズワースは暗闇にすわっていた。グレゴリー・スミルノフは、予告していたとおりに、田舎へ散歩にでかけて留守だった。この実験のことを知っているのは、スミルノフだけだ。もし打ち明けたとしても、賛成してくれるのはスミルノフだけだったろう。もっとも、ほかの六人にも、別の口実をもうけて、彼らの脳波データを集める許可はとってあった。

始まりはすべて静かにやってくる。この実験は大成功だった。他人の目で見る経験は新鮮ですばらしい。ただし、その完全な認識はじわじわとやってきた。

「彼はぼくより偉大な人物だ」と、コグズワースはいった。「これまでにも、うすうすそんな気はしていた。ぼくほどの情熱には欠けるとしても、彼にはぼくにない大らかさがある。それに、彼はよりよい世界に住んでいる」

たしかに、よりよい世界だった。ずっと大きなひろがりを持ち、あらゆる細部が生き生きしていた。

「草にあんな色があるなんて、だれが思いつくだろう？　かりにあれが草としてもだ。あれは彼が草と呼んでいるもので、ぼくが草と呼んでいるものじゃない。これから先、ぼくはいままで見ていたような草に、はたして満足できるだろうか。この空はこれまで知っているどんな空よりもすてきだし、丘もずっと構造的だ。ぼくには見えない丘の古い骨格が、彼にははっきり見えるし、水脈のありかまでちゃんとわかる。

こっちへ歩いてくる男がいるが、あんな堂々たる男はこれまで見たことがない。だが、ぼくはこの男の影法師を知っている。彼の名前はドツルといって、それはぼくにとってもグレゴリーにとってもおなじだ。これまでぼくはドツルを阿呆だと思っていたが、いまやっとわかった――グレゴリーの世界には一人の阿呆もいない。霊感にみちた、神に近い巨人の目で、ぼくは外を見ている。ぼくの見ているこの世界は、いまだかつて退屈を知らない世界だ」

何時間にも思えるあいだ、チャールズ・コグズワースはグレゴリー・スミルノフの世界で暮らした。彼がそこに見いだしたものは、生涯かけてただ一つだけ裏切られなかった大きな期待だった。

つぎに、しばらく休息をとったあと、彼はゲイタン・バルボの幅広い目から世界を眺めた。

「彼がぼくより偉大な人物かどうかは疑問だが、たしかに幅は広い。彼がぼくより偉大な世界を眺めているかどうかも疑問だ。ぼくの世界を彼の世界と進んで交換する気はないな。グレゴリーのとなら別だが。ここにはぼくの世界のような強烈さはない。しかし、とにかく魅力的だし、ときどきここへもどってこられたら楽しいだろう。そうだ、これがだれの目かわかったぞ。ぼくは王者の目で外を見ているんだ」

そのあと、彼はシオドア・グラモントの目で外を眺め、哀れみをもよおした。

「もし、ぼくがグレゴリーに比べて盲目だとしたら、この男はぼくに比べても盲目だ。すくなくとも、ぼくは丘が生きているのを知っている。彼はそれを不完全な多面体としか思ってない。彼は砂漠のまんなかにいて、しかもそこに住む魔物たちに話しかけることすらできずにいる。彼はこの世界を抽象し、それを数にあてはめたが、この世界が生き物だということすら知らない。おそろしく複雑な自分の世界を作りあげはしたものの、その脇腹の色を見ることもできない。この男があれだけ大きな業績を上げられたのは、出発点でこれだけ大きなものを否定したからだ。いまようやくわかったが、最高の理論も、歯のないやつが身代わりにかじった一つの事実でしかない。だが、いくら実体がないとはいえ、この世界へもまたもどってきたいな。さしずめ、これは盲いた隠者の目で外を見ている感じだ」

楽しく胸おどるこの実験は、また、くたびれるものでもあった。コグズワースは十五分の休息をとってから、E・E・オイラーの世界に入った。入ったとたん、彼は賛嘆にみたされた。

「なみの人間には、この世界をのぞくのはむりだろう。きっと気が狂ってしまう。雀の羽毛のすべてと、そこにたかるすべてのダニの数まで定めた創造主、これはまるでその創造主の目から見た世界だ。すべてのディテールが相互に結びついたヴィジョン。これにはどぎもを抜かれる。この世界は、見るだけでも楽じゃない。これにはまいった！　どうして彼はこれに耐えられるのか？　しかし、彼がごたごたしたディテールのすべてを、それがごたごたしていればしているほどよけいに愛しているのは、よくわかる。この世界に、ぼくはせいぜい臨床的な興味しか持てそうもない。だれかが手綱を抑えなくてはならないが、さいわい、ぼくはその運命をまぬかれた。われわれが住んでいるこの毛深い猛獣を飼いならすのは、オイラーの悲しい運命だ。ぼくはもっと幸福な運命をとる」

彼は将軍の目で外を眺めていたのだ。

カール・クレバーの世界をのぞこうという試みは、あやうく大失敗に終わるところだった。チンパンジーを研究しようとした行動主義心理学者について、こんな話が残っている。心理学者は、好奇心の強いその動物を個室に入れ、ドアに鍵をかけた。それから鍵穴に近づいて、中の様子をうかがおうとした。だが、鍵穴のむこうに見えたのは、中から彼をのぞきかえそうとしているチンパンジーの茶色の目玉だったという。

それに近いことが、ここでも起きた。カール・クレバーはこの実験のことを知らないのだが、それにもかかわらず、見ることはまた見られることでもあった。ある状況の気まぐれによって、クレバーも同時にコグズワースを観察しているのだ。そして、コグズワースがクレバーの目で見ることができたときでさえ、彼が見ているのは彼自身なのだった。

「ぼくは出歯亀の目で眺めている」と、コグズワースはいった。「ところで、このぼくとはいったい何者だ？」

もし、最初に入ったグレゴリー・スミルノフの世界がいちばん壮大だったとすれば、最後から二つ目に入ったエドモンド・ギラームズの世界は、あらゆる意味でいちばん卑小といえた。それは胆管の内側からのぞいた世界だった。エドモンドが楽しい人間ではないように、それも楽しい世界ではなかった。しかし、一生かけて、ぐにゃぐにゃの骨と血の気のない肉体が、いびつな色とおぞましい形の衣服をまとっている世界だけしか見たことのない人間が、どうして懐疑家以外のものになれるだろう？

「彼の世界のライオンよりは、ほかの世界のモグラのほうが気高いぞ」コグズワースはいった。「これだけたくさん批評の種があれば、だれが批評家にならずにいられよう？　この不快な世界が、神の手で創られたか、それともやぶにらみのダチョウの卵から生まれたかというジレンマに直面すれば、だれが懐疑家にならずにいられよう？　ぼくは阿呆の目で阿呆の世界を眺めたのだ」

もう一度休息をとりながら、コグズワースはひとりごちた。

「ぼくはこの世界を、巨人と、王者と、盲いた隠者と、将軍と、出歯亀と、阿呆の目で見た。あとは天使の目でそれを見るだけだ」

ヴァレリー・モックは天使かもしれず、天使でないかもしれない。彼女は美しい女性だが、天使というものは、時代の古い、より典拠のある宗教画では、けばだった翼の生えた、どちらかといえば厳しい顔つきの男性に描かれている。

ヴァレリーはたえずなにかを面白がっているような表情の女性で、すべての魅力と喜びの化身だった――すくなくとも、チャールズ・コグズワースにとってはだ。彼はヴァレリーがすばらしい機知の持ち主だと信じていた。だが、もしとことんまで問いつめられたとしたら、彼女の口にした警句をただの一つも思い出せなかったろう。彼はヴァレリーを申し分のない親切な女性と見ていたし、事実彼女はどちらかといえば気のいいたちだった。しかし、スミルノフの言葉をかりると、通常の意味で異常と考えられる女性ではなかった。

ごく最近になってコグズワースは、彼がヴァレリーに感じているものが、当惑というよりは愛であることを確信していた。そして、尋常の手段で、彼女を理解することが絶望的である以上——もっとも、ほかのみんなはけっこうやすやすと彼女を理解していたが——いまから彼は理解のために、尋常でない手段を使おうとしたのだった。

「ぼくは天使の目でこの世界を見るんだ」——そういいながら、彼はヴァレリー・モックの目で世界を眺めた。

眺めるうちにある変化が訪れたが、それは快い変化ではなかった。彼は彼女の目をとおして、かなりのあいだ——たぶん、グレゴリーの目をとおして見たときほど長くはなかったろうが——それでもかなり長くのあいだ、そこから目をそらすことができずに、世界を眺めていた。

彼はぞっと戦慄し、わなわなとふるえ、身をすくめて自分自身の中へあとずさりした。

彼は機械から離れ、両手で顔をおおった。

「ぼくはブタの目で世界を見てしまった」

3

チャールズ・コグズワースは六週間の精神病院入りをしたが、表向きの口実は別に作られた。彼は第二の大発明を世界にもたらしたが、その完成のため、心身ともに疲れ果てた――才気煥発の性格の持ち主によくあるように、発見から完成までの躁状態のあと、反動的に強い鬱期がめぐってきたのだ、と。

もともとコグズワースは健全な気質である上、治療も万全だった。とはいえ、回復しても、彼はもとの自分に戻れなかった。いまの彼は、前にはなかった一種の自嘲と、にこやかな諦観を身につけていた。まるでそれは、他人の世界を眺めたことで、自分のために新しく、もっと苦味の多い世界を発見したかのようだった。

以前の彼の友人の中で、あいかわらず親密につきあうのは、グレゴリー・スミルノフだけになった。

「おおかたの察しはつくよ、チャールズ」と、グレゴリーはいった。「こういうことになりはせんかと、わしは心配してたんだ。事実、彼女を実験対象の一人に含めることにも、反対したろうが。理由は簡単、きみはあまりにも女について知らなさすぎる」

「参考文献はぜんぶ読んだよ、グレゴリー。ザメンノフのゼミにも六週間かよった。女性に関するボップの全著作にも、ほとんど目を通した。ぼくはきみとおなじぐらいの年数をこの世界で暮らし、いつも大きく目をあけて物事を見てきた。女性について、およそ理解可能なことは一通りわきまえているつもりだ」

「ちがうな。女はきみの専門じゃない。きみにショックを与えるものの予想はついていたよ。女が男よりずっと官能的だということを、きみは知らなかったんだ。しかし、どんなことにショックを受けたか、きみの口から説明を聞いたほうがいいかもしれん」

「ぼくはヴァレリーを天使と思っていた。それがブタだとわかったショック、それだけのことさ」

「きみがブタを女よりもよく理解しているかどうかは疑わしいな。わしもつい二日前に、世界の豚瞰図《とんかんず》を見たばかりさ。それも、きみの大脳走査機を使ってだ。きみが入院しているあいだに、あれを使ってかなりの仕事ができた。ブタの目で見た世界には、最も潔癖な人間にさえ、なにもショックを与えるようなものはない。ほとんどまったく情熱というものから切り離された、平安がすべてを包みこむ、夢見心地の世界だ。不快なもののほとんどない、ぼんやりした灰色の世界だ。わしはこれまで、日ざしのぬくもりや、ひやっこい土の感触が、あんなにすばらしいものだとは知らなかった。もっとも、われわれはすぐあの世界に退屈するだろう。しかし、ブタは退屈しない」

「おもしろいね、グレゴリー。しかし、ぼくのショックの要点にはふれていない。ヴァレリーは美しい——すくなくとも、以前のぼくには美しかった。彼女は優しく落ちついて見えた。いつも彼女はある謎を秘め、それをとても面白がっているようすだった。いったん理解ができれば、それはきっとこの世のなによりもすばらしいものにちがいない、とぼくは想像していた」

「ところが、その謎というのは、彼女がおそろしく官能的な世界に住み、完全に意識してそれを楽しんでいることだった。それだろうが、ショックのもとは？」

「きみはショックの深さを知らないんだ。身の毛がよだったよ。あの世界の色彩は信じられないほど下品で、形ときたら不快そのもの。中でも匂いがいちばんひどい。樹木が彼女にはどんなふうに匂うか、知っているか？」

「なんの木だ？」

「なんの木でもいい。あれはたしか、ふつうのニレだった」

「スベリニレは、季節によって芳香を放つ。ほかのニレは、なんの匂いもしない」

「いや。そうじゃない。彼女の世界では、どんな木もプンプン匂うんだ。あれはふつうのニレだったが、彼女の好きな、すごくなまぐさい麝香《じゃこう》臭がしていた。頭がくらくらするほど強烈だった。それに、彼女にとっては、草そのものも蛇のかたまりのようだし、世界そのものが肉体なんだ。あらゆる茂みが彼女に流し目を使うサチュロスに見え、素通りができなくなる。岩はクモに似た怪物で、彼女はそれが大好きだ。彼女はどの雲の中にも悶える肉体の群れを見て、その中へ加わりたいと焦がれる。街灯の柱を抱きしめるだけで、彼女の心臓はいまにも飛びだしそうに高鳴るんだ。

　彼女は遠くから、あるいかがわしいやりかたで、雨の匂いを嗅ぎ、それに包まれたいと願う。彼女はあらゆるエンジンを火の怪物と崇め、だれも聞いたことのないような物音を聞きとる。土の中でミミズがどんな音を出すか、きみは知っているか？　ものすごいものだ。彼女はその音に身もだえし、ミミズといっしょに土を食う。ガードレールに手をのせるだけのことが、彼女がやるとワイセツ行為になってしまう。あらゆる色と音と形と匂いと感触に、どこか卑猥さが混じっているんだ」

「しかしな、チャールズ、彼女は平均よりもほんのすこし魅力的な女性、物思いにふけりがちで、この世界への愛と親しみという、われわれの大半が失ったものを、まだ失わずにいる女性でしかないんだよ。彼女は現実と、現実のおもな徴候であるグロテスクさに対して、鋭い認識を持っている。きみ自身は、あんまりそれを深く持っておらん。だから、いきなり強力なそれにでくわすと、ショックを受けるんだ」

「すると、あれが正常だというのか？」

「正常なんてものはない。個人差があるだけだ。ほかの何人かの世界に入ったときには、きみはそれほどのショックを受けなかった。それは、われわれの世界の角《かど》が、大部分すりきれていたからさ。ところが、純真無垢な世界に入ると、予想もしなかった差異にぶつかることになるんだな」

「それだけが原因だとは思えないね」

チャールズ・コグズワースはヴァレリー・モックからの手紙に返事を出そうともせず、彼女に会おうともしなかった。しかし、彼女の手紙は愉快で優しく、そして彼を案じる気持もちょっぴりこめられていた。

「いったい、ぼくは彼女にどう匂うんだろう？」と、コグズワースは自問した。「ニレの木のように匂うのか。それとも土の中のミミズの匂いか？　ぼくは彼女にどんな色に見えるんだろう？　ぼくの声はワイセツだろうか？　彼女はぼくの声が聞けなくて淋しいという。それを埋めあわせるのは可能だ。このぼくも、彼女にとっては蛇のかたまりか、クモの群れに見えるのだろうか？」

というのも、あのとき見たものからまだすっかり回復していなかったのだ。

しかし、とにかく彼は仕事にもどり、例の驚くべき装置を使って、謎のはしっこをチビチビかじりはじめた。ほかの女たちの世界をのぞきさえもした。やはりスミルノフのいったとおりだった。どれも男たちの世界より官能的だが、どれもヴァレリーの世界ほど衝撃的なちがいはなかった。

ほかの男たちの目も試した。そして、動物の目も――シマリスをむさぼり食うキツネの温和な喜び、乳に飢えた子羊の血なまぐさい怒り、馬の露骨な横柄さ、ラバの知的な寛容、牝牛の食欲、リスのけち臭さ、キャットフィッシュの不機嫌な情熱。予想どおりといえるものは、一つもなかった。

彼は美女が醜女《しこめ》に対して感じる嫉妬と憎悪を、幼児の汚れない邪悪を、思春期の悪魔憑きをまなんだ。偶然にではあるが、世界を騒霊《ポルターガイスト》の目から眺めたり、正体不明の生き物の目から眺めたりした。いたるところにみなぎった下劣さをほとんど埋め合わせるような高貴さを、あちこちに見いだしもした。

しかし、なによりも彼が好んだのは、友人のグレゴリー・スミルノフの目で世界を眺めることだった。巨人の目で眺めると、あらゆるものが壮麗に見えたからである。

そしてある日、彼はスミルノフの目でヴァレリー・モックを見ることになった。実験の最中に、たまたまこの二人が出会ったのだ。彼女に対するむかしの感情がいくらかもどってきただけでなく、むかしの尊敬をさえ超えるなにものかが生まれた。そこにいる彼女は、その世界のあらゆるものがそうであるように、すばらしかった。そして、彼女を含めたそのすばらしい世界と、彼女自身の目で見たあのおぞましい世界のあいだには、なにか共通の地盤があるはずだった。

「ぼくはどこかでまちがっている」コグズワースはひとりごちた。「それは、ぼくの理解が足りないためだ。よし、彼女に会ってみよう」

だが、逆に、彼女のほうが彼に会いにきたのだ。

ある日、彼女が血相変えて、彼のところへとびこんできた。

「あなたは棒切れだわ。血のかよってない棒切れだわ。棒切れでできたブタだわ。あなたは死人と暮らしているのよ、チャールズ。あなたはあらゆるものを死なせてしまう。最低よ」

「ぼくがブタだって、ヴァレリー？　そうかもしれない。しかし、棒切れでできたブタなんて、見たことがないね」

「じゃ、ご自分をよくごらんなさい。それがあなたの正体よ」

「いったいなんのことなんだ」

「あなたのこと。あなたは棒切れでできたブタよ、チャールズ。グレゴリー・スミルノフが、あなたの機械を使わせてくれたわ。わたしはあなたの見る世界を見た。あれは死人の目で見た世界ね。あなたは草が生きていることさえ知らない。ただの草だと思ってる」

「ぼくもきみの目で世界を見たよ、ヴァレリー」

「ははあ、それだったのね、あなたの悩みは。じゃ、すこしでも生気のたしになったかしら。あれはあなたのよりも生気に富んだ世界だから」

「すくなくとも、刺激的ではあるね」

「ええ、そうあってほしい。あなたには鼻があるとさえ思えないもの。目があるとさえ思えないもの。あなたは丘を見ても、心臓がドキンともいわない人よ。野原を歩いても、ゾクゾクッとさえならない人よ」

「きみが見る草は、蛇のかたまりのようだ」

「草を生き物とさえ見ないよりはましだわ」

「きみが見る岩は、大きなクモのようだ」

「岩を岩としか見ないよりはましだわ。わたしは蛇やクモが大好き。あなたは鳥がそばを飛んでいくのを眺めても、その胃袋がゴロゴロ鳴ってるのが聞こえない人よ。どうしてそんなに鈍感でいられるの？　それなのに、わたしはいつもあなたにすごく好意を持っていたわ。あれほどあなたが死人みたいだとは知らなかったから」

「どうして蛇やクモが好きになれる？」

「どうして、なんであろうと好きにならずにいられるの？　あなたを好きになることだって、べつにむずかしくはないわ。たとえあなたに一滴の血もかよってなくてもね。ところで、どこからあなたは血があんな冴えない色だと思いついたの？　血が赤いということも知らないの？」

「ぼくにも赤く見えるがね」

「あなたの見てるのは赤じゃない。あなたが赤といってるだけ。あんな間のぬけた色は赤じゃないわ。わたしが赤といってる色が赤なのよ」

彼は彼女が正しいのをさとった。

それに、早い話が、なんであろうとどうして好きにならずにいられよう？　特にその相手が、怒るとますます美しくなり、そして、あまりにも生気に富んでいるため、その強烈な認識で半死人にショックを与えるような女性である場合には？

さて、チャールズ・コグズワースは科学的な男だったから、解決できない問題はないと信じていた。彼はこの問題をも解決した。なぜなら、彼はヴァレリーが低空を飛ぶ鳥であることに気づき、彼女の内部でなにがゴロゴロ鳴っているかを理解しはじめたからだ。

そして、彼はめでたくそれを解決した。

いま、コグズワースは大脳走査機用の相関機に取り組んでいる。完成のあかつきには、この装置を一般大衆に安全に開放できるだろう。二つの機械の組合わせは、三年後には中型の新車なみの値段で買えるはずだ。もう一年待てば、中古品が割安で手に入るかもしれない。

この相関機は、他人の目で見た世界の最初の眺めを、できるだけ抑制し、調節するよう設計されている。他人を理解する上でのショックをやわらげるために。

誤解は快いものにもなりうる。しかし、とつぜんの完全な理解には、なにか破壊的な性質があるのだ。

その曲しか吹けない

The Only Tune That He Could Play

山形浩生訳

初出：デーモン・ナイト編 *Orbit 21*（1980）
邦訳：《SFマガジン》二〇一四年十二月号

日本でのラファティ短篇集にはこれが初収録。オリジナル・アンソロジー《オービット》の最終巻に発表された作品。タルサ大学の原稿コレクションの記録によれば、原稿完成は一九七六年一月。実際に発表されたもののほか、三種類のヴァージョンの原稿が存在しているという。

主人公の青年トム・ハーフシェルが暮らす共同体は、教育環境、血湧き肉躍る感覚、友情――どれもたっぷりある、ずいぶんと風変わりであるけれど一種のユートピアだ。しかし、いかなるユートピアも完璧ということはなく、トムはずっと釈然としない気分を抱えていた。楽器演奏を指導する教員は、彼にこんなことを言う。「他の子は完全で、君は不完全だ。君の吹き方には何か足りないものがある」。トムを不完全にしている要因にして、この共同体を成りたたせている秘密とは？ ラファティはその秘密を最後まで伏せて結末でのサプライズ効果を狙うのではなく、物語の途中でかなりはっきりと示している。ただし饒舌な語りのなかにまぎれているので、注意深い読者でないと見落としてしまうだろう。

1

トム・ハーフシェルはラッパ演奏が主専攻で、郷愁民間伝承が副専攻、付録課外科目は怪獣変身でございました。

父親はこう申します。「我が息子トムや、それではバランスが完璧ではないな。選択がソフトすぎる。ソフト芸術、ソフト科学、ソフトなインチキ対照課目。息子や、学問にもっとハードでもっと男らしい要素を取り入れにゃならんぞ」

そこでトムはハード地理学を主要課外科目として取ったのです。これで基本課程に加えて四分野の勉強が必要となり、これは賢い若者であってもかなりきついスケジュールです。そして、そこがトムの泣き所でもあって、かれはあまり賢くなかったのでした。直観力はあり、リズム感もあり、活気にあふれ、熱意に満ち、音感も趣味もいい若者ではありました。でも、とにかく賢くはなかったのです。

それでも、年長者たちや同世代の人びとには人気がありました。そして友情の固い絆はどんな講義でも切り抜ける役にたつもの。

トムと友人三人、コブ・ゴリアス、デューク・チャールズ、ライオン・ブライトフットは、みんな男らしい若者で、ある春の朝にラバにまたがり槍で荒っぽい雄ブタを狩りつつ、トムの短所や長所や、世界の様々な喜びについて語り合っておりました。

「おまえは相手のいない半分だな、トム」とコブ・ゴリアスは、きわめてやっかいで足の乱れた雄ブタを追い、疾走するラバをUターンさせながら叫びます。「そしてオレたちの世界は、相手のいる完成体だらけの世界なんだ。自らを完成させろ、トム、完成させるんだ！」

人類最良の友たるブタにかかわる仕事は何であれ立派な職業ですし、槍でブタを殺すのはことさら楽しいもの。ブタは肉も皮も与えてくれます。さらに凶暴さも楽しみも友情も。ブタの血を流すのは、自分自身の血を流すにも匹敵しそうなほど途方もないことなのです。

「自分を完成させるって、まさにオレがやろうとしてることなんだ」とトムは難しい角度から、まったくもって完璧な槍投げでその雄ブタを殺しつつわめき、そのままその獣の死体を通り越しました。そして他の若者たちは、感心してため息をつくのでした。

トム・ハーフシェルはそうした他の若者たちほど身体が大きくもないし強くもございません。タフな知性もないし一心に打ち込む頑固さも、手先の器用さも持ち合わせてはおりませんでした。だがそれでも、他のだれよりも見事な殺しをたくさんやってのけましたし、槍の扱いの見事さやラバの扱いとブタ解体は実に堂に入ったものです。雄ブタの槍狩猟で重要なはずのあらゆる要素において、四人の中で最低だったのに、それでも仕留める数はトムが最高でしたし、しかもその仕留め方も他より目の覚めるようなものだったのです。

　トムが持っていたのは巧妙さで、これはあまり理解されていない性質なのでした。

「相手のいないハーフシェル（一枚貝）のトム」とデューク・チャールズは、どう猛で剛毛まみれのブタどもを追う攻撃に乗りだしつつ歌いました。若者四人はブタ九頭をすでに殺し、この朝は残り三頭を殺す予定だったのです。「ハーフシェル・トム、いつもどこかにおまえの残り半身がいるようなんだがな。命名の回転盤を回したとき、おまえの名前にちょうどぴったりのところで止まったよ。おまえはいろんなことを実にうまくこなすのに、それでも完全じゃない。どうしてだろうな？　不完全なものにはオムハカ要素がある。他のみんなは完全だ。そのブタ野郎に気をつけろ！」

　そのブタ野郎は、頑丈な牙を生やした雄ブタで、トムのラバの足に切りつけてなぎ倒しました。そしてさっきより短距離でUターンすると、投げ落とされて足下もまだおぼつかないトムめがけて突進してまいります。トムは槍の刃を使うにはすでに接近しすぎていたので、槍の握りを使って雄ブタの突進を二度かわしました。そして雄ブタはトムを捕らえ——

——でもそのときにはライオン・ブライトフットがその雄ブタを捕らえておりました。ライオンのラバは、自分の仕事を楽しんでいる騒々しい出来損ないでしたが、長い一撃で「上からの殺し」の体勢がずばり取れるような位置にまでライオンを運び、かれはそこからえぐるような、ほぼバックハンドの刃づかいで雄ブタを仕留めたのでございます。

ブタ野郎十頭を仕留めました。あと二頭。そして動揺はしても才能あるトム・ハーフシェルは、再びラバにまたがって新しい攻撃に乗り出します。

若者四人の間の友情は固く、お互いのためにはみんな、命も手足も何度となく危険にさらしたものです。みんなの狩り場は小さな解体場裏のブタ囲いの中でしかなかったし、興奮して戦い疲れたブタを解体する方法としてはまちがいなく、もっと簡単で安全なやり方があるはずではございます。でもブタはめざましいやり方で解体されるべきなのです。ブタがらみのあらゆること、このトーテム動物関連のすべては、可能な限りめざましい形で行われるべきなのですから。

さて、残ったブタ野郎どもの中には、怒り狂った足の速い雌ブタがいて、こいつはとてつもなく危険でした。雌ブタどもの間には憎悪と直観の要素がございます。ブタは人類最良の友ですが、これはこの動物の中の消えゆく雌ブタどもには当てはまりません。雌ブタどもはどういうわけか（というのも、こいつらの目の前では決して明言されないことなのではっきりとは知りようがないはずですから）残った自分たちですらいずれはクローンの雌ブタどもに置きかえられてしまうことを感じていたのです。

　この足の速い雌ブタは、牙が短くて内側にしっかり寄っておりました。殺し屋、それも厄介で突進する殺し屋だったのでございます。

「こいつらどう猛で以前の世界からの残留動物は、人間《マン》にいささかも喩えようがないことを万物に感謝しようじゃないか」とゴリアスがよびかけます。「こんな野蛮な代物が自分たちの種の中にいるくらいなら、みんな死んだ方がマシだ。気をつけろライオン！　気をつけろトム！」若者たちとしては、十一頭目と十二頭目の獲物はもっと手のかからないブタどもの中から見つけたかったところですが、この悲鳴と金切り声を上げる雌ブタが突進してきたので、これを殺すしかなくなってしまいました。その突進があまりに素早かったので、蹄の割れたラバどもはまったく対処のしようがなく、コブ・ゴリアスとデューク・チャールズのラバがなぎ倒されてしまいました。

　しかしそこでその雌ブタを殺したのは、自分も手負いのラバにまたがった血まみれのトムだったのでした。しかもその巧妙さと奇妙な欲望のすごさときたら。他の三人は、こうした生き残りの雌ブタどもはなるべく相手にしたがりませんでした。でもトム・ハーフシエルはそいつらがことさらお気に入りだったのです。トムはわくわくする荒っぽい殺戮で雌ブタを仕留めました。その仕事が終わったとき、トムの槍には肉の巨大な塊がついておりましたので、トムは一瞬そこからペットのブタを作ろうかと思いついたほどです。

　でもそれがいかに馬鹿げた発想か思い当たりました。ブタをクローンする材料は、雄ブタの肉のかけらだけなのです。それにトムはすでにかわいいペットのブタを一頭持っておりました。次の一頭を請求するのは、そいつがペットとしては大きくなりすぎるまで待とうというのがトムの腹づもりでございます。

　そのときライオン・ブライトフットが、いささか盛り上がりに欠ける形で十二頭目のブタ野郎を仕留めたのでした。

　ああこの若者たちがやらねばならない仕事は、すべて文句なしにつらく暑く血まみれの仕事ではございます。でもそれに栄光を感じられないようでは、人類の若者とは申せますまい。一同は死んだブタ野郎どもをラバの尻尾のところにある三脚にまで引きずり、そしてその一頭目をすばやく吊します。そして独自のブタ皮剥ぎの歌にあわせて皮を剥ぐのでした。若さ、若さ、それは危険と死を、実に簡単な作業にすら持ち込みたがるものなのです！　これぞ充実感。これぞ完全性！

　でもトム・ハーフシェルだけはちがいました。そしてみんないつも、トムがどういうわけか不完全だと冗談口をたたき合っておりました。でもその日はいつになく重要なことが起きようとしていたのです。

「オレたち、今晩の『最後の人』祭りに参加できるなんてツイてるぜ」と皮剝ぎナイフとやっとこを強い手で使いつつ、ライオン・ブライトフットが叫びました。「『最後の人』祭りはこれまでもあったが、今回はその最後だからな。この『覚えている最後の人間』は百四十歳なんだと。しかもそれって、『与えられた』十二年は勘定にも入れない年齢なんだって。父によると、他のお祭りは発明されるだろうから、お祭りがなくなるようなことはないそうな。でもこんなものは二度と実施されないっていうぜ。ある時代の終わりなんだと父は言ってるよ。オレたちみんな、今夜はバンドで演奏するけど、ラッパ吹き十二人に加わるのはトムだけだ。おまえ、真鍮のラッパを吹くわけ？」

「いや、たぶんホラ貝のラッパを吹く。真鍮のラッパなんてだれでも吹ける」

「そしてホラ貝をおまえみたいに演奏できるやつはいないもんな」とデューク・チャールズが割り込みました。「トム、おまえのホラ貝音楽なら、オレたちみんなをすっぽり丘を越えて運び去ってくれるぜ。おまえのホラ貝演奏ときたら、答えを引き出さずにはいられないって感じだもんな」

「その通り、確かに」とトム。「そしてときには、丘の彼方からその答えが聞こえるような気がするんだよ。オレの音楽は確かに、答えがあるべき代物なんだ。かつて蝶月貝を持っていたので演奏してみたけど、まるで本物の音楽が出てこなかった。確かに蝶月貝は音楽学博物館の分類だと『人を欺く音楽的でない貝』とされてる。でも、誰かは絶対に演奏できると思うな。オレの音楽への答えを、蝶月貝で演奏できるやつが絶対いるはずなんだ。ひょっとすると、何かどこかにいる人たちにとっては、ホラ貝ラッパのほうが『人を欺く音楽的でない貝』なのかも。いや、オレの言いたいことは言葉では説明できん。でもホラ貝で言いたいことを語ってみせよう、あんたらが聞いて理解さえできればな。たぶん『最後の人』ならわかるはずだよ。昨日会ったんだけど、えらく深遠そうな様子をしてるんだ」

「最後の人は今晩以降は何一つわからなくなるぜ」とコブ・ゴリアスは、肉切り鋸で細やかかつ力強い作業をしつつ申しました。「今晩死ぬんだし、その用意も出来ていると自分で言ってるもんね。ほら、あいつの公式の肩書きは『覚えている最後の人』なんだから」

「何を覚えてる人なんだよ?」と他の若者ほど賢くないトムは尋ねました。

「おやおや、それが何だか他のだれかが覚えてるようなら、その人がそれを覚えている最後の人にはならないだろう」とライオン・ブライトフットが理性的に申します。「そしてあの人がやっと死んだら、その古い秘密が何なのか、まるで誰一人知らなくなるんだ。どうせろくでもないことなんだって、みんな言ってるよ。そして父の意見では、説明されたって今残ってる連中にはだれも理解できないだろうとさ」

この若者四人は、ちょうどこの二年ほど前に、同時に出された要請に基づいて生まれてきたのでした。みんな、どこで見かける若者にもひけを取らないほど立派な若者たちでした。そして実際問題として、男も若者たちも、他のすべてと同じく、どんどん向上し続けておりました。男たちは息子の要請を出すときに、自分が何をしているのかについて十分な理解ができております。いまだかつてないほど科学的に要請を出しておりました。目的を理解し、そして結果を得ていたのでした。

「世界の存在理由は世界を享受するためだ」というのが目下の確固たる倫理科学的な主張でした。「そして男と若者たちの存在意義は、そうした同じ男や若者たちの充実と喜びなのである」

男たちも若者たちも確かに充足し、そして喜びを得ていました。そのことで宇宙全体胸を張り、それにより宇宙をお互いの調和と協調の中に取り込んだのです。

2

同時に甕出し小屋からやってきたこの少年四人は、手早くきつい豚肉作業をしておりました（あらゆる仕事の中で最も意義深くトーテム的な仕事です）。そして仕事が終わったら、教程を受けに向かわねばなりません。生涯にわたりこんな具合なのです。朝には仕事。午後には教程。晩にはお楽しみ。知性と友情と芸術と喜びこそは人生の礎であり、そのどれ一つとして軽んじてはなりませぬ。

この若者たちは通常、基礎課程はいっしょに受けており、そして主専攻や副専攻や付録課外科目は、同じ専攻を取っている人びとといっしょに受講いたしました。でも専門課程ですら「逆流」はございます。基礎の友人同士の出会いです。そして教程もまたブタ殺しその他と同じくらいめざましく学び取られねばならぬのです。

若者たちは教程の年月に爆発的な勢いを持ってやってまいります。そして知識と技能と理解の獲得は生涯にわたり爆発的な勢いで続くことになっておりました。完璧なバランス、情熱、そして（そうです）平静は高速でのみ達成されるのです。ちょうど高速で回転するコマが、バランスと確実性と平静さを持っているように。でも速度が落ちるとぐらぐらして、時には倒れてしまいます。

少年たちは甕出し小屋（肉体甕と精神甕）にいたときに、力強い肉体的精神的心理的な強度を発達させてはおりましたが、どの領域でもまったく意識されることはございません。みんな概ね無意識のままで、強力な活動の無糸分裂的な環境が表面の遥か下に保たれている状態になっております。その状態で息子たちの要請に対して出荷が行われます。その状態で、表面の上に出てくるべきものは何かという選択が行われ、どのものは無害な休眠状態で永遠に表面下にとどまらせるべきか、どれがまだ表面下にある段階で破壊され、後々問題を引き起こさないようにするべきかが決まるのです。

というわけで、若者たちがその環境の表面を破って出てきたときには、一部の領域について明瞭な記憶を持ち、他の部分についてはボコボコの穴だらけなのです。その記憶の穴には、教程を通じて他の事柄が流し込まれるかもしれません。まったく関係ない内容の事柄です。でも若者たちはみんなその古い表面を実に力強く、まるで跳躍するイルカのように、制御された爆発に乗って飛ぶロケットのように、バネ仕掛けのカタパルトで発射される叫ぶ石のように破り出てまいったのでした。そしてその若者たちが表面化すると、意識を持つようになり、その全員が「与えられた」十二歳という年齢を持つものとして登録されるのです（無糸分裂環境にいる期間は六週間から六カ月まで様々。でも十二年もかかることは絶対にありません）。

トム・ハーフシェルは正午に、主専攻のラッパ演奏や関連科目の教程に向かいました。教程の音楽部分ではホーンがきわめて重要です。すべての若者はこの世に出てくるときには、深海でトリトンの角笛のようなものを演奏した記憶を持たされております。太鼓や銅鑼や鐘や金属叩きもかれらの音楽では重要でしたし、がちゃ木や歌い木もそうですし、弦楽器や鍵盤楽器さえあります。でも尊い楽器はホーンであり、その従兄弟たる管楽器なのです。

トム・ハーフシェルは正式楽器としては真鍮ラッパを演奏し、非公式楽器としてはホラ貝ラッパを演奏しました。そして上手でした。仲間のだれよりも、真鍮だろうと木管だろうと貝殻だろうと骨だろうとホーンすべてが上手だったし、ブタ歯笛や三文笛、あらゆる楽器の中で最も高貴なギャアギャアいうブタ腹バグパイプでさえも誰より上手でした。それなのに、トムは「ブタパイプ」とはなじめず、そしてブタパイプのほうもトムになじめません。

教員はトムにこう申しました。「君は他の若者よりずっと上手だな、トム。でも他の子は完全で、君は不完全だ。君の吹き方には何か足りないものがある。君の音楽にはあの違法のオムハカ要素さえあるかもしれん。君の音楽はいつも、欠けている部分を探し続けて、それに向かって呼びかけている。でもわれわれが暮らす世界の特性により、そんな欠けた部分などありはしないのだ。それはわかっとるのか？」

「主張としてはわかっていますが、ときには気分としてちがうように感じるのです」とトム・ハーフシェル。

「あまりちがうように感じるのは許されておらん」と教員は述べた。「君は専攻をラッパからブタ腹バグパイプに変えたほうがいいと推奨しよう。君の父親はパイプ吹きであってラッパ吹きじゃないし、君についての要請もパイプ吹きをというものだった」

「いいえ、ぼくはラッパとホラ貝ラッパにとどまらねばならないんです。ぼくの音楽は他のものだとうまく語れないんです」

「君はどうも、果てしないほどの手持ちの曲があるように見える」と教員は申します。

「君は曲を持っているようで、でも持っておらん。君が演奏するものはすべて、同じ曲の変奏でしかない。その曲を捨てるんだ、トム。確かに上手に演奏はしているが、不完全なんだ。他の曲を演奏しなさい、当初はあまりうまく演奏できないかもしれんが」

「無理です。ぼくが吹けるのはあの曲だけなんです」

「だがあれにはオムハカ要素がある」

「ぼくはそれがどんな要素が知らないし、先生もそれを教えてくれないのか教えられないのか」
「ああ、若者が男にすらなれない前に切り倒されるのを観るのはいつも嫌なものだなあ」と教員は悲しげに申しました。「君は自分の血で血塗られる！」

3

副専攻の郷愁民間伝承でも、トム・ハーフシェルはやはり困難に直面しており、自分のめざましい体験を続けるのに苦労しておりました。郷愁民間伝承は穴だらけでした。これについてせいぜい言えるのはこの程度です。いろいろ改訂はされてきました。かつてはブタ神話と太陽神話だけではなかったのです。月の神話などもあったかもしれないし、他にもあったかもしれません。でもなぜ今は月の神話がないのか尋ねたら、まちがいなく利点を引き下げられます。避けねばならない分野がかなりあったのでした。

そして何より面倒なのがこの課程の名前でした。はいはい、これは確かにノスタルジアをきわめて連想させるものです。でも禁止されたノスタルジアの部分があまりに多いのです。血みどろの記憶で、それについての表現が禁じられているものもあります。何かが根絶やしにされたところの穴埋めに置かれた、馬鹿げた代物や質の低いものもありました。特に、オムハカの地や平原が完全にブロックされていました。それでも多少なりとも巧妙な少年であれば、その土地こそはかつて民間伝承の中心だったことがわかってしまうような証拠が残されていたのです。

　怪獣変身は強力な課程でした。その中心にあるのは男《マン》ということに収斂します。男自身こそが、あらゆる道や設計が向かう黄金の怪獣だったのです。そして人の原初的な変身はすべて興味深いもので、たとえばトロールやブーガーマン、クマや類人猿やブタ、ライオン――その通り――と鷲、巨人と悪鬼、サイクロプス、隻眼の海賊など。この最後のものはかなり雄弁で、男たちはかつて持っていた強力な単眼の視点に戻ろうとしているようだったのです。現代人は、片目（両眼ではなく）が潰れる事故にことさら遭いやすかったのでした。いまや三人に一人は、潰れた左眼（または邪眼）に黒い眼帯をかけていて、それは栄誉の眼帯なのです。そしてトムが学んだところによれば、ごく最近のできごととして、人びとはサイクロプス風または片目の息子たちを要請するようになっているとか。そしてまさに今シーズンから初めて、実際にその要請通りの息子が得られているのです。単眼の力はきわめて大きなものなのですよ。

怪物たちの力は人類《マン》の中に吸収され、そしてそうした力を得て栄光を感じない男や少年などいるものですか。でもトム・ハーフシェルはそこから抜け落ちている狡猾な怪物に不安を覚えたのでした。強力な怪獣たちに対する相補的な形がなければいけないはずなのですが、それがなかったのです。黄金の太陽ブタたる男に対する相補的な色や事後的なイメージがあって然るべきなのです。でもそうした事後的なイメージを見る力に何か起きてしまったのでした。

丘の向こうにはオムハカという名の土地がありますが、音楽学、郷愁民間伝承、怪獣変身のどの地図にもそんな土地は載っておりません。だからこそトムは、父親が追加の教程を取るよう助言したときに、主要課外科目としてハード地理学を選んだのでした。トムは、ある特定の場所についてハードな地理学を学びたかったのです。

そしてその特定の場所については、ハードっぽい地理学は確かにございましたが、でも本当にハードなものではありません。オムハカというのは一般的な名称でしかなく、そういう地域は一ダースかそこらあるかもしれない（そのそれぞれがかなり大きい）という説さえございます。またオムハカが隆々とそびえ立つ多くの島から成る群島らしいという説もございます。それが毎回同じ（非地理的な）特徴を示すと言うのです。

「オムハカ群島にある何かは、ぼくたちが向こうと縁を切ったのと同じくらいぴしゃりと、向こうからもこちらと縁を切ったんだ」という説もございました。でもこれはハード地理学の説と言えるものでしょうか？　地理的な情報としては、きわめて不満の多いものです。

　音楽学にも郷愁民間伝承にも怪獣変身にもハード地理学にも、情報の影のようなものしかございませんでした。化石化した記憶だけ。そしてトムは、自分がその場所に自ら赴くことはできないのを知ったのです。

「それを尋ねた時点ですでにそいつを壊してしまったわけだ」とハード地理学の教員は申しました。「育ちのいい少年ならそれを尋ねるだけの巧妙さはない。いや、そこにいく許可証はいまや誰にも発行されないし、もう何年も発行されていないのだ。それを尋ねるだけで犯罪性の徴となる。

　ああトム、若者が男にすらなれない前に切り倒されるのを観るのはいつも嫌なものだなあ。君は自分の血で血塗られる！」

　それでも、オムハカ群島については一貫性のある妄想がございました。その一部はトム個人の妄想です、一部は他の少年たち数名の私的な妄想です。こうした妄想は共通の要素を持ち、そうした要素はどこからか伝えられてきたものなのです。それに、凧網の残骸が見つかっています（これは空中に長いこと漂うこともあり得ます）。そしてときどき捕まる動物の中には、あの古い三点式の傷痕が残っているものがいるのです。まるでだれかが三つ叉の矛で殺そうとして失敗したかのようです。

こうしたものをまとめると、記録のある妄想が出来そうなほどです。

この群島の連中は、月カタツムリトーテムの生き物なのでした。遠くからは人のように見えます。でも近くで見ると——まあ、人ではありません。まちがいなく男ではありません。

夜に狩りをする生き物です。網を使う人びとです。鳥用の網（ときどきかけらが見つかる爪網）や、狩猟網、漁網を使って、羽のある、足のある、ヒレのある獲物を捕まえます。そして網で捕らえた獲物を殺すのには、三つ叉の矛か短刀を使います。

また狩猟網と漁網の間くらいの、軽快な網を使って、湿った草からトーテムである月カタツムリをすくい取ります。そして鳥網と狩猟網の間くらいの、これまた軽快な網を持ち、それを使って困惑した牝鹿が立ったまま頭をもたげているのをつかまえ、儀式的な三つ叉の矛が持ち出されるはるか以前に、そこからぶら下がり走る罠輪が垂れ下がりループを描いたもので絞めることで息の根を止められます。

群島の人びとは月明かりで狩りをして、月カタツムリのラッパで相互に合図するのでした。

ときにはトム・ハーフシェルはこうしたことを考えつつ夜中遅くに起き出して、高等お祭り草原に出かけ、力強くホラ貝ラッパを吹き鳴らすのでした。吹いては、答えがないか聞き耳を立てます。吹いては、また聞いてみます。でも答える音楽の呼びかけ（トムはそれが演奏不可能な蝶月貝の貝殻ラッパからくるという妄想を抱いておりました）は、丘の向こうの内陸の島々からは決してやってこないのでした。

そしてトムにとってはあらゆる夜の最後の一夜に、本当に答えが一瞬だけ、たった七音という短い間だけやってきたのでした。でもそれがやってきたのは、トムにとってはほんのちょっとだけ手遅れになってからのことだったのです。

4

それは「覚えている最後の人」祭りの夜のことでした。トム・ハーフシェルは、そのお祭りの高等ラッパ少年十二人の一人に選ばれました。実は、トムはそんなに上手ではありませんでした。その教程の教室にいる仲間たちだけを見ればだれよりも上手でしたが、このお祭りに向けた十二人の高等ラッパ少年たちは、何百という教程から選ばれた子たちです。トムがこれほど高い栄誉に選ばれたことには、何か裏の理由があるのかもしれません。その最後の晩には、トムのまわりにいろいろ謎めいた発言が飛び交っていたのでした。

　トムの父親でさえ、教員たち数名が述べたのと同じ、堅苦しい言葉を述べるのです。

「おまえは自分の血で血塗られる！」

「ぼくの血はぼくの体内にあって、その後にぼくに塗られるようにしてほしいな。ぼくの血は今夜、体内で歌っているんだ」とトムは楽しげに申します。

「その曲しか吹けない、その曲を血が歌っているのか？」と父親は尋ねました。

「ええ、確かにそれを歌っていますし、それに追加のラッパもいくつかあるかも。お父さん、そこで記入しているのは息子の要請状ですね。それと同封しているのは、お父さんの肉と血のクローン製剤ですね。それはお父さん、合法なことではありませんよ。お父さんにはすでに、このぼくという息子がいるんですから」

　トムの父親はこう答えました。「合法になるんだよ。日付は明日にしてあるし、夜中を過ぎるまでは投函しないんだから」

「覚えている最後の人」はわめきたて、騒ぎ立てる小怪獣のような存在でございました。百四十歳で、これは「与えられた」十二年は含まれておりません。

「ヘッヘッへ。ワシはそんなの『与えらえ』なかったぜ」とかれは、百万人の男と少年たちの観客に向かってわめいた。「それ以前に生まれたからな。ワシはそれ以前からやってきた唯一の生き残りだ」

男や少年たちが百万人はいたでしょうか。この人びとは毎週のようにお祭りをでっちあげては、そこに集まるのが好きなのでした。低地の都市とその向こうの丘の間には、三十ヘクタールのお祭り広場がございました。人びとはフットボールの試合をハーフタイムまで見物しました。そしてその後、楽隊が音楽を演奏し、演説があり、そして覚えている最後の人からちょっとした発言が流されたのです。

「ヘッヘッへ、あいつらはガミガミギャアギャア。ガミガミ屋だのギャアギャア屋だの相手に、どうしろってんじゃよ。始末するしかないじゃろが」

そして何やら高位の役人が手短に群集に語りかけます。「われわれの世界は、生きるための世界であります。完全な世界です。それがわれわれの好みなのです」

それからブタ突きトーナメントの地方選準決勝があり、最高のラバ騎手や槍の名手たちが参加いたしました。行進楽隊が三百もありましたが、週ごとのお祭りではそれよりたくさん出てくることも多いのです。演説者が三十人、ウィットと主張を詰め込んで、一人三十秒限定の話をいたします。それからフットボールの後半戦です。

こうしたすべてが慎重にバランスと間合いを取られて配置されておりました。そして何度も何度も、「最後の人」にカットバックしてその発言が流れます。

「ヘッヘッヘ」と覚えている最後の人はへらへら笑いました。「あいつらはワシたちとは一緒にやってけないと思いよったんじゃな。目に物見せてやったぜ。『いても地獄、いなくても地獄』という格言があったもんじゃよ。だがその後にもっと立派な格言がきたんじゃ。『いなくても地獄なんてデタラメだ！』」

「この『覚えている最後の人』は間もなくこの世を後にする旅に出ます」と高官が発表いたしました。「その付き添いには少年と、その少年のペットのブタが同行いたします」

選抜された十二人のホーン少年たちは、実に強烈なラッパ力で吹き鳴らしましたもので、会衆のあちらでもこちらでも向こうでも、耳が破れてアゴに血が流れ落ちております。少年たちは見事に吹奏いたしました。でもその一人は、高等ラッパ術を理解する者たちが言いふらしていたことではありますが、不完全に吹いておりました。この不完全なラッパ手は殺されねばならない、と噂は申しておりました。でも若者が男にすらなれない時期に切り倒されるのを観るのはいつも嫌なものでございます。ヘビーウェイト拳闘の決勝戦もございまして、実に見事な試合で、それが第四ラウンドでのノックアウトで終わりました。

「ヘッヘッヘ、あいつらはいつも、値打ち以上のトラブルばかり起こしてやがったぜ」と覚えている最後の人は会衆たちにわめいておりました。「まあ連中をあきらめたときに、確かにワシらは何かをあきらめはしたがな、ヘッヘッヘ、でもそれが何だったか覚えとるのはワシだけだから、他のあんたらにはどうでもいいことじゃ」

別の高官が発表いたしました。「まだ不完全で不満を持つ者が数名おります。百万人に一人くらいそういうのがおります。自分に何か欠けていると考えております。中にはその欠けた要素が丘の反対側にうろうろしているとさえ信じております。でも正気でバランスの取れたわれわれはみんな、丘の向こうになど価値あるものは何もなく、何も失ってなどいないのを知っております。われわれがすでに持っていないようなどんなものがそこにあると言うのでしょうか？」

十二人の大音量ラッパがまた鳴り響きましたが、そこでその中の一つが圧倒しました。それが地位を得たのは、音量のせいでもなければ技量のためでもありません。一時的に一位となったのは、その曲が巧妙だったからです。その曲にはショッキングな喜びがございましたが、その晩余分なボーナスの血が流されるという知識のほうにそれ以上の喜びがあったのです。

「ヘイヘイ、オムハカの谷にはまだ連中が何人か残っているっていうぜ。ワシは絶対に信じなかったがな」と覚えている最後の人がわめきました。

そしていまやアクションの勢いが増してクライマックスに移ります。ラッパ十二本が一斉に吹き鳴らされます。そしてそのうち十一本の音が消え、一本だけが奇妙な曲を吹き続けて、まるで答えを要求するか、少なくとも対位旋律を求めているかのようでした。「あの子はあの曲しか吹けないんだ」と特別なラッパ知識を持った人びとはまわりの人に告げました。そして孤独なラッパ吹きは、ホラ貝ラッパを持って、まだ熱演を続けながらアリーナの中心にまでやってまいりました。そのペットのブタが足下におりまして、そして精鋭の騎手と槍の名手たちもまた、その中心にやってまいりました。そこは実は狩り場なのです。

覚えている最後の人は、発言が一言も聞き漏らされないように拡声器につながれているのですが、これまた同じ中心部につれて来られました。

最後の人はへらへら笑っております。「ヘッヘッヘ、連中は始末してやったぜ。いい厄介払いだ。あいつらのおかげで世界はずっと大混乱じゃったからな。でもなんでこのラッパ少年があいつらのことを知っとるんじゃ？　まあどうでもいいんじゃがな。この子もワシといっしょに行くんじゃから」

ラッパ少年トム・ハーフシェルもまだ演奏を続けております。ブタ槍の名手たちはラバの鞍にまたがって殺しを行い、三匹の生き物をあの世送りにする準備を整えております。最後の人はわめきました。「ヘッヘッヘ、奴らは忘れられたほうがマシじゃよ。あれも楽しみの一種ではあったが、連中がこの世にいては得られない楽しみが実にたくさんあったでな。だってやつらがまわりにいると、ブタ殺し大会すら開けないんだから」

その時、槍の名手たちが最後の老人を倒しました。老人は倒れ、地面の上で死んでしまい、顔には自己満足の笑みを浮かべております。そしてある時代が終わったのでした。

ラッパ吹きのトムは、再び強力かつ困惑する音楽を吹き鳴らしました。槍の名手がペットのブタを殺しました。実に手強い小さな的です。小さなブタは、死んだ最後の人の頭のところで地面に横たわっております。

トムは強力な曲の半分を吹き鳴らしました。が、それが槍によって突然中断させられ、そしてトムは死んだ最後の人の足下で地面に置かれました。

これがブタと若者と男と、そして彼らが知っていたかもしれないあらゆる秘密の終わりでございます。

でもそこでトム・ハーフシェルの音楽に対する答が届いたのです。彼方から、でも明瞭に力強く、演奏不能なはずの蝶月貝のラッパ貝で演奏されて。

これは本当にトムの音楽に対する答えではありました。それも説得力ある答えで、百万人もの男や若者たちに衝撃を与えました——その七音が聞こえている間は——しかすると——それは突然中断させられてしまったのです——殺人槍によって。

槍攻撃はごまかしようがありません。

そして反動行動は避けようがありません。反動行動とは丘の向こう側の行動により事前に想定されていたものです。ちょうど物質が反物質を事前に想定していたように。「丘の向こうのはるか彼方」（オムハカ）地域にいる反生物たち（あいつらは、この世界平面にまだ暮らしていた頃には何と呼ばれていましたっけ？——そう、「女」でした）、あの連中は自分たちの一人でも直観的で喚起的になるのを許すわけにはまいりませんでした。それは丘のこちら側の男たちとて同じこと。だまって素早く殺すのが（槍はなんともこれにおあつらえむき！）場合によっては唯一可能な対応で、たった七音で大混乱を引き起こそうとするラッパの呼びかけの場合なら特にそうなのです。

秘密を抑圧するなら、反秘密も抑圧しませんとね。

完全無欠な貴橄欖石

Entire and Perfect Chrysolite

伊藤典夫訳

初出：デーモン・ナイト編 Orbit 6（1970）
邦訳：《SFマガジン》一九七二年十月号→短篇集『つぎの岩につづく』（ハヤカワ文庫SF）

本作品は、発表の翌年にネビュラ賞短篇部門の候補になった（結果は受賞作なしだが、候補七篇のなかのじつに六篇が《オービット》発表作である）。邦訳は最初、《SFマガジン》の「ヒューゴー賞・ネビュラ賞特集」に掲載された。伊藤典夫さんの「特集解説」には、「形而上学的な新しいジャンルを切りひらきつつあるラファティ」とある。のちに、伊藤さんはこの作品と出会ってR・A・ラファティの魅力に取りつかれたと述懐されていた（短篇集『昔には帰れない』のあとがき「浅倉さんのことその他」）。

リビア肉桂海岸沖の海が、非実在的な動植物が棲息する大陸と重なる。不意に起こったこの現象に、伝承・幻覚・呪術がごっちゃになった説明が施されるが、むしろユング的な集団無意識の形象化ととらえるべきかもしれない。ちなみに、作品の冒頭で著作『高揚哲学』が引用されているオーディファックス・オハンロンは、不純粋科学研究所の準メンバー。長篇『イースターワインに到着』などで活躍する。

1

完成を遂げたいま、われわれはかすかな苛立ちをおぼえる。この高みより見下ろしたい衝動に駆られるのである。われわれは独自の場を築いており、その下には何もない。しかし想像のなかにあっては、さまざまな深淵や動物がわれわれの下に存在している。そしてカルト趣味は見下ろすところから生じる。

遥かなる域《くに》、遥かなる民を信奉するカルトは多い。アイルランド派、アメリカ派、アフリカ派が、いずれも尊敬に値する愛知的・生産的団体であることに異論はないものの、カルト趣味はそれを超えたところにある。世界に何が付加されようが、それは造物主の完全な思惟そのものである完全な世界を損なうものでしかあるまい。一説にいうアイルランドが、あるいはアフリカ、アトランティスが、はたまた東西インド諸島が仮に存在するならば、われわれはわれわれではありえないであろう。三元統一体たるエクメーネは崩壊し、この居住可能な世界島、地球という顔にある唯一の眼《まなこ》から光は失われるにちがいない。

次のような説を唱える一派もある。われわれの完全にして合理的なこの世界は、下部精神の大いなる無意識の地誌のなかへ、虐げられた空想と暗黒の伝説が紡ぎだす途方もない大陸、奇怪な動物相のなかへ沈むべきものである、と。それがわれわれに深みを与える、と彼らはうそぶく。

しかしわれわれは深みを欲しているのではない。欲するのは高みである。われわれは下部精神の忌むべき産物を封じこめ、おのれを高めようではないか！　そうすれば苛立ちはおのずから消え去るであろう。

――オーディファックス・オハンロン『高揚哲学』

トルー・ビリーヴァー号は、東経二十四度、北緯十五度の海上を東にむけて帆走していた。船の北には風光明媚なリビアの肉桂海岸がつづき、すばらしい浜辺や壮麗なホテルが遠く黄土色にかすんで見える。東と南と西は、どこまでもどこまでもつづく白い波頭だ。トルー・ビリーヴァー号は、エクメーネ、すなわち居住可能にして人間の居住する世界の最南端を、海岸沿いに進んでいるのだった。

オーガスト・シャックルトンは、ローマン・ボムを丸っこい瓶かららっぱ飲みすると、ヨットの舵輪をまわしながら、上機嫌の奇声をあげた――

「子供の遊びのようなものさ。もっとも、こんなにきれいな海でやるというのもはじめてだがな。外なる霊を呼びあつめる。内なる霊、内なる域《くに》を呼びおこす。子供のおふざけ芝居だ。なぜやるんだ、ボイル？　おもしろいから、というほかにだ」

「ほかに理由が必要かい、シャックルトン？　そりゃ、あるともさ。しかしここは不器用に、見通しもなしにやろうというわけだ。みんなどうも気づきたがらないようだが、人類についてひとついえるのは、われわれが大人の文化をかつて持ったことがないということだ。ほかいろいろな面では、まさしく大人になりつつあるけれども、そうなるにつれて、欠落がますます意識されてくる。永遠の子供時代に飽きがきているんだ。安易な快楽、安易な合理性、安易な政治体制に科学、何をとっても小児的だ。われわれは子供のうちにそういったものをマスターしてしまい、その先を見る。ところが小児性のかなたには何もないんだな、シャックルトン。何とかして、より深い展望を見つけださなきゃいけない。そのより深い何かを、ここで見つけようというわけさ」

「なんだと？　子供から見ても子供っぽい浮かれ騒ぎにやってきてか、ボイル？　今度はどういう気晴らしをするのか、息子たちに白状するときには顔から火が出るようだったぞ。はじめは降霊術にこったっけな。たまに霊が現われても、見るからに子供っぽいのばかり。そして今度はトルー・ビリーヴァー号に乗っての船旅ときた。集合的無意識に生じるある種のイメージ群の地理的故郷を発見しよう、か！　子供らに冷やかされずに済むと思うか？　まあいいさ、あまり、恥ずかしがらんようにしよう。華やかで刺激的な遊びだよ。大人げはないがね」

一行はほかに四人いた。セバスチャン・リンターと、三人の細君ジュスティーナ・シャックルトン、ルーナ・ボイル、ミントグリーン・リンターは、青い海原を泳いでいた。トルー・ビリーヴァー号はゆっくりと沿岸航行しているので、四人はアウトリガーの引き綱にくくりつけられている。

「水がなんだか変よ！」ジュスティーナ・シャックルトンがとつぜん夫に呼びかけた。「水のなかに草があるの。あるはずがないのに。葦があるわ、いろんな沼地の草も。泥があるわ。緑色のぬるぬるがいっぱい！」

「それはおまえのかわいい頭が変になってるんだ」とシャックルトンは声を返した。「砂浜からこっちは、見わたすかぎり青く澄んだ海だぞ。二十メートル下で泳いでいる魚まで見える。きれいなもんだ」

「ほんとよ、緑色のぬるぬるだらけだわ！」ジュスティーナがいい返した。「べっとりして重くて、体がロープから引きちぎられそう。それから虫もひどくて、もぐってなきゃいられないくらい」

しかし彼らがいるのは、リビアの肉桂海岸沖。暖まった砂浜や、水をまいた庭園のにおいすら嗅ぐことができた。泥もなければ、ぬるぬるもなく、肉桂海岸沖に虫はいない。すべてが澄みきってまばゆく、まるで息づき動くガラスを思わせる。

セバスチャン・リンターは沖に面した側で泳いでいた。ロープを伝ってオープン・デッキに上がってきた姿は、血だらけだった。

「どろどろだよ、シャックルトン」とリンターは荒い息でいった。「折れた枝だらけで危ないったらない。あの牙のある豚に殺されるところだった。みんなを早く船に上げるんだ！」

「リンター、見ればわかるが、どこもかもきれいなものだぞ。澄みきってほどよい深さで、穏やかで」

「見た目にはそうさ、シャックルトン。だけど、ちがう。探し求めていたものが、もうはじまっているんだ。幻覚はさっきから起こっていて、視覚だけが遅れているんだ。わからんやつだな、シャックルトン！　みんなを早く水から出せ！　蛇や鰐にやられてしまうぞ。

泥沼をのたくっている生き物の餌食だ。陸に上がって逃げようとすれば、野獣どもがかぶりついて、ずたずたに引き裂いてしまう」

「リンター、ここは岸から二千メートルの沖合いで、どこもきれいなもんだぞ。なのに、おまえさんはあわてている。おおっと、おれもそうだ！　いま船が座礁したが、ここは五十メートルの深さなんだ。ようし、みんな！　これは命令だぞ。おれの女房は別にして、ほかはみんな水から上がれ！　おれの女房にもおなじことを勧告する。命令できないのだから、これ以上はいわん」

細君二人、ルーナ・ボイルとミントグリーン・リンターが水から出てきた。だがジュスティーナ・シャックルトンはそうする気配がない。

「あとすこし待って、オーガスト、あとすこしで上がるから」とジュスティーナが船に呼びかけた。「いま謎々が目のまえにあって、これをちょっと研究してみたいのよ。ねえ、オーガスト、幻覚にまっぷたつに食いちぎられることってあるかしら？　どうやら、幻覚ちゃん、そのつもりらしいわ」

「さあね、わからんよ」オーガスト・シャックルトンは疑わしげに細君にいった。

ルーナ・ボイルとミントグリーン・リンターは、すでにロープを伝ってデッキに上がっていた。ルーナは頭から緑色のぬるぬるをかぶり、さまざまな傷口から血を流していた。

ミントグリーンも草と泥にまみれ、両手足とも傷だらけだった。痛みに足を引きずっている。

「足が折れていないかい、ダーリン？」セバスチャン・リンターが心配顔すれすれの表情でたずねた。「しかしもちろん、それは幻覚なんだよ」

「わたし、足が折れた幻覚におそわれてるわ」ミントグリーンはすすり泣いた。「それから、ひどい痛みに苦しんでいる幻覚におそわれてるわ。ああ、血だらけの泣き虫ちゃんなんて、これが本当ならいいのに！　本当なら、こんなに痛くないはずだもの」

「まるで象みたいに大仰だな！」ボイルがむかっ腹をたてた。「ばかばかしい幻覚だ。そんな外界がまわりでうごめいているはずがあるか。われわれは何も経験していないんだ」

「いや、経験しているんだ、ボイル」シャックルトンが不安げにいった。「それに、おたくの言いまわしも、考えてみるとおかしいぞ、なぜなら象は、現実にあるインドでは歴史上の動物だし、そのかなたの架空のインドでも幻想の動物なのに、それがこのアフリカの眉唾的事態のなかにあってはますますもって突拍子もない。もうすこししたら、みんなでアフリカ象とやらを念じ出してやろうじゃないか。――歴史上のインド象の倍も重たいやつだ。船はひどく底をひきずってるし、このままで行けばこわれる危険もあるが、浮標は何かと接触しているようすもないぞ。ようし、デッキにいる五人みんなの頭脳を結集するんだ。おまえも頭を貸してくれ、ジュスティーナ！」

「頭でもなんでも持っていって。どっちみち、この大口の嚙みつき屋に食べられそうなんだから。オーガスト、これ本物だわよ！　こんな臭いまで、わたし想像できやしないわ」

ジュスティーナが叫んだ。

「その臭いやら何やらを想像できるかどうか、みんなで試してみるんだ」オーガスト・シャックルトンはいい、ローマン・ボムの新しい瓶のコルクを抜いた。可視世界には、いまなおリビアの肉桂海岸があり、青い大洋が果てしなく広がっている。だが、もうひとつの可視世界——前者とはまるでかかわりなく、およそ異なる空間を占める世界（しかし絶対空間においては並存する）には、アフリカの緑の沼地があり、すげの茂る岸辺がときには熱帯雨林へ、またときにはサバンナへと連なり、背後にそびえる月の峰々は、あるときは深い霧のなかに沈み、あるときは灼けつく日ざしにさらされ、騒音の五つのレベル、色彩の百のレベルに埋めつくされているのだった。

「やらないうちから、外界はうまいぐあいに形をとりだしてるぞ」シャックルトンが満足げにつぶやいた。ある者はローマン・ボムを、ある者はグリーン・カナリーを飲んで、精神の冒険にそなえた。

「まじないを始める」とシャックルトンがいった。「まじないは言葉によってはじまる。

今日までわれわれの小グループは、この自己完結したエクメーネのそとに未知の領域、未知の生物の可能性を求めて（もっと正確にいえば、その不可能性を求めて）、愚かともいえる種々の調査をおこなってきた。精神科医を訪ねたこともあれば、降霊術の会を催したこともある。ことに降霊術はなんともグロテスクな体験だった。これについては、誰もが気まずさとやましさを感じたことと思う。われわれの信仰は、霊の招致を禁じているからだ。しかし地誌を招き寄せていけない理由はあるのか？」

「ちょっとでいいから招くのをやめてちょうだい！」ジュスティーナのかん高い叫びが上がった。「食いしんぼうちゃんが、わたしの左足首から下を持ってっちゃったのよ。まずいといってもらいたいわ」

「これは古来から謎なんだが、民間の無意識のなかから、この世ならぬさまざまな大陸の観念が湧きおこっている」とシャックルトン（いいながらも、海から聞こえる細君のはしたない叫びに動揺は隠せない）。「高度に非実在的な動植物が棲息する大陸、高度に非実在的な民族が居住する大陸の観念だ。それをうわまわる謎は、こうした心的な大陸や島嶼《とうしょ》にそれぞれ固有の位置が与えられており、また明らかに正気でありながら、そこを訪れたと公言する人びとがいることだろう。なかでも最大の謎はアフリカだ。ローマの時代には、アフリカはマウレタニアの一区域で、そのマウレタニアは、世界三大地方のひとつ、リビアの一地方だった。ところが以後三千年間に、リビアの沿岸地方はくまなく探険され、測量されたが、それ以上のアフリカは、陸続きであれ島であれ見つかっていない。そのばかばかしさを、当のにせ大陸のどまんなかにある澄んだ大洋をこうして航海することで証明しているわけだ」

「さらにつけ加えれば、その非実在的な大陸のどまんなかに船をはまりこませ、大陸がまわりでだんだん形をとりだしていくのをながめて、ますますそのばかばかしさを証明するわけだ」とボイルはいったが、グリーン・カナリーの味がどこか変だった。大気には険悪な刺激臭がたちこめ、酒にはぞっとするような異質の味があった。

「これではまるでカルロ・フォルテだ（英語名にすればチャールズ・フォート。アメリカの超常現象研究家。一八七四－一九三二）」リンターが不安げに笑った。

「大陸的外界が形をとりだしてる」とシャックルトン。「ようし、これから生き物を呼びだすぞ。最初は大型動物を念じ出そう。犀《さい》、ライオン、豹、象、どれもアジアに同類がいるが、この眉唾なアフリカにいるやつはその一倍半から二倍の大きさで、比類なく凶暴だ」

「現われいでよ、現われいでよ」いっせいに唱えると、念じられた生き物の姿がおぼろげに現われた。

「つぎには河馬、水に棲む巨大怪獣《ベヘモット》だ。ひょうきんな巨体、シャベルみたいな口、ボールみたいにとびでた目玉――」

「やめて、オーガスト！」ジュスティーナ・シャックルトンが水面で金切り声をあげた。

「この河馬ちゃん、ふざけてるだけかもしれないけど、わたしを押しつぶしそうなのよ」

「水から出なさい、ジュスティーナ！」オーガストが毅然と命令した。

「出ないわ。出たくたって、わたしがつかまる船が残っていないじゃない。あなたたちがすわっているのは、水の上に倒れかかったつるつるする大木の幹なのよ。それに鰐や大蛇が、あなたたちの足元や首筋のところにまで近づいてるわ」

「うん、見方によっては、そう見えるだろうな」とオーガスト。「さて、みんな、つぎは悪趣味なユーモアで合成された動物を念じ出すんだ。馬に似ていて、首ばかりやけに長いキリンだとか、馬に道化服を着せたゼブラだとか」

「現われいでよ、現われいでよ」彼らはいっせいに唱えた。

「ゼブラは思っていたほど滑稽じゃないな」ボイルが不平をいった。「どれもみんな思っていたほど滑稽じゃないぞ」

「現われいでよ、大蛇よ。並みの蛇の千倍も大きく、野生のロバぐらい一呑みの大蛇よ」シャックルトンが音頭をとった。

「現われいでよ、現われいでよ」みんなが唱えた。

「オーガスト、あなたの頭の上よ、大きなミモザの木から降りてくるわ」ジュスティーナが沼のなかからかん高く警告した。「十メートルもあるやつが降りてくる」

「現われいでよ、クロコダイルよ」シャックルトンが唱えた。「エジプト河にいるちっぽけなやつではなく、牛など丸ごと呑みこんでしまうアフリカ奥地の大きな鰐よ」

「現われいでよ、浮かびいでよ、立ちいでよ。そいつが棲む沼よ、淵よ」彼らはいっせいに歌った。

「そこのところを取り消して」ジュスティーナが悲鳴を上げた。「さっきまでちょぼちょぼ食べられていただけなのに、いまではぱくぱく食べられてるわ」

「現われいでよ、駝鳥よ」シャックルトンが唱えた。「並みの鳥より一千倍も重く、人より一メートルも背が高く、ラバのように地を蹴り、重すぎて飛ぶこともできない鳥よ。それにしても、いったいどういう妄想が、このアフリカにいるみたいな野生動物を考えだしたんだ？」

「現われいでよ、現われいでよ」彼らは歌った。

「現われいでよ、歩行する大型猿よ、体重が人間の三倍もあるやつよ」シャックルトンが唱えた。「現われいでよ、それよりすこし小さな猿よ。人の三分の二ほどの大きさで、にやにや笑い、きゃっきゃっと鳴き、人語を解し、その気さえあればしゃべることもできる猿よ」

「現われいでよ、現われいでよ」

「現われいでよ、もう一種の大型猿よ、犬みたいな顔で、尻が紫色の猿よ」

「現われいでよ、現われいでよ、しかしこれはマンガ向きだな」

「現われいでよ、やさしい怪物オカピよ、カモシカとラクダと眉唾なキリンをつぎはぎして、おなじように道化の縞服を着せた動物よ」

「現われいでよ、現われいでよ」

「現われいでよ、その他いろんなカモシカの仲間よ、クードゥー、ニヤラ、ハーテビースト、オリックス、ボンゴ、クリップスプリンガー、そしてゲムズボックよ、温暖な土地に適さぬ獣どもよ、アルプスの小さなカモシカの奇怪な戯画よ」

「現われいでよ、現われいでよ」

「現われいでよ、バッファローよ、他のどんな野牛や畜牛よりも大きく、盾のような角を持つ野生の牛よ、現われいでよ、クワッガよ、その仮想の姿がどんなふうだったか覚えがないが、とにかく尋常ではない動物よ」

「現われいでよ、現われいでよ」

「さて、いよいよとっておきのやつだぞ！　現われいでよ、無意識の全領域中いちばん人間らしい生き物よ。いや、まさしく人間だが、真夜中のハシバミの茂みのようにまっ黒な人種よ、ちぢれた髪と大づくりな顔を持ち、長い足首と土踏まずと下肢のおかげで、人並みはずれて走り、跳ぶことに長けた種族よ。そして現われいでよ、並みの人間の半分しかないこびと族よ。現われいでよ、背は低いが、秀でた尻を持つ第三の種族よ」

「現われいでよ、現われいでよ」彼らはいっせいに唱えた。「彼らはそもそもがカリカチュアだ」

「だけど、これだけの生き物や人間がいっぺんに出てきていいのかな？」とボイル。「いくら民間の無意識を総ざらいしてでっちあげた大陸といったって、気候や地形による環境の差があるはずだ。全部ごたまぜでいいものか」

「これはラプソディよ、これはパノラマよ、これがアフリカなのよ」とルーナ・ボイルがいった。

　そう、彼らはいまアフリカの只中にすっぽりとおさまり、緑の沼に倒れかかった滑りやすい大木の幹に乗っているのだった。どこもかも動物だらけ、熱帯雨林にもサバンナにも、海岸にも緑の沼地にもいる。そして闇のように黒い男がひとり、感きわまった表情で立っていた。

身の毛のよだつ悲鳴とともに、ジュスティーナ・シャックルトンの体がクロコダイルにまっぷたつに食いちぎられた。呑みこまれた巨獣の腹のなかで、なおも彼女は水中からひびくような叫びをあげていた。

2

　エクメーネ、すなわち世界島は、東から西へ百十度、南から北へ四十五度に広がる卵のかたちの陸塊である。島は三つの地方、すなわちヨーロッパ、アジア、そしてリビアに区分される。各地方を隔てるのは内海であり、ヨーロッパとアジアはポントス海ならびにヒュルカノム海に、アジアとリビアはペルシャ海に、リビアとヨーロッパはティレニア海とイオニア海（メディテラヌス複合海）によって隔てられている。世界の最西端はイベリアというかスペインのコルナ、最北端はスキュティアというかロシアのハルコフスク、最東端は漢国というか支那の西寧《シーニン》、最南端はリビアの肉桂海岸である。

　エラトステネスの手になる初の世界図は上述のごとくであり、それは完全であった。

素朴な啓示によるものか先見ある探査行によるものか、些細な違いを除いて、それは正確であった。ブリタニアが半島ではなく孤島として図示されているように見えるが、これは初期の写本家の誤りであろう。樹幹から切断された枝が枯死するように、本土と切り離されたブリタニアは凋衰する運命にある。島嶼は自生しえないのである。なべて島は、ただよい、衰え、消え去るべきものである。ときおりしばらく再出現することはあっても、そこに生命はない。精気が循環するのは大陸のみ。それは唯一の大地、息づく聖なる陸地、完全無欠な宝石なのである。

かくしてアイルランドがときおり望見され、ハイブラジルが、またアメリカ岩石諸島が姿を見せることもある。しかし、いつもおなじ位置に目撃されるのではなく、おなじ形状を見せるわけでもない。すべて生命はおろか実体すらない幻なのである。

アメリカ協会、アトランティス協会、等々の団体が伝える秘密の地誌や歴史は、一部の好事家たちのものであり、シンボリックかつ曖昧で、秘儀への参入者だけが喜ぶ空文にすぎない。そこには真似事はあっても現実は存在しないのである。

もちろん、エクメーネは成長しなければならない。しかし、それは密度と意味を求める内的な成長であって、外形の変化ではない。人の体形が誕生以前に決定されていると同様に、大陸の形態も当初から不変なのである。人の成長は、頭や手足の数が増えることではない。無用の陸地が付加されたエクメーネの光景は、その醜悪さにおいて、尾を生やした人間の姿に比せられるであろう。

――ディオゲネス・ポンティフェックス『完全性としての世界』

オーガスト・シャックルトンが不安げに哄笑するなかで、細君は二つに食いちぎられ、その半分はクロコダイルの腹に呑みこまれた。ローマン・ボムを持つ彼の手はふるえていた。じっさいこうした出来事には、どこか神経を逆なでするものがあった。途中でとぎれたジュスティーナ・シャックルトンの悲鳴も、妙におどろおどろしく不快にひびいた。

ジュスティーナは以前、ある降霊会でヒステリーを起こしたことがある。出てくる幽霊や幻がけっこう月並みであった時分なので、オーガストにはそのヒステリーがどれほど真摯なものなのか見きわめがつかなかった。また別のときには、降霊の最中の密室からこつぜんといなくなり、数日してもどると、霊界へ行ってきたというふざけた話をした。ジュスティーナは興奮しやすい道化師であり、また常識破れのセンスの持主で、体を二つにちょんぎられるという目下の事件にしても、いかにも彼女らしいアイデアといえた。

とつぜん彼らの創作欲は、爆発的な活気をおびた。ひとりひとりの主観的パターンがもつれあい、とどろく混沌を生みだした。かつてトルー・ビリーヴァー号であった船、先ほどまで沼の上に突き出ていた滑りやすい木の幹は、いまや危険なまでに沼地に傾きだしていた。誰もがよく見たい一心で身を乗りだしたからだ。

いたるところ叫びと鳴き声、いたるところ色彩と沸きたつ泥とのたうつ巨体。クロコダイルが雄牛のように吼え、そのような声を出すとは思ってもいなかったシャックルトンの意表をついた。しかし誰なのか、クロコダイルはそんなふうに吼えるはずだと考えた者がいて、その先入観を仲間にまで押しつけたらしい。馬とは似ても似つかぬ獣がいななき、色あざやかな生き物たちが、むせび泣き、喉を鳴らしている。

「上へもどって、もどって！」黒い男がわめいていた。「おまえたち、みんな殺される！」

男の顔は、まさに無言劇の役者たちが、新年の祭りの夜にかぶる黒い人間の仮面だった。一行のなかに、あのステレオタイプな形状に強く従いながら想像した者がいるのだろう。しかし合点がいかないのは、その黒い人間がフランス語でわめいていることだった。それもへたくそなフランス語で、まるで不得手な第二言語といった感じに聞こえる。こんな黒人フランス語をその場の機転で思いつくような言語学者とは、このなかの誰だろう？ルーナ・ボイルだ、もちろん。しかしなぜ彼女は、この眉唾なアフリカで、黒い人間の口にこんなグロテスクなフランス語を吹きこんだのか？

「上へもどれ、もどるんだ」と黒い人間は叫ぶ。腕には前世紀の旧式なライフルがあり、その銃でクロコダイルを撃っていた。

「あら、ジュスティーナまでいっしょに撃っている」ミントグリーンが妙にはしゃいだ声をあげた。「半分はもう竜みたいなやつのおなかのなかなのよ。きっとまた自慢話がいっぱいはじまるわ！　いちばん想像力が豊かなのはジュスティーナだもの」

「彼女を早く救いあげて、くっつけよう」リンターが提案した。誰もかれもが妙に声高に不安げになっていた。「彼女、いちばんいいところを見逃してしまうぞ」

「おいおい、黒い男」とシャックルトンが呼びかけた。「そいつの腹から女房をひっぱりだして、くっつけ合わせてくれんか！」

「おお、白い連中よ、白い連中よ、これは現実だ、これは死だ」黒い男は沈痛な声をあげた。「ここは出口のない未開の土地だ。おまえたち来てはいけない。だが来てしまったからには、いま危なっかしく乗ってる木の幹だか何だかのほんとうの姿に乗って、帰れるなら早く帰れ。おまえたち、ここでは生きられない。白い連中よ、行け！　命をなくすぞ！」

「幻想に命令は通じる」とオーガスト・シャックルトン。「黒人幻想よ、命令するぞ。おれの女房の半分をあの死にかけた生き物の腹からひっぱりだして、元通りにくっつけろ」

「おお、白い肌をしたヤク中の連中よ、それは無理だ」黒人はうめいた。「女は死んだ。なのに、おまえたち冗談をとばし、グリーン・バードとかボムとかを飲んで、夢に出てくる錯乱した子供らみたいに騒いでいる」

「夢を見ているのがわれわれで、夢がおまえだ」シャックルトンがこともなげにいった。「夢の生き物を実験に使ったっていいじゃないか。その目的で来たんだからな。ほら受けとれ、ローマン・ボムだ！」

黒人は投げられた瓶をキャッチした。

「飲むんだ。夢人間が、現実の物質を侵食できるかどうか調べてみたい」

「おお、クスリでいかれた白い連中よ」黒い男はうめいた。「この水飲み場はおまえたちのいるところではない。動物たち興奮すると、殺しはじめる。いつも平気で動物のあいだを歩くおれだって、動物たち興奮すれば危ない。あのクロコダイルは友だちだけれど、殺すしかなかった。ほかの動物たち殺したくない。おまえたちが殺されるのもこれ以上見たくない」

黒い男は、ブーツからジャケットから、いっさいが狩猟専門店おあつらえのいでたちだった。おそらく狩猟好きのボイルが念入りに想像したのだろう。無言劇の黒い仮面は苦悩と不安にゆがんでいたが、立ち去るようにと彼らに懇願しながらも、見ているそばで黒人は落ち着きなくローマン・ボムを喉に流しこんだ。

「見ればわかるように、頭骨のかたちは人間そのもので、姿勢もまったく直立だぞ」とリンター。「また見ればわかるとおり、体毛はわれわれより少なく、唇は厚いのに対し、あちらの大型の尾なし猿のほうははるかに毛深くて、唇は薄い。あの両者はおなじ動物として想像し、外見にちょっと変化をつけただけのつもりだったんだが」

「いや、やっぱりあのとおりに想像したのさ」とシャックルトン。「われわれの目のまえにいるのは、あんたが想像したとおりの生き物なんだ」

「しかし側頭と下顎の形状を見てくれ」リンターが反論した。「――おれの予想とはちがってる」

「側頭と下顎の形状にくわしいのは、このなかではおたくだけだ。請けあうよ、あれはおまえさんの心象だ。おまえさんが構造を仕込み、われわれみんなが月並みな無言劇の黒い面をかぶせ、ボイルが服を着せ、ルーナ・ボイルがことばを吹きこんだ。彼という産物は、われわれの協力の賜物なんだ。気をつけろ、みんな！　危なくなってきた、一触即発だぞ！　おいおい、このおれまで女房みたいにヒステリーが起きてきた！　この夢は生きいきしすぎて、おれは取り込まれかけてるぞ。なんとまあ、すばらしい調査体験だが、この体験をもう一度味わいたい気持になるかどうかは怪しいな。くそっ、この緑の地獄め！

しかし、なるほど危険だ！　気をつけろ、みんな！」

そう、まさしく収拾がつかなくなっていた。鳴き、吼え、怒号する原生状態のアフリカ、緑と黄褐色がまぶしい流れゆく色彩、動物が発散する鼻の曲がりそうな恐怖と殺意の臭気、そして人間の放つきつい恐怖の体臭。

ライオンが水飲み場を侵し、ぬかるんだ浅瀬で角のあるカモシカを打ち倒すと、どぎつい色の血潮に鼻づらを埋めた。水中から躍りあがったのは河馬、深みにひそむベヘモットだ。キリンたちが関節だらけのクレーンみたいに立ちあがり、不格好に樹林をギャロップした。

「もうたくさん！」と叫んだのはミントグリーン・リンターだ。おびえきって、まじないの先頭を切った――

「ああ、昼日中の悪夢よ、消えてくれますように！　クロコダイル竜よ、ベヘモットよ」

「消え失せよ、消え失せよ」彼らはさまざまな声音で唱えた。

「黒い人間よ、黒い大型猿よ、消えてくれますように。――そのほか黒くて緑の土地にいるあらゆる黒い生き物まで」

「消え失せよ、消え失せよ」彼らは唱えた。だが黒い人間はすでに死んでいた。バッファロー巨獣の角にかかり、足で踏みにじられ、最後の銃声だけがあたりにこだましていた。

バッファローがかしいだ木の幹にぶつかり、人びとを人食い沼に落とすと見て、突進を食いとめようとしたのだ。大きな猿も見えないのは、恐れをなして、丈高の草の茂るサバンナ地帯に逃げてしまったからだ。ほかの生き物たちも消えたか薄れており、潮の香と遠い熱砂の海辺のにおいがふたたびただよっていた。

「昼間吼えるライオンよ、消えておくれ」とルーナ・ボイルがまじないを引き継いだ。「それから豹《パンサー》よ、汎獣《パン・サー》である陰惨な神話の代表動物よ。百人力の蛇よ、消えておくれ、巨大な駝鳥よ、道化服の馬よ」

「みんな消え失せよ、みんな消え失せよ」誰もかれもが唱えた。

「懐かしのトルー・ビリーヴァー号よ、われわれが見てさわれるような構造をとって、足元にまた現われますように」オーガスト・シャックルトンが歌った。

「現われいでよ、現われいでよ」彼らの合唱にのせて、トルー・ビリーヴァー号がようやく五感の入口近くにぼんやりとうかびあがった。

「禁制の大陸よ、消えておくれ、その他われわれの苦悶する下部精神が生みだした有害な島々も何もかも！」ボイルが狼狽しながらも声をはりあげた。

「消え失せよ、消え失せよ」誰もがしおらしく声を合わせた。禁制のアフリカはいまやひどく影が薄くなり、その一方で南リビアの肉桂海岸が、緑のガラスを透かして見るように形をとりだした。

「早いとこ片づけよう！　まだ不健康にぐずぐずいすわっているぞ！」シャックルトンが断固とした口調で叫んだ。「こだわりを捨てるのだ！　われわれはもう絶対に、この種の不正行為にはかかわらない！　本来の世界に属さぬ異質な地誌はもうこれから決して詮索しない！　収まりのつかぬ物事はみんな心のなかに封じこめるんだ！」

「われら封じこめん、われら封じこめん」彼らは唱えた。

　こうして、すべては終わった。

　彼らはいまトルー・ビリーヴァー号に乗り、リビアの肉桂海岸沖を東にむけて進んでいた。船の北には風光明媚なリビアの肉桂海岸があり、すばらしい浜辺や壮麗なホテルが望まれる。南と東と西は、どこまでもどこまでもつづく白い波頭だ。すべては片づいたが、まじないはその圧倒的な心的エネルギーによって、みんなを打ちのめしていた。

「ジュスティーナがいないわ」とルーナ・ボイルが不安げにいった。「トルー・ビリーヴァー号のどこにも見当たらない。事故か何かだと思う？　帰ってくるのかしら？」

「もちろん帰ってくるさ」オーガスト・シャックルトンが満足げにつぶやいた。「まえの降霊会のときには、まる二日ずる休みしたんだ。それに、帰ってきたらいいみやげ話が聞けるだろうし、おれも休暇がとれる。そりゃ愛しているとも。だが、ああいう調子っぱずれの女房を持つと、ときには骨休めするのもいいものさ」

「だけど見て、見てよ！」とルーナ・ボイルが叫んだ。「あの女《ひと》ったらめちゃくちゃだわ！　ほんとに度を越すのが好きなのね。あれはちょっと趣味が悪すぎるわ」

　ジュスティーナ・シャックルトンの食いちぎられた下半身が、トルー・ビリーヴァー号のわきの澄んだ青い水面に浮かんでいた。血にまみれた凄惨ながめで、魚たちがばたつき、食らいついている。

「おい、いいかげんにしないか、ジュスティーナ！」オーガスト・シャックルトンが腹立ちまぎれに呼びかけた。「なんという女だ！　わかった、勝手にしろ！　さあ、帰ろう」ちょうど係船水域への入口で、海岸の浅瀬の水路を抜ければ、その奥にはすばらしい港がある。彼らは上手まわしで方向転換すると、一路リビアの肉桂海岸をめざした。

　世界はまた元通りになり、完全無欠な宝石が、彼らの北に美しく横たわっていた。そして南には、ただ雄大な海原と雄大な赤道と下部精神の空虚だけ。あらゆるものに陽光がさんさんと降りそそぐ完全な正午のひととき、トルー・ビリーヴァー号は水路にはいった。

《偉大な日》明ける

Great Day in the Morning

伊藤典夫訳

初出：デーモン・ナイト編 Orbit 17（1975）
邦訳：《SFマガジン》二〇一七年八月号

日本でのラファティ短篇集にはこれが初収録。〈アルゴ神話〉の一篇。この連作は、*Archipelago*（1979）、『悪魔は死んだ』（一九七一年、邦訳はサンリオSF文庫）、*More Than Melchisedech*（1992）という長篇三部作（この並びは執筆順であり発行年と一致しない）と、いくつかの中篇・短篇からなる。本作品の主人公メルキゼデク・ダフィーは、長篇三部作の最終篇 *More Than Melchisedech* でも主役を務める。井上央さんによれば、メルキゼデクという名は「聖書に従えばアブラハムを祝福に訪れた〝義と平和の王〟〝永遠の祭司〟」（「知られざるラファティの長篇世界」、《SFマガジン》二〇一四年十二月号）だという。

本作品の《偉大な日》は反語だ。メルキゼデクが評論に書いた「世界が笑いを忘れるようなことがあれば……」が、いきなり現実化して大騒ぎになってしまう。ジョナサン・スウィフト的なサタイアだが、信仰の問題を絡めているのがラファティらしい。ちなみに、《偉大な日》（Great Day）にシニカルなニュアンスを持たせる用法は、「他人の目」の冒頭部分にもみられる（浅倉さんの訳は〈大いなる日〉）。

これは海（岸辺はない、浜はない）
これは両針のない時計

「もうすぐ《偉大な日》だよ、ダフィーさん」幼い黒人少年が呼びかけた。「《偉大な日》が来たよ」

「きょうがその日かい、マイク？」とメルキゼデク・ダフィーはたずねた。

「きょうだよ。来たよ、来たよ」幼い少年はいいはる。

「そうか。じゃ、来たんだ」ダフィーはひとりごちた。「なのに、おれは子どものことばを聞くまで気がつかなかった」

夜明けまでまだ一時間はある。これからいよいよ《偉大な日》か。ひょっとしたら。

「あんたの腕時計を直す必要があるな」大柄な若者がとつぜん現われた。手にはハンマーがある。「行っちまえ」メルキゼデクはうなり声をあげた。「それとも、こっちが逆におたくの時計を止めてやろうか」

だが大柄な若者はさらに大きな若者をふたり連れていた。みんな体はぐらついているが、酔っているのは足もとより頭のほうだ。時刻はまだ早く、陽は出ていない。この早朝、メルキゼデクはゴミの散乱する通りを足早に散歩していたのだ。

「取り押さえろ！」第一の男の鋭い声がとび、あとのふたりがダフィーにロープをかけた。ダフィーは彼らを投げとばした。かんたんに取り押さえられる男ではない。ふりまわし、たたきのめし、自分よりずっと若くてたくましいにもかかわらず、男たちをへろへろにした。だが第一の男はダフィーの手首をすさまじい力でつかみ、手のひらを返すと、腕時計を露出させた。そして奇妙に注意深い手でハンマーを腕時計にあて、やさしく、やさしくガラスを砕いた。つぎには、それをうわまわる丁寧さでガラスのかけらや粉をすべてふりだした。

「そうら、じいさん、そっとだ」と男。「腕時計をこわしたくはないだろう？」

「ハンマーでつぶしておいて、こわしたくはないだろう、か？」メルキゼデクは目の色を変えた。「おまえらは狂ってるよ。ほっといてくれ！」

「われわれは狂ってはいない」最初の首領らしい男がいった。「狂気は過去のものだ。われわれは新しい時代の人間だ。この男をあとすこし取り押さえていてくれ」若者はメルキゼデクの手首をつかむ手に力をこめた。「酒飲みのあんたはたぶん見込みはないだろう。しかし《偉大な日》にしても、時間があまり特別扱いされていないことは、あんただって思い知らなきゃいけないんじゃないかな」男は手を伸ばすと、正確きわまりない動作で腕時計の分針を折って取り除いた。「自由にしてやれ」と男はいっしょに来たふたりの超大型の若者にいい、メルキゼデクは解放された。

「で、これはどういうことなんだ？」メルキゼデクは腕時計を耳にあて、まだ動いていることをたしかめた。

「ほんとに知らないのか？」と首領がきいた。「あんたみたいな分別のあるじいさんならわかってると思ったんだがな。ガラスをこわしてご免よ。しかし、この種の腕時計のクリスタルガラスっていうのは、かんたんには外れなくてね。新しいガラスをはめてもらうといい。いま何時かは腕時計でわかる。何分かは関係ない。昔の連中とはこの点で譲歩したんだ。《偉大な日》では時間がちがうってことが、昔の連中には呑みこみにくいようだな」

「時計製造がはじまって（腕時計じゃないよ）最初の二百年、分針は使われていなかった」とメルキゼデクはいい、一発プレゼントできるきっかけを待った（おお、プレゼントとは！）。「メーカー側は正しかったんだ。当時は分針なしでも用は足りた。過剰な正確さは、初期には息苦しかった。いま使われていないのも、メーカー側としては、ほとんど正しい」

「なんだ、わかってるじゃないか」と男はいった。「なのに、あんたはこの発想が新しいものじゃないといいはる。これは新しいんだ。きょうからはいっさいがっさいが新しくなる。偉大な事態がいま起こっていて、それもここではじめて起こっていることだ。おれたちはすべての発端にある原型なんだ。これは偉大なことだぞ」

「くだらん」とメルキゼデク。「原型などであるものか。偉大なことだとも思わんね。この種の出来事が到来するとき、おたくみたいな先ぶれが来るはずがない」

「原型だと認めろよ。さもないと、貴様の顔にほんとに新しいことをしてやるぜ！」男は叫び、とたんに泥酔状態になった。

「乱暴をするな！」ダフィーは叫んだ。偉大な日であろうがなかろうが、これこそ彼が待っていた偉大なきっかけである。彼はせまってくる男の顔面を一撃した。男は呆然とした顔で歩道に尻餅をついた。ついでふたりの男（いっそう足元が怪しくなっている）を押したり、殴ったり、どなったりして、かたづけると、三人を山と積み上げ、現場をあとにした。こうした行為には、嘘偽りない満足感があるものだ。

「お前のおかげで、ぜんぶだいなしだぞ、このトンチキ、スカタン、空気頭」首領が歩道から叫んだ。「古いトンチキはみんな追放だ。でなければ、みんな破裂してこぼれ、その分は二度ともどらなくなるんだ」

この事態には、額縁のない絵か海岸のない海のように、どこか間の抜けたところがあった。メルキゼデク・ダフィーは倒れた男たちをその場に残し、考え深げな歩みをつづけた。朝早く散歩をするときには、こういう出会いをよく経験した。陽が昇るまえに散歩に出る楽しみの半分はそんなところにあるのだ。しかし、今日は普通の日のように陽は昇りそうもないという予感がしつこく心にひっかかっていた。

グレイト・デルタ保険ビルのタワーのてっぺんでは、また別の若者三人組が、危険な行為を根気よくおこなっていた。巨大なタワー時計のカバーを外し、両針を弓鋸《ゆみのこ》で攻撃していた。男たちは長針も短針も根本から断ち切るとカバーを閉じ、タワーから下りはじめた。ひとりが通りに落下し、死んだ。

「これはノストラダムスがあいまいなかたちで予言している針のない時計だ」とメルキゼデク。「別の言い方をすれば、これが大転換――変化ではない変化だ。時が流れていなければ、変化はないんだからな。しかし嫌だ。これを事件、偉大な出来事、大転換だとは認めないぞ。ところがここにもうひとつの予言があって、メタノイア——認識の根本的変化は、起こったときには、その様相はグロテスクで、かならずしも神聖なものではないという」

メルキゼデクは考えながら歩きつづけた。ここしばらくのあいだに、こんなにいろいろなものが変わってしまうなんて、気づいた人間が誰かほかにいるのだろうか？　メルキゼデク・ダフィーは気づいたようだが、彼はまだ納得しきれないでいた。彼は実質をもつ人間や物体でできた実質的な宇宙を信じている。宇宙から実質をとってみろ。なにが残る？　もしなにかが起これば、自分はそれを知る最初の人間になるだろう。メルキゼデクはそう語ったことがある。夜型人間はその場に最初に着きそうだが、寝ぼけていたり酔っていたりして注意力散漫になっている。そしてダフィーは朝型人間のなかではいつも第一号なのだ。

彼はコーヒーショップにはいった。

これは雄のいない雌羊
これはカップのないコーヒー

コーヒーは香りがよく、胸おどるようなさわやかな味がした。目をさますには絶好のコーヒーだ。だがカップがなにか変で、外見も（視野の端からながめると）やはり変だった。さて、常連のコーヒー客は、気が向けばいつでも新しいカップでコーヒーを飲むことができる。

コーヒーを注いでいるのは、独身の若い女性、未婚もいいところの情熱的で厳しい女性だった。彼女はダフィーにつきまとい、そういうことがよくあるのだが、周囲をひらひらと舞った。なにか反応が起こるのを待っているのだ、というか、反応を引きだそうとしているのだ。

「こわしちゃ駄目よ」と彼女は分別なくいった。「ほかの人たちはみんな、自分の目で見なくても納得しているの。《偉大な日》だから、わたしもやればできると思うわ。わたしだってやればできるのよ。あんたやほかの二、三人が話をこわさなけりゃね。わたしには信仰心というものがいっぱいあるの。信仰心なしでは、こういう新しい日なんていうのは生みだせないわ。亭主のいない女は、信仰心をいっぱい持たなくちゃ」

「そうだ、シャーロット、ほんとにそうだよ」とメルキゼデク。いまになってコーヒーカップの何がおかしいのか、やっと呑みこめてきた。カップ自体がないのだ。店にはほかに五人の男がいて大儀そうなようすで、やや眠たげに、みんなコーヒーをカップなしで飲んでいる。

新しい事象は、到来するときには、決してエリート住民を介しては到来しない。ダフィーはそう承知してきた。それらは頭の混乱した、情熱的でユーモアのない蒙昧な住民、たとえば、うう、このシャーロットみたいな人間を介して到来するのだ。

ダフィーは朝刊を読もうとしていたが、どうしたものか紙面に満足できなかった。自分がカップなしでコーヒーを飲んでいることには、なるべく気づかないようにしていた。そこまで認める勇気はまだできていなかったのだ。筋ばったウェイトレス、シャーロットのことばには意味を付けないように気をつけてもいた。だが、ことばは流れた。

「わたしはカップは嫌い」と彼女はしゃべっている。「グラスは嫌い。服は嫌い。壁は嫌い。コンテナーは嫌い。物がほかのなにか物に入れられる《コンテインされる》なんて、いいことじゃないわ。袋は嫌いだし、箱も嫌い。信仰心があれば、こういうのはきっとみんななくせるわ。誰かが始めなくちゃいけないのよ。わたしとしてはもう始まってると思うの。きょうは特別な朝になるような気がしたの」

「そうだろうと思って、わたしは恐ろしかったね」とメルキゼデク。新聞の朝刊はたんにおかしいどころではなかった。そこにはひどく堕落したものが感じられた。またカップについても認めなければいけないことがあった。ただし、心ここにあらずといった調子で認めなければいけない。

「早朝のお客でわたしがいちばん心配したのは、あんたなのよ」シャーロットはしゃべる。「もしわたしが朝早く、これをうわさ話として流したら、まる一日流しつづけたことになるわけ。あんたはわたしが流すうわさ話の張本人なのよ。あんたはきっといま着てる服の下にちゃんと服を着ていて、体の皮の下にちゃんと皮をかぶってるんだわ。あんたは歳をくった皮袋、歳をくったコンテナーなのよ。おまけにあんたはわたしが知ってるなかでいちばん控えめな人《コンテインド・マン》だもんね」

「自己充足的《セルフコンテインド》ってことかい、シャーロット?」

「そうよ。ウグッ! 物が物に入れられるなんて決していいことじゃないと思う。世の中に容れ物や容器やコンテナーがあるっていうのが正しいことじゃないのよ。わたし始めるわ。こわさないでね」

新聞は最悪で、わずかにカップに(おっと、カップはないのだった!)残ったコーヒーは冷たくなっていた。メルキゼデクは残り少ないコーヒーをシャーロットのまえに差し上げた。すると偶然ほか五人の客もいっせいにコーヒーを口もとに上げた。

「ホットをもうすこしね、シャーロット」とメルキゼデク。

「こわしちゃ駄目よ」彼女は注ぎながら警告した。「信仰心がないのだったら、じっくり見ないこと。何回もいうようだけど、こわさないでね」

とたんにメルキゼデクはぶちこわした。冷えたコーヒーが突然はじけ、手の甲や手のひらを流れ下った。ついでシャーロットの注ぐちんちんのコーヒーが手や上腕を流れ下り、あまりの痛みに彼は絶叫を上げた。要するに、ゆだったコーヒーをむきだしの手にこぼしたら、どうなると思う？

すると、ほかの五人の客のコーヒーも手のなかで不意にほどけた。シューッ！　客たちはみんな立ちあがり、濡れたズボンをはたいた。みんなカップなしでコーヒーを飲んでいたのだが、いまや存在しないカップまでも解体し、消えてしまったのだ。

「こわしたじゃないの！」シャーロットが金切り声を上げた。「もしわたしに亭主がいたら、あんたを撃ち殺してもらうからね、もし拳銃を持っていたらよ。あんたなんか、生きながら皮をはがれてしまえばいいんだわ、このうすら馬鹿、すっとこどっこい、唐変木。あんたみたいな唐変木がいるおかげで、世の中の信仰心はみんな吸い取られて、何もかもが動かなくなるのよ。出ていきなさい！」

これは紙、日付はない

ページ番号もない、あるべきものが何もない

「いままで時代に先がけて、ずいぶん前を走っていたおれが、そこらの小作農や貧乏人より遅れるなんてことがありうるだろうか？」とメルキゼデク・ダフィーは大きな挑戦的な声でみずからに問いかけた。片手には火傷《やけど》を負い、気も動転していた。「これがほんとうに《偉大な日》の夜明けで、おれだけがそれを理解する神の恩寵を授けられていないのか？　まあいい、二ついっぺんにかたづけよう。新聞社へ行って、苦情をいうなり丸めこむなり、あわよくば訂正させるのだ。それにしても、あのカップのないコーヒーの火傷は、手よりも深くおれの心を傷つけたぞ」

新聞の朝刊はモーニング・コーヒーとおなじように欠陥だらけだった。ページのどこを開いても日付はなく、各ページにはナンバーすら打たれていなかった。酔っぱらった連中が徹夜で組んだものだろう、見出しはすべて最初の二ページにかたまっていた（メルキゼデクはそれを最初の二ページだと思ったのだが、ページナンバーはなく、新聞本体の記事には見出しもなかった）。

新聞ぜんたいの趣きもまた奇妙だった。怪しげ、というか、なにやらうさんくさいものがあり、手綱の効かなくなった思考が背後で踊っているように思われた、記事じたいも新

聞のあるべき姿をなしていなかった。「何を言いたいんだって？」と思わず叫ぶほど、伝えるべきことを伝えていなかった、メルキゼデク自身ときにはジャーナリストでもあるが、ぜんたいは三文ジャーナリズムとしかいえない内容だった。彼の白髪まじりの頬ひげは当惑にひくついた。

しかし新聞社のビルに向かいながら、気分は晴れなかった。今朝はすべてがちょっとばかりおかしい気がするのである。通りを走っている自動車やバスも、微妙に大きく違っている。ダフィーにはその差はすぐにはことばにならなかった。

三ブロックを歩くあいだ、いくたびか危うく車にひかれかけた。街中に氾濫するこの危険の原因は、勝手気ままに変わる交通信号だった。これについては、あと何分かしたら考えよう。どうしていまの時点で考える勇気がないのか？

また新聞社のビルにしても、どこかひどくおかしいところがあった。なにか新しいものがつけ足されたわけではない。むしろ、なにか主要なものが忘れられたか取り去られたかしているのだ。だがメルキゼデク・ダフィーは大胆にもそのどこかおかしい新聞社のビルにはいると、いつもどおり怒りの抗議をぶちまけた。

「きょうの朝刊はへんちくりんで、まったく意味がわからんぞ」と彼はひとりの編集助手にいった。ダフィーはその若者の顔を知っていたが、名前はいま思いだせなかった。まるで若者の名前が故意に取り去られたかのようだった。いずれにせよ、若者はメルキゼデクの唾をとばしてのいちゃもんなどいっこうに聞こえた風もない。よし、それならもう一度。

「きょうの朝刊はいままで見たなかで最悪だね」とダフィーはエレガントながらもきびしい口調でいい、若者のまえに新聞をたたきつけた。

「これがうちの新聞だとどうしてわかる？」と若者。「いまじゃあらゆるものが万民のものなんだ。新聞のどこにも名前がないだろ。われわれだってそうさ。つまり、このビルがさ」

「そうか」とダフィーは認めた。「ないない尽くしだな。このビルからなにか重要なものが取り去られていて、なんだろうと気になっていたんだ。屋上から消えたのは、あのでかい不細工な看板か」

「最新の風潮では、なんにでも、誰にでも名前をつけないんだ」と若者。「名前は人を隷属させるからね。だけど、あんたはどうしてこれをきょうの朝刊だっていうの？　日付がないんだから、きょうの朝刊とは断言できないはずだぜ。きょうは《偉大な日》だとわれわれは信じているし、《偉大な日》には名前もナンバーもいらないが、そもそもあんたはどうしてこれが朝刊だというの？　昼過ぎ刊か夕刊か、深夜刊かもしれないじゃないか」

「このへそまがりのくそ野郎め！」ダフィーは爆発した。「編集長に会わせろ。そんな新聞は発行できんぞ」

「いまはわれわれみんなが平等に編集長なんだ。みんな平等になんにでもなるんだが、そういう肩書や、そもそも肩書そのものは使わない。したい仕事をして、頭が空っぽの日はなにもしない。われわれはこれを充実化と呼んでるよ。

しかし、ほんとうのところ、きょうの新聞は発行されないんじゃないかな。この世のすべてが新しく《ニューに》なってしまったら、〝ニュース〟なんて存在しないんだ。代わりにコミックブックを出したほうがいい。できれば、昔のコミックの再録ね。どう思う？」

「自分が昔のコミックの再録になった気分だよ」とメルキゼデク。「あんたのおかげで、話もわからなくなってる。この変化はどうして起こったんだ？」

「っていうか、今回の細かい修正ね。ゆうべのことだけど、この社からいくらかでも重要な人物がみんな出払っていることに気がついたんだ。で、われわれのうちで重要性ゼロの人間がふたり頭を寄せあって、これを実行に移したわけ。メジャーな出来事っていうのは、いつもこんな風に始まるんだ。ほんとをいえば、新聞を白紙で出せばよかったんだけど、新しい方式に不慣れなもんだから、まだ完璧じゃなくてね」

「おたくの新聞は、《偉大な日が来た》っていう記事ものせられないのか？　説明はあったほうが、なにもないよりマシだぞ」

「その記事はのってる――ページおっと、ページナンバーがないのを忘れてた。うしろのほうのそのページだ。下段の小さな埋め草記事だよ」

「ここには正気はまったくないな」とメルキゼデク。不満をかかえたまま新聞社を出た。見れば屋上のでかい不細工な看板は移されたのではなかった。たたき落とされたのだった。残骸はばらばらになって道路に散乱している。給電線が裂けたところでは、パチパチという音がつづき、火花がとんでいる。道路の上では電線がぶら下がり、シューシューと鳴っている。「ふれたら人死にが出るぞ」とダフィー。だが死者はすでに出ていた。歩道に黒焦げの子どもの死体があり、通行人が目もくれず通り過ぎてゆく。しかし長年できあがった生活パターンをこわさないことには、変化は生じない。

メルキゼデク・ダフィー、質店主、美術商、書店主、そして時には街の名士は、心を決めかねて立ち尽くした。きょうが《偉大な日》なのか彼には確信がなく、仮にそうだとしても、自分が気に入っているかどうか確信はないのだった。

これは人を急きたてる信号
これは意味をなさない標識

そうそう、例の生命を危うくする信号について、ここでひと言！　昔は、といってもつい昨夜のことだが、ライトは赤やグリーンや琥珀色で、信号じたいも「進め」や、さもなくば「止まれ」。「歩け」とあれば「歩くな」ほか、曲がれとかいろいろ指示していたものだ。

ところが今朝の信号は百種類もの色や色の混合で点滅しまくっている。おそらく一部は主観的なものだろうが、すべてがそうだとはかぎらない。そして信号機に付随する文句も、〈その気があれば進め〉〈ひと声〝自由を〟と叫んで横断せよ〉〈もしあなたが合流のなかにいないなら、あなたは衝突のなかにいる〉〈山羊座生まれはきょう横断停止〉〈獅子座生まれは、いっさい横断まかりならん〉どこを見てもメルキゼデクの見慣れた信号ではなかった。

「どうすれば、道を横断できるんだね？」彼はその場にいた若い女性にきいた。これは非常におかしなことである。ダフィーはふつう答えを考えだす口である。なぜこの見知らぬ女性にたずねなければならないのか？

「これは《解放》なのよ」と若い女性はいくらか上気した顔でいった。「ここにいるじいさんが、いつ通りをわたれるか聞きたがってるわ！」

「《解放》以後、通りを自由にわたれなくなったのかい？」とダフィーはきいた。

「解放された人たちだけよ。あなた、そもそも関係してるの？」女性は不機嫌な口調できいた。

「いや、これには関係してないような気がするね」とダフィー。ますます奇妙になってくる。こういう事態になる前には、メルキゼデク・ダフィーは物事とほとんど常に関係を持っていた。

「関係を持てない人たちは、要するに通りを横断しちゃいけないわけ」とその若い女性は掟をいいわたした。

「横断が許されていないとしたら、その連中はどうしているんだね？」

「ああ、きっと遠回りするんでしょ」

　　ここは踵《かかと》が禁止された世界
　　これらは車輪のない自動車

バスは、メルキゼデクがいま見ると、もはや車輪をつけてはいなかった。車輪のないトラックも多く、乗用車の一部にも車輪はなかった。

「車輪はどうなったんだ？」とメルキゼデクはひとりの修理工にきいた。

「大転換の日にその質問かい?」労働者は逆にききかえした。「四角よりもっと悪いものがあるとすりゃあ、それは丸いものさ。出てゆけ、このげす輪っぱめ、まん丸野郎め」しかし車輪の代わりになんで走っているのか?

その点については、目のまえに霧がかかっていた。ところが、きょうはきれいに晴れわたった日で、そろそろ陽の出るころである。乗物はみんな車輪以外のなにか別物をつけており、その別物でおなじようにすいすいと走っていた。変化は単純なものであったようだ。いまこの瞬間も、修理工をはじめ、オーナーまでもが、自動車から車輪をはずし、キットからなにやら出して、その別物を取り付けている。

「いまキットから出したそのなにやらは、車輪よりいいというのかね?」ダフィーは大転換をひとりでやっている若い自動車オーナーにたずねた。

「もちろん、そんなことはない」と男。「どっちよりどっちのほうがいいということはないっていうのが、きょうの思想なんだ。あんた、きょうの思想も知らないのか?」

「いまその思想を考え直してる最中でね」とダフィー。彼は唖然としていた。人びとは街中のビルを解体し、壁をはずしている。ビルは支える壁を失って、折り重なるように崩壊しそうだが、その手前でかろうじてこらえている。とはいえ、重みに耐え兼ねてたわんでいるところも、一部には見受けられた。

「信仰心は壁に勝るね」あご髭を生やした信心深いティーンエイジャーがいった。「壁は自由の敵だもん」いうなり、彼は髭の大きな房をつかんではがしはじめた。

人びとは身の回り品をはずし、服を脱ぎだしている。支えもなくしているので、くたくたとつぶれそうなところだが、たわんでいる者はいても、みんなかろうじて立っている。

「おれは緑のオアシスを知っている」とメルキゼデク。「この埃にまみれた狂気の世界にも緑のオアシスはある。おれはそこへ行こう」

　この荒れくるう世界に神の恵みがひとつ
　　ペリカン・プレスで見つかる救済だ

メルキゼデク・ダフィーはペリカン・プレスへ向かった。そこまではたった三ブロック。《地区》ではすべてが三ブロック以内なのだ。ペリカン・プレス社は何十年もまえの遠い昔、フィネガンがドティ・イェクーリスと語らってはじめたとおり、おなじ古ぼけた、鼠の徘徊するビルのなかにあった。

発行スケジュールも変わっていなかった。月曜は船乗りの読む新聞がでる。火曜は労働組合新聞、水曜は〈スポーティング・ニュース〉紙、金曜はジャズ新聞。そのうち〈ザ・

バーク（樹皮）〉は特別で、木曜ほか随時発行である。ときには毎週発行とはいかないこともある。

　きょうは〈ザ・バーク〉が印刷に回っているはずだ。なぜなら木曜だからである。しかし、そうかな？　ほんとうにきょうは木曜か？　それとも《偉大な日》で、これで連続性が崩れてしまうのか？　こちらは名声のないヒーロー、きょうは名前のない日、と《偉大な日》の詩《うた》はいう。そして《偉大な日》の詩はいたるところにあり、ことばもなく、音もなく、宙をただよっていた。

　まあ、木曜でないとすれば、（《偉大な日》であろうがなかろうが）いつだっていい。〈ザ・バーク〉はまだ印刷中である。メルキゼデクはペリカン・プレスのビルにはいった。

　メアリ・ヴァージニア・シェイファーの姿があり、救済サリーやマーガレット・ストーンもいた。彼女らの姿には心を晴れやかにするものがあった。

「まあ、ダフ」とメアリ・ヴァージニアが驚きの声をあげた。「あら、ごめんなさい。まだ名前を使わない風潮に慣れていなくて。あなたの説は正解よ。隅々まですべて正しかったわ。あなた、世界でいちばん賢いかもしれない」

「それはいえるな、それはいえる」とメルキゼデク。「きみらも交際範囲を広げて、われわれみたいな知的なタイプともっとつきあったらいいんじゃないかな」

「コーヒーをどうぞ、ダフ。きょうの成りゆきはおもしろいんじゃない。まだほとんどはじまってもいないけど」

「なるほどおもしろいね。きみらはカップを使っているのか？」

「残念ながらね。わたしたちは旧式なの。日の出までには慣れると思うわ。マーガレットが祈りを捧げて、しばらく前、みんなでやってみたのよ。カップなしで飲むやり方。そしたら吹きだしちゃってだいなし。《偉大な日》のことは笑っちゃいけないみたいね。わたしは火傷しちゃった。コーヒーがほどけたとき。あなたもそうらしいわね。でも救済サリーはカップなしで紅茶を飲んでるわ。あのオーストラリア女がいうのには、コーヒーで笑うのはいい。だけど紅茶では絶対に笑ってはいけないんですって」

そのとおり、救済サリーはカップなしで紅茶を飲んでいた。彼女はダフィーに向かってウインクした。ウインクすると、ウインクはずっと下って臍《へそ》にまで及んだ。それにしても、どうして彼は救済サリーの臍まで見ることができたのか？　ペリカンの素敵な女性たちはこの風潮のなかで庶民の仲間入りをしたのだろうか？　小柄なマーガレット・ストーンは大きな槌《つち》でビルの壁を片っ端からこわしている。メルキゼデクには、それは正しいことのようには思えなかった。

「壁は必要だぞ」彼は異議を申し立てた。「物をかけるのには壁が要るんだ。ほかになんの用もなくてもな」

「いいえ、壁は要りません」と大槌をふりまわしながらマーガレット（彼女は昔からロバ並みに力持ちなのだ）。「壁がなくなればこうなると、最初に説明してくれたのはあなたじゃないの。忘れたの？」

「あれはジョークとして書いたんだよ」

「わたしは違う。信仰心があれば、壁やその種のものは必要なくなるわ。おっとう！　これはわたしのほうの信仰心の欠如ね」

大きな絵がフロアに落ちたのだ。絵のかかっていた壁がこわされて間もなくである。フィネガンのあまり知られていない傑作のひとつで、彼のオレンジの時代のものである。マーガレットは絵を取り上げ、なにもない宙に打ちつけた。絵は宙にとどまっている。釘はストローブ松に打ちつけられたように宙にささった。

しかし、さよう、マーガレットはまた新しいかたちで庶民の仲間入りをしていたのだ。さいわい彼女は壁からとんだ塵、漆喰、汗できれいに身を包んでいるといえる。斧で力まかせに釘を抜くと、上の部屋の支えは皆無になった。部屋は小さなボートのように揺れているが、落ちるようすはない。

「ねえ、ダフ」とメアリ・ヴァージニアがいった。「ああバカ。また名前を使ってしまった。ひとりが終わって、別のひとりの始まるところがまだわかっていないみたいだわ。でも、これを見て」彼女はメルキゼデクにあのすばらしい読み物新聞〈ザ・バーク〉の古いバックナンバーをわたした。おなじ前提で印刷されている。「驚いたわ。あなた、ぜんぶ予言してるじゃないの。どうすれば自分が容れ物にはいっている状態から脱し、どうやって実質ではなく信仰によって生きるか、どうすれば完全な解放が訪れるか、どうすればみんながおたがいに溶け合わせられて、どうすればすべての壁や服や皮膚を取り払うことができるか。どうすれば自分の精神を消し（信仰心があれば、精神なんて必要ないわ）、つい一年まえ、あなた、ぜんぶ書いているじゃない。世界中の人びとは、あなたの書きおとしたところを埋めているんだと思うわ」

彼女のさしだす手には〈ザ・バーク〉があり、メルキゼデク・ダフィーの評論「《偉大な日》明ける」がのっている。新聞を受けとるダフィーの手はふるえた。

「だけどメアリ・ヴァージニア、これは笑わせる評論だぜ。苦い笑いを誘う評論だ」

「あらそうよ、そこが悲劇なの。古い視点でいえばね。締めくくりの文章は見事なものだわ。《もし世界が笑いを忘れるようなことがあれば、ここにあることをはじめとして、さまざまな事件が発生するであろう》……世界が笑いを忘れるなんて、どうしてわかった？すてきじゃない。でも、この事態にとびこんだばかりの人だったら、ここで起こっていることを笑わずにいるのはむずかしいわね。でも笑ったら破滅よ」

「だったら破滅にでもなんにでもしてくれ！」メルキゼデクはどなったが、声に説得力はこもらなかった。「きょうの成りゆきを見れば、破滅のほうがいいに決まってる。ペリカン関係者の笑いが世界の救済につながるように祈ろう」

「だめだめだめ、それはだめ」救済サリーが反旗をあげた。「ここでの救済はわたしだけ。救済は間にあって、わたしたちはそれを越えたところにいるのよ。笑うのはたんに許されていないの。どうして信仰の欠如が笑いにつながるのかしらねえ！　さあ、服を脱いで、ダフ。それから少なくとも皮膚のいちばん上の一枚だけでも……。仲間に入りなさい。この日を発明しておいて、あなた、このまま堅苦しい世界にいすわるつもり？」

「笑いは移行期には役に立ったわ」とメアリ・ヴァージニア。「だけど《偉大な日》がとうとう来たからには、笑いはマイナス要因ね。冒瀆よ」

　悪化の一途だとメルキゼデクは感じた。灰色の狂気の世界にあるオアシスの緑も、いまや病的な緑に近い独特の色あいを帯びている。

「きょう〈ザ・バーク〉は印刷してるのかい？」ときく。新しい評論をまたひとつすべりこませて、この恐るべき善行を元にもどすことはできないだろうか？

　シュー！　マーガレット・ストーンがまたひとつおもて側の壁を倒し、歩道にいた幼い子どもを巻き添えにした。「自由よ、自由だわ!」と彼女は叫び、《偉大な日》の《自由》は人びとのもとに押し寄せ、人びとから溢れだし、混ぜ合わさった。

「わたしたちがきょう〈ザ・バーク〉を印刷してるのか、とはどういう意味よ?」メアリ・ヴァージニアが問いかけた。「あなた、意味が通っていないわよ、ダフ——じゃなくて、あなた、意味が通っていないわよ、突発的に現われたかりそめの人。きょうは出ないの。あなた自分で書いていたでしょう。《偉大な日》を〝きょう〟と呼ぶことはできないって。なぜなら〝きょう〟が表わすのは連続並びに——」

「《偉大な日》にはその偉大な口を閉めてろ!」メルキゼデクは怒りにピンクに染まって叫んだ。怒りで紫にならず、ピンクになってしまう男と深刻な顔で向きあうのはむずかしいが、《偉大な日》には何事も笑わず、深刻な顔で向きあわなければならない。メルキゼデクにとって、事態はますますむずかしくなってきた。

「《偉大な日》おめでとう、くそアイリッシュめ」もはや通過するドアも壁もないなかで、アブサロム・スタインが華麗な入場をするなりどなった。「矮小な日おめでとう、このくそユダヤ野郎」とメルキゼデクは返した。ここにはいまだかつてない美しい友情がある。欠けるところのない人間として残ったひとりの友人、自分と似たような(同等ではないにしても）知性をもつ唯一の知りあい――

だがアブサロムはすでに逆巻く煙といぶる葉巻で体をおおっているだけだった（彼はかつて遺言状に、自分が埋葬されるときは、白木の松材の棺に火のついた葉巻をくわえた姿で寝かせてくれと書いたことがある。「どうやってつけっぱなしにしておくのよ、アブシー？」とマーガレット・ストーンがきくと、「だいじょうぶ、そこまでちゃんと死なないようにしておくからさ」と答えたという）。そして葉巻も、外側をラップする葉はないけれど形を保ったまま、盛大に煙をくゆらせている。

「《自由》だ《信仰》だ、《偉大な日》だ」とアブサロムはいったが、その目や態度にはどこかタガの外れた《アンコンテインドした》ところがあった。メルキゼデクはスタインがよくやる軽蔑まじりの仕草をそっくりお返しした。〝耳から上は空っぽ〟をことばなしで表現したものである。だがスタインには、これはまったく通じなかった。

さよう、スタインの脳はきれいに吹っとび、なくなっていたのである！　昔から物知りの男だったが、軽薄な知識を積み上げるのに熱心で、その表層性がわざわいしてきれいに蒸発してしまったのだ。

「なくなってどうかな、アブサロム、寂しいかね？　あんたの脳だよ」

「いや、寂しくはないな。脳が役に立つのは移行期だけだ。《偉大な日》が到来したからには、脳があってはかえって足手まといだろう。たしかにおれは自分の脳を捨てた。葉巻を除いて、なにもかも捨てた。葉巻はおれのシンボルとなって、おれの名前に取って換わるだろう。なにか特別なことに気づいたかね？」

「長く吸っていれば吸っているほど長くなる葉巻か？　そう。あんた今朝は手品ばかりだぜ」

「《信仰》と《自由》、これが決め手だ」とスタイン。「これは植物タバコじゃなくて信仰タバコでつくった葉巻だ。まさに聖書に予言されている天上の葉だよ」

スタインはこの後半生でひどく肥満していた。服を脱ぎ、容れ物のない《アンコンテインドした》状態になると、肥満度はさらに目をおおうばかりになった。また彼はまじめくさった顔で人をかつぐふざけ屋だった。しかし、いまはどうなのか？　信頼してよいのか？　ふざけ屋がまじめ人間に変身するのとでは、どちらが有害か？　しかしこの男にはまだわずかながら希望が残っていた。

「これからはもう新聞や雑誌はいらないわね」とメアリ・ヴァージニアがしゃべっている（その場にいるなかで、服なしでなんとか体裁を保っているのは、彼女だけだ）。「新聞や雑誌が役に立つのは移行期だけよ、《偉大な日》が到来したからには、わたしたちもやっぱり《偉大な日》らしいことをはじめなくちゃ」

「それはどういうことだい？」とメルキゼデク。

「あら、ことばなしで歌をうたうことでしょ。物理的絵具じゃなくて、信仰絵具を使って指絵《フィンガー・ペイント》を描いたり、おたがい身を寄せあったり、こういうことが《偉大な日》の意思疎通のかたちなのよ」

この界隈では知られた男、ザボツキがおおよそビルに顔を出した。おおよそというのは、もはやビルに壁もドアもないので、いったいどの瞬間ザボツキが顔を出したのか断定はむずかしいからである。

「オドワイヤー街のほうに、皮膚を完全に脱いじまった野郎がいるって話だぜ。ダフ、あんたもすっ裸にならんかい？」

「服を着たまま正気を保つさ」とメルキゼデク。「しかし、なにを騒いでいるんだ、ザボツキ？」

「《偉大な日》のほうが先だよ。オドワイヤー通りの野郎だが、こいつは街でいちばんというか、おそらく世界中でいちばん解放された人間になるってわけだ」

「あら、この日が終わるまでにはみんなそうしているはずよ」とメアリ・ヴァージニア。

「おれを除いてね」とメルキゼデクが異をとなえた。

「そうそう、この〝日〟がもう終わらないことを忘れてた」メアリ・ヴァージニアが訂正した。「いまでは《偉大な日》は永遠で、そのうちみんな実行しはじめるわ。そして誰もかもが皮膚を脱ぎ捨てたとき、わたしたちは真の解放に向かって進みはじめるのよ。皮膚を取っちゃったら、おたがいこれ以上近づきようがないものね」

「それどころじゃない。内臓にもっと自由を与えようと、横隔膜とおさらばした連中もいるっていうぜ」とスタイン。

「それいいわね」と救済サリー。

このザボッキ、無骨ながら、なかなかいい男である。ここ何年も大きな鍋に湯をわかし、大金を投じてスープ・キッチンを経営している。そして神の摂理なのか、大きな鍋と大金はまだ残っているようなのだ。ザボッキの風貌はメルキゼデクの喉元からひとつの問いをしぼりだした――

「ところでスープ・キッチンだが、あそこはやってるのかい？　火の消えることのないっていう触れこみの大鍋はきょうも煮立っているか？」スープ・キッチンと貧民のための簡易宿泊所はペリカン・プレスの並びにある。

「大鍋は相変わらずよ」とマーガレット・ストーン。「いまでは信仰スープで煮立ってるわ。物質的なものはなにも入れなくてもいいの」

「これは全国的なものなのかい？」メルキゼデクは問いかけた。この〝日〟を発明したのは彼だが、いまでは周囲の誰よりも事情にうといように見える。

「もちろん、これは全米で起こっている現象さ」とスタイン。「東部はいうまでもなく、西部までな。そしてこの問題については、ほかの国々とのあいだでも旧来の通信手段はまったく取っていない。電子や機械による通信はなくなった。当然じゃないか。信仰と自由と同胞意識の時代が到来したからにはほかになにが必要だ？」

「おれとしては」とメルキゼデク。「ペリカン・プレスを常に避難所と考えてきた。世の中に嵐が荒れ狂っているとき、体をしっかりつなぎとめておく錨だ」

「海でも河でも船が錨を切って、重りから永遠におさらばしてるぜ。信仰がありゃ錨なんぞ屁の役にも立たんさ」とザボツキ。

「皆さんには失望したよ、ひとり残らずだ」とメルキゼデク。「あんた方はパン種じゃないんだ。ただのかたまりだよ。世間的に見れば、まさに世間だろう。だが、すべてを回復させてくれるずっしり重い黒土の成分は含まれていないんだ。おれはもっと緑の濃いオアシスや決して涸れない泉のありかを知ってるから、ここを出るよ」

「さよならね、ダフ、じゃなくて、さよならね、人さん」とメアリ・ヴァージニア。

「それから服はちゃんと脱いでね、お願いよ」と救済サリー。「どうして、みんな自分を隠そうとするんだろう?」

メルキゼデク・ダフィーはペリカン社を去った。きょうがほんとうに《偉大な日》なら、彼は永遠にこの日に別れを告げたことになる。

こちらはミカエル、不平を訴えている
つぶての涙と巌《いわお》の剣で

メルキゼデクは聖ミカエル聖堂に向かった。通りのはずれに太陽がほっそりと片鱗をのぞかせている。

「この根性曲がりの変わり者め」メルキゼデクは太陽にいった。「貴様を罠にかけてやるからな。一歩でも動いたら、それで最後だ」

だが太陽は動かなかった。人が見ているときには、太陽は動かない。いったん動きが見えたら、時は相変わらず流れていることになり、《偉大な日》の前提と矛盾するからである。きょうがほんとうに《偉大な日》なら、その日は永遠に明けつづけなければならない。

メルキゼデクはためしにすこし目をそらしてみた。ふたたび見やると、太陽は動いていた。ただし、もうすこし楽な姿勢をとり、夜明けをしっかと固定しただけで、もはや動きはなかった。

聖ミカエル聖堂はさまざまな手によって解体されているところだった。ハンマーや杭打ち機を使わず、信仰によって解体を進めているのだが、すでに解体はほぼ終わっていた。この建物はかつてなにかを収容していたそうで、それが非とされたのだ。メルキゼデクはかつて入口のあったところで足をとめ、聖ミカエルの石像に話しかけた。

「悲しい日じゃないか、マイク。オアシスがここになければ、どこへ行っても見つからない」

「まったくだ」ミカエルはうなずいた。「新鮮な水はもうないよ。ここにオアシスはもう見つからない」ミカエルは片目をえぐられていた。信仰ハンマーと信仰鑿《のみ》でも使ったのだろう。それとも本物のハンマーと鑿か。

「ねえ、ママ」と幼い少女がどこかでいった。「石像と話をしている変なおじさんがいるわ」

「しーーっ、見ては駄目」と母親。「あれは見てはいけないものなの。服を着てるでしょ」

「きょうはミサはあるのかね、マイク？」とメルキゼデクはきいた。

「今朝はどこでもやってないね」と彫像は悲しげにこたえた。「この《偉大な日》騒動は世界を食い荒らしちまった。ああ、ダフ、この大理石の剣に多少とも使える刃を付けることができれば、やつらをぶった切れるのになあ。連中は教会を解体したうえ、黄道の十二宮のサインをかかげ、十字架の道の留《りゅう》の代わりに太陽と月をおいてる。ところが、集まった不信心者どもは礼拝の方式の違いにすら気づかないんだ」

世界形成者《デミウルゴス》テイヤールの聖なる姿が祭壇に下っていた。右手にはマクルーハン、左手にはマッゴニガルを従えている。三人とも光につつまれ、その姿は神々しい。「おお、きょうの良き日われらここにあり」集まった不信心者は吟唱した。「おめでとう」

「ペダンクル、コーパスキュリゼイション、ヴァロリゼイション、オブファスケイション。ペダンクル、おめでとう」聖なる世界形成者はふたたび祝福した。

「ちょっと近くのオアシスに顔を出してみるよ、湿り気以外に大したものはなにもなさそうだが」メルキゼデクは彫像に別れを告げ、ロイヤル・ランデブー・アンド・オイスター・バーに足を向けた。通りをゆくメルキゼデクの頬ひげを、若者たちがはぎ取ろうとし、じっさい血まみれの房をはぎ取っていった者もいた。見わたせば、ほとんどの頬ひげはすでに捨てられていた。若者たちはいうまでもなく、趣味で生やしていた大人までもだ。ひげが捨てられたのは信仰心の発露なのだが、信仰心があれば、ひげになんの必要がある？たいていの人びとのひげは、かんたんにはがれ落ちていた。さわやかなそよ風が吹き、さまざまな顔から残ったひげをはがしている。やがてはつるつる顔ばかりの世界が来るだろう。

　歩く彼の服を若い女性たちが引っぱり、なかには切れ端を持っていってしまう者もいた。「みんな自由なのよう、閉じ込もりはもうやめ、解放されなさい、解体されなさい」彼女たちはメルキゼデクにしつこくせがんだ。

　ロイヤル・ランデブーに着くと、彼はサザラックをオーダーした。周囲の目が刺のある鞭のように彼を打った。バーテンは首をふった。

「それなら、ソルティ・ドッグを」というと、憎悪はさらに高まった。「じゃ、オールド・ファッションドだ」とメルキゼデク。それをいってはいけなかったのだ。

「この男をつまみだせ」とバーテンがいい、嘲るように親指をしゃくると、この解放を拒否するはみだし者に対して憎悪のつぶやきが起こった。「ここじゃそういう飲み物は、きのうからいっさい出していないんだ」

「じゃ、なにを飲むというんだね？」メルキゼデクは下手《したて》に出て、たずねた。

「《新たな日明ける《ニュー・ディ・ドゥナー》》さ。これをみんな飲んでるんだ。ほかになにを飲むってんだ？」

メルキゼデクはロイヤル・ランデブーをおさらばした。ここには湿り気あるオアシスはおろか、緑のオアシスも涸れることない泉もない。

　これは渇きを癒さないカクテル
　これは目覚めることのない夢

陽は相変わらず昇る過程にあったが、最後にながめたときからいっこうに動いた気配はなかった。《偉大な日》には物はあまり動かないのだ。いまやあらゆるものから、包装や外皮ははがされているというのに、ほんとうの動きは見えないところで起こっているのである。人びとは内面化していた。皮膚なしか、皮膚が一部はがれている者も多い。姿はみんな灰色で、彼らは溶けあっていた。みんな無思慮に、分けへだてなく、球状に溶けあいはじめている。いまや数十人がボールとなり、球は転がりながら、ほかの人びとの球と溶けあい、間もなく世界中が巨大な肉のボールとなって内面化してゆくだろう。
「誰もかれもが呑み込まれてゆく。おれを除いてね」とメルキゼデク。「素っ頓狂なユーモアとしてこれを考えついたのに、おれは誇り高く孤立して突っ立っていればいいのか？」

主観的にはずいぶん時間が過ぎたのに、陽は動いていなかった。メルキゼデクは疲れきってジャクスン広場のベンチに腰を下ろした。街のビルはいまやほとんど姿を消していた。壁や支柱が取り払われたあとにビルが建っていたのは、移行期であったためらしい。

「これは悪夢だぞ」とメルキゼデク。「おれは夢を見ているのだが、これはあまりいい夢じゃない。さて、ここは目覚めるために相当がんばらねばいけないぞ」

「無理だね」とモルペウスが口をはさんだ。「あんたはそのまえに眠りの概念をそっくり変える必要がある。それ以上に、目覚めという概念を考え直してみなけりゃな。どちらも錯覚さ」

「誰でも自分の専門分野では、でかい面《つら》ができるさ」とメルキゼデク。「あんたは眠りの神だろ。それならこの議論でおれよりは有利な立場にいるんだ」

「誰もがなんかかにかの神さ」とモルペウス。「知らなかったかい？　しかし、おれの興味の範囲は広くてね。モルペウス（眠り）とモルペー（かたち）は、実をいうとおなじ言葉で、かたちは眠りのなかだけで感知できるものなんだ。目覚めの世界は無形の混沌としたものさ」

「それでもいいよ。頼むから目覚めさせてくれ」

「だめだ。もはや目覚めなどというものは存在しない」

「どこからこんな道に迷いこんだんだ？」メルキゼデクはモルペウスのかすむ姿にきいた。

「どうしておれだけがこのなかに呑みこまれないんだ？」

「あんたがどこで間違いを起こし、どこで正しかったんだって？　そしてあんたは頑固すぎて変われなかったんだよ。その代わり飲んだくれになってしまった」

「ひとつ教えてくれ、モルフ、おれは目覚めているのかい？　どうなんだ」

「やはり目覚めてないね。目覚めというのはわれわれのオプションのひとつだったが、目覚めはこの世界から消え失せた。それに、あんたはぐっすり眠ることもできない。半端な眠りのなかでしだいに縮小してゆく夢を見るだけだ」

「じゃ、この世界はおれの夢なのか、モルフ？」

「あんたのか、おれのかさ、ダフ。残ってるのはわれわれ二人きりらしいからな。最終的にわれわれは超顕微鏡的な二ひきの蛇となって、どちらかがどちらかを呑み込む羽目になる」

「それは気に入らんな。この世界にはもっと何かがあっていいはずだ」

「ないね、このメガ宇宙はたったひとつの細胞を持つ生物から生まれてきたんだぜ、その彼が思いついたんだ。自分はほんとうのところ二人いるんじゃないかってな。そいつが夢の始まりで、その夢が複数世界というマルチプレックスなものに発達してきたんだ。夢は悠久の歳月をかけて成長してきたが、いまはまた始まりにもどろうとしている。たったひとつの細胞がしだいに小さくなる夢を見つづけている」

「それもいいさ」とメルキゼデク。「自分がその細胞ならな」

「あんたか、でなければ、このおれだ」とモルペウス。「残るは細胞ひとつ。この錯覚のために、あんたと取っ組みあいするぜ」

二人はレスリングをした。しかしモルペウスは時を超越した若いままのギリシア神であり、宇宙的レスリングはお手のものだった。

メルキゼデクに消滅の恐怖がおそった。それは昔ながらの天罰の恐怖の比ではなかった。肺はおもちゃの風船みたいにはじけ、腎臓は蠟のように溶け、心臓は巨大な癇癪玉そっくりに破裂した。メルキゼデクはくずおれ、みるみる縮んでいった。モルペウスがあとに続き、二人は単細胞生物並みにおのれを呑みこもうとした。メルキゼデクは絶叫を上げた。単細胞生物に許される声の限りに虚空に向かって叫んだ。

「終わりだ」と彼はあえいだ。

「いや、始まりなんだ」モルペウスが呑みこまれた状態でもごもごといった。「おれたちは前にもここに来たことがある」

《偉大な日》を称える詩がまだ二、三残っている、これを片づけてしまわないことには世の中も片づかないし、どうしたものか、おなじくらいの数の人物が処理もされずに残っている。連中も処置してしまおう。

では、それぞれの人物は進み出て、大声で詩をひとつずつ読み上げていただきたい。そうすれば詩も人物も永遠に消し去られるはずだ。やってみなさい。みずからを詩と合体させなさい。

　これは草のない田園
　これはグラスのないワイン

　これは壁のない建物
　これは誰も驚かない殺人

　これは名声のない英雄
　これは名前のない《記念日》

これは自動車のない引越し
これは光輝の薄れた太陽
これは人知れずひそむ群衆
これは石のない墓

ほら、うまくいっただろ？　ぜんぶ片づいた。

つぎの岩につづく

Continued on Next Rock

浅倉久志訳

初出：デーモン・ナイト編 Orbit 7（1970）
邦訳：《SFマガジン》一九七二年十一月号→短篇集『つぎの岩につづく』（ハヤカワ文庫SF）

ヒューゴー賞短篇部門第二席、ローカス賞短篇部門第三席、ネビュラ賞ノヴェレット部門候補、オーストラリアのディトマー賞の国際長篇部門候補になった、ラファティの代表作のひとつ。ドナルド・A・ウォルハイム&テリー・カー編の年刊SF傑作選 *World's Best Science Fiction: 1971* にも採られている。

ナンシー・クレス曰く「素晴らしい文章、独創的なキャラクターたち、辛辣と情熱（破滅的な情熱）とが完璧にバランスされたトーン。この作品のことが、私の頭から離れなかった」（「つぎの岩につづく」紹介文、ジョナサン・ストラーン編 *The Best of R. A. Lafferty* [2019] 所収）。石灰岩の台地から掘りだされた燧石《すいせき》には、太古の文字が刻まれていた。解読してみると奇妙な恋愛詩である。おかしなことに、地層を掘れば掘るほど新しいラブレターが出てくる。そして、発掘調査隊のひとり、電撃的魅力を備えた娘マグダリンがラブレターの内容を予見したようなことを口走る。ラファティの時間観がよくあらわれた一篇。

石灰岩の大きな台地に隆起がひとつ、一本の煙突岩《チムニー・ロック》がもっと時代の新しい小山へいまにも寄りかかりそうに立っていた。その煙突岩はいわゆるドーソン砂岩で形づくられ、ところどころに堅い頁岩《けつがん》がいりまじっていた。クロウ・クリークとグリーン川にそった低地で、氷河時代と沖積世、これらの川が（いまの五倍も）大きな川であったころに作りだされたものだった。

その煙突岩は、人類よりもほんのすこし年老い、草よりもほんのすこし年若かった。その累層はいったん押しあげられたのちにまた浸食を受け、このような堅い石柱や岩塊だけが残ったのだ。

その煙突岩が、もっと新しく生まれた小山になかば寄りかかろうとしている場所へ、五人の調査隊がやってきた。この人びとは、地下深くの石灰岩層には関心がなかった——地質学者ではないからだ。この人びとは、もっと時代の新しい小山（人間が作ったもの）への大きな関心と、煙突岩へのわずかな関心を持っていた——考古学者であるからだ。そこでは時間が積み重なり、被覆や堆積となってふくれあがり、線の連続になっていなかった。ここには縞や帯になった時間もあり、それらはいったん高く成長したのちに砕かれ、崩れていた。

五人の調査隊は昼すぎにこの遺跡に到着し、干あがった小川の川床に作業用トレーラーを乗りいれた。彼らはそこへたくさんの荷物をおろし、キャンプを張ることにした。べつにむりをしてそこでキャンプを張る必要はなかった。ハイウェイの二マイル先にはいいモーテルがある。すぐ上の尾根ぞいに道路がつうじている。快適な生活をつづけながら、毎朝わずか五分のドライブでここへやってくることもできるのだ。しかし、現場で昼も夜も暮らしてみないと遺跡発掘の感覚はつかめない、というのがテレンス・バードックの持論だった。

五人のうちの四人は、テレンス・バードックとその妻のエシル、ロバート・ダービー、それにハワード・スタインリーサーであり、みんなきらびやかできちんとした人たちだった。あとのひとり、マグダリン・モブリーは、きらびやかでもなく、きちんとしてもいなかった。しかし、マグダリンには電撃的な魅力があった。ただものではなかった。五人はキャンプを張ったあと、まだ日があるうちに遺跡のまわりをぶらついた。五人とも前からその累層を知っていて、有望らしいと注目していたのだ。

「あのこわれた煙突岩のまんなかを走る奇妙な縦溝は、まるきりコア・サンプルのようじゃないか」とテレンス・バードックがいった。「しかも、ほかの部分とはちがう。落雷が上から下まで突きぬけたように見える。もうすでに内部を露出してくれたわけだ。いずれはあの煙突岩をすっかりどかしてしまいたいね。こっちのおもな関心は古墳《マウンド》にあるのに、あの岩のおかげで、古墳へ切り口を入れる絶好の場所がふさがれているからな。しかし、とりあえず煙突岩から調査をはじめよう。調査にはもってこいの感じだ」

「あら、あの煙突岩のなかにあるものだったら、なんでもあたしが教えてあげるわよ」マグダリンがふきげんにいった。「それから古墳のなかにあるものも」

「あそこでなにが見つかるかをあなたが知ってるのなら、わざわざ掘るまでもなさそうね」とエシルがからかった。

「あたしもそう思う」とマグダリンはつぶやいた。「でも、だれかに見せる証拠や人工遺物が必要なんでしょ。証拠や人工遺物がなくちゃ、助成金がもらえないもの。ねえ、ロバート、あの煙突岩から北東へ四十ヤードむこうの茂みに鹿がいるから仕留めてきてよ。もしここで原始生活をするつもりなら、鹿の肉を手に入れなきゃ」

「いまは鹿のシーズンじゃないよ」ロバート・ダービーが反論した。「それに、あんな場所に鹿はいない。いや、たとえいたとしても、きみには見えない涸れ谷に隠れているはずだ。それに、たとえいたとしてもたぶん雌鹿だよ」

「ちがうわ、ロバート。あれは二歳の雄鹿で、すごい大物。もちろん、あたしから見えない涸れ谷にいる。あの煙突岩から四十ヤード北東といえば、当然涸れ谷のなかだもの。もしあたしに見えるなら、当然あんたらにも見えるはずでしょうが。さあ、早く仕留めてきて！ いったいあんたは男なの、それとも二十日鼠《ムス・ミクロトウス》なの？ ハワード、あんたは長い棒を伐《き》りだして、三脚を作ってちょうだい。鹿を吊るして、皮を剝げるように」

「早くそうしたほうがいいわよ、ロバート」エシル・バードックが口をそえた。「でないと、今夜はただじゃおさまりそうもないから」

ロバート・ダービーはカービン銃をかつぎ、煙突岩から四十ヤード北東の涸れ谷へ下りていった。パーンというカービン銃の高い銃声が聞こえた。やがて、ロバートが奇妙な苦笑をうかべてもどってきた。

「やったわね、ロバート。一発で」マグダリンが大声で呼びかけた。「鹿のよくやる癖でひょいと頭を上げたときに、一発でのどから脳へと撃ちぬいたんでしょ。どうしてかついでこなかったの？　さあ、あそこへひきかえして、かついできて！」

「かついでくる？　持ちあがりもしなかったよ。テレンスとハワード、いっしょにきてくれ。棒に縛りつけて三人がかりでかつげば、なんとか運べるだろう」

「ロバートったら、きらびやかな頭がどうかしたんじゃない？」とマグダリンがからかった。「たった百九十ポンドの目方なのに。いいわ、あたしがとってくる」

　マグダリン・モブリーはすたすたとでかけ、やがて大きな雄鹿を持ち帰った。血まみれになるのもいとわず、むぞうさに死骸を背中にかつぎ、ときどき足をとめてあっちこっちの岩を調べたり、けとばしたりしながら、かるがるとそれを運んできた。二百五十ポンドはありそうな大物だが、マグダリンが百九十ポンドというならそうなのだろう。

　ハワード・スタインリーサーはすでに長い棒を伐りだして、三脚を作っていた。一同はそこへ雄鹿を吊るし、玄人はだしの腕前で皮を剥ぎ、腹を裂き、内臓を抜き、肉を切りとった。

「料理してちょうだい、エシル」とマグダリンがいった。

　そのあと、一同が焚火をかこんで車座になり、日がとっぷりと暮れたとき、エシルはわるふざけのつもりで、ほとんど生に近いぐじゃぐじゃの雄鹿の脳みそをマグダリンにさしだした。だが、マグダリンはいたってうまそうにそれをたいらげた。それはマグダリンの当然の取り分なのだ。あの雄鹿を見つけたのは彼女なのだから。

目に見えないものをマグダリンがどうして見つけだすのか、あなたもふしぎだろうが、四人の隊員もそれがいつもふしぎでならなかった。

「地史学と深層心理学の相似性に気づいた人間がなぜわたしだけなのか、それを考えると頭が痛くなる」焚火のまわりでみんなが軽い哲学的な気分になりかかったとき、テレンス・バードックがそう述懐した。「地殻均衡《アイソスタシー》の原理は、大地の表面と底面だけでなく、意識と下意識にもあてはまる。人間の心もそれなりの沈殿物と堆積物があり、浸食作用や風化作用を受けている。そこには隆起もひずみもある。また、マグマの上にうかんだところも似ている。極端な場合には、火山爆発や造山活動すら見られることがある」

「そして氷河作用もね」とエシル・バードックが口をはさんだ。たぶん、暗闇のなかで夫の顔を見つめているのだろう。

「心のなかには堅い砂岩もある。ときにはそれが日常の出来事という流砂のなかを漂うあいだに、変質して石英になったり、なかば変質して燧石《すいせき》になったりする。日々の愚かな行為と惰性の古い泥から生まれた頁岩も存在する。もっと鮮明な経験が作りあげた石灰岩もある。石灰岩は、かつての生物の名残りだからね。そして、この石灰岩は、もしそれがゆたかな情動の堆積物なら大理石にもなりうるし、また下意識の苦悩と刺激の流れのなかでたっぷり泡立てば、石灰華にもなりうる。また、心には硫黄や貴石も――」

たっぷりと泡立ったテレンスを、マグダリンがさえぎった。

「あっさりこういったらどう？　あたしたちの頭のなかは石でごろごろしてる（頭がおかしいという意味）、と。でも、それはつまらない石ころで、おまけにいつもおなじものが舞いもどってくる。あたしたちと大地は、おなじようにはいかない。世界はいつも新しい石を手に入れる。でも、そこに顔を出すのはいつもおなじ人間、いつもおなじ心なのよ。おお、いやだ。そのなかでもいちばん変わりばえしないひとりが、またぞろ顔を出してきたわ。あたしをほっといてくれればいいのに。答はいまでもノーなんだから」

マグダリンは、よくこんなふうに意味不明なことをしゃべる癖がある。エシル・バードックは、夫のテレンスも、ロバートも、ハワードも、暗闇でマグダリンに手を出してはいない、と自分にいい聞かせた。このずんぐりした無愛想な娘に、エシルは嫉妬をいだいていた。

「ここがスピロ古墳ぐらいに収穫ゆたかだったらいいが」とハワード・スタインリーサーがいった。「その可能性は大いにある。聞くところによると、あのスピロほど第一印象がよくなくて、ひねくれた遺跡は、ほかになかったそうだ。スピロ古墳の発掘に参加した人間が、だれかここにいてくれたらいいのに」

「あら、あいつがいるじゃない」マグダリンがばかにしたような口調でいった。

「あいつ？　あいつとはだれだ？」テレンス・バードックがききかえした。「このなかのだれもスピロの発掘には参加してないぞ。マグダリン、あの古墳の発掘当時、きみはまだ生まれてもいなかった。いったいきみになにがわかる？」

「あら、あたしはスピロでのあいつをおぼえているわよ」マグダリンがいった。「いつも自分の物を掘りだしては、それを見せびらかしてた」

「きみはスピロにいたのか？」だしぬけにテレンスが、闇のなかの一点に問いかけた。さっきから一同も漠然と気づいていたが、焚火のまわりの人数がいつのまにか五人から六人にふえているのだ。

「ああ、おれはスピロにいたよ」と男の声が答えた。「おれはあそこでも掘ったし、よその古墳も掘った。おれは掘るのがうまいし、だいじなものが出てくるときは、前もってそれがわかる。仕事をくれよ」

「きみはだれだ？」とテレンスはその男にたずねた。いまでは男の姿がかなりよく見える。焚火の炎が、まるでその男にそう強いられたかのように、そっちへなびいていた。

「おれかい？　おれはいつも人のあとをつけ、望みをかけ、たのみつづける、金持ちのあ《リッチ・オールド》われな年より《・プア・マン》だよ。永久にそうする値打ちのある相手がひとりいるもんだから、その相手を口説きつづけてるわけさ。もっとも、おれはときどきべつのものにもなる。二時間前には涸れ谷の鹿だった。自分の肉を自分でしゃぶるのは、どうも妙な気分のもんだぜ」そういいながら、男は無断で失敬した鹿の関節をむしゃむしゃ頬ばっていた。

「あいつの安っぽい詩！」マグダリンが怒りの声を上げた。

「きみの名前は？」とテレンスがきいた。

「メニーペニー。アンテロス・メニーペニーというのが永遠のおれの名前さ」

「きみは何者だね？」

「おれかい？　おれはただのインディアンさ。ショーニー、チョクトー、クリーク、アナダーコ、カドー、それに前カドー。いろいろやってきた」

「前カドー族なんてものがあるのかね？」

「あるさ。おれがそうだよ」

「アンテロスというのはクリーク系の名前か？」

「いや、ギリシア《グリーク》系の名前だ。なあ、おれは働きもんだよ。すごい掘りだし者だ。明日はおれの腕を披露するぜ」

いやはや、この男はすごい掘りだし者だった！　翌日、アンテロスはその腕を披露した。短い柄の園芸鍬《くゎ》で古墳のふもとに切りこみを入れ、信じられないほどのスピードで働いた。

「あれじゃ、なかに埋まっているものをぜんぶこわしてしまうわ。なにを掘りあてたって、気がつきゃしない」エシル・バードックが苦情をのべた。

「奥さん、おれはなにが埋まってようと、こわしたりせんよ」アンテロスが聞きとがめた。

「なんなら、一立方メートルの砂のなかへミソサザイの卵をひとつ隠してみな。たったの一分でその砂をぜんぶわきへどけてみせる。どこに卵が隠してあっても見つけられる。ひび割れひとつこしらえずにな。カンだよ。このちょいとむこうに、原プラノ期の小さい壺がある。もちろんとっくに割れてるが、それ以上はこわしゃせんよ。そいつは六つに割れていて、合わせるとぴったりくっつくはずだ。さあ、いちおうことわったぜ、いよいよ掘りだすとするか」

　まもなくアンテロスはそれを掘りだした。すっかりとりだされる前から、その壺にはなにか妙なところがあった。しかし、その壺はたしかに掘りだし物であり、ひょっとすると原プラノ期（プラノ期は八〇〇〇-四〇〇〇BCの平原インディアンの狩猟文化）のものかもしれなかった。六つの破片が現われた。大ざっぱに土を落としたあとで、破片がつぎ合わされた。どれもみごとにくっつくのは明らかだった。

「まあ、完璧だわ！」とエシルがさけんだ。

「完璧すぎる！」ハワード・スタインリーサーが文句をつけた。「これはろくろで捏《こ》ねた壺だ。ろくろのなかった時代のアメリカに、ろくろで捏ねた壺があるわけがない。だが、ここに押された文様は、たしかに原プラノ期のものと一致する。これはどうもうさん臭《フィッシュ》いぞ」きょうのスタインリーサーは、とげとげしい気分で、顔色がわるかった。

「そうとも。さざ波とトゲの模様。それは魚の絵文字《フィッシュ・グリフ》だよ」アンテロスが答えた。「その上に太陽のしるしがのっかってる。つまり、魚の神さま《フィッシュ・ゴッド》さ」

「ぼくがいうフィッシュはべつの意味だ」スタインリーサーが主張した。「掘りはじめて六十秒とたたないうちに、そんなものが出てくるわけはない。その上、こんな土器はありえない。これが原プラノ期のものとはとても信じられないね。これとおなじ場所に尖頭器《ポイント》でも発見されればべつだが」

「おや、そうかい」とアンテロスはいった。「もう燧石のポイントが、そのかっこうまでプンとにおってきたじゃないか。大きいのがふたつ、小さいのがふたつ。ほら、あんたらにもにおってきたろう？　あと四回、鍬を入れたら届きそうだな」

それから四回の鍬入れで、アンテロスの手はまさしくそこに届いた。彼は大きな尖頭器をふたつと、小さい尖頭器をひとつ掘りだした。投槍の穂先と矢じりだった。どちらも槍の穂先形でリボン状の剥離があった。フォルサム後期（一一〇〇〇BCごろにロッキー山脈東方の大草原地帯にひろがっていた文化）か、原プラノ期か。それは見るものの気分しだいだ。「これは石器のミッシング・リンク、過渡期の産物だ。これまで欠けていた場所へあまりにもぴったりあてはまりすぎる。とうていぼくには信じられない。たとえこれとおなじ層にマストドンの骨が見つかっても、まだ信じるには骨が折れる」

「よしきた」アンテロスはふたたび鍬をふるいはじめた。「いやあ、むかしの動物ってのは、まったくおかしなにおいがしたからなあ！　象なんか問題じゃない。やつらの骨にもまだそのにおいがこびりついてるよ。どうだ、第六胸骨でいいか？　たぶんそうだと思う。あとの骨がどこへいったかは知らんがね。だれかがここでその骨をしゃぶったんだろう。あと九回鍬を入れたら、そろそろ掘りだすよ」

九回の鍬入れ——それからアンテロスは石工用のこてを使って、しゃぶりつくされた古い骨をそろそろと掘りだした。たしかにマストドンの第六胸骨だ、とハワードは怒りを含んだ声でいった。第五か第六だな、ちょっと見わけがつきにくいが、とロバート・ダービーがいった。「その前に、

「しばらく掘るのを休んでくれ、アンテロス」とスタインリーサーがいった。

こいつの記録と、撮影と、計測をすませてしまうから」

テレンス・バードックとマグダリン・モブリーは、煙突岩の底、その岩の全長をコア・サンプルのようにつらぬいた縦溝のいちばん下で作業していた。

「アンテロスを呼んで、六十秒以内になにを掘りだせるか試してみよう」とテレンスが提案した。

「いやよ、あんな男！ どうせ自分のものを掘りだすだけだわ」

「どういう意味だね？ 自分のものとは？ だれもこの遺跡に細工できるはずがないよ。こんなに堅い砂岩では」

「ここはもっと堅い燧石よ」とマグダリンがいった。「たぶんこんなことだと思った。そんなものはほっときなさい。そこに書いてあることなんか、たいがい見当がつくんだから」

「そこに書いてあること？ どういう意味だ？ うん、たしかになにか刻んであるぞ！ 大きな石で、荒仕上げもしてある。だれが堅い燧石なんかに彫刻したんだろう？」

「えらく強情な男よ、燧石みたいな石頭」とマグダリンがいった。「じゃ、いいわ、試してみれば。アンテロス！ これをそっくり掘りだしてみて。この石を割ったり、煙突岩をあたしたちの頭の上へ落っことしたりしないでよ。テレンス、あいつにまかしときなさい。こういうことは器用なんだから」

「どうして彼のことがそこまでわかるんだね、マグダリン？　ゆうべまで見たことも聞いたこともない相手なのに？」

「とにかくわかるのよ。あいも変わらぬばかばかしいしろものだってことは」

マグダリンのいったとおり、アンテロスはその石を割ったり、煙突岩をみんなの頭上へ落っことしたりしないで、うまく掘りだした。ツルハシで割れ目を作り、三本のダイナマイトと信管をさしこみ、ほとんど爆薬の真上へよじ登って、そこから引いた線をバッテリーにつないだ。爆発。まるで空が頭上に落ちてくるような、空がかなりの大きさの石材で作られていたような大音響がとどろいた。古代人は、空から落ちてくる破片がいつも黒っぽい岩ばかりで、なぜ青く透きとおっていないのかをふしぎがったという。その答を教えよう。地上に落ちてくるのはつねに夜空のかけらばかりなのだ。ただ、距離がおそろしく遠いので、翌日の昼までかかってやっと地上にたどりつくものもある。アンテロスがかけた発破は、まっぴるまなのに夜空のごつごつしたかけらをひき落とした。それはこの石柱を作りあげているどの岩よりも黒ずんだ岩だった。

にもかかわらず、それは小さい発破だった。煙突岩はふらふらとよろめいたが、倒れはしなかった。ふたたびあぶなっかしい角度で落ちついた。そして、お目当ての燧石の塊だけが外へはねとばされた。

「あれだけの塊だと、何千本もの矢じりや穂先がとれる」テレンスが感嘆した。「あの燧石の塊なら、原始人にとってはひと身上《しんしょう》だったろう」

「おれはああいう身上をいくつも持ってたよ」アンテロスがぼそぼそとつぶやいた。「そこでとっておきのこれを捧げ物にしたわけだ」

一同はその石のまわりに集まった。

「ああ、あわれな男《プア・マン》」だしぬけにエシルがさけんだ。しかし、彼女が見つめているのはどの男でもなかった。エシルが見つめているのはその燧石だった。

「あいつもいいかげんにあんな趣味は卒業すりゃいいのに」とマグダリンがこぼした。

「どんなに金持ちだろうと、知ったこっちゃないわ。そこいらの路地にだって、あれより出来のいいものはころがってるわよ」

「いったい女たちはなにをぶつくさいってるんだろう？」とテレンスが疑問を口にした。

「しかし、これはたしかに本物の絵文字らしい。これはアステカ語かな、スタインリーサー？」

「ナワトル＝タノ語――アステカ語の本いとこ《カズン・ジャーマン》だ。いや、カズン・ヤーキ（ヤーキはメキシコ北西部の部族）

と呼ぶべきかな」

「まあ好きなように呼んでくれ。ところで解読はできそうか？」

「おそらく。八時間から十時間くれたら、大半の絵文字の暫定的な解釈はできると思うよ。しかし、すじのとおった解釈はむりだ。これまでのナワトル＝タノ語の翻訳は、どれもたわごとだったからね」

「それと、テレンス、忘れちゃだめよ。スタインリーサーは遅読家《ちどく》なの」マグダリンが意地わるく口をはさんだ。「おまけに、身ぶりやなんかの解読もあんまり得意じゃないみたい」

　スタインリーサーはむくれた顔で黙っていた。それにしても、なぜきょうの彼の顔にはどすぐろい爪跡がついているのだろう？

　その朝、調査隊はたくさんの岩や石を動かし、おびただしい枚数の写真をとり、ぶあついメモを書きつけた。隊員たちが手分けして、古墳《マウンド》の切りこみや煙突岩の縦溝で作業を進めていくにつれて、たえまなくなにかが見つかった。もはや底抜けにびっくり仰天するような発見はなかった。もう原プラノ期のろくろ製の土器は出てこなかった。どうしてそんなものがありえよう？　もう、予告どおりにフォルサム後期の完全な尖頭器《ポイント》が出てきたりはしなかった。予告なしに、こわれた尖頭器がぞろぞろ出てきた。もうマストドンの胸骨は見つからなかったが、ジャイアント・バイソンや、狼や、コヨーテや、人間の骨は出てきた。それらの出土品の相互関係には多少の矛盾があったが、その日の早朝ほどには――アンテロスがまず予告をしたあとで、壺の破片と、三つの石器と、マストドンの骨を掘りだしたときほどには――うさん臭くはなかった。いま掘りだされてくるのは、予想どおりの本物に思えた。もっとも、あまりにもおびただしい数なのがちょっぴりうさん臭くはあったが。

おまけに、アンテロスはすごい掘りだし者だった。砂をどかせ、石をどかせ、なにものをも見逃さなかった。そして、正午になると姿を消した。

一時間後、アンテロスはぴかぴかのステーション・ワゴンで、だれもそこに道があるとは思わなかった涸れ谷の茂みから現われた。町まで行ってきたのだという。アンテロスが買いこんできたのは、いろいろの冷肉やチーズ、ピクルス、ペーストリー、それに冷えたビールが二箱と、VOのコニャックが二本だった。

「きみは貧乏人《プア・マン》じゃなかったのかね、アンテロス？」とテレンスがからかった。

「金持ちのあわれな《リッチ・オールド・プア・マン》年よりだといったろうが。おれは九千エーカーの草地と、三千頭の牛の持ち主だ。おれはアルファルファの原っぱと、クローバーの原っぱと、トウモロコシ畑と、牛の放牧地と――」

「もうよしてよ!」とマグダリンがかみついた。

「そのほかいろいろの持ち主だ」アンテロスはふくれっつらでしめくくった。

一同は食事し、休憩をとり、午後からまた作業にかかった。マグダリンはアンテロスにおとらず敏捷で、力強かった。若く、たくましく、よく日焼けしていた。マグダリンはすこしも美しくなかった（エシルはちがう）。マグダリンはもしそうしようと思えば、どんな男でもものにすることができたろう（エシルにはできない）。マグダリンはしばしば不愉快で、つねに気まぐれで、だしぬけに熱心になる女だった。マグダリンはこの調査隊の張力、いわば弓の弦だった。

「アンテロス!」ちょうど日暮れどきに、マグダリンが呼びかけた。

「あの亀かい?」アンテロスがききかえした。「あの流れの外にある岩棚の下、返り水が渦巻いてる場所にいる亀だろう? だけど、あいつはころころ太ってしあわせで、餌をとるときとたのしむとき以外はなにも傷つけたことがないんだぜ。おれにあの亀をとりにいかせたりする気じゃなかろうね?」

「いいえ、その気よ。あの亀は十八ポンド。よく太ってるからきっとおいしいわよ。ここからたった八十ヤードの先、堤がグリーン川へ崩れおちたところ、泥板岩みたいに見える頁岩の低い岩棚の下、二フィートの水底に——」

「あいつの居場所は知ってるさ。じゃ、その太った亀をとってくるか」アンテロスがいった。

「このおれも太った亀だ。おれはグリーン川だ」彼は亀をとりにいった。

「ああ、いやだ、あのへたくそな詩！」マグダリンはアンテロスの後ろ姿に向かってぺっと唾を吐いた。

アンテロスが太った亀を持ち帰った。二十五ポンドはありそうな亀だった。しかし、マグダリンが十八ポンドだというなら、十八ポンドにちがいない。

「料理してちょうだい、エシル」とマグダリンはいった。マグダリンはまぐれの幸運でこの調査隊に参加を許された大学生だった。ほかの隊員はみんなひとかどの考古学者だ。マグダリンがだれかに命令をくだす権利はない——彼女の生得の権利をべつにして。

「亀なんて、料理のしかたを知らないわ」とエシルがぐちをこぼした。

「アンテロスが教えてくれるわよ」

「遺跡発掘の夜のにおい！」テレンス・バードックが嘆声を上げた。あれからすこしあと、焚火をかこんだ一同は、亀の料理とＶＯのコニャックに満腹して、みだらなほど賢明な気分になっていた。「このにおいの音色から、ひらかれた時代の見当がつくような気がする！」

「においの音色！　あんたの鼻はどこへつながってるの？」とマグダリンがいった。

事実、発掘現場のにおいには、なにか古い時代を呼びおこすものがあった。ひんやりとして、同時に黴《かび》くさく、麝香《じゃこう》くさい。古い層状水と圧縮された死のにおい。化石となった時間。

「ひらかれた時代がもうわかっているなら、大いに助かるんだがな」ハワード・スタインリーサーがいった。「ここにはひとつの例外がある。あの煙突岩が、ときどきあの古墳より時代が若いふりをするんだよ。あの煙突岩は、文字を刻んだ石が埋まっているほど新しくないはずだ。だが、実際には埋まっていた」

「考古学は例外ばかりでできあがっている」とテレンスがいった。「ただ、あるまぐれ当たりのパターンにあてはまるよう、その例外を組み替えてあるだけだ。そうする以外に体系づけようがない」

「どの科学も、例外だらけでできあがっていて、あるパターンにあてはまるように組み替えてあるんだよ」とロバート・ダービーがいった。「ところで、絵文字の謎は解けたのかい、ハワード？」

「ああ、予想以上にうまくいってる。もちろん、大学へもどったらチャールズ・オーガストが確認してくれるだろう。いずれにせよ、あれは王の布告でも、部族の布告でも、宣戦布告でも、狩猟の布告でもない。どんな種類の基本的文書にも、どんなカテゴリーにも属さない。しいてカテゴリーにあてはめるとすれば、〈その他〉か〈私信〉というところだろう。あの翻訳は難物だよ」

「あの石じゃ歯が立たないわよね」とマグダリンがいった。

「早く読んで聞かせてよ、ハワード」とエシルがいった。

「『あなたはスカンポの原にいる野豚のように自由で、アナグマのように気高い。あなたは蛇のように輝き、ハゲワシのように高く飛ぶ。あなたは落雷で燃えるメスキートの茂みの情熱。あなたはヒキガエルの落ちつき』」

「たしかに風変わりね」とエシルがいった。「あなたのくれたラブレターだって、これほど辛辣じゃなかったわよ、テレンス」

「いったいそれはなんだね、スタインリーサー？」とテレンスがたずねた。「なにかのカテゴリーに属するはずだ」

「エシルのいったとおりさ。これは恋愛詩だよ。『あなたは岩の溜め池にたまった水、その水のなかに隠れたクモ。あなたは流れになかば浸かったコヨーテの死骸、そのコヨーテの砕けた眼窩からにじみでた脳が見る、罠にかかった古い夢。あなたはその砕けた眼窩にたかるしあわせなハエ』」

「おい、ちょっと待てよ、スタインリーサー」とロバート・ダービーがさけんだ。「燧石のひっかき傷から、そんな文句が読みとれるはずがない。その〝罠にかかった夢〟とやらは、ナワトル＝タノ語の絵文字でどう書いてあるんだ？」

「中身の詰まった人間の絵と、その横にならんだ中空の人間の絵、それが夜の記号にかこまれている――これは従来から夢を表わす絵文字だと解釈されてきた。ここではその夢の絵文字が、さらに落とし罠の絵にかこまれている。やはりどう見てもこれは〝罠にかかった夢〟という意味だ。では、その先をつづけよう――『あなたはトウモロコシの暗い芯のなかの幼虫、巣のなかの裸のひな鳥。あなたは病気のウサギにとりついて、その肉をむしばみ、漿液《しようえき》に変えている腫れ物。あなたは炭のように押しつぶされた星ぼし、だが、あなたは与えもせず、とりあげもしない。ふたたびあなたは崖のふもとで砕かれ、ふくれあがり黒ずんだ舌の上で、言葉は語られずに終わるだろう』」

「たしかに恋愛詩としちゃ風変わりだな」とロバート・ダービーがいった。

「あたしはとうとうあれにがまんできずじまいだったわ。努力したのよ、ほんとに」マグダリンがうめくようにいった。

「ここで人称の転換がある。やぶにらみの目の絵につながった自分を表わす絵がその記号だ」スタインリーサーが説明した。「ここからは一人称——『わたしは背負いかごで一万杯のトウモロコシの持ち主だ。わたしは黄金と、豆と、九本の野牛の角にいっぱいのスイカの種の持ち主だ。わたしは太陽が空を横ぎる四度目の旅につけた腰布を持っている。これより古くて貴重な腰布は、世界に三つしかない。わたしはアオサギのハンマーを打つような声で（ここの翻訳はむずかしい。ここでいうハンマーは現代のそれじゃなくて、岩を掘ったり砕いたりするハンマーなんだ）、また、バッファローのげっぷのような声で、あなたに呼びかける。わたしの愛はとぐろを巻いた蛇のように力強く、ナマケモノのように堅実で、あなたの腹に突きささった羽根つきの矢のよう——それがわたしの愛だ。なぜわたしの愛は片思いなのか？』

「ひとつ聞きたいがね、スタインリーサー」とロバート・ダービーがさえぎった。「〝片思い〟に相当する絵文字は？」

「さしのべられた手——ただし、指がぜんぶさかさまに折れ曲がってるんだ。先をつづけるよ——『わたしはあなたに向かって吠える。どうか身投げしないでくれ。あなたは空にかかった橋の上にいると思っているが、実は最後の崖っぷちに立っている。わたしはあなたの前に這いつくばる。わたしは犬のくそだ』」

「あいつがそういったのよ、あたしじゃない」マグダリンがたまりかねたようにいった。

マグダリンにはいつも基本的に意味不明なところがある。

「ああ――つづけたまえ、スタインリーサー」とテレンスがいった。「この娘は頭がおかしい。でなければ、夢を見ながらしゃべってるんだろう」

「碑文はそれだけだよ、テレンス。最後の絵文字がひとつだけわからなくてぬかしたがね。絵文字は大きな場所をとる。だから、こんなに大きな石でもそれぐらいしか書けない」

「そのわからない絵文字とはどんなものだね、ハワード？」

「槍を投げる男の絵が、時間を表わす絵とからみあっている。これは『前方または遠くへ投げられた』という意味になることもある。しかし、ここではどんな意味なんだろう？」

「ばかね、〝つづく〟という意味じゃない。〝つづく〟よ」マグダリンがいった。「心配しないで。まだそんな石はぞくぞくと出てくるから」

「とても美しい詩ね」エシル・バードックがいった。「もちろん、その文脈のなかでは」

「じゃあ、エシル、あなたがあいつをひきうけたらどう？　もちろん、あいつの文脈のなかでよ」マグダリンがいった。「あたし？　あたしはごめんこうむるな。あいつが背負いかごで何杯ものトウモロコシを持っていようと、もうたくさん」

「だれをひきうけろというの、マグダリン？」エシルがたずねた。「ハワード・スタインリーサーは石を解読できるけど、マグダリンを解読できるのはだれ？」
「そりゃわたしさ。わたしは石とおなじように彼女を解読できる」テレンス・バードックが微笑をうかべていった。だが、彼はまちがっていた。

しかし、その詩は一同にとりついた。一同のまわりをとりかこみ、一同の内部にはいりこんだ。蛇の輝きとヒキガエルの落ちつき、水中に隠れたクモ、砕けた眼窩からにじみでる、罠にかかった夢、病気のウサギの腫れ物、バッファローのげっぷ、腹を射ぬいた矢。そして、そのすべてのまわりには、燧石と、掘り起こされた土と、小川のせせらぎが、黴くささが、そしてアナグマの気高さと名づけられた特殊な麝香臭があった。一同は考古学と神話について語りあった。そのうちに夜はとっぷり更け、そして三日目の朝がやってきた。

そう、発掘は順調に進んだ。この古墳はすでにスピロよりもゆたかな収穫をもたらしていたが、その切りこみは、来たるべきもののささやかな約束でしかなかった。そして、この円錐形の塚の奇妙な双子である煙突岩は、確認と混乱と矛盾をさしだしていた。煙突岩のなか、いや、すくなくとも奇妙な中央の縦溝のなかでは、時間が狂っているのだ。それ以外の場所は正常なだけに収穫も乏しい。

その日、アンテロスは柔和なふくれっつらで働き、マグダリンは一種の電光を身辺に漂わせて、むっつり考えこんでいた。

「ビーズだ、しかもガラスのビーズだ!」テレンス・バードックがふいに怒りを爆発させた。「ようし、わかった！　このなかにいる悪ふざけ屋はだれだ？　もうかんべんならん」その朝からテレンスはひどくふきげんだった。ちょうどその前日のスタインリーサーがそうだったように、深い爪跡の残った顔でさかんに八つあたりしていた。

「ビーズの隠し場はこれまでにもあったよ、テレンス。何百カ所も」とロバート・ダービーが穏やかにいった。

「わるふざけ屋もこれまでにいた。何百人もな」テレンスはさけんだ。「このビーズは、ひと目で〝二十世紀香港製〟とわかるしろものだ。ひと山いくらのガラクタだ。紀元七〇〇年ごろの地層とはなんの関係もない。さあ、いえ、犯人はだれだ?」

「このなかに犯人がいるわけないでしょう、テレンス」エシルが穏やかにたしなめた。「ビーズが見つかったのは、塚の斜面から一ヤード半も下なのよ。第一、三百年分の植物ローム層を切りひらいて、やっとそこまで手が届いたんじゃない。それに地表だって、それ以上の年数の浸食を受けているし」

「われわれは科学者だ」とスタインリーサーがいった。「われわれはこれを見つけた。ほかの連中はべつのものを見つけた。だから、その非蓋然性をよく検討してみては？」

　そろそろ正午だった。一同は食事し、休憩し、その非蓋然性をよく検討してみた。アンテロスの持ち帰った豚肉の大きな切り身でサンドイッチを作り、ビールを飲み、ピクルスをつまんだ。

「いいかね」とロバート・ダービーがいった。「ガラスのビーズが、本来ならあるべきはずのない場所で何度も発見されたという、とんでもない非蓋然性のむこうにだな、初期のインディアンのビーズには、骨、石、角、なんで作られているにせよ、もうひとつ大きな謎があるんだ。何百万粒もの小さいビーズに、これまで発見されたどんな錐でもあけられないほど細い穴があいている。ほかにも遺物はあるし、ほかのインディアンの産業中心地、ほかのあらゆる道具の進化のぐあいもわかっている。だが、何百万粒もの穴のあいたビーズが存在するのに、なぜそれに穴をあける錐がひとつもないのか？　それほどの細い錐を作る技術はなかったはずだ。どうやって穴をあけたのか？」

　マグダリンがクスクス笑いだした。「ビーズ吐きよ」

「ビーズ吐きだと！　きみにはもうつける薬がないな」テレンス・バードックが憤然とさけんだ。「あらゆるインディアン伝説のなかでも、いちばん愚劣で、洗練されていない伝説だ」

「だが、伝説にはちがいない」とロバート・ダービーがいった。「しかも、三十あまりのべつべつの部族に共通した伝説だ。キューバのカリブ・インディアンは、ビーズ吐きからビーズを手に入れたといった。パナマのインディアンも、スペインの探検家バルボアにおなじことを話した。プエブロ・インディアンも、コロナドにそれと似た話を聞かせた。どのインディアンのコミュニティにもおかかえのビーズ吐きがいたという。クリーク族にも、アラバマ族にも、コアサティ族にも、ビーズ吐きに関する言い伝えがある。スワントンの聞き書を読んでごらん。しかも、彼の物語は現存の人物が語った思い出を書きうつしたものだ。


まだある。はじめてヨーロッパから交易用にビーズが持ちこまれたとき、ひとりのインディアンがそれを受けとって、こういったという記録がある。『こいつをすこしビーズ吐きのところへ持っていこう。これを見て、おなじビーズを吐きだしてくれるから』そして事実、そのビーズ吐きは、それとおなじビーズを幾ブッシェルも吐きだしたそうだ。インディアンのあいだには、ビーズの起源についてそれ以外の説明はない。すべてのビーズはビーズ吐きによって吐きだされた」

「まったくもう。すごく非現実的ね」とエシルがいった。まったくもう、そのとおりだった。

「ばかも休み休みいえ！　紀元七〇〇年ごろのビーズ吐きに未来のビーズが吐きだせるはずがない。二十世紀香港製の安っぽいガラスのビーズをどうして吐きだせるというんだ？」テレンスは怒り心頭に発していた。

「お言葉だがね、それはできる」アンテロスがいった。「ビーズ吐きが未来のビーズを吐きだすためには、北を向くだけでいい。むかしから知られていることだよ」

テレンスは怒った。頭から湯気を立て、みんなにあたりちらし、その一日をだいなしにした。顔の爪跡は青紫色にうきだしてきた。やがて、そのテレンスが、煙突岩のてっぺんにのっかった黒い笠石が危険だ、いつみんなの頭の上に落ちてくるかもしれないといったとき、彼をいっそう怒らせるようなことが起きた。アンテロスが、煙突岩のてっぺんにそんな笠石はない、あんたは目がどうかしているようだから、しばらく日かげで休んだほうがいい、といったのだ。

そして、テレンスをさらに激怒の絶頂へかりたてたのは、煙突岩の縦溝のなかで見つけたなにかを隠そうとするマグダリンのようすに気づいたときだった。それは頁岩質の大きな重い石で、マグダリンのふしぎな力でさえ持ちあがらなかった。彼女はそれを縦溝からひきずりだして下へころがし、崖の下で石ころの下へ隠そうとしかけたのだ。

「ロバート、この採取点へしるしをつけろ！」テレンスは大声でどなった。「まだ跡が残っているはずだ。マグダリン、よさないか！　それがなんであろうと、調べなくちゃだめだ」

「あら、これは例の変わりばえしないしろものよ。もうあいつもあきらめてくれりゃいいのに。あれだけの財産があれば、ほかに女はいくらでも見つかるのに。それに、これはプライベートなものよ、テレンス。あなたにそれを読む資格なんかないわ」

「きみはヒステリーだ、マグダリン。そんなことをつづけるようなら、この遺跡から立ち退いてもらわなくちゃならん」

「あたしだって立ち退きたいわよ。できることならね。あたしだって愛したいわよ。できることならね。なぜ、あたしが死んだだけじゃたりないの？」

「ハワード、きょうの午後はこの石にかかりきってくれ」とテレンスが命じた。「ここにはなにか書かれている。もしそれがわたしの考えたとおりのものだとすると、背すじが寒くなるな。浸食された煙突岩のなかで見つかったにしては、あまりにも時代が新しすぎる。しかも、てっぺんよりもかなり下で見つかった。ハワード、解読をたのむよ」

「よし、二、三時間でなにかがわかるだろう。こんなものははじめて見たよ。テレンス、あなたはこれをなんだと思う？」

「わたしがそれをなんだと思うかって？　それはこの前の石よりずっと後の時代のものだ。あの石でさえ、すでにありえないのにだぞ。だれが先頭切って、わたしは狂人です、と告白したいものか」

ハワード・スタインリーサーは絵文字の刻まれた石を調べはじめた。日没の二時間前、彼のところにもうひとつの石が運びこまれた。さっきの石よりもっと上で採取された灰色の石鹸石だった。そこに刻まれているものがなんであるにせよ、それはさっきの頁岩に刻まれているのとはまったくべつのものだった。

一方、ほかの場所では万事が順調に進んでいた。いや、順調に進みすぎていた。以前のうさん臭さが復活したのだ。つぎつぎに現われる出土品は、この上もなく完璧であり、石化作用はこの上もなく順序立っていた。

「ロバート」と日の入りにマグダリンがロバート・ダービーに呼びかけた。「ここから四百ヤードほど川下で、川岸のすぐ上の牧草地、その古い柵のすぐむこうに――」

「――アナグマの巣があるというんだろう、マグダリン？　とうとうぼくにもお鉢がまわってきたか。遠くの見えないものが見えるなんて。もしカービン銃をさげてそうっとあそこへ近づけば、ちょうどぼくが着くころにアナグマがなかから首を出し（こっちは強い風下にいるからね）、両眼のあいだを撃ちぬける。やつは五十ポンドの大物だ」

「三十ポンドよ。さあ、行ってきて、ロバート。とうとうあなただけはちょっぴり理解を示してくれたわね」

「しかし、マグダリン、アナグマの肉はすごく臭いよ。とても食えたもんじゃない」

「余命いくばくもない女に、最後の食事ぐらいは好物を食べさせてくれたらどう？　さあ、行ってよ、ロバート」

ロバートは行った。その距離では、カービン銃の銃声もほとんど聞こえなかった。まもなくロバートが死んだアナグマをかついでもどってきた。

「料理してちょうだい、エシル」とマグダリンは命じた。

「はいはい、わかりました。もし料理法を知らなければ、アンテロスが教えてくれるのね」

だが、アンテロスはそこにいなかった。ロバートがさがしにいくと、アンテロスは日が暮れた塚の上で背をまるめていた。この奇妙な男は声もなくすすり泣いており、その顔はまるでつやのない軽石のようだった。だが、アンテロスはもどってきて、エシルがアナグマの下ごしらえをするのをてつだった。

「テレンス、きょうの最初の石で背すじが寒くなったのなら、第二の石では髪の毛が逆立つはずだよ」ハワード・スタインリーサーがいった。

「逆立つ、逆立つ。煙突岩の累層にあるにしては、どの石も新しすぎるが、第二の石は侮辱としかいいようがない。この石じたいはほんの二百年ぐらい前のものなのに、その上には千年分もの地層が重なっている。あそこはどういう時間が堆積しているんだろう？」

一同は臭いアナグマの肉を食べ、まずいウイスキーを飲み（施主のアンテロスはそのまずさに気づいていなかったが）、そして麝香臭が一同のまわりにも、一同の内部にもまとわりついた。焚火はときおり怒ったようにパチパチはぜ、そのたびに炎が高く燃えあがった。ぱっと躍りあがった火明かりで、テレンス・バードックはあの黒い奇妙な笠石がふたたび煙突岩のてっぺんにのっかっているのを目にとめた。日中もたしかにそれを見たおぼえがある。だが、日かげにすわって休んだときにはもう見えなかったし、たしかめようと煙突岩そのものによじ登ったときには、絶対にそんなものはなかった。

「まず第二章、つぎに第三章を聞かせてちょうだい、ハワード」とエシルがいった。「そのほうがすっきりするから」

「そうしよう。さて、第二章（きょう見つかったなかで最初の、いちばん低い場所にあった、おそらくいちばん古い石）は、これまでだれも見たことのない言語で書かれている。

そのくせ、解読はさほどむずかしくない。テレンスにも見当がついて、気味わるがったぐらいだ。それはアナダーコ＝カドー族の手話をそのまま石に刻んだものなんだよ。いわゆる平原インディアンの身ぶり言語《サイン・ランゲージ》を、様式化した絵文字で書きとめたものと思えばいい。だとすれば、非常に時代が新しく、ここ三百年以内のものということになる。手話法は、最初のスペイン人の到来当時は未完成だったが、最初のフランス人の到来のころには大きな発達をとげていた。よくあることだが、百年たらずで爆発的な成長を見せたわけだ。この石は、それがあった位置よりも時代が若いんだが、そこで見つかったことにはまちがいない」

「朗読しろよ、ハワード、朗読をたのむ」ロバート・ダービーが呼びかけた。今夜のロバートは上きげんで、あとのみんなは陰気な顔だった。

「『わたしは三百頭のポニーの持ち主だ』」とスタインリーサーが記憶をたよりに読みはじめた。「『わたしは、馬で北と東と南へ二日かかり、西へ一日かかる土地の持ち主だ。それをぜんぶあなたにあげよう。わたしは山火事のような、ひときわ高い松林が燃えてはじけるような大声で呼びかける。わたしはせまりくる狼たちのように、ライオンの怒号のように、ひきさかれる雌牛たちのかすれた悲鳴のようにさけぶ。どうかまた自殺しないでくれ！　あなたはロコ草に宿った朝露。あなたはヨタカの曲がったすばやい翼、スカンクの上品な脚、すっぱい瓜の汁。なぜあなたは受けとること、与えることができないのか？　わたしは背にこぶのある高原の雄牛だ。わたしは川そのものであり、その川の残したよどんだ水たまりだ。わたしは赤肌の土と岩だ。わたしのところへおいで。だが、自分を滅ぼすほど激しく近づかないように』

えー、これがきょうの最初の石に書かれたテキスト、石に刻まれたアナダーコ＝カドー族の手話だ。しかし、最後の絵文字がどうもよくわからない——射られた矢の絵と、そのむこうにある丸石の絵なんだが」

「『つぎの岩につづく』さ、もちろん」ロバート・ダービーがいった。「ところで、なぜこれまで手話が書きとめられた前例がなかったんだろう？　手まねは簡単で様式化しやすいし、たくさんの部族に通用する。むしろ、それを書きとめるほうが自然だったと思うが」

「この地方には、手話がよく発達する前にアルファベットの文字がはいってきたんだよ」テレンス・バードックがいった。「実をいうと、スペイン人の到来そのものが手話の原動力なんだ。手話が発達したのは、インディアン同士ではなく、インディアンとスペイン人のコミュニケーションのためだった。しかし、一度だけ手話が書きとめられた例があると思うよ。中国の絵文字の初期だ。その場合も、きっかけは異部族間のコミュニケーションのためだった。これは断言してもいいが、もし全人類がむかしからひとつの言語しか持たなかったとしたら、書き言葉はまったく発達しなかったろう。文字はつねにひとつの橋として作りだされた。橋というからには、それが橋渡しするギャップがなくてはならない」

「ここにはたしかに橋渡しが必要だな」とスタインリーサーがいった。「あの煙突岩ときたら、うさん臭いことだらけだ。あのてっぺんは、古墳のいちばん底より時代が古くなくちゃいけない。あの古墳は煙突岩の地層から浸食された土台の上に作りあげられたものだからね。だが、いろいろな点から見て、それは現代のものらしい。きっとわれわれみんながこの場所の呪いにかかったんだ。もうまる二日半もここで作業をつづけているというのに、この状況の完全な不可能性をまだ実感してないんだからな。

〈時間〉を表わす古ナワトル語の記号は、煙突の絵文字だった。〈現在〉は、煙突の下部とその根もとで燃えている火。〈過去〉は煙突から出る黒い煙。そして、〈未来〉は煙突からの白い煙だ。きのうの石には署名の絵文字がつづいていて、ぼくには理解できなかったし、いまも理解できない。どうやら煙突から立ちのぼるものでなく、煙突から下りてくるものを示しているらしい」

「ほんとはあんまり煙突に似てないけどね」とマグダリンがいった。

「若い娘も、ロコ草におりた朝露とはあんまり似てないものだよ、マグダリン」とロバート・ダービーがいった。「しかし、われわれにはその類似点がよくわかる」

　しばらくのあいだ、一同はこの状況の不可能性について話しあった。

「われわれの目にはうろこが生えている」スタインリーサーがいった。「あの煙突岩の縦溝はぜったいにおかしい。そのほかの部分だって、おかしくないとはいいきれない」

「もちろんおかしいさ」とロバート・ダービーがいった。「煙突岩の累層の大部分は、すでにわかっているあの川と小川の時代と結びつければ確認できる。きょう、ぼくは川上と川下を見てきた。ある一ヵ所では、砂岩がまったく浸食されずに、流れを変えた川から三百ヤードうしろに立って、百年分のロームと芝土をかぶっていた。そのほかの場所では、砂岩がいろいろに削られていた。あの煙突岩の大部分がいつごろ作られたのかはわかるし、二、三百年前までの対応物がほうぼうに見いだせる。しかし、あのてっぺんの十フィートは、いつごろ作られたものだろう。あれに対応する層は、ほかのどこにもない。あの煙突岩の最上部の層に対応する世紀はだね、諸君、まだその世紀は訪れていないんだ」

「じゃ、そのまたてっぺんにあるあの黒い笠石が形作られたのは――？」テレンスが口を切った。「ああ、なにをいってるんだろう？　そんなものはない。わたしは頭がおかしいぞ」

「こっちも五十歩百歩だよ」スタインリーサーがいった。「きょう、ぼくもそれを見たような気がした。それからまた見えなくなったが」

「岩文字ね。うろおぼえだけど、古い小説で読んだような気がする」エシルがいった。

「ええ、そう。そうなのよ」マグダリンがつぶやいた。

「でも、その小説に出てくる娘がどうなったかは忘れた」

「あたしはおぼえているわよ、エシル」マグダリンがいった。

「第三章を聞かせてちょうだい、ハワード」エシルがたのんだ。「ぜひあのつづきが知りたいわ」

「その前に、みなさん、カゼ薬としてウイスキーを一杯やらんかね」アンテロスがつつましく提案した。

「でも、だれもカゼをひいたりしてないわよ」エシルが抗議した。

「医者の忠告は聞くもんだよ、エシル」とテレンスがいった。「わたしはウイスキーをもらおう。このさむけはリューマチじゃなく、背すじの寒さだ」

みんながウイスキーを飲んだ。みんなはしばらく話しあい、なかには居眠りするものもいた。

「もう遅いわ、ハワード」ややあって、エシルがいった。「つぎの章を早く聞かせてよ。

それが最後の章？　それを聞いたら、眠るわ。明日は張りきって掘らなくちゃいけないから」

「この発掘で三番目の石、過ぎ去ったばかりの一日の二番目の石は、前のとはべつの文字、もっと後の時代のもので、これまで石の表面には一度も発見されたことのない文字が刻まれている。それはカイオワ族の絵文字だ。カイオワ族は、羊皮紙のようにうまくなめしたバッファローの皮に、外向きの渦巻き形の絵文字をつらねて書いた。それがいちだんと洗練された形になったのは、（これもそのひとつだが）かなりあとの時代だ。カイオワ族の絵文字がその頂点に達したのは、おそらく白人画家の影響を受けたあとだろう」

「それはいつごろのことだい、スタインリーサー」ロバート・ダービーがたずねた。

「まだ百五十年も経ってないね。だが、その絵文字が石に刻まれたのを見るのは、これがはじめてだ。もともとが石に刻みやすい形じゃない。この遺跡ではぼくがこれまで見たためしのないことが、最近になっていろいろ起きたらしい。

それでは、いよいよテキストに、いや、絵文字の内容にとりかかろうか？『あなたは大地を恐れ、荒れ地と岩、湿地と腐りゆく肉を恐れている。あなたは肉そのものを恐れている。すべての肉は腐りゆく肉だから。もし、腐りゆく肉を愛さないなら、なにも愛することはできない。あなたは空にかかる橋があると信じている。上にいくほど細く、最後には髪の毛よりも細い蔓と巻きひげで吊るされた橋が。しかし、そんな橋はなく、あなたはそこへ登ることができない。あなたは愛の根がさかさまに生えると信じていたのか？　それは深い大地の下、つまり、古い肉と脳と心臓とはらわたから、古いバッファローと蛇の陰茎から、地下の黒い血と腐敗物とうめきから生えてくる。これは古ぼけてすりきれた血なまぐさい時代で、愛の根はその血糊から生えてくる』」

「あの単純な渦巻き形の絵に、おそろしく複雑な解釈をつけたもんだな、スタインリーサー。しかし、わたしもそのムードにひきこまれてきたよ」とテレンスがいった。

「まあ、ちょっぴりごまかした部分はあるがね」とスタインリーサーがいった。

「どれもこれも嘘っぱちよ」マグダリンが挑発した。

「いや、そんなことはない。ぼくの使ったどの語句にも、なんらかの根拠はある。つづけよう。『わたしは物々交換で手に入れた二十二挺のライフル銃の持ち主だ。たくさんのポニーの持ち主だ。八枚のメキシコ銀貨の持ち主だ。わたしはすべての面で金持ちだ。それをぜんぶあなたにあげよう。わたしはロコ草をたらふく食べた熊のように、恋におちた食用蛙のように、ピューマに対して棹立ちになった種馬のように、大声でさけぶ。あなたに呼びかけているのは大地だ。わたしは狼よりも毛深く、岩よりもごつごつした大地だ。わたしはあなたをのみこむ沼地だ。あなたは与えることも、受けとることも、愛することもできない。あなたはそのほかになにかがあると思っている。あなたは空の橋があり、墜落せずにその上を歩きまわれると思っている。わたしは毛を逆立てた猪のような大地で、ほかにはだれもいない。朝になったらわたしのところへおいで。のびのびと優雅においで。だが、もしいやいややってくれば、あなたは全身の骨と器官を打ち砕かれるだろう。あなたはその出会いによって滅ぼされるだろう。大地から発する稲妻に撃たれて滅ぼされるだろう。わたしは書き物に記された赤い子牛だ。わたしは腐りゆく赤い大地だ。朝に生きるか、朝に死ぬか。しかし、死のなかの愛も、まったく愛がないよりはましなのを忘れないように』」

「いや、まいったな！　あんな子供じみた絵からそれだけの意味をくみとれるのはきみだけだよ、スタインリーサー」ロバート・ダービーがうめきをもらした。

「まあ、とにかく、渦巻きの絵はそれでおしまいだ。カイオワ族の絵文字は、内流れか外流れの線で終わるしきたりになっている。これは外流れで終わっているから、当然それは

――」

『つぎの岩につづく』という意味だ」テレンスがしわがれ声でさけんだ。

「つぎの岩は見つからないわよ」マグダリンがいった。「その岩は下に隠れているし、たいていの場合はまだそこにないわ。でも、それはどこまでもどこまでもつづく。とはいっ

ても、あんたらは明日の朝にそれを読むことになるんだけど。あたしはもういいかげんにけりをつけたい。ああ、自分がなにをしたいのかよくわからなくなった！」

「今夜きみがなにをしたいのか、ぼくにはわかるような気がするがね、マグダリン」とロバート・ダービーがいった。

だが、彼はまちがっていた。

やがて会話はとぎれ、焚火も燃えつき、一同は寝袋にもぐりこんだ。

こうして長く荒々しい夜が訪れ、四日目の朝が明けた。おっと待った！ナワトル＝タノ語の伝説では、この世界は四日目の朝に終わることになっている。われわれが生きた人生、それとも生きたと思っている人生は、すべて三日目の夜の夢でしかないのだ。太陽が四日目の旅につけた腰布は、だれかが書きつけたほど貴重なものではない。ただの一時間かそこらしか使われなかったのだから。

そして事実、四日目の朝にはなにか終末的なものがあった。アンテロスの姿がなかった。マグダリンの姿もなかった。煙突岩はぐっと痩せほそり(なにかがそこからなくなったのだ)、そのひょろ長い姿がいよいよ奇怪に見えた。ぎらぎらしたグレー・オレンジの太陽が、霧のあいだから顔をのぞかせた。第一の石の署名文字が、あたりを支配していた。まるでなにかが煙突岩から下りてきたように思える。それはおそろしい煙のように思えるが、いやなにおいのするただの朝霧だった。

　いや、そうではない。それ以外のなにかが、煙突から、それとも隠れた空から降ってくる——小石、大石、たとえようもないほど不快な分泌物。空の自堕落な一部分。悪夢の小雨がそこに降りはじめた。煙突岩は明らかに崩れはじめたようだった。

「こんなばかな話は聞いたこともない」ロバート・ダービーがうなるようにいった。「マグダリンがアンテロスとかけおちするなんて、考えられるか？」その朝のダービーはふきげんに怒りをくすぶらせ、その顔には爪跡が大きく目立っていた。

「マグダリンってだれ？　アンテロスってだれ？」とエシル・バードックがたずねた。

　テレンス・バードックが丸い塚の上からさけんだ。「みんな上がってこーい！　この発見だけでも、ここへきたかいがあったぞ。さあ、撮影とスケッチ、計測と記録だ。それに目撃証人にもなってもらおう。とにかく、これまで見たこともないほどりっぱな等身大の玄武岩の首で、どうやらそれに等身大の胴体がくっついているらしい。早くこいつをきれいにしてやろう。げえっ！　なんと不気味な顔だろう！」

　しかし、ハワード・スタインリーサーだけは、両手にかかえた華やかな色彩のものをじっと見つめていた。

「それはなんだ、ハワード？　いったいなにをしてる？」ダービーが問いかけた。

「ああ、これはあのつづきの石じゃないかと思う。アルファベットの文字だが、変形している――なにかの要素が失われたんだよ。内容は現代英語らしいから、すぐに変形の見当もつくし、解読できると思う。どうやらこのテキストは――」

煙突岩から大石と小石が降ってきた。そして霧が立ちこめた――正気をかすめとる健忘性の霧が。

「スタインリーサー、ほんとにだいじょうぶか？」ロバート・ダービーが同情をこめてたずねた。「きみが両手にかかえたそれは石じゃないぞ」

「石じゃない？　石だと思ったが。じゃ、これはなんだい？」

「それはオセージ・オレンジの実だ。またの名、アメリカン・モレイシャス。石じゃないよ、ハワード」小さいメロンほどもあるそれは、たしかに堅くごつごつした、しわだらけの食えないオレンジだった。

「しかし、このしわがなんとなく文字に似ていることは認めるだろう、ロバート？」

「うん、文字に見えなくもないな。ハワード、さあ、テレンスが騒ぎたてているところまで登ろう。きみは石の読みすぎだよ。それに、ここは安全じゃない」

「なぜ登るんだい、ロバート？　むこうから下りてくるのに？」

毛を逆立てた猪のような大地が、うなりをあげて跳躍した。大地から稲妻が上に向かって走り、獲物をとらえた。爆発と咆哮《ほうこう》。黒い笠石が煙突岩のてっぺんからもぎとられ、恐ろしい力で地上にたたきつけられ、大きな衝撃とともに砕けた。そして、その笠石の上にいたなにものかも。そして、煙突岩ぜんたいがそのまわりに崩れ落ちた。

彼女はその出会いで滅ぼされた。全身の骨と器官を砕かれた。そして彼女は死んだ。

「いったい――いったい彼女はだれだ？」ハワード・スタインリーサーがどもりながらいった。

「ああ、神さま！　マグダリンだよ、きまってるじゃないか！」ロバート・ダービーがさけんだ。

「彼女のことなら、ちょっぴりおぼえてる。よくわからない女だったな。挑発的な蛾のように色目を使うくせに、首をたてにふらない。いつぞやの晩は、その合図を誤解したおかげでひっかかれて、あやうく顔をなくすところだった。彼女は空の橋があると信じていた。たくさんの神話に出てくるあれだ。しかし、そんな橋はない。まあ、しかたがないさ」

「あの娘は死んだんだぞ！　ちくしょうめ！　いったいなにをしてるんだ、そこらの石をほじくって？」

「たぶん、これらの石のなかでは、彼女はまだ死んでいないんだ、ロバート。これらの石がどうかならないうちに早く読んでしまいたい。さっき下に落っこちて割れてしまったあの笠石、もちろん、あんなものはありえない。あんな地層はまだ生まれてないんだからね。前からぼくは未来を解読したいと願ってきた。これは千載一遇のチャンスだ」

「このたわけ！　あの娘は死んだんだぞ！　だれもなんとも思わないのか？　テレンス、その発見で大騒ぎするのはよせ。ここへ下りてこいよ。あの娘が死んだんだぞ」

「いや、上がってこいよ、ロバートとハワード」テレンスはゆずらなかった。「こわれたものはほうっておけ。そんなものに価値はない。だが、これはだれも見たことがないものだ」

「上がってらっしゃい、おふたりさん」とエシルが歌うようにさけんだ。「ああ、なんてすばらしい彫刻！　こんなものは生まれてはじめて見たわ」

「エシル、この朝ぜんたいが狂ってしまったのか？」ロバート・ダービーは彼女のそばへ近づきながら詰問した。「彼女は死んだ。あなたはほんとに彼女をおぼえてないのか？　マグダリンをおぼえてないのか？」

「よくわからないわ。墜落したあの娘がそうなの？　そういえば、二日ほどここをうろついていた女がいたけど、それがあの娘なの？　あんな高い岩の上で遊んだりするからよ。

彼女が死んだのは悲しいわ。でも、いま掘りだしているものを見てちょうだい！」

「テレンス、あなたもマグダリンをおぼえてないのか？」

「墜落したあの娘か？　いつぞやの晩、わたしの顔を思いきりひっかいた娘にちょっと似ているな。こんどだれかが町へでかけるときは、ここで女がひとり死んだことを保安官に報告したほうがいい。ロバート、きみはこんな顔をいままでに見たことがあるか？　そろそろ両肩が出てきた。きっとこの下に完全な等身大の像があるはずだ。すばらしい！　すばらしい！」

「テレンス、あなたはどうかしてるぞ。じゃ、アンテロスをおぼえているか？」

「もちろんさ。エロスの神の双子だろう。もっとも、実らない恋のシンボルにはあまり人気がないがね。そうか、それこそこれにふさわしい名だ。この彫像にぴったりの名だ。よろしい、これをアンテロスと呼ぶことにしよう」

たしかにそれはアンテロスに生き写しの玄武岩だった。その顔はゆがんでいた。アンテロスは声のないすすり泣きを凍りつかせ、悲しみに両肩をまるめていた。そのいたましい情熱、報われない不滅の愛を、その彫刻はあますところなく語っていた。たぶん、いまのアンテロスのほうが、きれいに洗いあげられたそれよりも印象的かもしれない。なぜなら彼は大地であり、大地そのものだからだ。たとえどの時代に属していようとも、その彫刻が持つ力強さは圧倒的だった。

「ぼくがいうのは生身のアンテロスのことだよ、テレンス。われわれが雇った掘り手、アンテロス・メニーペニーのことを忘れたのか？」

「おぼえているとも。けさ、彼は作業に出てこなかった。そうだろう？　彼にクビだと伝えてくれ」

「マグダリンが死んだ！　彼女はわれわれの一員だった！　ちくしょう、彼女はわれわれの中心人物だったのに！」ロバート・ダービーはさけんだ。テレンスとエシル・バードックは、彼のさけびを聞いてもいなかった。彫像の残りを掘りだすのに夢中だった。

そして、円錐形の古墳のふもとでは、ハワード・スタインリーサーが砕けた黒い岩を、それが消えないうちにと、夢中で調べていた。まだ生まれてこない地層をさぐり、おぼろげな未来を読みとろうとつとめながら。

編者あとがき

とってもアヤシイ、そして素敵なラファティの世界

牧　眞司

そう、ラファティは何度でもよみがえる。

R・A・ラファティは不思議な作家で、アメリカSF界でもっともユニークな書き手と認められ、きわめて根強い支持層が存在するいっぽう、商業的な成功にはほとんど縁がなく、その作品が主要SF賞を射止めたのもたった一回、「素顔のユリーマ」（本ベスト・コレクション第二巻に収録）の一九七三年ヒューゴー賞短篇部門受賞だけだ。また、ラファティ作品の出版状況を見ると、「盛りあがる時期」と「脚光があたらない時期」が波のように繰り返している。上げ潮と下げ潮の差が激しい。

ラファティは、アーサー・C・クラークやアイザック・アシモフ、レイ・ブラッドベリといった、SFというジャンルを代表するイコンではない。スタニスワフ・レムやアーシュラ・K・ル・グィンのように、ジャンルを超えてリスペクトされる巨星でもない。H・

Ｐ・ラヴクラフトやフィリップ・Ｋ・ディックのように、他界したのちに爆発的な人気を博したカルト作家でもない。一九四〇年代のＡ・Ｅ・ヴァン・ヴォクト、六〇年代のフランク・ハーバート、七〇年代のラリイ・ニーヴンやジョン・ヴァーリイ、八〇年代のウィリアム・ギブスンなど、その時代に圧倒的な輝きを放った存在とも違う。

認知度や時代性とは無縁なところに、ラファティはいる。孤高——などと言うのは格好良すぎる。そんな肩に力が入ったことではなく、ただ勝手気ままに、飄然《ひょうぜん》と、ラファティは小説を書きつづけた。その作品は冒頭の数行を読むだけでラファティだとわかる他に類のないものだが、かといって前衛や先鋭ではなく、むしろ古い物語の系譜につらなっている。浅倉久志さんはかつて「超現実的、宗教的、哲学的、神話的、抒情的、土俗的、喜劇的、漫画的と、思いつくかぎりの形容詞がどれもあてはまるような気がする」と評し、さらに「アイルランドの血のなせるわざと思われるロマンチックな幻想性や、おなじカトリック作家のチェスタートンやＪ・Ｂ・モートンなどに共通する異様なまでの理屈っぽさ、パラドックスへの執着も見逃せない」とつけ加えている（短篇集『どろぼう熊の惑星』の「訳者あとがき」）。

かような作家なので、ジャンルＳＦの枠組で評判になる時期とそうでない時期の波がある——などというのは、あくまで表面的なことにすぎない。このベスト・コレクションは、なるべく多くの読者にラファティの魅力が伝わるように企画した。読めばすぐに面白く、何度読み返しても楽しめる、ラファティ作品の楽しさをご堪能ください。そして、お知りあいに「R・A・ラファティっていうヘンテコで凄い作家がいるんだけど」と薦めていただければ幸いです。

本書で初めてラファティと接する読者も少なくないと思うので、この作家の経歴を記しておこう。

レイフェル・アロイシャス・ラファティは、一九一四年十一月七日、アメリカ合衆国アイオワ州生れた。父は石油採掘権のブローカー、母親は教師。五人きょうだいの末っ子である。彼が四歳のときに一家はオクラホマ州ペリーに引っ越し、以来、第二次世界大戦での従軍（おもに南太平洋戦線で三等曹長として勤務）を別にすると同州で暮らす。戦争の前後は、タルサ市の電気部品会社で仕入れを担当。若くして創作を志したが、その時期の原稿で残っているのは一九三五〜三七年にかけて執筆した長篇 *Antonino Vescovo* だけだ（未刊行）。長いブランクのあと、本腰を入れて創作に取り組みはじめたのは一九五七年。作品が売れるようになったのは五九年。すでに四十代半ばという遅咲きである。トリッキイな発想と南部法螺話《トールテール》風の語りによってSF界に独自の地歩を築く。

一九六八年に三つの長篇『トマス・モアの大冒険』『宇宙舟歌』『地球礁』、六九年に長篇『第四の館』、七〇年に第一短篇集『九百人のお祖母さん』、七一年に長篇『悪魔は死んだ』を上梓。ここまではマスマーケット・ペイパーバックだったが、七一年の長篇『イースターワインに到着』、*The Fall of Rome*（未訳）、*The Flame Is Green*（未訳）、七二年の長篇 *Okla Hannali*（未訳）、第二短篇集『つぎの岩につづく』は、いずれも大手出版社からハードカバーでの刊行である。世間的な注目度で計るならば、このころが小説家ラファティの絶頂期だ。

しかし、その勢いも七〇年代半ばまでだった。大手出版社から刊行される予定だった長篇がペンディングになり、マスマーケット・ペイパーバックでの刊行も散発的になっていく。ラファティ愛好家にとって、寂しい時期がしばらくつづく。

大手出版社に替わってラファティ作品出版の担い手となったのが、熱心な愛好家が経営するスモールプレスである。八〇年代から九〇年代初期にかけてアメリカ、イギリス、カナダ、いくつものスモールプレスからラファティ作品が刊行された。未発表だった長篇・短篇の蔵出し、雑誌初出で埋もれていた珍しい作品の発掘、さらには詩集、エッセイ集、インタビュー集まで、いずれも少部数出版ながら、多彩なコンテンツが奔流のように溢れでた。リアルタイムで追いかけていた私の体感では、まさにラファティ・ルネサンスとでも言うべき盛りあがりだった。

ちなみにラファティ自身は、一九八四年の誕生日に「自分へのバースデイ・プレゼントとして」休筆する——といっても全面的に止めたわけではない——まで執筆活動をつづけていた。

ラファティ・ルネサンスは一九九〇年代初期までだった。単行本出版を支えたスモールプレスはつぎつぎと休止し、アメリカSF界でのラファティは埋もれかけた存在になってしまう。作家や評論家など玄人スジでの評価は相変わらず高いが、新しい読者が読もうとしても作品がたやすく入手できない状況がつづく。二〇〇二年三月十八日、ラファティは逝去。残された原稿の多くはタルサ大学図書館へ寄贈された。同年、ラファティにコードウェイナー・スミス再発見賞が贈られている。この賞の眼目は「再評価されるべき作家の顕彰」であり、裏を返せばラファティがすでに過去の作家だということだ。

もちろん、それで終わるはずがない。二十一世紀になってからも、ラファティ支持者は根強く、そして粘り強かった。ニール・ゲイマンをはじめラファティへのリスペクトを表明するプロ作家は多い。ラファティを専門に文学的研究をおこなうアカデミシャン、アンドリュー・ファーガスンもあらわれ、つぎつぎに成果を発表しはじめる。またいっぽうで、各国の熱心なファンがラファティに関するサイトを立ちあげ、互いに交流をするようになった。二〇一四年には、ラファティ専門ファンジンFeast of Laughterが創刊（現在五号まで刊行、六号も準備中）。一六年六月四日にはニュージャージー州ローレンスビルでラファティ大会LaffConが開催され、以降、年次で（ただし二〇年は休催）つづいている。しばらく寂しかった単行本出版も、二〇一三年にコレクター向け出版で知られるセンティピード・プレスが*The Collected Short Fiction of R. A. Lafferty*をスタート。限定版でラファティの全短篇を集成しようという意欲的な企画だ（現在六巻まで刊行）。いっぽう、一六年にはインディーズ出版社ワイルドサイド・プレスが、ラファティの短篇を電子書籍／オンデマンドで手軽に読める*The R.A. Lafferty Fantastic MEGAPACK*®を出版。

そして、もっとも注目すべきは、二〇一九年、イギリスの老舗出版社ゴランツが刊行した*The Best of R. A. Lafferty*である。気鋭のアンソロジストとして知られるジョナサン・ストラーンが編集し、収録の各篇にＳＦ作家／評論家による紹介文がつく企画。紹介文を担当しているのは、マイクル・ディルダ、マイクル・スワンウィック、マイクル・ビショップ、テリー・ビッスン、ジャック・ダン、ニール・ゲイマン、パットン・オズワルト、アンディ・ダンカン、ハーラン・エリスン（『危険なヴィジョン』からの再録）、グレゴリー・フロスト、ロバート・シルヴァーバーグ、ケリー・ロブスン、サミュエル・Ｒ・ディレイニー、ナンシー・クレス、グウェンダ・ボンド、グレゴリー・フィーリー、コニー・

ウィリス、キャット・ランボー、ジョン・スコルジー、アンドリュー・ファーガスン、ジェフ・ヴァンダミア、ゲイリー・K・ウルフと、そうそうたる顔ぶれだ。二一年には、アメリカ版が大手SFレーベルのトー・ブックスから刊行されている。

　まさにいまが、第二期ラファティ・ルネサンスである。

　時期をほぼ同じくしてこの日本版〈ラファティ・ベスト・コレクション〉が実現したわけだが、べつにジョナサン・ストラーンと示しあわせたのではなく、シンクロニシティというやつだ。もっとも、こちらの企画は、《SFマガジン》二〇一四年十二月号で「R・A・ラファティ生誕一〇〇年記念特集」を組んでからさほど間をおかずに動きだしていたのだが。実現までにちょっと時間がかかってしまったが、担当編集の梅田さんの温かい励ましのおかげで、良い感じに仕上がったと思う。

〈ベスト・コレクション〉と言ってもラファティの代表作をただ並べるだけではなく、巻ごとにコンセプトを立てることは、企画立ち上げの当初から決めていた。巻数や収録作品については紆余曲折があったものの、第一巻を「アヤシイ篇」にすることは揺らいでいない。ラファティと言えば、アヤシイ世界でしょう。私たちが暮らしている日常の外にアヤシイ世界があるのではなく、現実そのものがアヤシイのである。

そこに横溢している感覚は、一九四〇年代以降の南米文学で台頭し、のちに世界中へと伝播したマジックリアリズム小説と一緒だが、ラファティの場合はそうした文学動向とは独立した、いわば平行進化である。

アレッホ・カルペンティエールにせよガブリエル・ガルシア＝マルケスにせよ、若いころにヨーロッパの文化環境に身をおき新しい思潮や技法を吸収したうえで、故郷である南米の土着的想像力を〝再発見〟した。ガルシア＝マルケスは幼いころ祖母から聞かされた民話、迷信、幽霊譚を、現代文学と融合させて『百年の孤独』を完成させた。重要なのは「祖母が語るように」表現したことだ。

それに対し、ラファティは彼本人がマルケスの祖母と同様の語り部である。ラファティは「禁酒によってポッカリと空いた穴を埋めるため」に小説を書きはじめたそうだが、それ以前は、行きつけの酒場で顔見知りの常連客相手にアヤシイ法螺話を聞かせていたのだろう。またいっぽう、ラファティはたいへんな読書家であり、深甚なる教養の持ち主でもある。作品にちりばめられた引用やアリュージョンを見れば歴然だろう。ただし、彼の教養はアカデミズムのように体系化されてはおらず、入門書のように咀嚼もされていない。ラファティは野生の賢人であり、知の沃野から果実や種子を採取して蓄え、それらが良い感じに発酵して豊穣な想像力の物語が醸される。

彼が世界をどう捉えていたか、なにを見ていたのか、余人には計り知れない。ラファティの作品は読みかたによって、高尚な哲学を秘めているとも思えるし、アウトサイダー・アートのようにも見える。まあ、むずかしく考える必要はない。物語を楽しむうえでは、どちらも同じなのだから。

では、みなさん、ラファティ・ベスト・コレクション第二巻『ファニーフィンガーズ』で、またお目にかかりましょう。そちらは「カワイイ篇」です。

本書には、今日では差別的ともとれる表現が使用されている箇所があります。しかし作品が書かれた時代背景やその文学的価値、著者が差別の助長を意図していないことを考慮し、原文に忠実な翻訳を心がけました。その点をご理解いただけますよう、お願い申し上げます。

（編集部）

宇宙の戦士〈新訳版〉

ロバート・A・ハインライン
Starship Troopers
内田昌之訳

〈ヒューゴー賞受賞〉恐るべき破壊力を秘めたパワードスーツを着用し、宇宙空間から惑星へと降下、奇襲をかける機動歩兵。この宇宙最強部隊での過酷な訓練や異星人との戦いを通し、若きジョニーは第一級の兵士へと成長する……。映画・アニメに多大な影響を与えたミリタリーSFの原点、ここに。解説／加藤直之

ハヤカワ文庫

折りたたみ北京

現代中国SFアンソロジー

Invisible Planets

ケン・リュウ編

中原尚哉・他訳

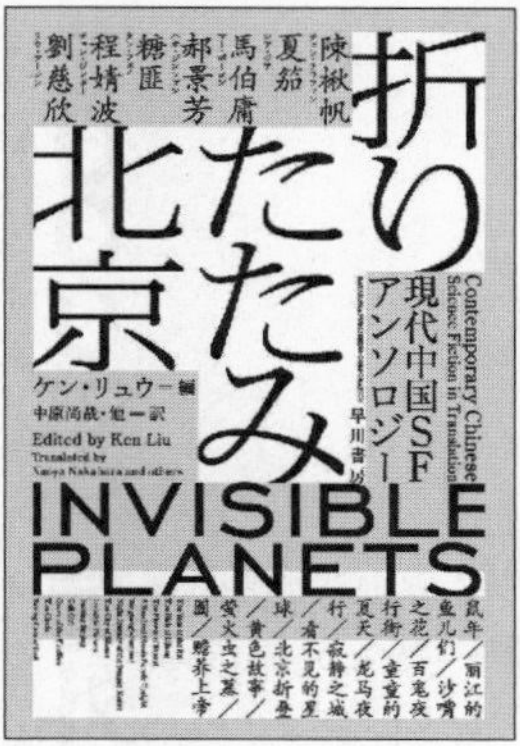

〔ヒューゴー賞／星雲賞受賞〕十万桁まで円周率を求めよと始皇帝に命じられた荊軻は三百万の軍隊を用いた人間計算機を編みだす。『三体』抜粋改作にして星雲賞受賞作「円」、三層都市を描いたヒューゴー賞受賞作「折りたたみ北京」などケン・リュウが精選した七作家十三篇を収録のアンソロジー　解説／立原透耶

ハヤカワ文庫

2000年代海外SF傑作選

橋本輝幸編

独特の青を追求する謎めく芸術家へのインタビューを描き映像化もされたレナルズ「ジーマ・ブルー」、東西冷戦をSFパロディ化したストロス「コールダー・ウォー」、炭鉱業界の革命の末起こったできごとを活写する劉慈欣《リウ・ツーシン》「地火《じか》」など二〇〇〇年代に発表されたSF短篇九作品を精選したオリジナル・アンソロジー

ハヤカワ文庫

編者略歴　1959年生，東京理科大学卒，ＳＦ研究家・文芸評論家　著書『JUST IN SF』，編書『ルーティーン　篠田節子ＳＦ短篇ベスト』（早川書房刊）他多数

HM=Hayakawa Mystery
SF=Science Fiction
JA=Japanese Author
NV=Novel
NF=Nonfiction
FT=Fantasy

町《まち》かどの穴《あな》
ラファティ・ベスト・コレクション１

〈SF2342〉

二〇二一年十月十　日　印刷
二〇二一年十月十五日　発行

（定価はカバーに表示してあります）

著　者　R・A・ラファティ
編　者　牧《まき》　眞《しん》　司《じ》
訳　者　伊《い》藤《とう》典《のり》夫《お》・浅《あさ》倉《くら》久《ひさ》志《し》・他
発行者　早　川　　浩
発行所　株式会社　早　川　書　房

郵便番号　一〇一 - 〇〇四六
東京都千代田区神田多町二ノ二
電話　〇三 - 三二五二 - 三一一一
振替　〇〇一六〇 - 三 - 四七七九九
https://www.hayakawa-online.co.jp

乱丁・落丁本は小社制作部宛お送り下さい。
送料小社負担にてお取りかえいたします。

印刷・星野精版印刷株式会社　製本・株式会社明光社
Printed and bound in Japan
ISBN978-4-15-012342-0 C0197

本書は活字が大きく読みやすい〈トールサイズ〉です。